# The MAINE WOODS

# 缅因森林

### 博物图鉴版

[美] 亨利·戴维·梭罗——— 著
邢玮——— 译

华中科技大学出版社
http://www.hustp.com

中国·武汉

**图书在版编目（CIP）数据**

缅因森林：博物图鉴版 /（美）亨利·戴维·梭罗著；邢玮译 . —— 武汉：华中科技大学出版社，2020.11
（蓝知了）
ISBN 978-7-5680-6573-3

Ⅰ . ①缅… Ⅱ . ①亨… ②邢… Ⅲ . ①散文集 – 美国 – 近代 Ⅳ . ① I712.64

中国版本图书馆 CIP 数据核字 (2020) 第 178632 号

**缅因森林：博物图鉴版**　　　　　　　　　　　　　　　　[美] 亨利·戴维·梭罗　著
Mianyin Senlin　　　　　　　　　　　　　　　　　　　　　邢　玮　译
Bowu Tujianban

策划编辑：刘晚成
责任编辑：林凤瑶
责任校对：刘　竣
责任监印：朱　玢
插图整理：刘晚成
装帧设计：璞茜设计

出版发行：华中科技大学出版社（中国·武汉）　　电　话：（027）81321913
　　　　　武汉市东湖新技术开发区华工科技园　　　邮　编：430223

印　　刷：武汉精一佳印刷有限公司
开　　本：710mm × 1000mm　1/16
印　　张：21.5
字　　数：328 千字
版　　次：2020 年 11 月第 1 版第 1 次印刷
定　　价：79.80 元

本书若有印装质量问题，请向出版社营销中心调换
全国免费服务热线：400-6679-118　竭诚为您服务
版权所有　侵权必究

Contents
# 目 录

| 001 | Chapter 1 | 卡塔丁山 |
| 083 | Chapter 2 | 奇森库克湖 |
| 159 | Chapter 3 | 阿勒加什河与东支流 |

| 188 | 7月25日，星期六 |
| 200 | 7月26日，星期天 |
| 217 | 7月27日，星期一 |
| 235 | 7月28日，星期二 |
| 251 | 7月29日，星期三 |
| 267 | 7月30日，星期四 |

| | |
|---|---|
| 281 | 7月31日，星期五 |
| 288 | 8月1日，星期六 |
| 293 | 8月2日，星期日 |
| 295 | 8月3日，星期一 |

| | |
|---|---|
| 301 | 附录 |
| 303 | Ⅰ．树木 |
| 304 | Ⅱ．花与灌木 |
| 310 | Ⅲ．植物列表 |
| 328 | Ⅳ．鸟类列表 |
| 333 | Ⅴ．四足动物 |
| 333 | Ⅵ．旅行的全套装备 |
| 334 | Ⅶ．印第安语词汇表 |

Chapter 1
# 卡塔丁山

北美落叶松
tamarack

1846 年 8 月 31 日，我离开马萨诸塞州的康科德，打算陪我的一个亲戚乘火车和汽船向缅因州的班戈和边远林区进发。他在班戈做木材生意，但是也对地产感兴趣，想投资佩诺布斯科特河西支流的一个水坝，我就陪他到那儿去看看。这个水坝大约在班戈上游一百英里①处，离霍尔顿军用公路有三十英里，距离最近的一间木屋也有五英里。我提议去三十多英里外的卡塔丁山游玩，那是新英格兰的第二高峰，顺便还可以看看佩诺布斯科特河上的一些湖。我可能会独自前往，如果路上能碰到什么伙伴就一起去。在那个伐木工作都已停止的季节，通常很难在这么边远的林区找到一个宿营地。在那时，正好有一帮人受雇要到那里去修复春季大山洪造成的破坏，我倒乐得随他们一同前往。从东北边取道阿鲁斯图克路和瓦萨塔库伊克河骑马或步行去卡塔丁山可能更容易更快捷。但要是这么走，能看到的荒野景色就少了许多，也看不到河流湖泊的壮丽景象，还没法儿坐平底河船，更别提体验船夫的生活了。不过好在选在这个季节出行，因为若是换成夏季，森林里到处都是黑蝇、蚊子和蠓虫（印第安人称之为"no-see-em"②），几乎无法在森林里行进，但是

① 1 英里约等于 1609.344 米。

② 意为"看不见的虫子"。

现在，它们猖獗的时节几乎过去了。

卡塔丁山的名字源自印第安语，指最高的地方。1804年，白种人首次登上这座山。1836年，西点军校的J·W.贝利教授来过这儿；1837年，州地质调查员查尔斯·T.杰克逊博士也来过这儿；1845年还来过两个波士顿的年轻人。这几个人都把对卡塔丁山的考察记录了下来。在我之后，还去过两三队人，也讲述了他们各自的经历。除此之外，很少有人来攀登这座山，即使是住在边远林区里的人和猎人，也很少光顾这儿。看来，爬卡塔丁山要成为一种旅行潮流还要花很长时间。缅因州的山区起于怀特山附近，向东北方向延伸一百六十英里至阿鲁斯图克河的源头，宽约六十英里。然而荒无人烟的地域还要比这广阔得多。所以只要朝这个方向前行几个小时，满心好奇的人就能看到原始森林的边缘了。不管怎样这都比朝西走上一千英里要有趣得多。

第二天是9月1日，星期二。上午，我和我的同伴乘轻便马车从班戈出发向"上游"驶去，预计次日晚另两个班戈人会在离班戈约六十英里处的马特沃姆凯格角与我们会合，他们打算跟我们一起登山。我们每人都带了个背包或袋子，装满了衣服和各种必需品，我的同伴还带了枪。

出班戈不到十二英里，我们路过了依佩诺布斯科特瀑布而建的两个村庄——斯蒂尔沃特和奥尔德敦。缅因森林能够转换成木材，主要就是靠佩诺布斯科特河提供动力。木材厂直接建在河上，横跨河道。这里一年四季都塞满了木头，挤作一团互相摩擦。曾经郁郁葱葱的森林，现在早就变成洁白一片的木材，虽不似茫茫积雪，但一片沿河漂下的白色原木也同样蔚为壮观。在这里，原木按照需求被切成一英寸、两英寸和三英寸长的木材，这些被砍倒的森林，犹如待宰羔羊一般，等待锯木匠先生标出切断的位置。这些来自卡塔丁山、奇森库克湖以及圣约翰河源头的笔直缅因木材，都得通过一个多少有些粗糙的钢筛，它们不断被筛分，直至都成为木板、隔板、条板，以及会被风卷走的木瓦，有的木材还得切了又切，直到变成人们满意的尺寸。试想，曾经那些乔松矗立在奇森库克湖畔，树枝随四面八方吹来的风飒飒作响，每一根松针都在阳光下微微颤动。而如今这些乔松又变成了什么模样？——或许它们都已经被卖给新英格兰火柴公司了！之前我曾读到过：1837年佩诺布斯科特河及其在班戈上游的支流上就有250家锯木厂，其中大多数都在这附近，他们每年产2亿英尺①的木板。这还没算上肯纳贝克河、安德罗斯科金河、索科河、帕萨马科迪河及其他河上锯的木材。怪不得我们常听说有船只被困，没法儿靠岸，有次有船曾被从缅因森林漂下的木材围困了一周。这里的人忙碌起来就像恶魔一样，似乎

① 1英尺约等于0.3048米。

北美乔松
eastern white pine

他们的使命感在敦促着他们要尽快把森林从这个地方赶尽杀绝,不放过任何一片河狸沼泽,不放过任何一个山坡,再偏远的地方也不落下。

在奥尔德敦,我们进了一家平底河船制造厂。这里制造的平底河船供人们在佩诺布斯科特河上使用,对这家造船厂来说,这些生意已经相当可观了。我们仔细看了些还在建造的平底河船。它们既轻便造型又匀称,专为湍急多礁的河道而设计,若需要在陆上长途搬运,可以直接扛在肩上。这些船,长20至30英尺不等,宽只有4或4.5英尺,像独木舟一样两头尖尖的,最宽的位置是底部靠前的部分,下水后能浮出水面7或8英尺,能尽可能平缓地滑过礁石。这些船造得很轻,每边只用两块板,通常用几块很轻的槭树或其他硬木肘板来固定,船体内部用平整宽大的乔松板制成。船底从头到尾、从一侧到另一侧都十分平整,这种造型势必会浪费大量的乔松木。有的长期使用后,船底甚至会"中拱",这时船夫就得把船翻过来,在船的两头压上重物把它押直。造船工告诉我们,一艘船通常能用个两年,有时若是碰上多礁河道,航行一次就坏了,这种情况也是屡见不鲜。这种船的售价为14到16美元,它还叫"白人的独木舟",这名字令我耳目一新,有一种原始的韵律感,让我想起了沙勒沃伊和为皮货公司运送货物的加拿大船夫。平底河船是独木舟和小船的混合产物,兼具二者的优势,因而皮货商常用这种船。

我们乘船经过印第安岛。离岸时,我看见一个身材矮小衣着寒酸的印第安人,他刚从"上游"下来,看起来像名洗衣女工,——印第安人常常愁眉苦脸的,那样子就像因洒掉了牛奶而哭泣的女孩一样——他在奥尔德敦一侧的一个杂货店旁靠了岸,停住独木舟,一只手拿着一捆兽皮,另一只手拿着一个小空桶或是半空的桶爬上岸来。眼前的景象可以说完美地展现了印第安人的历史,或者说没落史。1837年这个部落还剩下362人,而今这个岛似乎已被遗弃,可我仍在饱受风吹雨打的旧房中看到了一些新房,似乎这个部落还在筹划着未来的发展。但总的来说,这些房子都破败不堪,看起来孤零零的,十分凄凉,房子正面背面一个样,像放柴火的木棚,丝毫不像是住宅,就算是印第安人也不能住在这种地方。不过,先抛开他们的家或外宅地不说,因为他们的生活本来就不是很安定,一会儿在家一会儿在打仗,或者是现在这样在外打猎,而且是大部分时候都在外打猎。唯一看起来外观整齐的建筑是教堂,但那并不是阿布纳基式的教堂,而是罗马天主教教堂。这座教堂若是出现在加拿大,也许还算是一座很好的加拿大天主教教堂,但对印第安人来说,就不尽如人意了。这些印第安人曾属于一个强大的部落,而今政治却把他们搞得一塌糊涂。我觉得哪怕是一排营房,配上跳舞的巫师,将囚犯绑在桩上受刑,也比眼下的场景更体面。

我们在米尔福德上的岸,坐车沿佩诺布斯科特河东岸前行,时不时可以看到河的景色,以及河中的印第安岛屿。这些岛屿沿河分布,一直到佩诺布斯科特河东支河口的尼卡托岛,都被印第安人占据着。这些岛屿一般都林木茂盛,据说土壤也比临近的河岸更肥沃些。这条河似乎浅而多礁,但间或会出现一些湍流,波光粼粼,在阳光下泛起阵阵涟漪。我们看见一只鱼鹰像箭一样从很高

**鱼鹰**
osprey

的地方俯冲下来，直直地扎进水里，便停下来看了一会儿，可惜的是它这次没抓到鱼。我们现在走的是霍尔顿军用公路，事实上，曾经有几支部队经这条路行军去马尔斯山，尽管他们不是到马尔斯战场去。这条路是这一带最主要的一条公路，也几乎可以算是唯一的一条公路了，它跟其他的地方所有的路一样直，且路况良好，养护得当。大山洪留下的痕迹随处可见，——一座房子歪斜着，原来修建在哪里没人知道，反正第二天被冲到了这里；另一座房子一副水涝的样子，就好像正在风干地下室一样；路上四处散落着原木，原木上能看到它们先前的标记，依稀能辨别出有的原木是从桥上冲下来的。我们渡过桑科黑泽河（这是个带有强烈夏季色彩的印第安名字）、奥拉蒙河、帕萨达姆凯格河，还有一些其他的河流。这些河流在地图上显得很大，实际见到了也不过如此。到了帕萨达姆凯格河以后，我们发现这儿的景色跟它的名字完全对不上——这条河名字的意思是真诚勤勉的政客（风趣点说，我觉得就是白人政客），他们时刻保持警惕，密切注视着选举的进展；这些人讲话语速很快，还要压低嗓门，矫揉造作佯装真诚，你忍不住会想：这些人根本等不及别人介绍，就会直接在你的马车两边各站上一个，想三言两语内跟你说尽可能多的内容，因为他们已经看见你不耐烦地握着马鞭，但结果是这些人叽里咕噜说了一大堆话却言之无物。似乎他们已经开过党团会议了，但还有更多的党团会议在等着他们，当选落选都得讨论。毕竟有人当选，就有人落选。试想，黄昏中一个素昧平生的陌生人站在我们车旁，他信誓旦旦，而且越是没把握，越要摆出一副郑重其事的样子，这个模样一定会把马吓坏。帕萨达姆凯格河就是这样，实际与从地图上看起来迥然不同。日落时分，我们离开沿河公路去抄近道，取道埃菲尔德，并在那儿停下来过夜。这条路上的绝大部分地方都有自己的名字，这儿将来也会有自己的名字。可在我看来，在这片未被命名和开发的偏僻荒野中，标不标地名着实没有什么区别。不过我倒是注意到这儿有一片长势良好的苹果园，枝繁叶茂，正在结果，它是这一片最初的定居点，但这些苹果都是野生的，没人嫁接，所以也没有什么食用价值。在河的下游，一般也都是这种情况。春天的时候，

美国榆
American elm

如果一个马萨诸塞小伙儿带着满满一箱优良的接穗和嫁接工具来这里走一趟，那将是一笔不错的买卖，而且对这里的定居者来说，也是一桩大好事。

翌日早晨，我们乘马车驶过一片高山地带，期间看到冷溪塘，这是个长约四五英里的小湖，景色宜人，随后我们又回到霍尔顿路，在林肯这里的这一段路被称为军用公路，这儿离班戈大约四十五英里。林肯是奥尔德敦上游的一个主要村落，算是这一带较大的村落了。听说在附近的一个印第安岛上有几间棚屋，于是我们就下了马车，横穿森林，走了半英里来到河边，想找一个向导带我们上山。我们找了好久，才发现他们的住处——几间小屋坐落在一个僻静的地方，那儿景色极其柔美，岸边环绕着丰沛的水草地和亭亭而立的榆树。我们在岸边找到一条独木舟，向岛上划去。我们靠岸位置的不远处有一个十或十二岁的印第安女孩，她坐在一块冒出水面的岩石上，阳光包裹着她。只见她一边洗东西一边哀吟哼唱着一支歌，那是印第安人的曲调。岸上有一支木制的鱼叉，是用来叉鲑鱼的。在白人到这儿来之前，他们可能用的就是这个。鱼叉的一头绑着一块有韧性能活动的木头，捕鱼的时候这块木头会滑下去叉上鱼，这其实跟井杆末端固定吊桶的装置有点类似。我们向离得最近的一间屋子走去，这时有十几只长得像狼的狗冲出来把我们团团围住，这些狗可能是古代印第安狗的直系后代。第一批加拿大船夫曾把它们称为"印第安狼"，我觉得这个称呼很恰当。不一会儿，屋里的人就出来了，手里拿着一根长竿，他一边和我们交谈，一边用长竿把狗赶走。他很壮实，但有些迟钝，又长得油腻，慢腾腾地回答着我们的问题，就好像这是他那天要做的头一件正经事，他告诉我们，今天中午之前印第安人们要到"上游"去，也就是他要和另一位，另一位是谁呢？就是住在隔壁的路易斯·内普丘恩。那好吧，咱们一起去找路易斯吧。在他那儿，我们又受到了狗的接待，路易斯·内普丘恩出来了，一个精瘦结实、满脸皱纹的小个子，他应该是两人中说了算的那一个。如果我没记错的话，1837年陪杰克逊登山的那个人就是他。我们又问了路易斯一次刚才问过的问题，他的回答跟先前那位一样，而先前那个印第安人就站在旁边。看来他们中午就要出发，划两艘独木舟,到上游的奇森库克去猎驼鹿,要去一个月。"这样吧,路易斯,要是你们到岬角(马特沃姆凯格角下游一点点的五岛村)那儿扎营,我们明天就沿西支流往上走——我们四个人——然后在坝上等你,或者在这边也行。你们明后天赶上我们,让我们搭一下你们的独木舟。谁先到了就等一等,我们也不会让你们白忙活,到时候给你们钱。""行!"路易斯答道,"不过你们得给大伙儿都准备点吃的喝的,猪肉、面包什么的,就当给我的报酬了。"他说:"我肯定能打到驼鹿的。"我问他,保护神波摩娜会让我们爬卡塔丁山吗?他

香脂冷杉
balsam fir

回答说，我们得在上边埋一瓶朗姆酒，他已经埋过许多瓶了，等再去看的时候，酒全没了。他已经爬上去过两三次了，还埋过信——英文、德文、法文等都写过。这些印第安人只穿了薄薄的衬衫和裤子，就像天气温暖的时候和我们在一起的那些工人一样。他们没请我们进屋子里坐坐，而只是在屋外和我们说话。就这样，我们离开了这些印第安人，想着能找到这样的向导和同伴，也算是幸运了。

沿路只有寥寥几间房子，不过就算人类在地球上的分布有严格的法则，谁都不能以任何微小的理由来违背它，违背了就得受惩罚，那这几间也不能说是完全不合格。这儿甚至还有一两个村子的雏形，而且还正在扩张。这条路本身景色就很美。路边有各种各样的常青植物，很多我们平时都很少见到——细长优美的落叶松、北美香柏、球云杉和香脂冷杉，高度从几英寸到几英尺不等。有的路段就像是从草地里冒出来的，草地十分平整，延绵不断，路面上冲下的泥水让它变得十分肥沃。而在路的两边，只要迈出一步，就会走进那阴森、人迹罕至的荒野，其间活着的、倒下的和腐烂的树纠缠在一起，形成错综复杂的迷宫，只有白尾鹿[①]、驼鹿、熊和狼能在其中自如地穿行。这儿的植物种类如此丰富，足以让所有人家里的前院黯然失色，也给那些经过霍尔顿公路的队伍装点了前进的道路。

大约正午时分，我们到达了马特沃姆凯格，从班戈到这儿我们行进了五十六英里。我们住进了霍尔顿路旁还开着的一间常有人来往的旅店，霍尔顿驿车也会在这儿停驻。马特沃姆凯格河上在此处有一座坚实的廊桥，我记得有人说这座桥大约建了十七年了。我们吃了晚餐，顺便说一下，不管是早餐还是晚餐，霍尔顿路边的小酒馆里，桌子前排上都会摆满各种各样的"甜饼"，一直从桌子这头摆到那头。我可以打赌说，我俩往那儿一坐，面前就能摆上一排这

---

[①] 原文为 deer，未具体指明种类，故在书中无特指情况下，取北美分布最广的白尾鹿作为译名。

白尾鹿
white-tailed deer

样的甜饼,有十到十二盘。人们解释说,这是因为当伐木工走出森林的时候,会特别想吃蛋糕和馅饼这类甜食,森林里压根儿没这些东西,所以这些供应就是为了满足这种需求。供求总是要对等,这些饥肠辘辘的伐木工觉得花钱把这些吃回来也是很值当的。毫无疑问,到班戈他们还得吃别的,在马特沃姆凯格只是先用甜饼开开胃。不过面对眼前摆满的甜饼,从有甜饼吃的地方来的异乡人,还是会摆出泰然自若满不在乎的样子,但他们肯定会去抢甜饼之后的食物。我这么讲绝不是要含沙射影地说这儿的食物无法在数量和质量上满足这些异乡人的需求,因为这些来自城里而不是森林的异乡人,只想吃点鹿肉和地道的乡村食物。晚餐后,我们溜达到由两条河交汇形成的马特沃姆凯格"岬角",据说在古代这里是东印第安人和莫霍克人交战的战场。尽管酒吧里的人从未听说过此事,我们还是去那里仔细搜寻了这片遗迹,但我们只找到一些做箭头的石头薄片、一些箭头的尖角、一颗小小的铅灰色子弹和一些彩色珠子,不过这些珠子可能属于早期皮毛贸易时代。虽然马特沃姆凯格河很宽,但是这个时节能看到的只有河床了,上面布满岩石和浅滩,所以这个时节穿着靴子过河,几乎能完全不打湿脚。所以当我的同伴告诉我，他已经坐平底河船穿过偏远且尚未砍伐的森林，向上游行了五十到六十英里的时候，我觉得非常难以置信，平底河船现在很难在河口找到一个停靠港。冬天，可以在这儿捕猎白尾鹿和驯鹿，透过窗子就能看到。

在我们的同伴到达之前，我们又乘车沿霍尔顿路向上游走了七英里，到达莫伦克斯，在这儿阿鲁斯图克路与之交汇，在这片森林里有一家很宽敞的旅馆，名叫"莫伦克斯旅馆"，一个叫利比的人打理着这里，这儿看起来好像有一个供跳舞的大厅，也能用来做军事训练。在这片区域，除了这座用木瓦盖起来的巨大宫殿，看不到任何人的迹象，不过有时这儿也会住满旅行者。我注视着旅馆角落的走廊，下面就是阿鲁斯图克路，目之所及路上没有一块空地。不过倒是有个人这么晚了还赶着一辆简陋原始的马车在摸黑赶路，你也可以称它为阿

驯鹿
caribou

鲁斯图克四轮马车,其实车上就只有一个位子,座位下是摇摇晃晃的四轮马车,车上放了几个袋子,那条看东西的狗也已经睡着了。赶车人兴高采烈地说他可以替我们捎信,给谁的信都行,只要他住在那儿。我倒对此表示怀疑,如果你要到天涯海角去,你就会在那儿发现还有要去更远地方的人,就好像是在日落时分才出发回家,他驾车离去之前总归要说最后一句话。这里还有一个小商人,我起初没注意到他,他开了个店——当然了,只是间小店——开在莫伦克斯路标后边,店面看上去就像是申请了专利的干草秤上的衡重盒。至于他家在哪儿,我们就只能猜了,不过他也可能就寄宿在莫伦克斯旅馆吧。我看见他站在店门口,他的店实在太小了,要是过路的人示意要进去瞧瞧,他就得从后边退出去,隔着窗户跟顾客推销他放在地下室里的货,不过更有可能是在推销订好了但还在路上的货。我那天真应该去他店里转转,因为我当时很想买东西,可后来觉得他这样有点狠狈就没进去。前一天,我们进了一家店,它就开在我们歇脚的旅馆的对面,虽然它现在只做些小买卖,可在未来,它终有可能变成城里或镇上的合伙公司,——实际上它现在就是"某某人有限责任公司"了,只不过我忘了究竟是何人了。只见女老板从隔壁房子里走了出来,因为"某某人有限责任公司"的店面着火了,我们从她那儿买了雷管、管子和刨子,她熟知自己货品的质量和价格,还很清楚猎人们的喜好。这个店虽小,但什么都卖,足以满足森林里这些人的需求和渴求,——这些货品都是大费周章精挑细选回来的,它们要么是装箱放在马车里运回来的,要么是托霍尔顿车队运回来的。不过在我看来,跟其他店一样,都是些小孩的玩具,——会叫的狗和猫、能吹的喇叭,但这地方已经没多少小孩了。就好像生在缅因森林里、长在松果和刺柏(cedar)①浆果间的孩子,也都跟罗特希

---

① cedar 除统称松科雪松属植物外,在北美也常用在其他有香气木材的树种上,如柏科刺柏属、香柏属等,书中若无特指,则取刺柏译名。

尔德家的孩子一样，没了糖人和跳跳小人就不行。

在去往莫伦克斯的路上，据我观察，这足足七英里长的路上就只有一幢房子。我们从这儿翻过篱笆进到一块新开垦的田地里，地里种着马铃薯，山间的原木还在燃烧，我们拔起藤蔓，发现马铃薯的个头已经不小了，差不多要成熟了，它们跟野草一样长得到处都是，混在芜菁中间。烧荒种地的模式就是先砍树，然后把能烧的烧了，再把树砍成合适的长度，滚到一起堆成堆，再烧；再用锄头在树桩和烧焦的原木之间的平地上刨坑，种马铃薯。种第一轮庄稼就不需要再施肥了，烧的这些灰就足够了，而且第一年也不需要再锄地了。到了秋天，再砍、再堆、再烧、再种，直至将这块地砍光，这样之后不久这块地就可以种

北美圆柏
eastern redcedar

谷物和作物了。让那些谈论贫穷、抱怨世事艰辛的人就留在城镇里吧，那些有路费移居去纽约和波士顿的人难道就不能再花五美元到这儿来吗？——我从波士顿到班戈，二百五十英里的路程统共才花了三美元，到了这儿，他想有多富有就有多富有，这儿的土地实际上不花一分钱，只要花点劳力就能盖起自己的房子，像亚当一样开始生活难道不好吗？如果他还对贫富差别念念不忘，那就让他赶紧去城里找一间小房子住吧。

当我们回到马特沃姆凯格角的时候，霍尔顿的驿车已经停在那儿了。一个加拿大人正问着一些幼稚的问题，一看就是刚来美国。比如他问为什么加拿大的钱在这儿不能照票面价值花，而在弗雷德里克顿就能用美元——尽管这个问题本身确实合情合理。不过就我当时所见，似乎这个加拿大人是唯一没开化的新英格兰人，或者说是个十足的愣头乡巴佬，他那些上进的邻居，早就甩了他几条街，以至于他现在都不知道该问他们什么问题。凡是爱好政治、伐木和到处旅行的人性格上都不会一直很守旧，北方佬都这样，他们纷纷离开家乡，连带还抛弃了各种陈旧的观念和传统。就凭对自身务实天赋的开发这一点，他们就可以稳妥而迅速地提高文化素养，实现个人独立。

这儿的墙上挂着最后一版的《格林利夫缅因地图》，鉴于我们手上没有口袋地图，就决定照着描一张湖区的地图。于是，我们用一团麻布在灯里蘸了蘸油，在油桌布上将一张纸上油，满怀真诚而又小心翼翼地描摹着地图上那些想象出来的湖泊的轮廓，后来发现这张地图错误百出、满是漏洞。我见过的唯一一张可以称为地图的东西是《缅因州及马萨诸塞州公共土地地图》。正当我们描摹地图的时候，我们的同伴到了。他们看到了五岛村上印第安人生的火，我们据此推断一切正常。

第二天一早，我们就把背包装上了马背，准备沿西支流一路徒步跋涉上行，我的同伴已经把马在牧场上放了一个星期，将近十天，他觉得让马儿吃点新鲜的草，尝尝潺潺流水对它大有裨益，就好比它的主人吃到了边远森林里的食物，去到了未去过的乡村一样。跃过一个栅栏，我们开始顺着佩诺布斯科特河北岸

北山雀
boreal chickadee

一条依稀可见的小道往上游走。再往前走就没公路了，河是唯一的公路，沿河两岸三十英里的范围内只有六七间木屋。河两岸及周边都是没人居住的荒野，一直延伸到加拿大那边。这片土地从没被马、牛或任何交通工具涉足过。牛群和少数几件伐木工人会用到的大件工具都是趁冬天从冰上运到上游的，又会赶在冰化之前运回下游。常青林散发着一股浓郁的芳香，让人心旷神怡，空气就像低糖饮料一样清爽。我们排成一路纵队，舒展着腿脚，心情愉悦地继续往前走。岸边间或会有小小的开口，用来方便将原木滚下来，我们从开口处看到了河中的景象，看到的总是礁石和潺潺流水。我们还听到了湍流的咆哮，河上鹊鸭、身边的冠蓝鸦和山雀以及河岸开口处北扑翅䴕的吟唱。这就是人们口中的新天地，这儿只有大自然修的路和寥寥几间营房。因而在这里，人们就不能再归咎机构和社会了，取而代之的是直面罪恶的真正根源。

我们来的这个地方，常来或住在这儿的有三类人——第一类是伐木工，一年中冬春两季这儿的伐木工最多，但在夏天，除了几名木材勘查员，完全看不到伐木工的身影；第二类就是我提到的寥寥几个定居者，他们住在边缘地带，帮第一类人准备供给,是这儿的唯一常住人口;第三类是猎人,多数是印第安人,他们在打猎的季节来到这里,会为了猎物踏遍每一个角落。

　　走了三英里后,我们来到了马塔森克河和马塔森克锯木厂,那里甚至有一条简陋的木轨通向下游的佩诺布斯科特河,这是我们能见到的最后一条轨道线路了。在岸边,我们穿过了一片一百多英亩的土地,上面堆满了粗大的木材,这片森林刚被砍伐烧掉,还冒着烟。我们要走的小路穿过其中,几乎都被盖住了。这些树都还没被锯开,堆起来有四五英尺高,横七竖八地倒在地上,全都烧得炭黑,但里面还是完好的木头,无论是作燃料或木料都没问题。过不了多久,这些木头就会被锯成一段一段,再拿去烧。这里有成千考得①的木材,足以供波士顿和纽约的穷人们取暖过冬了,而现在堆在这里,只会堵塞道路,妨碍定居者们通行。这一整片一望无际的茂密森林注定

① 考得,量木材尺度单位,1考得等于128立方英尺。

白枕鹊鸭
bufflehead

要被大火慢慢吞噬,就像是刮胡子一样从这片土地上清除掉,却没人能拿它们取暖。克罗克的木屋在离岬角七英里远的萨蒙河河口处,在那里我们同行的人中有个人开始给孩子们散发许多便宜的绘本,教他们读,还给他们的父母散发一些还不算太过时的报纸,对偏远林区的人们来说,他们就喜欢这些东西。这些东西是我们非常重要的装备,在这些地方有时这是唯一的流通货币。萨蒙河的水不深,我穿着鞋就蹚过去了,不过还是打湿了脚。又往前走了几英里,我们就到了"霍华德太太家"。它在一片很大的垦荒农场的尽头,映入眼帘的是两三间木屋,有一间是在河对岸,还有几座坟,用木栅围着,坟里埋着这个小村庄未开化的祖先们,或许一千年后,某位诗人会写下一首《墓园挽歌》。只是那些"乡村汉普顿"、"缄口无名的弥尔顿"和"未曾害国家流血的克伦威尔"都尚未出生。

也许这一块地方,尽管荒芜,
就埋着曾经充满过灵焰的一颗心;

冠蓝鸦
blue jay

> 一双手，本可以执掌到帝国的王笏
> 或者出神入化的拨响了七弦琴。

下一间房舍是菲斯克家，距岬角十英里，在东支流的河口，对面是尼卡托岛，也叫福克斯岛，是印第安群岛中的最后一个岛。我特意记录下这些定居者的名字和相互之间的距离，因为这片森林里所有这些小木屋都是小酒馆，这些信息对那些可能有机会到这儿来旅行的人来说是十分重要的。我们从这儿渡过佩诺布斯科特河，沿南岸继续前行。我们同行中的一人去菲斯克家找人安排我们过夜，他回来说，过夜的地方很整洁，有很多书，还有个刚从波士顿来的新主妇，这片森林对她来说还很陌生。我们在河口处发现东支流很宽，水流湍急，比面上看起来要深得多。我们花了很多精力才又找到前行的小路，我们沿着西支流——也就是主干河——的南岸继续前行，经过罗克埃比梅湍流，河流奔腾的轰鸣声穿过森林传进我们的耳朵。不一会儿，在森林深处，我们发现了几间伐木工人的空营房，还很新，是他们去年冬天刚住过的。尽管我们后边还看到了一些营房，但都大同小异，概括来说，这些营房就是缅因伐木工在荒野里过冬住的地方。除了营房外，还有关牛群的茅舍，营房和茅舍长得很像，很难区分，唯一的区别就是茅舍没有烟囱而已。这些营房约有二十英尺长，十五英尺宽，是用铁杉、刺柏、云杉或黄桦等原木建成的，有的单用一种木材，有的则把几种木材混在一起用，树皮就留在上边。先是放两三根大的原木，一根接在另一根上，靠两端的凹口嵌在一起，就这样叠上去，直到立起来有三四英尺高，再用较短的原木放在两端的横木上，后放的一根要比前一根短，就这样一根接一根搭起屋顶。中间留一个直径有三四英尺椭圆形的洞做烟囱，周围围上一圈原木，高度与屋脊一致。用苔藓填满空隙，屋顶盖上修长美观的刺柏，或云杉、松木薄木板，这些木板都是用大锤和切刀劈成的。壁炉则是营房里最重要的地方了，它的形状和尺寸都和烟囱一样，且就在烟囱的正下方，在地面上用一圈原木栅栏或炉围和一堆一两英尺深的炉灰隔开，壁炉周围围了一圈用劈开的原木做成的结实木凳。壁炉里的火常把雪融化，又在雪水流下来之前把它烤干，根本不给它扑灭火的机会。屋檐两边是两排床铺，床上铺的香柏叶子已经褪色了。屋里还有放水桶、猪肉桶和盥洗盆的地方，一般还会有一盒脏脏的扑克牌留在某根原木上。门闩是用木头做的，样子跟铁闩没什么区别，只是得花些工夫来削。不管白天还是黑夜，壁炉里的火都会烧得很旺，待在屋里十分舒适。营房通常看起来都很沉闷和原始，而且这些建在森林里的伐木工营房就像长在沼泽地里一棵松树脚下的真菌一样，除了头顶的天空，就没什么可看的了。除了因砍倒用来建营房和做必备燃料的树所腾出来的那片空地之外，再没有别的空地。只要营房能遮风挡雨、方便工作，还靠近泉水就够了，伐木工们才不会费心去想周围的景色如何。这些营房非常适合人们在林间生活，把树干堆在一起，把人围起来，遮风又挡雨——用鲜活的绿色原木建造，木头上挂着苔藓和地衣，以及黄桦树皮的卷须和毛缘，还滴着新鲜湿润的树脂，散发出沼泽的气息，甚至还带着伞菌所具有的那种活力和长久之感。① 伐木工的食物包括茶、蜂蜜、面粉、猪肉（有时是牛肉）和豆子。马萨诸塞州种的豆子大部分都卖到了这儿。工人们若是要远行，就只能吃硬面包和猪肉，肉常是生的，切成片，是就茶吃还是水就得视情况而定了。

原始森林中总是弥散着潮湿的气息，到处布满苔藓，因此在林中穿行的时候，我总觉得自己置身于沼泽地中，只有当人家说，从木材的质量来看，砍掉这片或那片森林肯定会很赚钱时，我才会想起，如果阳光照进来，这里就会立刻变成一块干燥的田地，就像之前看到的几块田一样。即使穿着最好的鞋子，在这么潮湿的森林里

---

① 斯普林格（John S. Springer）在他的《林中生活》（*Forest Life* 1851）中说，为防止引起火灾，在要建营房的地方，他们会先清理掉树叶和草皮，而且，"通常来说都用云杉树建营房，因为云杉材质轻、笔直又没液汁"；"屋顶最上边都用冷杉、云杉和铁杉的大树枝盖上，这样当雪落到营房上时，即使在天气最冷的时候，营房里还能保持温暖"，他们还将原木凳子放在火炉前，并把它们称为"助祭的椅子"，这种凳子是用云杉或冷杉做成的，他们把原木劈成两半，一边留三四根结实的树枝做凳子腿，这样的凳子腿不会太松。原注。

加拿大铁杉
eastern hemlock

香脂冷杉
balsam fir

走,绝大多数时候脚也是湿的。在旱季最干燥的时候地面都还是这么湿软,那么到了春天会变成什么样呢?这一带森林里有许多山毛榉和黄桦,其中有一些非常大的黄桦,还有云杉、刺柏、冷杉和铁杉;至于乔松,我们只找到了些树桩,有的还很粗大,由于乔松经常是人们寻找的唯一目标,所以都已经被砍掉了,即便是这么矮的都没有幸免,而旁边的云杉和铁杉却鲜少被砍伐。卖到马萨诸塞州做燃料的东部木头都砍伐自班戈下游。除了猎人,那些在我们之前踏上这条路的,都是为了森林里的松木——主要是乔松。

离岬角十三英里处是韦特的农场,这是一块面积又大、地势又高的空地,从这儿我们可以看到下面远处河中的美景,潺潺流水泛起涟漪,水面波光粼粼。

之前我的同伴路过这里的时候，能在这儿看到卡塔丁山和周围一些山的美景，但今天烟雾弥漫，我们什么都看不到。我们只能俯瞰到一大片连绵不断的森林，沿东支流向北部和西北部的上游延伸，一直到加拿大，并向东北部延伸到阿鲁斯图克峡谷；还能顺便想象一下森林中有什么野生动物在活动。这一片还有一块面积相当大的玉米地，在三分之一英里开外，我们还没看到玉米地，就闻到了玉米那独特的干燥香气了。

我们到达了离岬角十八英里处的麦考斯林家或者说"乔治大叔家"，因为我的同伴们跟他很熟，都亲切地叫他"乔治大叔"，我们决定在这儿吃顿开斋饭，我们已经好久没吃东西了。佩诺布斯科特河对岸，也就是北岸小斯库迪克河口处有一片广阔的丘陵间低地，他的房子就在低地中间。于是我们聚在岸边一个地方以便他能看见我们，还鸣枪发了信号，枪声把他的狗引了出来，接着他的

北美山毛榉
American beech

主人也出来了，很快，他就划着平底河船把我们载到了对岸。这片空地一面临河，其他三面被光秃秃的树干围了起来，在森林中格外突兀，就好像在一千英亩的牧草地中割了几平方英尺的空地，然后在空地里放上一枚顶针一样。这是一片只属于他的天地，太阳似乎一整天只走过他的这片空地。我们决定在这里过夜，等印第安人，因为再往上游走就没有这么方便的停留处了。他没看见有印第安人经过这里，一般只要有印第安人从这儿走，他都会看到。有时候当印第安人离他还有半个小时路程的时候，他的狗就会开始叫了。

麦考斯林是肯纳贝克人，苏格兰人后裔，当了二十二年船工，连续五六年春天都在佩诺布斯科特河流域的湖泊和源头行船，而现在则定居在这儿，给伐木工也给自己筹备一些供给。他用苏格兰人特有的殷勤待客方式招待了我们一两天，还不收我们的报酬。他冷峻而又不失幽默、精明又聪明，我从来没想到在这偏远的森林里还有这样的人物。事实上，越深入森林，越会发现这些林中居民很聪明，从某种意义上说，他们并不土气，因为这些开拓者都是旅行家，他们走南闯北，在某种程度上相当见多识广；随着他熟悉的地方越广阔，他了解的信息也就比村民更普遍和深刻。人们都认为城里人聪慧高雅，若我要找一个跟他们相反，思想狭窄、无知土气的人，那就得去旧定居地，去那些耗尽常年作物的荒芜农场，去波士顿周围的城镇，甚至去康科德的公路上，这些地方尽是些头脑迟钝的居民，在缅因森林里可没有这样的人。

厨房很宽敞，晚餐就在我们眼前，旁边生的火旺得足以烤熟一头牛；茶壶下烧着很多整根原木，每根有四英尺长——有桦木、山毛榉，还有槭树，不管春夏秋冬，都一样；热气腾腾的菜很快就上桌了。这张桌子刚才还是一把靠墙的扶手椅，他把我们中那个坐在椅子上的人赶了起来，把椅子变成了桌子。椅子的扶手构成放桌子的框架，圆的桌面翻起来靠墙，就又变成了椅背，跟墙一样不占地。我们注意到，为了节省空间，这些都是原木屋里很常见的布置方式。晚餐有热乎乎的小麦饼，面粉是用平底河船运上来的，——这里不吃玉米面包，别忘了缅因上半部分是小麦产地，——还有火腿、鸡蛋、马铃薯、牛奶和奶酪，

美洲西鲱
American shad

都产自农场；还有西鲱和鲑鱼、加糖浆的茶、甜饼，以及不加糖的热饼，为了做区分，一种做成白色，一种做成黄色，这些是最后吃的。我们发现这些食物算得上是沿河流域的主要食物了，既普通又很有特色。把越橘炖了后加上糖，就是最常见的点心了。这儿有很多这样的食材，而且品质也是最好的。黄油多得不得了，那些还没有加盐的黄油，常常用来擦靴子。

　　夜里，雨敲击着屋顶上的刺柏板，我们伴着雨声悄然入眠，第二天早晨醒来时，眼皮上还落了一两滴雨滴。暴风雨就要来了，于是我们决定不离开这个舒适的地方，留下来等我们的印第安人向导，等天气转晴。整整一天，雨水一会儿洋洋洒洒，一会儿又细雨蒙蒙，一会儿又让太阳露个脸。我们干了点什么来消磨时间，说出来也可能有点无趣：我们用黄油一次又一次地擦靴子，不时有人睡眼朦胧地侧身走进卧室。趁雨停了的当儿，我去岸边走了走，在那儿摘了点圆叶风铃草和刺柏浆果；要不然我们就轮流试着用长柄斧劈门前的原木。这种斧柄的设计是为了让人站在原木上劈的——当然是未经加工的木头，因此，这个斧柄几乎比我们用的那种长一英尺。我们还和麦考斯林一起去农场看他那装得满满的谷仓。偌大的农场里，就只有另外一个男人和两个女人。农场里养了马、奶牛、公牛和羊。我记得他当时说他是第一个把犁和奶牛带到这么远的地方的人；本来可以把羊也算进去的，但是在他来这儿之前这一片已经有两头羊了。前一年种马铃薯，他种的是自己种出来的马铃薯种子，可谁能想到即便在这么偏远的地带，他还是赶上了马铃薯干腐病，只有一半的马铃薯幸免于难。燕麦、草和马铃薯是他农场的主要产品，不过他也种些胡萝卜、芜菁和"一些喂母鸡的玉米"。他也只敢冒险种这几样，因为担心它们成熟不了。甜瓜、南瓜、甜玉米、豆子、西红柿和许多其他蔬菜在那一带都种不出来。

这条河沿岸的少数几个定居者，显然主要是被这便宜的地价吸引而来的。当我问麦考斯林为什么没有更多人来这儿定居时，他答道，原因之一是他们买不到土地，现在这些土地都归个人或公司所有，这些人担心自己的荒地有人定居以后就会被并入城镇，这样他们就得为这些土地缴税了，所以就不卖；但要是去国有土地上定居，就没这等麻烦事儿了。就麦考斯林自己而言，他可不想

圆叶风铃草
bluebell bellflower

有邻居——他不想看见自己房子周围有路。哪怕是最好的邻居，也是个麻烦，还费钱，尤其是得花钱打理牛群和修栅栏。要是实在要来邻居，他们或许可以住河对岸，但千万别在同一边。

在这里，都是狗看着鸡。麦考斯林说，"老狗先看着鸡，然后教给小狗，现在它们脑子里已经形成了刻痕，凡是在农场这一带，就不准出现鸟的影子。"只要看到在上空盘旋的鹰，它们就会在下面绕圈跑，汪汪叫着把鹰赶跑，绝对不会给它冲下来的机会。枯枝或树墩上如果有"黄锤(yellow-hammer)"（也就是北扑翅䴕），狗就会立即把它们赶走。这就是狗一天里主要要干的事情，它们东奔西走一刻不停。只要有一只狗发出一点警告声，另一只就会立刻从房子里冲出来。

雨下得最大的时候，我们就回到屋里，从架子上拿些书下来看。架子上有普及版《永世流浪的犹太人》（Wandering Jew），字很小，还有《刑事案一览表》和《堂区地理》，还有两三本微小说。反正也没别的书可读，我们就看了看这些书。正是因为这些书确实能卖出去，才显得出版社原来也不是那么脆弱。麦考斯林的房子算是这条河上建得好看的了，房子是用巨大的原木建成的，裸露的原木从各处探出头来，缝隙处都用黏土和苔藓填上了。屋里有四五个房间。整个房子里没有一块锯过的木板、墙面板或护墙楔形板。整个建造过程除了斧头几乎没用到其他工具。隔墙是用长长的像护墙楔形板那样的云杉板或刺柏板做的，受到烟熏而变成柔和的橙红色。屋顶及四周也都是用同样的木板做的，而不是用护墙板或护墙楔形板。那些较大较厚的板都做了地板，这些木板笔直光滑，非常适合做地板。不仔细看没有人会看出这些木板都没经过锯切和抛光。烟囱和壁炉都是用石头垒砌的，非常大。扫把就是用几枝香柏的细枝绑到一根棍子上做成的，壁炉上方靠近天花板的位置挂着一根杆，用来烘干袜子和衣服。我注意到地板上到处是脏脏的小洞，看上去是用螺丝锥钻的，但实际上是钉鞋踩出来的，钉鞋上的钉子有一英寸长，把钉子装到靴子上，这样伐木工踩到湿原木就不会滑倒。麦考斯林家上游不远处，有一个满是礁石的湍

睡菜
buckbean

滩，到了春天原木常会堵在那里，许多"赶原木的人"都聚集在这儿，他们常到麦考斯林家补充供给，这些洞就是他们留下来的印记。

日落时分，麦考斯林指着河对岸远处的森林，只见上边的云层中露出了天气变好的迹象——几抹红色晚霞。就连罗盘都指向那边的天空。

第二天早晨，天气果然晴好，适合出行，于是我们准备出发，印第安人向导没有如约和我们汇合，我们便说服麦考斯林代替印第安人向导陪我们上路，他也不是不愿故地重游重访以前驾船的地方，只是还想在途中再找一个船工。一条搭帐篷的棉布、几条够所有人用的毯子、十五磅硬面包、十磅去骨猪肉和一些茶，这些就是"乔治大叔"包里的所有东西了。最后三样再加上我们路上可能弄到的吃的，算下来应该可以供六个人吃一星期了。再去福勒家拿上一个茶壶、一口煎锅和一把斧子，我们的装备就配齐了。

我们很快就出了麦考斯林的林中空地，再次进入四季常青的森林里。上游两个定居者踩出的小路模糊不清，有时就是伐木工也很难分辨出，不一会儿穿过林中一片杂草丛生的带状开阔区域，这里叫作"火烧地"，以前这里曾着过一场大火，向北蔓延了九到十英里，一直烧到米利诺基特湖。走了三英里，我们到达沙德塘（Shad Pond），是由河流扩展出去形成的。州副地质勘测官霍奇于1837年6月25日经过这里，他说："我们推着船穿过一英亩多的睡菜，这种植物的根扎在河底，花开在水面，长得极其茂盛漂亮。"托马斯·福勒家在沙德塘边，米利诺基特河河口处，离麦考斯林家有四英里，离这条河上的同名湖有八英里。从湖上走，能更快到达卡塔丁山，但我们更想顺着佩诺布斯科特河和帕马杜姆库克湖走。福勒刚建好一座新木屋，我们到的时候，他正要从近两英尺厚的原木中锯一个窗出来。他已开始用云杉树皮来糊房子了，他把树皮反着贴，效果不错，而且与周围的环境也很相称。福勒没给我们倒水，而是直接拿啤酒招待的我们，这儿是可以喝酒的，酒嘛，倒还不赖，酒体轻薄，但味道却像刺柏树液一样浓烈。就好似我们在这儿吮吸着自然之母那被松树遮住了的乳房，米利诺基特所有植物的液汁都被融合在这乳汁里——这是原始森林

白头海雕
bald eagle

中最高级、最奇异、最香醇的味道，林中所有让人精神充沛而浓烈的汁液和精华都渗出融入了其中——这是伐木工的饮料，它能让人马上适应水土，迅速融入新环境，可以使人双目清澈，如果睡着了，会在梦里听到风吹松林的飒飒声。这儿有一根等着人吹奏的横笛，我们借此吹奏了几支悦耳的旋律，带它至此，大概也是为了用笛声来驯服野兽吧。我们站在门边的木屑堆上，鱼鹰就在我们头上翱翔；在这儿，在沙德塘上空，人们大概每天都能看到白头海雕欺负鱼鹰的场面。汤姆指着湖那边的白头海雕的巢给我们看，这个巢筑在一棵远高于四周树木的松树上，哪怕在一英里多外也清晰可辨，而且每年都是同一对白头海雕来这儿落巢，所以他觉得这个巢很神圣。那儿就只有两间房子，他自己的低矮木屋和白头海雕用树枝建的天空之城。托马斯·福勒也被说服加入了我们的队伍，因为驾平底河船需要两个人，而我们不久之后的路途都得靠平底河船，要想在佩诺布斯科特河上航行就非得靠这些头脑冷静、技术高超的船员不可。汤姆很快就打包好了，因为他的船工靴和红法兰绒衬衫就在手边。红色是伐木

麝鼠
muskrat

工最喜欢的颜色，红法兰绒对他们来说似乎具有某种神秘的功效，排汗透气，最健康和方便不过了。每群伐木工里总会有一大部分人穿得像红色的鸟。我们在这儿上了一艘又破又漏水的平底河船，顺着米利诺斯基特河往上游撑去，准备去两英里外的老福勒家，打算在那里换一条更好一点的平底河船，这么走也可避开佩诺布斯科特河上的格兰德瀑布。米利诺基特河是条小河，浅且多沙，到处都是鱼的巢穴，有七鳃鳗或亚口鱼的巢穴，河两边还排满了麝鼠的窝，但据福勒说，除了靠湖的出口处，河上没有湍流。他这会儿正忙着在草甸和河中低矮小岛上砍一种当地的草，他管这种草叫作灯心草和草甸车轴草。我们注意到河两边草地上有被压平的地方，福勒说，前天晚上有驼鹿在这儿睡过，他还补充道，在这片草甸里有几千只驼鹿。

老福勒家在米利诺基特河边，离麦考斯林家有六英里，离岬角二十四英里，是我们路上经过的最后一户人家了。索瓦德尼亨克河边的吉布森家是上游唯一的林中空地，但后来经营失败，现在早已荒废。福勒是最早来这片林中定居的。他之前住在西支流的南岸，离这儿有几英里远，当然在那儿盖房子已经是十六年前的事儿了，那是五岛村上游建的第一座房子。我们要从这儿用幼树做的陆上马拉雪橇把我们的新平底河船运过第一条两英里长的陆上运输线，绕过佩诺布斯科特河上的格兰德瀑布，避开满地的石块；但我们得等几个小时，等他们把马牵过来，这些马被扔到远处的树桩里吃草去了，它们边吃边走，已经溜达到更远的地方去了。这一季最后剩下的鲑鱼也已经被捕上来了，腌起来放在那儿还很新鲜，我们取了一些装满我们的空壶，因为以后再往林子里走，我们就只能吃些简单的食物了。上一周在这里，他们第一群羊丢了九只，被狼给害了。幸存的羊回到房子周围，一副受了惊的模样，于是他们去找其他的羊，最后发现有七只死了，被狼撕碎，有两只还活着。他们把这两只抱回屋子，福勒夫人说，它们只是喉咙那里被抓伤了，除了几处像是被针戳的伤以外，看不到其他的伤口。她剪掉了喉咙那儿的羊毛，给它们洗净，上了点药，就把它们放出去了，但过一会儿这两只羊就不见了，再也没找回来。其实它们都中毒了，那些找到的羊都马上肿了起来，所以皮和羊毛都不能用了。这证实了狼和羊的古老寓言，这也让我相信这种古老的敌对关系仍旧存在。这次放羊小孩实在是不必再骗人说狼来了。门边设置了大大小小的钢制陷阱，用来抓狼、水獭和熊，这些陷阱都是大爪状的而不是齿状的，因为这样能卡住它们的肌腱。诱杀狼通常用的是有毒的诱饵。

在这里吃过常规的偏远森林食物之后，马终于来了，我们把平底河船拖出水，用绳子把它捆在柳条做的拖板上，把包也扔了进去，然后在前面走，其他的事情就都交给船夫和车夫去处理，车夫是汤姆的兄弟。我们路上会穿过那片羊群被害的天然牧场，还要经过一些对马来说也算得上最难走的路，还得翻过多石的山丘，柳条拖板会在上面颠跳滑行，就好似在暴风雨中上下颠簸的船只，所以到时候必须得有个人站在尾部，像迎着狂风巨浪在船尾掌舵的舵手一样控制住船，免得被撞坏。我们前进的原理是这样的：前行撞到三四英尺高的岩石上时，拖板会后弹，同时向上跃起，由于马在不停地往前拉，所以拖板就会落在岩石顶部，于是我们就顺利翻过去了。这条陆上运输线可能是古时候印第安人运东西绕行瀑布时所走的线路。两点钟的时候，我们这些走在前面的就已经到达瀑布上面的河段，离奎基什湖的出口不远，我们就在这儿等着平底河船运过来。我们刚过来没多久，就看见一阵雷雨从西边袭来，遮住了本就看不见的湖和那片我们渴望能更加了解的迷人荒野；没多久，豆大的雨点就噼里啪啦地打在我们周围的树叶上。我刚挑好一棵倒在地上的大松树，正要往它那直径约有五六英尺的树干下爬的时候，船就到了，真是幸运。这时要是有已经躲好的人看到这个场景一定会忍俊不禁，当雨水劈头盖脸洒下来的时候，我们着急忙慌地松开绑绳，把船翻个个儿。船一到，一群人就迫不及待地伸手去接，然后马上就被翻过来，随地心引力落下调整好；船还没来得及被好好放到地上，大家就都俯身钻到船下躲雨，在下面像几条鳗鱼一样蠕动。当大家都钻进来以后，我们撑起背风的那边，开始忙着削桨耳，等我们到湖区划船时好用；我们还唱起还记得的那些船歌，歌声在森林里回荡，合着不时响起的雷鸣声。暴雨一阵接着一阵向我们泼来，马儿站在雨中，毛因为雨水的冲刷而变得油光发亮，但它们精神却有些萎靡，一匹匹都垂头丧气着；好在有船底可以当屋顶，不会淋到我们。困在这儿两小时之后，我们看到要去的西北方，终于出现了一丝转晴的迹象，这预示着我们可以在晴朗的夜晚赶路；车夫牵着马回去了，我们则抓紧时间将船放下水，虔诚地开始我们的旅程。

　　包括两个船夫在内我们一行共六个人。我们把包堆在船首，我们自己也都像包裹一样排好座位以保持船的平衡；船夫交代我们不许乱动，以免撞上礁石，于是我们就像几个猪肉桶一样安静地坐着。就这样，我们划入了第一段湍流，这还只是试航，它在我们要航行的这条河里算得上是平缓的了。乔治大叔坐在船尾，汤姆坐在船首，两人各拿一根十二英尺长、竿头有铁尖①的云杉撑竿，在同一侧撑船。我们像鲑鱼一样迅速滑过湍流，河水在身边奔腾咆哮。在这里，只有经验丰富的老船夫才能找到安全的航线，分辨出哪儿是深水、哪儿是礁石，我们的船常常擦着礁石的边划过，有时一边有礁石，有时两边都是，就像阿尔戈号经过撞岩叙姆普勒加得斯时那样惊险，

① 加拿大人称之为 *picquer de fond*。原注。

北美水獭
North American river otter

这种千钧一发的时刻起码经历了有上百次。我以前划过船,有点划船经验,但以前的所有经历都不及这次刺激,甚至连一半都赶不上。幸运的是,我们把不认识的印第安人向导换成了这两位——还有汤姆的兄弟——他们都是这条河上出了名的最出色的船夫,而且他们立即成了我们离不开的领航员和好伙伴。印第安人的独木舟比较小,还更容易翻船,而且也坏得更快;据说我们找的那个印第安人向导驾驶平底河船的技术没这么好,而且他多数时候不可靠,比较容易生气和冲动。即便是最熟悉在静止的溪流里或海洋上航行的人也未必能适应这种特殊的航行条件。其他地方技术最好的船夫到了这儿也只得上百次地把船拖出河道,抬着绕行,不仅耽误时间,还不能保证平安无事。而有经验的平底河船夫就可以相对轻松安全地撑着船逆流而上。能吃苦的"船员"凭着一种令人难以置信的毅力成功地把船撑到了瀑布脚下,只有在礁石陡峭的地方才抬着绕行,随后就又把船放进"表面平静的激流,在它的暗涌冲击之前",努力划过上游奔腾的湍流。印第安人说这条河曾同时向两头流,一半往上游流,一半往下游流,但自打白人来了以后,河流就只往下流,害得他们只得费力撑着独木舟逆流向上,还得抬着它们走过无数的陆上运输线。夏天所有的补给品——开拓者们需要的磨石和犁,勘探者们需要的面粉、猪肉和工具——都得放在平底河船里运到上游,许多船夫为此丧生,许多货也都沉入了河底。但是在这平静而漫长的冬天,冰在河面铺出一条大道,伐木工的队伍沿着冰面深入奇森库克湖,到更上游去,甚至能到离班戈两百英里远的地方。试想一下,白雪覆盖着长满常青树的荒野,一架雪橇在林中穿行一百多英里,独自驶向深处,周围被森林紧紧围住,而后又笔直地穿过冰封的宽阔湖面,多么美妙的景象啊!

不久我们就进入了奎基什湖平静的水域,我们轮流划船过湖。这是一个形状不规则却很漂亮的小湖,四周有森林环绕,看不到人的踪影,只有远处的小湾里,能看到一些留着春天用的低矮水栅。岸边的云杉和刺柏上挂着灰色的地衣,远远望着就像树鬼一样。鸭子在湖里游来游去,一只孤独的潜鸟像一朵调皮的浪花,是湖面上不可或缺的一景——自顾自地嬉笑,时不时伸出腿,让人忍俊不禁。乔梅里山从西北面露出了身影,就像是特意俯瞰这湖一样。卡塔丁

普通潜鸟
common loon

山也第一次出现在我们的视野中，但只看得到一部分，云雾遮住了山峰，像一道幽暗的地狭横在那里，把天和地连在一起。我们在平静的水面划了两英里，横穿湖泊，又回到了河道，随后通向水坝的一英里都是连续不断的激流，使得我们的船夫得用尽全部的力量、使出浑身解数才能把船撑上去。

到了夏天，牛群和马就无法通过了，对于这个地方来说，这个堤坝是个十分重要又费钱的工程，堤坝将整条河的水位提高了十英尺，据他们说，堤坝把这条河沿岸的大量湖泊连在了一起，淹没了约六十平方英里的土地。坝很高且很坚固，坝的上游处有斜墩，斜墩是用原木做的框架，在中间填上石头，用来破冰。①在这里，每一根过闸的原木都得付通行费。

① 就连那些熟悉圣劳伦斯河和加拿大其他河的耶稣会传教士，在头几次到阿伯纳奎努伊斯河的时候，也会特意提及这些到处都是礁石的河。原注。

我们顾不上什么礼节，鱼贯而入就进了建在这里的简陋伐木工营房。营房跟我之前介绍的一样，厨师是当时唯一一个留守营房的人，他马上就给他的客人们准备茶水去了。他那被雨淋成了泥坑的壁炉也很快又燃起了熊熊火焰，我们坐在壁炉边的原木长凳上，烤干身上的水。我们身后两侧屋檐下摆着香柏叶子铺起的床铺，床已经被睡得很平了，还有些褪色，叶子上散落了一页《圣经》，是《旧约》中讲某个家系的章节。我们还找到了爱默生的《关于解放西印度群岛奴隶的演讲》，一半被埋在树叶里，是我们同伴中的一个以前留在这儿的，有人告诉我，有两个人因为读了这篇演讲转成自由党了。这儿还有几本1834年的《威斯敏斯特评论》，和一本题为《在迈伦·霍利墓上立纪念碑的历史》的小册子。这就是缅因森林伐木工营房里的所有读物，或者说能读的东西。这里离公路有三十英里远，再过两星期这营房就空无一人了，到时候，这里就是熊的天下了。很多人都翻阅过这些书，书早就被弄得又脏又旧了。这个营地的头儿是个叫约翰·莫里森的典型北方佬，这个营地里不仅有懂建坝的人，还有些万事通、多面手、擅长用斧子和其他简单工具的人，以及精通木工和驾船技术的人。在这儿，我们晚餐居然吃上了烤饼，饼烤得像雪一样白，但没有黄油，当然还有吃不完的甜饼。我们估摸未来短期内都吃不上这种饼了，于是就把它们塞进了口袋，装得满满的。能吃上这种精致松软的食物对偏远森林里的人而言可以算是很难得了。当然还有不加牛奶加糖浆的茶。就这样，我们回到岸上时和约翰·莫里森那帮人打了个招呼，又换了条更好的平底河船后，就趁天色未黑匆匆上路了。这个营地按照我们来时走的路线来算，正好离马特沃姆凯格角二十九英里，按水路来算，离班戈有一百英里，再往前走，就既没有人类的聚居地，也没有可以循迹的小路了。只能划着平底河船和独木舟顺着河流湖泊前行，这也是唯一可行的线路。卡塔丁山的顶峰已经出现在我们眼前，尽管我们之间的直线距离可能就不过二十英里，但溯流而上却要划上个三十英里。

　　那是一个温暖宜人的夜晚，圆月当空，我们决定借着月光再划五英里到北双子湖的源头去，免得早上起风了就不好划了。我们在河上，或者按船夫的话说在"航道"上走了一英里，因为河流充其量不过是湖之间的连接通道，又经过一些小湍流，它们大都因修了堤坝而变成了平静的水域，而后赶在太阳刚刚落山后进入了北双子湖，又驾船行驶四英里穿过湖区，前往下一个河流"航道"。这一片水域非常宏伟，人们看过就会觉得这片新土地和"森林之湖"浑然一体相得益彰。这儿没有冒着炊烟袅袅欢迎我们的原木屋或营房，没有热爱自然的人或在冥想的旅行者从远山上看着我们的平底河船，甚至连印第安猎人的身影也没有，因为印第安猎人极少上岸爬山，通常他们只会跟我们一样走水路。这儿没有人类的气息，只有自由欢乐的常青树，它们伸出纤细而又奇形怪状的小树枝，在它们古老的家园里枝枝交叠地挥舞着，欢迎我们的到来。起初红霞落在西岸，华丽恢宏，就像照耀在城市上空一样，湖则敞开怀抱以一种文明的姿态接纳着洒下来的阳光，好似在期盼贸易和商业的到来，期盼着城镇和别墅的

郊狼
coyote

落户。我们依稀分辨出通向南双子湖的入口,据说它的入口比北边的那个要大,岸边有蓝色的迷雾笼罩着。视线透过那狭窄的开口,穿过一整片宽阔幽暗的湖面,一直望向那更模糊遥远的湖岸,面对此等景象,方觉得费些时间也是值得的。湖岸缓缓攀升,慢慢贴近那一片林木茂盛的低矮小山。尽管连这个湖周围的乔松木——那可是最值钱的木材了——实际上都已经被砍伐殆尽了,但湖上的航行者们是决不会注意到这个问题的。这种景象给我们留下的印象是我们似乎是处在美国与加拿大之间的高地上,高地北边的河流流向圣约翰河和肖迪埃河,南边流向佩诺布斯科特河和肯纳贝克河,事实上也的确如此。湖岸上没有我们所预料的那种陡峭的山崖,高原上只有四处散落的孤零零的小丘和高山。这儿是湖中的群岛——新英格兰的湖区。不同湖之间的海拔只差几英尺,船夫可以选择走陆上运输线,或直接走水路,轻松地从一个湖进入另一个湖。据说水位非常高的时候,佩诺布斯科特河和肯纳贝克河的水相互流通,至少你躺在水里会感觉到脸上淌过的是一条河的水,而脚趾触碰的是另一条河的水。就连佩诺布斯科特河和圣约翰河也被水道连接了起来,因此,阿勒加什上的木材不顺着圣约翰河漂下来，而是沿着佩诺布斯科特河漂下来。所以印第安人关于佩诺布斯科特河曾同时向两边流的传说，从某种意义上讲，如今已经部分成了现实。

我们一行中只有麦考斯林曾去过这个湖的上游，所以我们非常信任他，全仰仗着他来领航。不得不承认，在这片水域航行，有一个领航员是至关重要的。人们在河里很容易辨别出哪边是上游，但当进入湖区时，就完全分辨不出水流的流向了，即使仔细观察远处的湖岸，也无济于事，还是无法判断是从哪儿进来的。先前没有来过这儿的人很容易迷路，至少第一次是这样的，而一旦迷路，想再次找到水的流向，就得颇费一番工夫了。湖岸弯弯曲曲，蜿蜒十英里甚至更长，而且很不规则，想在地图上绘制出来都要花点时间，更别提沿着它航行了，不仅让人精疲力竭，还会搭上很多时间和供给。他们说，曾经有一帮有经验的伐木工被派到这条河上的某个地方，结果他们在这片茫茫湖区迷路了。他们不得不在丛林里披荆斩棘，扛着行李，抬着船沿着自己开出来的路从一个湖走到另一个湖，有时要走上几英里。他们走到了米利诺基特湖，那已经是另一条河上的湖了，十英里见方的湖面上有一百来个岛。他们沿着湖岸前前后后走了一个遍，随后又扛着船和行李进了另一个湖，再进入另一个，经过一星期的艰难跋涉和焦急赶路，终于又找到了佩诺布斯科特河，可惜的是他们刚好耗光了供给，不得不无功而返。

湖的源头附近有一个小岛，不大，像是湖面上的一个斑点，乔治大叔掌舵驶向这个小岛，我们则轮流在水面快速划船，同时唱起所有我们还记得的船歌。月光下，湖岸看上去忽远忽近。我们时不时停止歌唱，靠在桨上歇息，听听周围是否有狼嚎，在夜里，听到狼嚎是很平常的事情，我的同伴非常坚定地说，狼嚎绝对是这个世界上最凄厉可怕的声音，但这次我们什么都没听到。不过，尽管我们什么都没听到，但我们确实在认真地听，不是毫无理由毫无期待地听。至少我得说两句，在这树木茂密的阴郁荒野里，只有那完全不开化的大嗓门猫头鹰在凄厉地大声鸣叫，它显然毫不觉得自己形孤影只，对此也不觉得不安，也不怕听到自己叫声的阵阵回响。我们还时刻记着，在远处的小湖湾，可能有驼鹿正悄悄注视着我们，抑或是某只乖戾的熊或胆小的北美驯鹿因为我们的歌声而受到惊吓。我们又开始唱起了加拿大船歌，唱得比之前还大声——

> 划吧，弟兄们，河水淌得急，
> 险滩已接近，白昼已过去。

这歌词准确地描述了我们的冒险之旅，它的创作灵感肯定是来源于类似的生活经历，因为湍流不断接近，而白昼也早已过去；岸边的森林也隐隐约约看不清楚，渥太华的潮水就从这儿不断流入湖里。

> 为什么我们依然张着帆？
> 没一丝风吹皱蓝蓝水面；
> 但等岸上吹来了好风，
> 就让疲劳的桨歇一阵。
>
> 月亮在颤抖，它即将看到
> 我们在渥太华急流上漂。

终于，我们滑过了定的地标"绿岛"，大伙儿都一起合唱了起来。似乎通过这河湖之间的连接水路，我们就将漂入那未知的世界，开启我们无法想象的冒险之旅——

> 绿岛上的神哪，请给我们
> 凉爽的天和一路的顺风！

约九点的时候，我们进入了河道，把船划进岩石之间的天然避风港，随后把它拖上岸搁在沙滩上。因为过去来这儿伐过木,所以麦考斯林已经对这个宿营地很熟悉了,即使只有朦胧的月色,也能准确地找到这里。我们听到凉爽的溪水潺潺流进湖里,给我们带来饮用水。到了营地第一件事是生火,下午下了一场大雨,这会儿柴火和地面都湿漉漉的,花了不少时间才生起火来。不论春夏秋冬,火都是营地的主角,只有它能让营地变得安逸舒适起来,一年四季都烧得旺旺的,让人觉得十分舒服。火不仅能取暖、祛除湿气,还能给人带来欢乐。它展现了营地独特的一面,至少是明亮的一面。大伙儿分头去捡回了些枯树和枯枝,而乔治大叔则去砍了些附近的白桦和山毛榉,很快,我们就生起了十英尺长、三四英尺高的火堆,火堆前的沙子很快就烘干了。这堆火我们计算好可以烧一整夜。接着我们开始搭帐篷,先把两根尖杆斜插进地里,两杆相隔十英尺,作为椽木,然后拉起棉布盖在上面,将两端绑住,敞开前面,像棚屋一样。但这天晚上风把火星吹到了帐篷上,把帐篷给烧了。我们赶忙把平底河船拉上来,放在森林边上,对着火堆。我们把船的一侧撑起三四英尺,把帐篷铺地上,躺在上面,拉过毯子的一角,或随便什么够得到的东西盖住身体,头和上半身躺在船下,脚和腿露在沙上,对着火堆。一开始我们干躺着睡不着,就聊我们的行进路程,后来我们发现躺着非常适合观察天空,月光照着我们的脸,星星就在眼前闪烁,我们的话题也自然而然地转向了天文学,我们轮着讲在天文方面最有趣的发现。最后我们都沉沉地入睡了。半夜醒来的时候,看到同伴奇形怪状的睡姿,觉得甚是有趣,他还没睡着,就悄悄起来拨弄火堆,添点新柴火,变着法儿打发时间。他一会儿悄悄从暗中用力拖来一棵枯树,把它扔进火堆里;一会儿又用树杈拨弄拨弄余烬;一会儿又踮着脚尖四处走动看看星星。也许躺着的同伴里一半人都屏息静观他的一举一动,因为大家可能都醒了,但又以为旁边的人还在酣睡,于是只能这样躺着,搞得气氛还有些紧张。既然醒了,我就起身去给火添点新柴,然后踩着月光在沙滩上漫步,希望能遇上一只下来喝水的驼鹿,要不然一头狼也行。小溪流动发出的声音在夜里似乎变得更响了,整个荒野上都回荡着叮当声。沉睡的湖泊就像玻璃一般光滑,冲刷着新世界的湖岸，湖面上到处都是黑乎乎的岩石，长得非常奇异，这种景象真是叫人难以描述，在我的记忆中留下了一个久久挥之不去的景象，让我觉得这片荒野既严酷又温柔。半夜的时候下起了雨，雨水打在脚上，把我们都弄醒了；阴冷潮湿的气息让大伙儿意识到下雨了，不禁长叹一声把腿缩进来。从躺着身体与船呈直角的姿势慢慢挪到与船形成锐角的姿势，把身子蜷缩在船下。我们再次醒来的时候，月亮和星星也再次露出了身影，东方天色既白，快要日出了。我之所以在这里费这么多笔墨，就是为了让大家感受一下林中的夜晚。

不久，我们就又让船下水了，装好东西，只留下我们的火堆还在岸上熊熊燃烧，就这样，我们连早餐都没吃就又出发了。因为原始森林里非常潮湿，所以伐木工们也很少专门去灭火。在马萨诸塞烟雾弥漫的日子里，我们经常听说缅因森林发生火灾的消息。毫无疑问，这是诱发火灾的一个原因。乔松被砍伐殆尽以后，人们就觉得这片森林没什么价值了。勘探者和猎人们祈祷下雨，只为消除这空气中的烟雾。不过，今天森林里湿气很足，所以我们的火堆不会蔓延成火灾。在河的航道里逆流而上撑了半英里后，我们又划了一英里横穿了帕马杜姆库克湖的最下部，在地图上这个名字指的是一连串的湖，但这些湖连在一起看起来似乎就是一个大湖，尽管很明显每个小湖都被一条河道分隔开了，且这些河道狭窄多礁，到处都是湍流。我们横穿的这个湖是其中最大的一个，它向西北延伸了十英里，一直伸向远处的小丘和高山。麦考斯林指着西北方，告诉我们那边的山上有成片的乔松，可只是那里还进不去。西边位于我们和穆斯黑德湖之间的乔梅里湖，在前不久还被"这个州最好的一些木材产地环绕着"，如果这些林地现在还在的话。通过另一航道，我们进入了迪普科夫湾，这个湾是湖的一部分，长约两英里，东北向。我们划了两英里横穿这个小湾，经过另一条短一点的航道，进入了阿姆贝吉吉斯湖。

在湖的入口处，有时我们会看到所谓的"围栅装置"，就是一些围成水栅栏的木材，这些木材未经砍削，要么是紧紧绑在一起放在水里，要么是摆在岩石上，用绳子捆到树上，以备春天使用。但在这儿看到明显有文明人来过的痕迹，总还是会让人有些吃惊。我记得我们返程的时候，在这荒凉的阿姆贝吉吉斯湖的源头，看到一颗钻进岩石里的带环螺栓，还用铅加固过，当时我就有一种不可思议的感觉。

显而易见，将原木沿河运下既艰难惊险，又令人激动。一整个冬天，伐木工们都在不断地从河源头处的一些干涸峡谷里砍树、切好，再堆起来。而后，等到了春天，就站在岸边吹口哨，祈求着春雨和解冻，恨不得解开衬衫，把汗拧出来，让潮水涨得更快一些，直到最后突然忍不住大声呼喊起来，欢呼着，闭上双眼，好似要跟当下作别，整个冬天的大部分成果，就这样争先恐后地冲下山谷，他忠实的狗紧随其后，解冻、春雨、山洪、大风，一起涌来，呼啸着一起冲向奥罗诺锯木厂。每根原木上都标了主人的名字，有的是用斧子刻在边材上的，有的是用螺旋钻钻的，刻的力道非常讲究，既不能刻得太浅以免在漂流的过程中被磨掉，又不能钻得太深伤了木材。而且伐木工又人数众多，所以一定得发挥聪明才智设计出一个新颖又简单的标志才行。他们有一套自己的字母表，只有经验丰富的人才认得出来。我的一个同伴拿出他的备忘本，从上边找到他的原木上的一些标志，这些标志中有十字形、带状标志、乌鸦脚、腰

糖槭
sugar maple

带等等，比如"Y-带状标志-乌鸦脚"，还有各种各样的其他图案。每根原木都只能靠自己，历尽千辛万苦，穿越无数湍流和瀑布，期间难免要挤来撞去受些摩擦，这些刻着不同标志的木头都混到了一起，因为所有的原木都得借着同一次山洪到下游去，赶原木的人把它们集中在湖的源头，并用漂浮的原木做成的栅栏围起来，防止它们被风吹散。原木就这样被绞盘或吊杆拖过风平浪静的湖，就像一群温顺的羊一样，有时我们在岛上或湖泊岬角上就能看到这些绞盘或吊杆。条件允许的话，还可以用帆和桨来帮助这些原木前进。尽管如此，有时原木还是会在几小时内就被风和山洪冲跑，散落在方圆几英里的湖面上，有的会被冲到远处的湖岸上，而赶原木的人一次也就只能救回一两根木头，然后再把它们带回到航道上。要把一批原木赶过阿姆贝吉吉斯湖或帕马杜姆库克湖，他得在岸边安营扎寨好几次，要在这些潮湿而又不舒适的帐篷里住上好几晚。他必须能像驾独木舟一样驾驭这些原木，而且还要像麝鼠一样无惧寒冷和潮湿。他有几样法宝，一种是一根六七英尺长的杠杆，通常是用糖槭做的，杆上有一块坚固的尖铁，牢牢地箍在杆上，还有一根长长的尖杆，尖铁的顶端有一个螺丝，用以起固定作用。沿岸的男孩们都能在漂流的原木上行走，跟城里的孩子在人行道上走没什么一样。有时原木会被冲到岩石上边，除非再来一次山洪，水涨到岩石那么高，才能把它们冲下来；有时大量原木会涌到湍流和瀑布处，挤成一大堆，赶原木的人只能冒着生命危险，把它们分散开，让它们接着向前漂去。这就是木材业，总会受到很多不确定因素的影响，比如河面必须得早早结冻，这样伐木队才能赶在伐木季节去到上游；春天山洪的水量必须要足够大，才好把原木运下去；当然还有许多其他因素。①

① "平稳的水流比上涨或下降的水流更有利于赶原木：因为当河水迅速涨起的时候，河中间的水会比靠近岸边的水高出很多，不是只高一点点，那落差大得人站在岸边用肉眼就能清楚地看到，这种水面看起来就像收费高速公路的关卡一样。因此，木材总会从河道中间漂向两边的河岸。"——斯普林格。原注。

我想引用一下米肖（Michaux）在《论肯纳贝克河上的伐木业》中的一段话，——在当时，肯纳贝克河一带出产最优质的乔松木，它们全都被运到了英国，——"从事这一行的人通常都是从新罕布什尔州移居来的……夏季他们组成一个个小队，从各个方向穿过这片广阔荒凉的森林，只为确定乔松多的地方。他们把割下来的草晒成干草料就回家去了，这些干草料留着喂以后干活要用的牛。冬天到来的时候，他们会再次进入森林，搭起一座座小木屋，屋顶上盖着纸皮桦或香柏的树皮。虽然天气非常冷，有时气温连续几周都保持在 40 至 50 华氏度，但他们还是丝毫不松懈，保持振奋继续工作。"斯普林格说，这些小队由砍伐工、负责开路的清理线路工、剥树皮工、装卸工、赶车工和厨师组成。"树砍倒以后，他们会把它砍成 14 到 18 英尺长的原木，再用高超熟练的技术

**纸皮桦**
paper birch

驾着牛把木材拉到河边。随后在原木上印上标志，表明财产归属以后，就把它们滚入冰冻的河上。等到春天冰化的时候，原木就会顺流漂下……第一年没被拖走的原木，"米肖补充道，"会被大个的蛀虫侵占，它们会从各个方向咬出一堆直径约两英分的洞；但如果剥掉了树皮，这些原木就可以放上个三十年不被虫蛀。"

在这个静谧的星期日早晨，我突然觉得阿姆贝吉吉斯湖是我们见过最美的湖。据说这是最深的一个湖，掠过湖面，我们看到了乔梅里山、双顶山和卡塔丁山最美的景致。卡塔丁山顶峰的外形是个奇特的平坦台地，像一截短短的公路，这地方就像是某个半人半神下来转一两圈遛弯消食的地方。我们向湖的源头方向划了一英里半，穿过一片睡莲的叶子，然后上了岸，在麦考斯林曾到过的一块大岩石边做早饭，我们的早餐有茶、硬面包、猪肉和炸鲑鱼，这儿长着桤木，我们把桤木树枝削得整整齐齐，用来当叉子，把桦树皮扒下来做盘子。茶是红茶，没有牛奶可以加进去调色，也没有加糖。两个锡制长柄勺就拿来当茶杯，这儿的伐木工和爱说闲话的老太太一样，完全离不开这种饮料，当然毫无疑问，这茶水给他们的林中生活也带来了极大的享受。麦考斯林犹记得这儿曾是一位老伐木工的营地，现在早就长满了野草和灌木。在这茂密的丛林中，在一条动物会出没的小路上，我们看到了一块岩石，上边落了一块很干净的红色四方形砖，还是一整块，跟砖厂里的砖一模一样，一定是先钱有人把它们扛这么远拿来打夯用。后来，我们中有些人后悔没把这块砖带上山顶，可以留在那儿作我们的标记，而且它一定会成为一个文明人曾来过这儿的简单证据。麦考斯林说，有时还能找到那些栎木做的大十字架，矗立在这荒野里，还完好无损，它们是由第一批穿过这片丛林到肯纳贝克河传教的天主教传教士立起来的。

我们这次的航程延长了九英里，我们这一天余下的时间都耗在这段路程上了。我们划过了几个小湖，又逆流撑过无数的湍流和航道，还扛着船走过四条陆上运输线。这里我列出这些地名和航行距离，以供将来的旅行者参考。首先，离开阿姆贝吉吉斯湖后，划过湍流，上岸走陆上运输线，扛着船走了九十杆的

灰桤木
gray alder

距离绕过阿姆贝吉斯瀑布,随后又划船一英里半渡过窄得像河的帕萨马加梅特湖,来到其同名瀑布——阿姆贝吉吉斯河从右侧流入;接着划两英里渡过卡特普斯孔内甘湖到另一条陆上运输线,走上约九十杆绕过卡特普斯孔内甘瀑布,卡特普斯孔内甘这个名字本身的意思就是"搬运地"——帕萨马加梅特河从左侧流入;接着走三英里渡过波克沃科穆斯湖,这个湖是河流扩展形成的一个小湖,过了湖之后就来到了下一条陆上运输线,长约四十杆,在陆上绕过波克沃科穆斯河同名瀑布——卡特普斯孔内甘河从左侧流入;接着划上一英里渡过与上一个湖类似的阿博尔贾卡梅古斯湖,到达约四十杆长的陆上运输线,陆上绕过阿博尔贾卡梅古斯河同名瀑布;最后划过半英里的湍流来到索瓦德尼亨克死水和阿博尔贾克纳吉西克河。

总的来说，逆流而上时所经过的地名，一般都是这样一个顺序：首先如果河流有延伸，就先是湖，如果没有，就是死水；接着是瀑布；然后是汇入湖里的河流，或是上游的河，这些河流湖泊还有瀑布，都用同一个名字命名。我们先是来到帕萨马加梅特湖，接着到帕萨马加梅特瀑布，随后进入汇进湖里的帕萨马加梅特河。这种命名的顺序和同一性，会让人觉得很有哲理，因为死水或湖泊的形成。都与上游河流汇入有关，至少部分原因是。而下游的第一个瀑布就是湖的出口，同时也是那条支流最初开始骤降的地方，因此瀑布自然也取了同样的名字。

在绕行阿姆贝吉吉斯瀑布的陆上运输线上，我看见岸上有个猪肉桶，靠在一块矗直的岩石上，桶的一侧开了一个直径八九英寸的洞；但熊既没把桶翻过来，也没把它弄倒，而是在另一侧咬了一个洞，这个洞看上去就像一个巨大的耗子洞，大得熊能把自己的头伸进去；桶底还剩了几片被糟蹋过还黏着口水的猪肉。伐木工常常把不方便携带的供给物资留在陆上运送线上或营地里，下一批来的人可以不用顾忌直接享用，因为这些供给通常都不是个人财产，而是团队集体所有，因而尽可以大方处置，对整个队伍而言还是有财力承担的。

我得特别描述一下我们是如何经过这些陆上运输线和湍流的，让我的读者了解一下船夫的生活。比如绕过阿姆贝吉吉斯瀑布的那条运输线，那是一条我能想到的最难走的林间道路；开始是上坡，坡度差不多有四十五度，到处都是挡路的岩石和原木。这就是陆上运输线的特色。我们先把行李搬过去，放到另一边的岸上；然后回来搬平底河船，用系揽把船拖上山，接着向前走，中间还时不时要停下来歇歇，一半的路程都是这样走过的。但这条运输线的路况格外差，再拖下去很快就会把船磨坏，于是就得扛着走，通常三个人会把重达三到五百或六百磅的平底河船抬在头上或肩上走，先是把船翻过来，三个人里个子最高的站在中间，两头再各站一个或两个人。要是人再多，就无法一下子控制住了。在后边抬船不仅要靠力量还需要经验技巧，不管怎么说，这都是一件特别辛苦极费体力的事。我们这一队人，大都体质不好，几乎帮不了船夫什么忙。

最后，两个船夫直接把平底河船扛在自己肩上，我们中两人则帮忙扶住船，防止它不停摇摆，磨破他们的肩膀，他们把帽子对折垫在肩上，勇敢地走完余下的路程，中间就只停下了两三次。其他的陆上运输线，我们也是这样走过的。他们一边抬着沉重的船，一边在倒下的树和大大小小的岩石间攀爬，跌跌撞撞地前行。山路还十分狭窄，走在旁边的人不时被挡到后边，跟不上队伍。但幸运的是，我们至少不用先开路。我们把船放下水前，用刀把船底刮了刮，把石头摩擦过的地方刮平，以减少行船时的摩擦。

为了减少在运输线上搬运的麻烦，船夫决定把船用"牵绳拽上"帕萨马加梅特瀑布；其余的人背着行李步行走过运输线时，我留在平底河船上帮船夫把船拽上去。我们很快就划进了湍流之中，它比我们以前撑过的所有湍流都更汹涌，水流也更快，我们把船驶到河边以便牵拽，船夫对自己的技术格外自信，因而雄心勃勃地想做点非同寻常的事情，我猜他们大概是为了我，想让我再看看这个湍流，或者说是瀑布；当我们问是否能上到那儿时，另一个船夫回答说，他想试试。于是我们又划到河中间，开始同激流作斗争。我坐在船中间，当船从礁石边擦过时，我就轻轻地向左或向右晃动，以此来调节平衡。我们摇摆不定，蜿蜒前行，猛地向上游蹿去，在最陡的地方，船首被水流推起来，比船尾高两英尺。就在此刻，当一切都只能指望着船夫的时候，他的撑竿咔嚓一声折成了两截；我把备用撑竿递给他，但他已经来不及接了，只见他把断竿往礁石上一撑，救了自己一命，我们也侥幸逃过一劫来到了上游。乔治大叔惊呼，以前可从没这样干过，要是没有他熟悉的人站在船首，他是断然不会站上船尾的，同样如果他不熟悉站在船尾的人，他也不会站上船首。这里有一条专门穿过森林的陆上运输线，我们的船夫也从未见过有平底河船能划上瀑布的。在我印象中，这儿有一个至少两三英尺高的直泻瀑布，那是整条佩诺布斯科特河最难走的地方。两个船夫非常冷静，技术精湛，整个过程就像是一场表演，让我十分钦佩叹服，他俩心照不宣，也不交流商量，站在船首的，不向后看，却对船尾船夫的举动了如指掌，就好像是一个人在撑船一样。在十五英尺深的水中探测河底徒劳无益，船会后退几杆，只有凭极高的技术努力撑船才能保持船身直行；或者，船尾的船夫像一只龟一样死撑住船，不让它后退，船首的船夫则灵巧地从一侧跳到另一侧，不断扫视湍流和礁石，像有一千只眼睛一样不放过一丝一毫的变化；终于抓到了时机，用力一推，撑竿随之弯曲一震，整条船也跟着颤动，就这样我们向上前进了几英尺。危险还不只是如此，撑竿也随时都有可能会被夹在礁石之间，从手中挣脱，留下船员任凭湍流摆布，——这些礁石就像许多短吻鳄一样在那儿静静地等候着他们，等待时机，在船员还没来得及抢先在它们上颚上结结实实地撑一下之前，咬住撑杆，把它拽走。撑竿离船很近，船首做成上翘的样子，能越过障碍，在张开血盆大口的湍流中，灵巧地避过礁石的边缘。平底河船恰到好处的长度、轻巧度和浅吃水让他们在河中前进。船首的船夫必须迅速决定路线，不能花很长时间深思熟虑。通常，船都是从礁石中间推过的，两边都擦着石头，而且船身两侧的水域都是危险的大漩涡。

　　过了瀑布半英里，我们中的两个想自己撑上一个平缓的湍流试试身手，就在我们要成功攻克最后一个难关的时候，一块倒霉的礁石打乱了我们的阵脚；眼看着平底河船无可奈何地在漩涡中转来转去无法脱身，我们不得不把撑竿还给技术高超的船夫，让他们带我们冲出漩涡。

　　卡特普斯孔内甘湖是这些湖中最浅、水草又最多的一个，湖里看起来似乎有许多狗鱼。我们停在卡特普斯孔内甘瀑布旁吃饭，这儿景色宜人美丽如画。

**暗色狗鱼**
chain pickerel

乔治大叔曾在这里看见有人一桶一桶地抓鳟鱼，但此时它们却不会浮上来咬我们的饵。这条陆上运送线走到一半，在缅因荒野通向加拿大的路上走了这么久，我们居然在这里看到一张又大又火的栎树堂传单，松树的树皮被人剥掉了，这张长约两英尺的传单就这样围了树干一圈，靠树脂紧紧黏在上边。应当把这个记录下来作为这种广告宣传的优点。如此一来，不用说印第安人，可能就连熊、狼、驼鹿、鹿、水獭、河狸都能知道在哪里可以买到最潮流的衣服了，或者至少可以找回它们丢失的衣服。我们因此把这个地方命名为"栎树堂运送线"。

在这林中的荒凉小河上，这个上午变得尤为宁静与安详，感觉像是在马萨诸塞州度过了一个夏日星期天。我们不时会被白头海雕或鱼鹰的尖叫声吓一跳，白头海雕从我们的船前掠过，或是被鱼鹰的尖叫声惊呆，白头海雕总是抢鱼鹰的食。河流的两边间或会出现几英亩的小草甸，无人收割的草随风摆动，这引起了我们船夫的注意，他们纷纷慨叹可惜这儿离他们的林中空地太远了，不然能割出好多堆草呢。有时两三个人会在夏天独自来到这儿，在这些草地上割草，然后在冬天卖给伐木工，因为当场卖掉的价格要比缅因任何一个市场上的价格都高。那儿有个小岛，岛上全是这些割下来的草，我们登上岛去，打算研究一下我们继续前进的路线，就在那儿我们注意到有驼鹿最近来过的足迹，湿软的地上有一个大大的圆洞，表明踩出这个洞的动物个头很大还很重。驼鹿喜欢水，经常光顾岛上的草甸，它们轻松地从一个岛游到另一个岛，就像在陆地上的丛林中行走一样容易。我们偶尔会经过一些被麦考斯林称为滞水湾的地方，这是个印第安语里的词，指的是赶木人说的"戳木头的地方"，就是一个没有出口的水湾。要是闯进去了，就只能原路返回。这些水湾，以及那些常常遇到的"兜圈子路"——让你绕一圈又回到原先的河里，总会把那些没经验的航行者搞得非常狼狈。

绕行波克沃科穆斯瀑布的陆上运送线极不平坦而且山石极多，得直接把平底河船从水中抬起四五英尺放到岩石上，下水的时候，还得再搬下状况类似的河岸。伐木工们抬着他们的平底河船，步履蹒跚地走在这条运送线上，因为路上的石头上布满了伐木工靴子上的钉踩出的凹痕；甚至还能分辨出他们停放平底河船的大石头，石头表面都被磨得非常光滑。因为这会儿水位较高，所以实际上我们只搬运了一半的路程，就把船放进了瀑布边平稳的波浪中，准备和我将遇到的最汹涌的湍流做斗争。我留下来帮船夫一起把船牵拉上去，其余的人则继续在陆上走运送线。当其他人上船时，得有一个人扶着船才行，以免它直接翻过瀑布。我们紧贴着岸边，逆着湍流尽可能地向上撑，汤姆抓住系缆跳上一块在水中将将能看到的石头，尽管他穿了钉靴，还是没法站稳，直接跌落到了湍流之中；但他运气不错，又爬了上去，跳到了另一块岩石上，把系缆递给跟在他身后的我，又再次回到船首。靠近岸边前行，在浅滩上的岩石间跳来跳去，时不时要把绳子绕到矗直的石头上借力前行，当船夫要调整撑竿位置时，我就扶着船，然后三人合力把船向上游方向推过湍流，这就是"牵拉"。在这样的地方，当一部分人要走路绕行时，我们一般会为了保险起见，把行李中的贵重物品取出来让他们背着，以免被淹了。

当我们在阿博尔贾卡梅古斯瀑布上游，撑过一股激流半英里的时候，同行的一些人在两岸高高堆起的巨大原木上看到了自己的标志，这些遗留的原木都已经被晒干了，它们可能是春天大山洪时被堵在这里的。它们中的很多要等到下一次山洪暴发时才有可能被冲下来，前提是它们到时候还没腐烂。在他们从未到过的地方，看到他们从未见过的财产，这真是一种奇妙的感觉，这些财产在奔向自己主人的途中被山洪和石头扣留住了，而今却以这种方式相认。我想我的财产一定也散落在这种地方，堆在远处还未被开发的某条河流中的岩石上，正等着一场从未听说过的山洪把它带下来。哦，请快些，众神啊，吹起风下起雨吧，在我的财产腐烂前，让它来到我身边吧！

我们又走了半英里，到达索瓦德尼亨克死水（Sowadnehunk dead-water），仍旧是根据同名河命名的，是"在群山之间奔流"的意思，这是一条从上游一英里处流过来的重要支流。我们今天已经行进了15英里，于是决定在这里宿营，这里离水坝约20英里，是默奇溪和博尔贾克纳吉西克河的河口，这两条山溪

小眼须雅罗鱼
fallfish

都是从卡塔丁山流出来的,我们现在离卡塔丁山的顶峰也就只有约12英里了。

麦考斯林曾告诉我们在这里会抓到很多鳟鱼,所以我们就一部分人扎营,一部分人去钓鱼。我拿起印第安人或白人猎手留在岸边的桦木竿,先用猪肉作饵,抓到鳟鱼后,就用鳟鱼作饵,准备好以后,就把鱼线抛进阿博尔贾克纳吉西克河河口。这条河发源自卡塔丁山,又清又浅,水流还很轻快。我们一抛下鱼线,立刻就有一群鳟鱼的表亲小眼须雅罗鱼及其他大大小小在附近觅食的鱼来咬饵。我们把上钩的鱼一条接一条地扔到灌木丛中。没过多久,就轮到它们的兄弟——真正的鳟鱼——开始上钩了,美洲红点鲑和小眼须雅罗鱼轮着咬饵,我们抛线的速度有多快,它们上钩的速度就有多快。这两种鱼是我所见过的最好的品种,都被我们抛上了岸,最大的一条重达三磅。刚开始钓的时候,因为我们站在船上钓鱼,所以鱼总是扭动着身子滑回水里,这让我们白费了不少力气,尽管如此,我们很快就学会了怎样弥补这个过失:我们有个同伴把鱼钩给弄没了,我们就让他站在岸上,我们把鱼像汹涌的暴雨一样扔到他身边,他就趁机抓住它们,有时鱼又湿又滑,当他张开双臂去接的时候,总被扑个满怀,脸上、怀里都是,全都打湿了。鱼还活着的时候,皮肤色彩鲜亮,鱼鳞闪闪发光,就像最美的花儿,这就是原始河流的产物。当人们站在这些鱼边上看着它们的时候,会很难相信自己的感觉,这些宝贝鱼儿居然在阿博尔贾克纳吉西克河里游过那么久,经历了那么长的黑暗岁月;这些盛开在河里的鲜艳花朵如此美丽,

美洲红点鲑
brook trout

但却只有印第安人见过，可能只有上帝知道为什么他们会在这里畅游！因为它们，我能更好地理解神话的真谛、普罗透斯①的寓言以及那些美丽的海上妖怪，我也明白了为什么所有的历史，当用于尘世时，就只是历史；而用于天上时，就常常成了神话。

  这时传来了乔治大叔粗犷的声音，他站在煎锅旁下令，要我们把抓到的鱼送过去，送完就可以自由活动了，在河边待到第二天早晨都行。猪肉在锅里咝咝作响，召唤着鱼儿。不过算这些笨鱼幸运，尤其是这些笨笨的鳟鱼，夜幕终于降临了，由于这儿是卡塔丁山的阴面，所以夜色更深一些，卡塔丁山就像是一个永远竖在东岸的影子。莱斯卡博特在 1609 年的作品中告诉我们，尚普多埃和蒙特家族中的一个人一起，在 1608 年沿圣约翰河上行 50 里格，发现了丰富的鱼类资源，"他们把水壶放在火上，水还没烧热，就已经抓到够晚餐吃的鱼了。"他们留在这儿的后代可真不少。于是我们陪汤姆到森林里去砍香柏枝来做床。他带着斧子走在前面，砍下香柏的最小枝条，我们就跟在后面把树枝捡起来，搬回船上，直至把船装满为止。我们小心翼翼地铺着床，就像盖屋顶一样，对技巧也同样不放松；先从床尾开始铺，把香柏枝竖着放，然后一直铺到床头，每次只铺一层，就这样一层又一层地将残根盖住，直到铺成一个又

① 海神，善预言，能随心所欲地改变自己的面貌。

软又平的床。我们六个人睡，所以铺了张约十英尺长、六英尺宽的床。这次搭帐篷的时候也比上次谨慎多了，特意留意了风向和火。我们睡在帐篷下，前面如往常一样，还是熊熊燃烧的大火。晚餐放在一根大原木上吃，这根原木是某次山洪冲到这里的。晚上我们还喝了一杯香柏茶，我记不太清楚了。在没有其他植物做茶的时候，伐木工有时会喝这种茶——

　　一夸脱香柏，
　　身强体壮无病灾。

　　但我可不想再喝它了。它的药味儿太重，不合我的口味。这里有一副驼鹿的骨架，可能是有些印第安猎人在这儿剔骨留下的。

　　夜里，我梦到捕鳟鱼；最后当我醒来时，想起昨晚捕鱼的事情，觉得这色彩鲜亮的鱼游得离我这么近，还咬了我们的钩，这一切都梦幻得像故事一般，以至于我都怀疑我们捕到鱼的事，究竟是不是在做梦。于是天亮前，当我的同伴们还在睡觉的时候我就起来了，打算检验一下这是不是真的。天上没有云，卡塔丁山的轮廓在月光下格外清晰；四周寂静无声，只有那湍流在潺潺流淌。我站在岸上，再一次把线抛到溪里，发现那梦是真的，那故事也非虚构，是真实存在的。美洲红点鲑和小眼须雅罗鱼，像飞鱼一样划过月色下的夜空，在卡塔丁山的暗面划出明亮的弧线。直到最后月光消失，日光渐明，我和后来加入的人，才心满意足地收了工。

　　六点我们就把行李装上了船，整装待发，还装了满满一毯子鳟鱼。我们把不想带的行李和供给挂在幼树顶上，免得被熊够到，然后就向山顶进发了。乔治大叔讲，船夫们都说离山顶有点远，约四英里，但依我看，足足将近十四英里——而且最后证明也确实如此。他从来没离卡塔丁山这么近过，而且这里人迹罕至，没有什么前人留下的足迹可以引导我们沿这个方向继续前行。起初沿阿博尔贾克纳吉克河或"开阔地之河"向上划了几杆后，我们就把平底河船拴在了树上，从北边穿过之前被火烧过的地方向上走，现在这儿有些地方已长满了小颤杨和其他灌木；但不久之后，我们在宽约五六十英尺的一段，又重渡了这条河，我们踩着堵在这儿的原木和河里的石头穿了过去，——在这条河的任何一段都可以用这种方法过河，——我们立即向最高峰出发，先是穿过一英里多相对开阔的地带，平缓的地势慢慢抬升。由于我的登山经验最丰富，所以从这儿开始就由我领头。我们先扫视了一下这座山森林茂密的一面，发觉它离得还很远，而且在我们面前延伸了七八英里，所以决定直接向最高峰的山脚进发，于是我们毅然决然地离开左手边的一条大滑道，这条滑道是前人们的攀登路径。这条路线与森林中的一道暗缝平行，这个缝隙是一条急流的河床，并经过一个从主山向南延伸的小山坡，从主山光秃秃的山峰上我们可以俯瞰这一带乡村的景色，主山山峰离顶峰很近，我们可以从那儿直接登上顶峰。从这里看过去，卡塔丁山就是开阔地尽头的一个光秃秃的山脊，大片裸露的岩石从森林中拔地而起，这种景致与我以前见过的山完全不同；我们仰望着这蓝色的屏障，就像古时候立起的地球边界在这个方向遗留的断壁残垣。我们把罗盘定向了东北方，是最高峰南侧山脚的方位，随后我们很快就消失在了森林中。

　　不久我们就看到了熊和驼鹿的踪迹，兔子的足迹更是随处可见。驼鹿的足迹很多是最近留下的，毫不夸张地说，山坡上每一杆见方的土地上都有它们留下的足迹；现在这片区域的这些动物可能比以前多了，因为四面八方都有人类定居，它们就只能被迫来到这片荒野。一只成年驼鹿的脚印跟奶牛的脚印差不多，甚至更大，而小驼鹿的脚印则像小牛。有时我们会突然发现自己正走在驼鹿踩出来的路上，这些路就像森林里奶牛踩出来的路一样，只不过驼鹿踩出来的路更难分辨，与其说是一条小路，不如说是踩出了一片林中空地，而且与人们常走的路相比，它还能让我们在茂盛的林下灌丛中稍稍看到前方的景色；所有的嫩枝都被它们吃了，就像是被刀切过一样平整。树皮被它们剥了八九英尺高，露出一英寸宽的细长条树干，上面还能清楚地看到它们的牙印，我们时时刻刻准备着碰见一群驼鹿，我们的猎人也已经把枪掏了出来做好准备；但我们并没有离开我们既定的路线去找它们,并且尽管它们数量很多,却也非常警惕,那些没经验的猎人可能要在森林里四处转悠很久,才能看见一只。而且有时遇见它们也很危险,它们不会因为碰见猎人而逃走,而是狂怒地冲向猎人,把他踩死,除非他运气好,能绕过着树躲开它们,最大的驼鹿跟马差不多大,有时能重达一千磅;据说它们正常走路就能一脚跨过五英尺高的门。人们常把它们描绘成极其难看的动物,腿长身子短,跑起来的时候,样子非常滑稽可笑,但它们前进的速度却很快。它们是怎么穿过森林的,这对我们来说还是一个谜,因为我们要想穿过森林,非得身手十分敏捷才行,我们要时而攀爬,时而弯腰,时而迂回。据说驼鹿会把张开有五六英尺长且多叉的角压低靠在背上,靠体重轻松地在林中穿行。我们的船夫说,驼鹿睡觉的时候,它们的角常会被害虫咬掉,只是我不知道是否可信。它们的肉在班戈市场上很容易买到,只是吃起来更像牛肉而不是鹿肉。

  我们就这样走了七八英里,一直走到中午,中途常常停下来休息休息,让疲倦的人恢复恢复,我们渡过一条很大的山川,我们猜测它是默奇溪,随后我们就在这个河口扎了营,我们在森林里穿行的时候,一次都没有看见过顶峰,地势抬升得也很缓,这时船夫开始有点绝望了,担心我们走错了方向,因为他们并不怎么相信罗盘。麦考斯林爬上了一棵树,从树顶他看到了顶峰,他伸出手臂指向顶峰,下面的罗盘和他的手臂指着同一个方向,看来我们并没有偏离正确的方向。我们在林中发现了一条清凉的山间小溪,溪水有一种空气般的纯净和透明,于是我们在溪边停了下来准备做点鱼吃。我们大老远一路带着这些鱼,就是为了剩下些硬面包和猪肉,硬面包和猪肉已经剩的不多了,我们必须得省着点吃。我们很快就在潮湿阴暗的冷杉和桦树林中燃起了熊熊烈火,我们围着火站着,每人拿一根削尖了的棍子,有三四英尺长,上头叉着事先切开并腌好的鳟鱼或小眼须雅罗鱼,我们的木棍就像车轮的辐条一样,以火为中心向四周呈放射状展开,每个人都把自己的鱼挤到最佳烤火点,从不考虑旁边人的权利。我们就这样津津有味地吃着,一边还在山泉旁喝水,直至至少给一个人的背包减轻了相当多的负担才又收拾着重新上路。

　　终于，我们到了一块高地，开阔得足以看见蓝色的顶峰，我们离它很遥远，远远看去它就像是在向后退要远离我们似的。一条激流从前面跌下来，就像从云中落下来一样，后来发现这就是我们先前渡过的那条河。但我们只粗略地扫了一眼周围的景物，很快就又钻进了森林。这片森林里主要长着黄桦、云杉、冷杉、美洲花楸（缅因人也管它叫圆材）和韦木。再没有比这更糟糕的旅行了；有时我们就像是在最茂密的冬青叶栎丛里穿行。这里还长了很多草茱萸，黄精和可口荚蒾的果实也有很多。不管我们走到哪里，路边都长满了蓝莓；有个地

冬青叶栎
bear oak

草茱萸
Canadian dwarf cornel

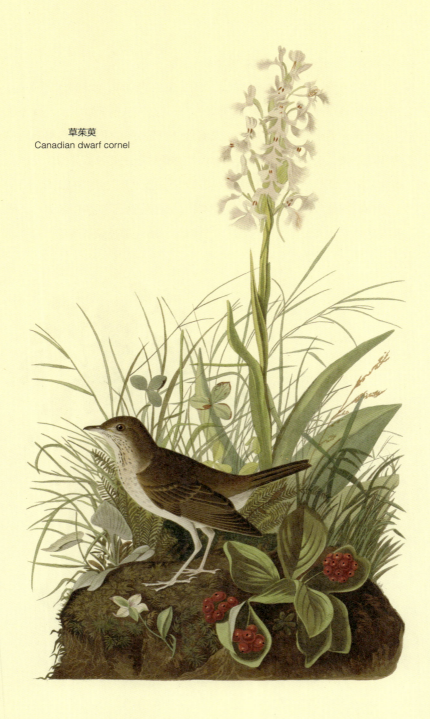

美洲花楸
American mountain-ash

方的枝头还因长满了沉甸甸的果实而垂了下来，果实还很新鲜。那天已经是9月7日了。这些果子就像是给我们摆下的诱人佳肴，吸引着疲倦的队伍继续前进。每当有人落后时，只要大喊一声"蓝莓"就能让他们快速跟上来。在这么高的地方，都还有驼鹿的冬令集居地，这是一块四五杆见方的大岩石，非常平坦，冬天驼鹿就在这里把雪踩实。因为担心如果继续沿着通向顶峰的直线走下去，我们宿营地的周围可能会没有水源，于是，我们最终渐渐偏离了方向，向西边前进，一直走到四点钟，我们才又回到先前渡过的河流。从这儿可以看到顶峰，疲惫的队伍决定晚上就在这里宿营。

　　当我的同伴正找合适的宿营地的时候，我趁天色还没全黑，独自登山去了。我们当时在一个又深又窄的峡谷里，向上斜插入云，坡度接近四十五度，周围都是石壁，下部长满了低矮的树，再往上是密集到无法通过的灌木丛，都是些参差不齐的桦树和云杉，还长着苔藓，但最顶端除了地衣以外，什么植物都没长，就像是从云端垂下来的一样。顺着这条激流的河道向上走，我想强调一下"向上"这个词，从这个高二三十英尺的垂直瀑布旁，攀着冷杉和桦树根爬上去，而后可能还要在浅溪中走过一两杆平路，因为路全被这条河占了。我们沿着巨大的台阶向上爬，这个台阶可以称得上是巨人的楼梯了，河流从这巨大的台阶上奔流而下，我很快绕过挡路的树，在一块块突出的岩石上停下来歇脚，回头看看这地方。这条激流有十五到三十英尺宽，没有支流，前进的途中，我觉得河道似乎并没有变窄的迹象；激流仍旧从云端奔腾咆哮而下，从一堆光秃秃的

加拿大黄桦
yellow birch

韦木
eastern leatherwood

岩石中冲过，卷起层层浪花，就像山上刚刚下过倾盆暴雨一般。最后我离开了这条激流，开始艰难跋涉，尽管我选的是最近的山峰，还不是最高峰，但其艰难程度一点也不亚于古时传说中撒旦穿行过的混沌。刚开始的时候我手脚并用，匍匐爬上了古老的黑云杉树顶，这些树高二至十或十二英尺不等，而且像灭世洪水一样古老，树冠很平且向四处张开，叶子是蓝色的，还有的被冻伤了，顶着阴郁的天空，冒着严寒，这些树看起来就像已经好几个世纪都不向上生长了。我在这些树的树顶上站着走了好几杆的距离，这里长满了苔藓和越橘。看上去它们似乎曾经填满了巨石之间的空隙，但寒风却把它们都掀了起来。这里的植物，很难按照通用规律生长。显然这类植物绕着山长了一圈，尽管别处可能没有这里这么明显。有一次当我弯腰走过的时候，看到了下面十英尺的地方，那是一个又暗又深的洞，此时我正站在云杉的树顶，就像站在一团粗糙的编织物上似的，看着它的树干从那片幽深中延伸出来，地面部分的直径足足有九英寸。这些洞都是熊穴，熊当时可能还在穴里。这就是我当时走过的地方，我还在上边走了英里，这真是冒着生命危险走过的旅途，我就踩在这些植物上走，完全看不到从中间穿过的路，这绝对是我到过的最危险、洞又最多的地方了。

> 他脚踩泥淖，几乎要沉下去，
> 半走半飞地，拼命往前奔。
> ——弥尔顿《失乐园》第二卷

但没有什么比云杉树枝还坚硬的了，我踩着走了一路，一根都没折断，这是因为它们生长得比较缓慢。我在这片崎岖的山路上摸爬滚打、跌跌撞撞，终于到了一个山坡，或者说是大山坡，那里有许多灰色的岩石，它们就像是在安静吃草的羊群和牛群，在落日的余晖中咀嚼着反刍的岩石草料。它们灰色的眼睛瞪着我，既不咩咩叫，也不哞哞喊。到这儿，就算是已经走到云边了，那晚我已经没法再往前走了。转身的时候，我看到缅因的原野，在我身下起伏、流动、荡漾。

当我回到同伴那里时，他们已经在激流边选好一个宿营地，正躺在地上休息；其中一个人生病了，正裹着毯子，躺在一块突出的潮湿岩石上。那景象十分荒凉阴郁；这里十分荒凉崎岖，他们花了很长时间才找到一块开阔平坦的空间来搭帐篷。因为燃料不足，我们无法到更高的地方搭帐篷；这里的树看起来都是些常青树而且多汁液，以致我们甚至怀疑能不能点着；最后，还是像在其他地方一样，燃起了熊熊篝火，火可真是地球上的好公民，哪里需要就在哪里燃起。即使到了现在这个海拔，我们还是能经常看到驼鹿和熊的足迹。因为这儿没有刺柏，所以我们就用稍微粗糙一些的羽状云杉来做床；但不管怎样我们还是得先把"羽毛"给剥了。这附近都是野生树木和激流，在这儿过夜可能比顶峰还空旷荒凉。整夜山谷中都刮着大风，凛冽的风呼啸而过，时不时把我们的火吹得更旺，余烬也被吹得四处飘散。就像我们躺在小旋风的风眼处一样。半夜，跟我睡同一张床的人里有一个梦见火突然烧到了冷杉树顶，把树枝都烤干了，吓得他大叫一声从床上蹦了起来，以为全世界都着火了，拉着全营房的人就往外跑。

早晨我们吃了一点生猪肉、一片硬面包，喝了一勺云的结晶——或者说一勺暴雨的雨水来刺激一下食欲之后，就开始集体沿瀑布上行，就是我之前提过的那个瀑布；这次我们走的右手边，也就是最高峰，不是我之前爬过的那个山峰。不久我的同伴就被我甩在了身后，山脊阻挡了视线，他们很快就消失在我的视野里，而山脊似乎也在渐渐离我远去。于是我独自爬过一英里多四处松散着巨石的山路，向着山顶的云雾里慢慢前进；因为尽管别的地方都天朗气清，但顶峰仍被薄雾笼罩着。这座山似乎是由许多松散岩石组成的巨大聚合体，就好像这里曾经下过岩石雨一般，石头就这样落在山坡上，没有一个是稳稳当当地停着的，都互相靠着，还摇摇晃晃的，石头中间有许多洞，但很少能见到泥土或更平滑的突出岩石。它们是从一个不为人知的采石场上落下来的制作星球的原料，大自然很快就会运用各种化学效应，把这些原料变成地球上高高低低、郁郁葱葱的平原和山谷。这是地球上尚未成形的土地；就像我们正在褐煤里，见证煤炭的形成一样。

　　终于，我走进了这云雾中，云似乎在不停地向顶峰漂流，就好像永远都漂不完似的，云一边不断飘走，那纯净的空气一边不断再产生新的云；我又走了一英里，到达山脊的顶端，那些曾在天气晴朗的时候见过这山脊的人说它约有五英里长，上面有一个一千英亩的台地，但我身在浓密的云层里，什么都看不清。有时风吹过，吹散一些雾气，在我站的地方就会露出一码明媚的阳光；有时风吹过，我也只能看见一线灰色的曙光，云层随着风的强度一直上下浮沉着。有时顶峰看上去就好像过一会儿就会云开雾散享受阳光的沐浴一样；然而山的一侧云淡风轻，另一侧又会云雾缭绕，总是难以两全。就好似坐在一个烟囱里等着烟被吹走。事实上，这就是一个生产云的工厂，这些是云产品，风只是把它们从冰冷、光秃的岩石上吹起。偶尔云雾柱会吹到我身上，然后散开，这时我能隐约看见左边或右边幽暗潮湿的险崖；薄雾在我和悬崖之间不停飘过。这让我想起了古老的史诗和戏剧诗人，还有阿特拉斯、伍尔坎①、独眼巨人库克罗普斯和普罗米修斯。高加索山和绑普罗米修斯的岩石都是这样的。毫无疑问，埃斯库罗斯就曾见过这景观。这是一片广阔巨大的空间，从没有人来此定居过。登山的时候，攀登者会感到自己身体的一部分，甚至某个要害部位，都似乎要从他肋骨间宽松的缝隙里逃走一样。这种孤独感超出你的想象。他比居住在平原的人更缺乏起码的思想和应有的理解力，他的理智变得混乱模糊，变得非常单薄和微弱，就像空气一样。广阔巨大而又残酷的大自然使他处于不利地位，他无力反抗只能束手就擒，他的天赋才能也被大自然悄悄取走了。她并没有像在平原上那样，向他微笑，而是严厉地指责道，你为何时机未到就来了这里？这里不是给你准备的。我在山谷里那般和蔼还不够吗？我造的这片土地，不是为了让你驻足的，这里的空气，

① 火与锻冶之神，相当于希腊神话中的赫菲斯托斯。

也不是为了供你呼吸的，这些岩石，也不是用来做你邻居的。在这里我不会怜悯你也不会爱抚你，而是永远无情地把你从这里赶走，赶你去我很和善的地方。为什么到我没有召唤你来的地方找我，而后又埋怨我像晚娘一样残酷？万一你被冻死、饿死或吓死，这里没有圣坛没有祭坛，我也无法听到你的声音。

"混沌"和古老的"夜"啊！
我来不是要侦探你们国中的秘密，
而是……
……为要走向光明，
经过你们广大的帝国。

　　山顶是地球未完成的部分，无论从哪里登山，刺探神的秘密，都有点侮辱神，可能引起神对人类的惩罚。或许只是胆大妄为、厚颜无耻的人才会到那里去。原始种族，如未开化的人，是不会去爬山的，——山顶对他们来说是神圣的神秘之地，不能涉足。保护神波摩娜常常会因那些登上卡塔丁山顶峰的人生气。

　　杰克逊是州地质调查员，他曾准确地测量过卡塔丁山，据他说，卡塔丁山海拔约5 300英尺，或者说比海平面高出一英里多，他补充说："在当时，卡塔丁山很显然是缅因州的最高处，也是新英格兰最陡峭的花岗岩山。"我站的宽敞的台地上，它的东边有个突出的半圆悬崖或盆地，它们的奇特之处全被掩藏在薄雾之中。因为我只知道自己还得一个人下山去到河边，可能还要独自走到这个州的定居地，兴许还要走别的路，所以我把我的行李全都背上了山顶，希望自己随身带着全套装备。但最后，因为担心我的同伴们会急着在天黑之前走到河边，而且也知道山上的云可能好几天都不会散，所以我不得不下山了。下山的途中，偶尔风会为我吹出一道狭长的视野，通过这个空隙我能看见东边，无边的森林和江河湖泊在阳光下闪耀，其中有些河流会并入东支流。在那方向

越橘
lingonberry

还能看见一些之前没见过的山。不时会有一些鸦科的小鸟从我面前轻快地掠过，它还不能控制自己的飞行路线，就像一块被风吹走的灰色岩石。

我发现我的同伴们还留在原地，他们在山顶的一侧摘越橘，岩石间的所有缝隙里都长满了越橘和蓝莓，蓝莓生长地的海拔越高，其浆果的味道越辛辣，但同样合我们的胃口。如果这地方有人定居，一旦修起路，这些越橘就可能会被卖到市场上去。这个海拔刚好处于云雾的边沿，我们可以俯瞰这片山乡，它向西面和南面延伸了一百英里。那儿就是缅因州，我们在地图上见过，但它又跟地图上的不大像，太阳照在无边无际的森林上，这正是我们在马萨诸塞听说过的东边的东西。那里没有林中空地，也没有房子。看起来完全不像有孤独的旅行者在这里砍了很多树来做拐杖。这儿有无数的湖：西南面的穆斯黑德湖，有四十英里长，十英里宽，像是桌子另一边摆放的一个闪闪发光的银盘；奇森库克湖，十八英里长，三英里宽，湖上一个岛也没有；南面的米利诺基特湖，湖上有数百个岛；还有一百来个没有名字的湖；还有一些山，其中绝大部分只有印第安人才知道名字。森林看起来就像一片坚硬的草皮，有一个以前曾来过这儿的人，把林中这些湖泊的景致恰当地比作"一面镜子破成一千个碎片后，散落在这草地上，反射着太阳灿烂的光辉"。要是把树都砍光，那地方就会成为某人的大农场了。根据边界问题解决之前所刊印的地名词典，单我们现在所在的这个佩诺布斯科特县，就比有十四个县的佛蒙特州整个州的面积都大；而这还仅是缅因州荒野的一部分。但我们现在关心的是自然边界，而不是什么政治边界。按鸟儿飞行的直线距离来算，我们现在离班戈约八十英里，按我们坐车、走路、划船走过的距离来算，我们离班戈有一百一十五英里。我们只能用这样的想法来安慰自己：就目前来看，这里的景色可能和从顶峰上看到的一样美；毕竟一座山要是没有云雾缭绕，那还算什么山？贝利还是杰克逊也和我们一样，都没从顶峰上清楚地看到山下的景象。

那天天还早，我们就出发返回河边，我们决定沿着激流走，只要它不把我们带得太偏就行，我们觉得这条激流应该就是默奇溪。就这样我们沿这条激流走了约四英里，不停穿来穿去，在岩石上跳来跳去，我们还随着河水一起跳下七八英尺高的瀑布，我们有时还会仰面躺在浅浅的河水中往下滑。这个山谷春天的时候曾发生过特大山洪，而且很明显还伴有山体滑坡。当时山谷里一定被石流与河水填满，至少能比目前这条激流的水位高出二十英尺。河道两边一两杆宽的范围内，树从头到脚都被剥了皮，一直开裂到树顶上，桦树都弯着腰、扭曲着，有的还裂成了一道道细条，活像是打扫马厩用的扫把；有些直径约一英尺的桦树被生生折断，整丛树都在岩石的堆积重压下弯了腰。在一个地方，我们看到一块直径约两三英尺的岩石，嵌在约二十英尺高的树杈里。我们行进了整整四英里，整个路途中，只看见有一条小溪汇入，河水的水量似乎一直都没什么变化。我们下山的速度明显快了很多，因为我们是顺势而下，而且迅速掌握了在岩石上跳的技巧，毕竟我们只能靠跳，而且不论在适当的位置有没有岩石，我们都会跳过去。如果走在最前头的人转过来，仰望这蜿蜒的山谷，一定会看到一幅美妙的画面：山谷被两侧的岩石和绿色的森林围着，每隔一两杆距离，就能看到在白色激流的映衬下有跳上跳下的红衬衫或绿夹克，这些登山者们背着包，要么顺着河道跳下，要么在山谷里找一块方便的岩石停下来补挂破的衣服，要么解下挂在皮带上的长柄勺，舀一口河水喝。在一个地方我们吃惊地发现在河边的一片沙地上，有一个人类脚印，还是新近留下的，在那一刻我们体会到了鲁滨逊·克鲁索[①]当时的感受；但最后我们想起来，我们上山的时候，也路过了这条河——尽管我们也说不清具体是什么位置，说不定当时就有一个人下到山谷里去喝水留下了这个脚印。我们呼吸着清凉的空气，在小河里洗着澡——时而站着洗，时而坐着洗，时而淋浴，时而泡澡，一刻不停，这趟旅途真是极其令人清爽，离开激流才走了一两英里，我们身上的衣服已经干透了，这也许是因为这里的空气有某种特异功能吧。

离开激流后，我们就不确定该怎么走了，汤姆找到眼前最高的一颗云杉，把包往树底一扔，就爬了上去，树干光秃秃的约高二十英尺，随后他就爬进了浓密的树顶枝叶里，完全消失在我们的视线里，直至他爬上了最高处才又出现在我们视线里。[②]麦考斯林年轻的时候，曾在某将军的指挥下跟着一支部队行军穿过这片荒野，还和另一个人一起负责所有的侦察任务。将军命令道："把那棵树的树顶给扔下来。"通常在这种情况下，缅因森林中还没有哪棵树能高到爬不上去的。我曾听过一个故事，说两个人曾在这片森林里迷路，迷路的地方比我们现在所在的位置更靠近定居地，他们爬

① 小说《鲁滨逊漂流记》的主人公。

② 斯普林格在 1851 年说："我们一般主要选择云杉来做高级工具，因为其树枝稳固，登山者们就踩着这云杉树枝在山上攀爬。为了折下云杉树上离地 20 到 40 英尺高的第一根树枝，我们会从底下砍倒一棵较小的树，把它斜靠在云杉上，然后顺着小树爬上云杉树顶。有时，如果要爬到很高的地方，那么就把云杉靠在一颗很高的松树的树干上，顺着它我们可以爬到比周围森林高一倍的地方。"为了指示松树所在位置的方向，他扔下一个树枝，地面上的那人就可以进行方位测定了。原注。

上一棵他们所能找到的最高的松树，这棵树接近地面部分的直径大约有六英尺，在树顶，他们看到一块孤零零的林中空地而且还冒着烟。他们当时离地约两百英尺高，其中一个人感到头晕眼花，昏倒在他同伴的怀里，他时而昏迷时而清醒，他的同伴只得尽己所能带着他往下爬。我们朝汤姆喊道，顶峰在哪边？火烧地在哪里？但因为听不清楚，所以后一个问题他只能靠猜了。他说大概在我们前进的方向有一块小草甸和池塘，于是我们决定朝它们行进。到达这块与世隔绝的草甸时，我们发现池塘边有驼鹿刚刚留下的足迹，水面还泛着涟漪，就好像它们在我们到之前刚逃走一样。再往前走，进入一片茂密的灌木丛中，我们似乎还是在跟着它们走。那是一块只有几英亩的小草甸，在山坡上，被森林掩映着，或许以前从没有白人见过它，可以想象也许这里是驼鹿吃草、洗澡和静静休息的地方。我们继续沿着这个方向前进，不久就到了开阔地带，那是一个向下倾斜几英里的斜坡，走到尽头就是佩诺布斯科特河。

或许从这里往山下走，我们才最能充分意识到大自然是如此的原始、未开化和无法驯服，不管人类称之为什么都是如此。我们正经过"火燃地"，或许是被闪电烧过吧，尽管地上没有最近被火烧过的痕迹，充其量只有一个烧焦了的树桩，但这里看起来倒更像是驼鹿和白尾鹿的天然牧场，极其荒凉，偶尔可以看到狭长的林带丛中穿过，还有一些矮杨树，遍地都是一片片的蓝莓灌木丛。我轻车熟路地穿过这片火烧地，就像是走过一些废弃或是被人部分开垦的牧场；但当我在思考是何人，是我的哪些人类兄弟姐妹或同胞建立开垦这片牧场的时候，我甚至希望牧场主现身来阻止我通行。我们很难想到还有什么没有居住过的地方。我们习惯性地认为人无处不在、无所不及。只有看过身在城市包围圈内依然如此广大、阴郁和残酷的大自然之后，我们才能算见过纯粹的大自然。这里的大自然虽然美丽，却富有野性，令人生畏。我十分敬畏地看着我脚踩的土地，看看神力的杰作，看看这杰作的形状、样式和材质。这就是我们所说的那个在混沌和暗夜中造出来的地球。这里绝不是某人的花园，而是未被开发的星球。这里也不是草场、牧场，不是草地、林地，不是未耕地、可耕地和荒地。

这是地球这颗行星新鲜而自然的表面，它将永永远远存在，如我们所说，用来给人类居住，大自然就这样造就了它，而人类如果能利用它也尽可以利用。人类不是非要涉足这片土地。地球是广阔、令人敬畏的物质，并非我们所说的大地母亲或给人类任意践踏或埋葬的土地，不，人类的足迹遍布地球，以至于它太熟悉人类了，无法忍受人类的骨头还要埋进土地里，——这是必然的结局和命运的归宿。在这里会感到一种注定对人类不友好的力量。这里是信奉异教崇拜和崇尚迷信仪式的地方，是给那些血缘比我们更接近岩石和野兽的人居住的地方。我们带着敬畏走过这片土地，不时停下来采摘那里长的蓝莓，这种浆果

加拿大蓝莓
Canadian blueberry

有一种强烈的辛辣味。可能在康科德，在我们的野松树生长的地方，在铺满树叶的林间土地上，也曾有过收获者，有农夫种下过谷物；但在这儿，地面还未曾被人类伤害过，这里是上帝的杰作，完全是上帝按照自己的意愿创造出来的模样。与亲自看到地球的表面，实地观察这些坚硬的物质相比，去博物馆参观一些特定的展品又算得了什么呢！我站在那里，对自己的身体感到敬畏，这个缚住我的物质现在令我感到十分陌生。我不畏惧神灵和鬼怪，但我的身体可能会畏惧它们，而我畏惧身体，见到身体的时候我会发抖。这个掌控着我的巨人到底是什么东西？就说自然的奥秘吧！想想我们在大自然里的生命，每天都会见到的物质，每天都会接触的物质——岩石、树、吹过我们两颊的风！牢固的地球！现实的世界！常识！接触！接触！我们是谁？我们又身在何处？

不久，我们认出了一些自己有意记下的岩石和其他地貌特征，并且加快了脚步，两点的时候，我们到达了之前停平底河船的地方。①我们本想在这里吃上鳟鱼，可是阳光太过耀眼，鱼儿很难上钩，所以我们只好吃点硬面包屑和猪肉了，但这两样食物也都快吃光了。同时，我们也在仔细思考是否应该往河上游再走一英里，到索瓦德尼亨克河上的吉布森林中空地去，在那儿有一间被遗弃的木屋，去那儿拿到一个半英寸长的木螺钻，可以用来修理一下我们坏掉的那根尖铁杆。我们周围有许多小云杉树，我们也有备用的尖铁，只是没工具来钻孔。但我们也不能肯定是否在那儿就能找到留下来的工具，所以我们只好尽可能地把断杆修补一下，为向下游航行作准备，不过在向下游航行的过程中，它几乎没什么用。况且，我们不愿在这趟旅行中耽误时间，以防我们还没到那些大一点的湖就起风了，那样我们就走不了了；因为在这片水域，一旦起风就能掀起大浪，平底河船可完全应付不了那汹涌的波涛；有一次，麦考斯林曾在北

① 熊没有碰过我们船上的东西。它们有时会为了涂在船上的焦油而把平底河船撕成碎片。原注。

双子湖的源头耽搁了一周,而那个湖才不过 4 英里。我们的供给几乎全部耗尽了,一旦我们的船出点什么事,我们很可能就得绕着岸边走上一周的时间,在无数河流中跋涉,还要穿过人迹罕至的森林,我们可完全没有准备该怎么应对这种状况,后果难以想象。

我们不得不放弃奇森库克湖和阿勒加什河,带着遗憾离开这里,麦考斯林以前还曾在奇森库克森林里伐过木。上游还有更长的湍流和陆上运输线,其中一条叫里波根乌斯的陆上运输线,麦考斯林说它是这条河上最难走的运输线,长约 3 英里。佩诺布斯科特河全长二百七十五英里,我们距源头还有将近 100 英里。州副地质勘测官霍奇曾于 1837 年经过这条河去往上游地带,取道一条仅 1.75 英里长的陆上运输线进入阿勒加什河,并顺着它向下进入圣约翰河,而后又沿马达沃斯卡河上行到格兰德陆上运输线,穿过它就到了圣劳伦斯河。他记录的这次旅行是我所知道的唯一一次有记载的从这个方向进入到加拿大的旅行。他描述了他第一次见到圣·劳伦斯河的情景,他在描述中采用对比的方式,把小的同大的做比较,就像是巴尔沃亚①从达连地峡的山上第一次看到太平洋一样。他说:"当我们第一次从一座高山顶上看见圣劳伦斯河的时候,那景象最为震撼了,对我这个在森林里连走了两个月刚出来的人来说,就更是感到有趣了。宽阔的河面直接出现在我们面前,大概有九到十英里宽,河上有几个岛和沙洲,岸边有两艘船下了锚停在那儿。远处,那些未被耕作的山脉绵延不绝,与河流并行相伴。太阳正渐渐从这山脉后边隐去身影,落日的余晖将眼前的景象全都染成了金色。"

① 巴尔沃亚(1475-1519),西班牙探险家,他于 1513 年发现太平洋,是第一个横穿美洲大陆到达太平洋东岸的欧洲人。

当天下午四点钟左右,我们开始返航,因为顺势而下,所以几乎不怎么需要撑船。在奔腾的湍流里,船夫用宽大的桨来控制航线,而不是用竿撑。往上划过这片湍流的时候我们可费了不少力气，但下行就变得很快还很顺利了，尽管如此，我们现在的航行其实隐藏着更大的危险：因为我们的船被千百块礁石包围着，一旦我们正好撞上其中一块，船马上就会进水。在这种环境中如果船进了水，在刚开始的时候，船夫通常还很容易保持船继续在水面漂浮，因为水流可以保持他们和货物顺流而下漂浮很长一段距离；并且如果他们会游泳的话，只要慢慢游上岸就行了。最大的危险是被卷进一些大一点的岩石漩涡中，因为在那种地方，水向上游冲的速度要比别处水向下流的速度更快，一旦陷进去，就会在水下随着漩涡一直打转，直到最后被活活淹死。麦考斯林指了几块石头，都曾是此类致命事故的发生地。有时过了好几小时尸体都没被甩出来。他自己就曾遭遇过一次这种事故，他的同伴只能看到他的腿；但他很幸运，被及时甩了出来，又恢复了呼吸。① 在顺湍流而下的时候，船夫要解决这个问题：大约半英里

① 这是我从报纸上剪下来的新闻："11日（本月？）[1849年5月]在拉波根尼斯瀑布，缅因州奥罗诺市的约翰·德兰蒂先生，在赶原木时被淹死。他是奥罗诺市市民，26岁。他的同伴找到了他的尸体，用树皮裹好，埋在了庄严的森林里。"原注。

长的水域里，散布着千百块没在水下的暗礁，要在这样的水流中选择一条迂回安全的路线，同时又要保持每小时十五英里的速度平稳前进。他无法停下来；唯一要问的是，他要去往何处？船首的船夫一边用桨划船，一边全神贯注地选择线路，倏尔猛地一划，用力将船带入她的航线。船尾的船夫则忠实地跟着船首的人，一丝不苟地配合着。

很快我们就到了阿博尔贾卡梅古斯瀑布。因为担心会延误，同时也想避开扛着船走过陆上运输线，好节省点力气，我们的船夫就先到前面去侦察了一番，决定让平底河船漂下瀑布，只扛着行李过运输线。我们从一块岩石跳到另一块岩石，直至差不多跳到河中央，准备抵住船让它漂下第一个瀑布——落差大约有六七英尺。船夫站在一块向外突出的岩石的边上，那儿的湍流有一两英尺深，瀑布大

概有九到十英尺高，船的两边一边站一个船夫，控制着船缓缓滑过水面，直至船首伸出十到十二英尺悬在空中；然后才让它顺着瀑布落下，这时一个船夫拉着系缆，另一个跳进船里，他的同伴紧随其后，他们飞速驶下湍流，冲向下一个瀑布，抑或是平缓的水域。仅仅几分钟，他们就安全地通过了，要是不熟练的船夫这么走，那无疑就像尝试直接从尼亚加拉瀑布上冲下来一样鲁莽。但似乎对这些老练的船夫来说，只需要再熟悉一下水域，再熟练一下技术，就能安然无恙地冲下尼亚加拉这样的大瀑布了。在台石上游的湍流中，我还很担心他们，但不管怎样，当我看到他们如此冷静、泰然自若而又足智多谋地冲过瀑布之后，这种忧虑就全然消失了。人们也许会认为这些可是瀑布啊，瀑布就像泥潭一样，怎么可能安然无恙地涉过呢？瀑布一旦失去了伤害人类的能力，就会失去它的壮丽宏伟，真是近之则不逊啊。或许船夫在台石下的某块突出的岩石上停了下来，那块石头矗立在某个两英尺深的回水湾里，你可以听到他粗犷的声音穿透浪花冷静地指挥着这次船该如何下水。

　　绕过波克沃科穆斯瀑布之后，我们很快划船到了卡特普斯孔内甘河或者说橡树堂运输线，我们决定在那条运输线的半途宿营，第二天早上恢复精力了再搬。每个船夫的一边肩膀上都红了巴掌大的一块，是在这次途中扛平底河船磨出来的。因为长期都用这一边肩膀扛，能明显看出这边肩比另一边低。这种劳累度，就算是最强壮的体格也会很快累垮。赶木人习惯了春天在冷水里干活，身上很少干过；如果一个人跌进水里全身湿透，也很少在晚上上岸之前换衣服，有的甚至到了晚上都不换。要是有人提前预备了更换的衣服，别人就会给他起一个特别的绰号或是直接被解雇。只有能水陆两栖的人才能适应这种生活。麦考斯林严肃地说，有一次原木堵塞，他曾见过六个赶木人同时潜进水里工作，肩还扛着手杆。不管怎样这听起来都是个有趣的故事。如果原木还不动，他们就得伸出脑袋呼吸。只要还没伸手不见五指，运木工就得干活，从天黑干到天黑，甚至晚上都没时间吃晚饭，也没时间晾干衣服，就一头倒在刺柏床上睡过去了。那天晚上我们就睡在这些赶木人先前铺的床上，他们立的杆子也都还在，我们就把帐篷撑了上去，只不过我们在潮湿褪色的床上盖了一层新鲜的叶子。

早晨我们赶紧把船搬过运输线放入水中，以防起风。船夫将船划下帕萨马加梅特河，没过多久又划下了阿姆贝吉吉斯瀑布，而我们则扛着行李绕行运输线。我们在阿姆贝吉吉斯湖的源头，用我们剩下的猪肉草草做了顿早餐，而后很快又上了船，划过平静的湖面，这会儿天色宜人、云雾消散，东北方的山也露出了身影。我们轮流划桨，以每小时六英里的速度快速穿过迪普科夫湾、帕马杜姆库克湖湖脚和北双子湖，风不大，还不足以干扰我们前行，中午时分，我们就到达了水坝。船夫驾着平底河船从一个供原木通过的水闸穿过水坝，那里的瀑布有十英尺高，他们冲下瀑布后在下面接上我们继续前行。这是我们航程过程中最长的一段湍流，划过这个湍流就跟划过其他任何一个湍流一样费力和危险。有时我们觉得船下冲的速度能达到每小时十五英里，万一撞上石头，我们的船会瞬间被从头到尾劈成两半。船在航行的过程中时而在漩涡里上下摆动像引诱水怪上钩的鱼饵，时而猛冲向河的这一边，时而又猛冲向另一边，我们的船有时有惊无险地在水面快速而顺畅地滑行，有时则得用桨猛划，全力将船拉到左边或右边，以避开礁石。我想这应该跟驶过苏必利尔湖出口处的苏圣玛丽的湍流一样，而且我们的船夫技术纯熟，跟那儿的印第安人也许不相上下。我们很快驶过了这一英里，漂入奎基什湖。

经过了这样一段航程之后，原来似乎很可怕而且不好惹的水域——那些波涛汹涌的水域，现在看起来驯服多了；那些曾经在水道里嚣张又让人担忧的水，被人们用尖杆和桨又戳又打，终于屈服了，不得不一次又一次地让人们安然无恙地通过，它们不再神气，也没了危险，自此以后，即便水位再高水流再猛，都不过是挠痒痒。我终于开始明白船夫对湍流的了解和蔑视。麦考斯林夫人说："福勒家的孩子天生就是擅长凫水的鸭子。"据她说，他们曾在夜里驾平底河船划了三四十英里到下游的林肯去请医生，那时天很黑，能见度连一杆都不到；河水涨得很高，几乎整条河都汇成了一条湍流，等到白天他们把医生带上来的时候，医生惊呼道："天啊，汤姆，天那么黑你是怎么驾船的？""我们

披肩榛鸡
ruffed grouse

没怎么驾船，只是保持船直行而已。"而且他们至今也没遇上过事故。此言不假，比这更难走的湍流还在上边呢。

我们到了汤姆家对面的米利诺基特河，并等他的家人把我们接过去，因为我们把自己的平底河船留在了格兰德瀑布上游，这时，我们发现了两条独木舟，每条独木舟上坐了两个人，他们从沙德塘逆流而上进入这条河。一条沿着我们前面的一个小岛的对面走，而另一条则向我们站的这边靠近，一边划过来一边仔细看岸上有没有麝鼠。结果发现后一条独木舟上的是路易斯·内普丘恩和他的同伴，现在他们终于出发去奇森库克湖猎驼鹿了；但他们伪装得实在太好了，我们几乎没认出来。从远一点的地方看，可能会把他们误认为是贵格会教徒——他们戴着宽边帽子，穿着有宽披肩的外套，这些都是在班戈得到的战利品——想在西尔韦尼亚这地方找个定居点；或者靠近一点看，会以为他们是刚刚狂欢了一夜早晨才结束的时髦先生们。我们面对面站着，这些印第安人在他们土生土长的森林里，看起来跟你在城市街头遇到的那些捡绳子和废纸的懒散倒霉蛋一样。事实上，退化的野人和大城市里的最底层阶级惊人地相似，尽管十分出人意料。两者都不过是大自然的孩子罢了。在退化的过程中，种族之间的区别很快就消失了。内普丘恩一开始只是很急切地想知道我们"杀"了什么猎物，因为他看见我们一群人中有一个手中拿着几只披肩榛鸡，但我们实在太生气了，所以并没有回答他们。之前我们还以为印第安人是讲信用的。但是——"我生病了。哦，我现在还没好，你开个价我就去。"他们耽搁这么久，实际上是因为五岛村上有个喝酒聚会，而他们到现在都还没醒酒。他们的独木舟里有几只小麝鼠，这是他们在岸边用锄头挖出来的，用来当食物而不是为了皮毛，因为他们旅途的主要食物就是麝鼠。于是就这样他们继续沿着米利诺基特河逆流而上，而我们喝了口汤姆家的啤酒恢复体力后，又继续沿佩诺布斯科特河河岸往下走，把汤姆留在了家里。

汤姆就这样一个人生活在这荒野的边缘，在印第安米利诺基特河的河畔，在一个新世界，隐在大陆深处，夜里，在这儿吹响长笛，他的笛声和着狼嚎声响彻整个星空；他这样的生活真应该回到原始时代，像原始人一样生活。但他也可以在一个阳光明媚的日子回到当下这个世纪，做些同时代人在做的事情；或许他应当读一些零散的文学片段，有时，也可以跟我聊聊天。如果他生活在当下这个时代属于现代人，那又何必要读历史？可他还生活在3 000年前，那是一个连诗人都没有描述过的时代。你能回溯到比这更久远的历史吗？唉！唉！就在转入米利诺基特河河口时，出现了一个更古老更原始的人，他的历史甚至连前者都不知道。他坐在一个用云杉树根缝的树皮船里，划着鹅耳枥木做的桨向前行进。我只能看见他昏暗模糊的身影，他隐在了树皮独木舟和平底河船之间的漫漫时间长河里。他不用原木造房子，而是用兽皮做棚屋。他也不吃热面包和甜饼，而是吃麝鼠、驼鹿肉，用熊的脂肪熬油。他沿米利诺基特河向

美洲鹅耳枥
American hornbeam

上游滑去，在我的视野中渐渐消失，就像看见远处一团模糊的云从近一点的云团旁掠过，而后消失在它背后。他也是这样对待自己的命运的，这就是印第安人。

乔治大叔一回到家，他的狗就高兴地上蹿下跳，几乎要把他给吞了，晚上我们在他家过了一夜，最后一次给靴子抹了抹油，第二天继续往下游走，先步行走了约八英里，然后又找了一条平底河船，一个人撑着，又走了十英里到达马特沃姆凯格河。就在那天晚上，半夜的时候，为了赶快结束这漫长的旅程，我们在奥尔德敦还没建完的桥上下了轻便马车，在那里我们听了一夜混乱嘈杂无休无止的拉锯声。第二天早上六点，我们这一行中就有一个人乘上汽船去往马萨诸塞了。

缅因荒野里最显著的特征就是森林连绵不断，树比你想象的还密集，整个荒野里很少有林中空地。除了几块火烧地、河流上的狭窄间隔、光秃秃的山顶、

黑顶山雀
black-capped chickadee

攀援勾儿茶
Alabama supplejack

　　湖泊和溪流，森林都是连成一片的。甚至比你所预料的还要阴森荒凉，这是一片潮湿而又错综复杂的荒野，春天的时候，这里到处都是湿的，一片泥泞。实际上，乡野的景象就是一贯如此的严酷和荒凉，只有从山上远眺森林和湖景，才多少能感觉到点温和文明的气息。这里湖的景色，跟你想的完全不同；它们位置很高，完全暴露在日光下，森林缩小成细细的一圈围在它们边沿；湖边间或出现一座青山，就像是上等钻石珠宝外边镶嵌的一圈蓝紫色宝石，这比岸上即将出现的所有变化都要超凡和超前，哪怕它们现在就极其文明优雅和美丽。这些森林不是英国国王的人造林，人造林仅仅是皇家的自留地。这里不受森林法律的管辖，这里只遵守自然法则。土著人没被驱逐过，大自然也不曾受过法律约束。

　　这里的乡野到处都是常青树、长满苔藓的黄桦和潮湿的槭树，地上点缀着淡而无味的小红浆果和长满青苔的潮湿岩石，这片乡野多姿多彩，有无数的湖和湍流，江河湖泊里满是鳟鱼、各种各样的雅罗鱼、鲑鱼、西鲱、狗鱼等等；仅有的几处林中空地上回荡着黑顶山雀、冠蓝鸦和啄木鸟的鸣叫声，鱼鹰和雕的尖叫声，以及潜鸟的笑声，偏僻的溪流上还能听到鸭子的叫声；夜里有猫头鹰的啼叫和狼的嚎叫；夏天，到处都是成群结队的黑蝇和蚊子，这对白人来说比狼还可怕。这里就是驼鹿、熊、北美驯鹿、狼、河狸和印第安人住的地方。谁能描述这严酷森林那难以言状的温柔和不朽的生命？即使是仲冬时节，大自然在这儿也如春天一般生机盎然，在这里，即使是长满青苔已经腐烂的树都没有一点儿老态，似能永葆青春一般；无忧无虑而又纯真的大自然就像一个安静的婴儿，幸福满足，从不吵闹，只是偶尔有几只叽叽喳喳声如响铃的鸟儿和涓涓溪水会打破这片宁静。

死于此、卒于此、葬于此，也不枉此生了！这里的人一定会长生不老，他们会嘲笑死亡和坟墓。在这里，人们绝不会生出在乡村墓园中那样的感慨，他们不会在一个长满常青树的潮湿山丘上建一个坟出来！

> 想死于此葬于此的尽管来，
> 
> 我只想在此继续生活；
> 
> 身居原始松林中，
> 
> 体态轻盈日益年轻。

这次旅程让我意识到，这个国家仍然是一片非常崭新的土地。你只消花上几天，深入到内地和边远的地方，哪怕去的是较早的几个州也行，去感受那个北方人、卡伯特、戈斯诺尔德、史密斯和罗利曾到过的美国。如果说哥伦布是第一个发现西印度群岛的人，那韦斯普奇、卡伯特以及清教徒和我们这些后裔也只是发现了美洲的岸。虽然美国已经在世界范围内得到了认可，赢得了一席之地，但它仍是一片未被定居、未被开发的地方。就像英国人在新荷兰一样，我们现在也还只是住在新大陆沿岸，我们的海军在百川汇入的海洋里游弋，而我们却对这些河流的发源地知之甚少。我们用来盖房子的木材、木板和木瓦就在昨天还生长在荒野里，印第安人在那里狩猎，驼鹿在那里纵情奔跑。纽约界内也有自己的荒野；尽管欧洲的水手在富尔顿发明汽船以来，就很熟悉哈得孙的水域。但要到阿迪朗达克地区的上游源头去考察，这些科学工作者们还是得靠印第安人带领。

对于沿海地区，我们就真的已经都了解和开拓了吗？找一个人，让他沿海岸线步行，从帕萨马科迪河到萨宾河或到布拉沃河或者到只要现在是尽头的地方，要是他身手矫捷能胜任这个工作，忠实地走过每一个蜿蜒曲折的入海口和岬角，随着海浪的节奏踏步前行，走一周能到一个偏僻的渔镇；走一个月能到一个城市的码头；要是路过灯塔就在灯塔里过夜，而后让他告诉我，沿海地区真的已经被我们了解和开拓了吗，还是大部分地方更像是荒凉的岛屿和无人区。

我们的技术突飞猛进，已经能到太平洋探险了，但身后却留下了许多像俄勒冈州和加利福尼亚州这样的小地方未去探索。尽管缅因沿岸已经建起了铁路和电报通信设施，但印第安人还是会站在缅因内陆的山脉上，越过铁路和通信设施眺望大海。佩诺布斯科特河向上五十英里就是班戈市，是最大吨位船航行的始发地，是这片大陆上主要的木材储藏处，有一万二千人，它就像夜空边的一颗明星，砍伐森林建起来的这座城市，仍在向森林挥舞着它的斧头，这儿充斥着欧洲的奢侈品和精致的玩意儿，班戈的船只驶出河道驶向西班牙，驶向英国，还会去西印度群岛购买杂货，可只有几个伐木工到过"河流上游"，进入那片滋养了这座城市的荒野。荒野里仍然生活着熊和鹿；驼鹿在佩诺布斯科特游泳时，被船舶缠住，被海港里的外国水手抓住。再往后走十二英里，再乘十二英里火车，就到了奥罗诺和印第安岛，那是佩诺布斯科特部落的家园，然后乘上平底河船和独木舟，走过军用公路；上游六十英里处，是一片几乎没被画入地图，也未被开发过的乡野，新世界的原始森林仍在那里随风晃动。

Chapter 2
# 奇森库克湖

加拿大百合
Canada lily

1853 年 9 月 13 日下午 5 时，我乘汽船离开波士顿取外航道去往班戈。这是一个温暖而平静的夜，大概水上要比在陆上暖和，大海如一个夏日小湖一般平静，只是微微泛起涟漪。乘客们就跟在自己客厅一样在甲板上唱着歌，一直唱到十点。在群岛外侧，我们路过了一艘倾倒在一块岩石上的船，一些人认为她是一艘"失魂落魄的船"。航行时：

身子侧得这么低，<br>以致她身子吃着水，龙骨划破天。

不过大家似乎忘了当时没风，船上也没扬帆。此刻我们已经把群岛抛在了身后，离开了纳罕特。我们眼前的景象，与当初发现新大陆的冒险者们所见的并无二致。而后我们又看到了安角的灯光，从一个连成小村子一样的鲭鱼渔船队附近经过，它们停泊的位置大概在格洛斯特附近。船员们在低矮的甲板上呼喊着向我们致意；尽管他们说着"晚上好"，但我觉得他们的意思是"先生，可别撞着我们。"看够了海上奇景，我们就下了甲板酣睡去了。夜里却被一个人叫醒了，他是个擦鞋匠，问我靴子需不需要擦黑鞋油，这可真是太荒谬了！

大西洋鲭
Atlantic mackerel

遇上他们的概率比晕船都高，不过这可能还真跟晕船有关。这就像是第一次过赤道线时，总免不了要被扔进水里以求龙王佑护。我还以为这些旧习俗已经废弃了呢。兴许秉承着这些习俗，他们还会坚持要给你的脸也涂上黑油。我听到一个人抱怨有人在夜里偷了他的靴子；等他找到靴子时，已经完全认不出来了，他们把靴子给糟蹋了，他以前可从没给靴子上过黑油，他差点没叫擦靴的人赔偿。

因为不想在鲸鱼肚子里闷着①，我早早就起来了，跟几个老水手一起待着，他们正站在甲板上有遮盖的地方，借着昏暗的灯光抽烟。我们正在驶入河道。当然，他们对这条河了如指掌。我发现自己还很适应这次航行，一点儿也不难受，对此颇为自豪。我们梳洗一番之后，透过开阔的港口看到了黎明的第一线曙光，但白天却迟迟不来。我们四处询问时间，但同行的人都没有表。最后一位非洲王子匆匆走过，观察了一下说："先生们，现在十二点！"然后吹灭了灯。原来我们看到的是月出，而非日出。于是我又悄悄爬了下去钻回了这怪物的肚子里睡觉去了。

黎明前我们到的第一块陆地是曼希根岛，接下来是圣乔治群岛，还能看见两三点灯光。怀特黑德岛上岩石光秃秃，上边还有丧钟，倒也有趣。我记得接下来一处是卡姆登山，之后是法兰克福附近的

① 典出《旧约圣经·约拿书》第一章第十七节，"耶和华安排一条大鱼吞了约拿，他在鱼腹中三天三夜。"

小山。约在中午时分，我们到达了班戈。

当我到达时，我即将同行的同伴已经往上游去了，去雇了一个叫乔·艾蒂恩的印第安人跟我们一起去奇森库克湖。乔是酋长的儿子，他前年曾带着两个白人去奇森库克湖猎驼鹿。当晚他乘车到达班戈，带着他的独木舟和一个名叫萨巴蒂斯·所罗门的同伴，萨巴蒂斯将在下周一和乔的父亲一起取道佩诺布斯科特河离开班戈，等我们和乔办完事以后，就跟他在奇森库克湖会合去猎驼鹿。他们在我朋友家吃了晚饭，又在他家谷仓里凑合睡了一晚，他们说等进了森林，过得可就比这儿糟了。他们夜里到门口取水的时候还惹得沃奇吠叫了几声，因为它不喜欢印第安人。

第二天一早，乔和他的独木舟就乘驿车到六十多英里外的穆斯黑德湖（Moosehead Lake）去了，一小时后，我们也坐上敞篷四轮马车出发了。我们带了硬面包、猪肉、烟熏牛肉、茶、糖等等，应该够我们一班人吃的了；看着我们准备的这些东西，不禁让我想到，迄今为止我们对土地予取予求，真是卑劣。我们经笔直平坦的艾弗纽公路朝西北向的穆斯黑德湖走，沿途穿过十来个繁华的城镇，几乎每个镇子都有自己的学校，可是我的《通用地图册》上却一个都没标，天啊！这本地图可是1824年出版的；要么是他们超前了时代很多，要么是我落后了时代很多！这本地图一定是少画了很多东西。

雨下了一整天，第二天上午才停，几乎把所有风景都遮住了；但还没走出班戈的街道，我就看见了野生冷杉和云杉顶，还有一些其他的原始常青树，它们正透过地平线上的薄雾窥探着我们，仅是这番景象就让我开始欣喜若狂了。就像小学生看到蛋糕，闻到蛋糕的香味儿一样。那些骑马走寻常路的人，就只能看到些篱笆围栏了。在班戈附近，考虑到下过霜之后黏土里立不稳篱笆杆，因此人们不把篱笆杆插到地里，而是靠榫接将其与地上水平放置的横木连在一起。之后流行的是原木篱笆，有时也有蛇形栅栏，或者别的以横杆斜插过交叉的桩筑形成的栅栏，这些栅栏呈"之"字形排布或交叠着，始终都在我们前头，一直延伸到湖边。走出佩诺布斯科特河谷之后，原野变得出乎意料的平坦，或者说这是由一些非常平坦等高的小丘组成的,它们连绵二三十英里,没有一处高出平均高度,但据说天气晴朗的时候,能从这里看到非常美的景象,经常能看到卡塔丁山,笔直的道路和连绵的小山。房子之间相距很远,一般都很小且只有一层,但都加了外框。这里的土地几乎没有人耕种,然而道路两边却经常看不到森林。树桩常常有一人高,显示出雪的深度。白色的干草帽盖在田里一小堆一小堆豆子或玉米上,用以挡雨,我从来没有见过这种景象,可谓是新鲜了。我们看见大群大群的鸽子,有好几次披肩榛鸡跑到路上,离我们只有一两杆远。我的同伴说,有一次他从班戈外出,和他儿子就坐在他的四轮单马轻便马车上就打了六十只披肩榛鸡。花楸现在正长得漂亮,桤叶荚蒾也不逊色,熟透的紫色浆果与红色浆果交相辉映。丝路蓟①是一种外来植物,从这里到湖边一路上都满是这种草,在许多地方的路边和刚收割完的田里都密密麻麻长满了这种草,跟长满了庄稼一样,它所到之处,其他植物压根没有容身之所。还有

① 在北美又名加拿大蓟,但是它并非来自加拿大,而是原产于欧洲及亚洲北部的入侵物种。

丝路蓟
Canada thistle

一些整片整片长满蕨类植物的田地，现在都一片锈色，枯萎萧条，这种植物在原先的乡野里通常只生长在潮湿的地方。即便把季节来得迟了些这样的因素都考虑进去，这儿的花也未免太少了。大概沿路五十英里我都没有看到一株盛开的菊科紫菀属植物，哪怕当时在马萨诸塞这种植物到处都是，除了一处有一两株轮菀以外，直到在离蒙森不到二十英里处才见到菊科一枝黄花属植物，我还在蒙森看到了三道叶脉的那种[①]。但是那儿有许多迟开的高毛茛和两种在火烧过的土地上易生长的草类——菊科菊芹属（*Erechthites*）和柳叶菜科柳叶菜属（*Epilobium*），最后是珠光香青。有时我还会看到很长的引水道，用来给沿路供水，我的同伴说，州政府为了保证旅行者在路上的用水，每年拨款三美元在每一学区里雇一个人，这个人就在路旁挖出一条引水道，并维护它，这条消息对我来说跟水本身一样让人精神焕发。立法机关的会总算是没有白开。这是一条东部法案，让我顿时感觉自己要是再往东一些就好了，这又是一条我希望马萨诸塞也有的缅因法律。缅因州禁止在公路旁开酒吧，并且把山泉引到路旁。

　　到了加兰、桑格维尔以及再往前离班戈二十五或三十英里的地方，山才开始明显多起来。下午三点左右，我们在桑格维尔停了下来暖暖身子、把身上烤干，这片地的主人告诉我们，我们现在所在的地方原来是一片荒野。在阿伯特和蒙森之间一条路的岔口，离穆斯黑德湖约二十英里的地方，我看到一个路标，上边有一对驼鹿角，张开有四五英尺宽，一边角上漆着"蒙森"两个字，另一边漆着其他什么镇的名字。驼鹿角有时和白尾鹿角一起被用来作装饰性的立式衣帽架，放在前门；但是之后我将讲一段经历，有了那样一段经历以后，我觉得猎杀驼鹿得找个更好的理由，不能因为想把帽子挂在它的角上就杀了它。天黑以后，我们到了蒙森，那里离班戈

① 可能是早生一枝黄花（*Solidago gigantea*）。

珠光香青
western pearly everlasting

高毛茛
tall buttercup

有五十英里，离湖十三英里。

  第二天早晨四点，天还没亮还下着雨，我们冒雨就开始了旅程。在这个镇的学校附近，他们竖了一个看上去像绞刑架的架子让学生锻炼。我觉得他们不妨把所有需要进行这种锻炼的人都放在架子上，在这片崭新的土地上，哪有什么能妨碍他们在户外活动的因素。还是把这些器械抛到一边，到户外呼吸新鲜空气吧。湖的南端周围山很多，道路也随山势开始变化。那里有一座山，我们算了一下，花了二十五分钟才登上去。许多地方的路都是"修理过"的，刚刚用铲子和刮刀按要求削成半圆柱状，当中的位置最软最不平坦的地方，整条路就像竖起猪鬃的猪背，怕是只有耶户才能在路上一路飞驰。当你从路两边光秃秃的半圆看地平线的时候，会发现路边的水沟非常难看，一个巨大的空洞，就像土星和它的光环之间的空洞一样。我们进了附近的一家小旅馆，尽管料理骡马的人并不记得车夫，但他却像欢迎老相识一样迎接了我们的马。他说一两年前，他曾在金尼奥旅店照料过那匹小母马一小段时间，他觉得它现在的状态可不及那会儿了。连这都能看出来，可真是各有所长啊。我就不熟悉马，这世界上的任何一匹都不熟悉，哪怕它还踢过我。

从山顶望去，一片大雾笼罩着远处低地，我们看到一个湖，本来以为那是穆斯黑德湖，结果是我们看错了。直到我们走到离湖南端不到一二英里的地方，才第一次看到这个湖的真容，一片看起来很荒凉的水域，跟周围景色倒是很相配，湖上点缀着小小的低岛，岛上长满了乱枝横生的云杉和其他野生的树木，从这里能看到格林维尔新建的港口，港口两边和北边远处位置都是山，一艘汽船的烟囱从屋顶上头冒了出来。我们寄马的那家酒吧的一角用一对驼鹿角装饰着，金船长的穆斯黑德号小汽船就停在离这儿几杆远的地方。这儿没有村庄，朝这个方向继续往前走，没有夏季可以通行的道路，只有一条冬天可以通行的路，也就是说，只有当冬日的深雪把坑坑洼洼的地方都填平了以后才能通行的路，从格林维尔沿湖的东边向上走约十二英里，到达利利湾。

我是在这儿跟乔第一次见面的。前一天他坐驿车来的时候，为了给女士们腾地方，淋着雨在外边坐了一路，浑身都湿透了。因为还下着雨，他就问我们是不是打算就这样冒雨前行。乔是个长得挺好看的印第安人，二十四岁，显然他血统很纯正，矮而健壮，脸很宽，面色红润，在我看来他的眼睛比白人的要窄，外眼角也比我们的上挑，跟人们对他们种族特征的描述很相符。除了内衣之外，他还穿了一件红色法兰绒衬衫和一条羊毛裤，戴了一顶黑科苏特帽子，完全是一身典型又普通的伐木工人装扮，绝大多数佩诺布斯科特印第安人都这么穿。后来，我有机会目睹他脱鞋子和长袜，看到他的脚那么小，着实让我吃了一惊。他曾经做过很多伐木工的工作，而且似乎想把自己归类到那一阶层中。我们一行人中，就只有他有橡胶夹克衣。他的独木舟最上边一条木头或者说边缘的木头几乎要因为在驿车上受到摩擦给磨穿了。

八点汽船上响起了铃声和汽笛，召唤着我们上船，那声音把驼鹿吓了一跳。

这是一艘配备齐全的小船，由一个很有绅士风度的船长指挥，船上有专利授权的救生座椅和金属救生船，如果你愿意，还可以在船上用餐。这艘船主要是给伐木工乘坐的，用来运他们的船和供给，但猎人和游客也可搭乘这艘船。还有一艘叫安菲特律特的船，就停在附近；但很显然，它的名字和它的船体一样陈旧。港口里还有两三艘大帆船。在荒野中，这些湖上商业贸易的发端还很有趣，这些"大白鸟"来这里和鸥鸟做伴。船上的乘客不多，而且没有一个是女的：一个圣弗朗西斯印第安人——带着他的独木舟和驼鹿皮，两个木材勘探者，三个要在桑德巴岛上岸的人，一个住在湖上游十一英里处的迪尔岛的绅士——他还是舒格岛的主人，汽船就在这两个岛之间航行；我想，除了我们以外，船上就只有这些人了。在交谊厅里摆着一些乐器，叫"二级天使"或"炽天使"，像是用来安抚愤怒的波涛；厅里还规规矩矩钉着一张缅因和马萨诸塞公有地的地图，我口袋里还有一份副本。

　　因为大雨，我们只得在交谊厅待一会儿，我和舒格岛的主人聊了起来，谈论《旧约》里世界是什么样的。但最后，说了两句他就换了话题，告诉我他在这个湖附近已经住了二三十年了，但是有二十一年没去过湖的源头了。他把脸转向了另一边。木材勘探者带上船的那条独木舟，很好很新，是桦树皮做的，比我们的大，他们就是乘这条独木舟从豪兰出发沿皮斯卡塔奎斯河上来的，而且他们已经吃到好几顿鳟鱼了。他们要去伊格尔湖和张伯伦湖附近，也就是圣约翰河的源头，而且提出要跟我们做伴一起走。今天湖上的风浪比海上的还大，潮来潮往肆意翻腾，乔说这么大的风浪能把他的桦树皮独木舟给淹没。出了利利湾，水面变得有十几英里宽，但众多岛屿把水面切成了一块块的。眼前的景象不仅荒凉，还多变有趣；除了西北面，远近四处都是山，不过此时山顶被云遮住了身影；但金尼奥山是这个湖的主要特色，而且基本上只有在这个湖能看到。离开格林维尔这个约有八到十年历史的镇中心之后，在山脚，你会看到整个湖周围约四十英里范围内，就只有三四间房子，其中三间是广告中汽船停靠的旅馆，岸上是连绵不断的荒野。这里长得最多的树似乎是云杉、冷杉、桦树和糖槭。从很远的地方就能轻松看出硬木和软木或者所谓的"black growth"①的区别，前者光滑，树冠是圆形的且呈淡绿色，看起来树叶茂盛像是精心栽培的。

  金尼奥山是一个细颈半岛，约在湖中间靠东的位置，我们的船就停在那儿。那个著名的峭壁就在东边或者说靠近陆地一边侧，它高高矗立着，你可以从几百万英尺高的顶上跳下，落入岬角后面的水中。船上有个人跟我们说，抛下一个锚放了九十英寻才触到底。或许用不了多久会发现曾有印第安少女为爱情从上面跳下来过，因为真正的爱情再不可能找到一条比这里更能通往心灵的路了。因为岸上非常的险峻，我们几乎是贴着岩石走过去的，我还看到石头上有水位曾上升四五英尺时留下的印记。圣弗朗西斯印第安人本想在

① 硬木称为阔叶树材，软木称为针叶树材，而 black growth 是指主要由针叶树组成的森林或木材。云杉、冷杉为软木，桦树、糖槭为硬木。

杜香
marsh Labrador tea

这儿接上他儿子,但码头上却看不到他的身影。不过,尽管大家都没看见,可这位父亲十分眼尖,他看见远处山下有一艘独木舟,他儿子就坐在里边。"独木舟在哪儿呢?"船长问,"我没看见啊"。尽管如此,这位父亲还是坚持着,一会儿那艘独木舟就驶入了我们的视野。

约中午时分,我们到达了湖的源头。与此同时,天气也放晴了,尽管山顶还被云遮着。从这里看过去,金尼奥山与其东北面相连的两座山看起来就像是一家人一样,好似一个模子刻出来的。汽船在这里靠向了一个从北面荒野突出来的长码头,码头是用荒野里的原木建的,船鸣响了汽笛,但这儿既看不到小屋也没个人影。岸很低,上面的岩石都很平,耸立着黑桦和香柏等树,起初它们看起来对我们的鸣笛毫不在乎。岸上没有什么出租马车车夫喊"坐马车吗!"或是引诱我们去住合众国旅馆。最后出现了一个叫欣克利先生的人,他驾着一辆由一头公牛和一匹马拉着的运货马车从森林里粗糙的原木轨道上穿了过来,

沼泽山月桂
swamp laurel

北方七筋姑
blue-bead lily

他在运输线的另一头有一块营地。接下来要做的就是把我们的独木舟和财物从肯纳贝克河源头的这个湖经这个运输道搬去佩诺布斯科特河。这条从湖边通往河边的轨道占了林中空地正中两三杆宽的位置,笔直穿过森林。我们步行穿越,行李则跟在后面有车拉着。我的同伴走到前面去,准备打环羽榛鸡,我则跟在后面,观察周围的植物。

对一个从南方来的人来说,从这样一个植物园开始旅程是非常有趣的;这里有许多比较罕见的植物,而且有一两种马萨诸塞东部根本就没有,但在这儿的轨道间却长得非常茂盛,如杜香、沼泽山月桂、加拿大蓝莓(树上还有果子,而且是第二次开花了)、北方七筋姑和北极花(一个伐木工曾把它称为moxon)、爬地雪果白珠、波状延龄草、大花垂铃儿等等。我想像糙叶紫菀、伞花白头菀、长叶金顶菊、紫苞泽兰,及其他那些在湖边和运输线上正花开绚

北极花
twinflower

烂的植物,在这林中一定别有一番原始淳朴的滋味。小径两边挤满了欢迎我们的云杉和冷杉,香柏的叶子变换着颜色,敦促我们快点赶路,看到纸皮桦我们精神一振,加快了步伐。有时一棵刚倒下的常青树横躺在路上,树枝上还挂满了球果,看上去比我们那些生长环境最好的树都更充满生机。你根本想不到在这荒凉的森林还会有这种云杉,但即便在这种地方,显然它们每天早上都不忘梳妆打扮。经过这样一个前庭,我们就进入了荒野。

　　从湖的位置向上,地势开始微微抬升,那里有的地方看起来就像是沼泽地,兴许还真就是,最后地势又慢慢降低,到了佩诺布斯科特河,我很惊奇地发现,这儿的佩诺布斯科特河是一条大河,有十二到十五杆宽,自西向东流,或者说与穆斯黑德湖成直角,距湖不到两英里半。无论在《公共土地地图》,还是《科尔顿缅因地图》上,距离都被标长了一倍,而且拉塞尔河也被标得太靠下了。杰克逊标记的穆斯黑德湖比波特兰港的最高水位高九百六十英尺。这比奇森库克湖还高,因为伐木工认为我们所到的佩诺布斯科特河要比穆斯黑德湖低二十五英尺，尽管据说沿河向上八英里处是最高点，这样水就可以流向任意一侧，而且这里与奇森库克湖之间，河水落差很大。搬运工说，如果沿河流走，这里位于班戈上游一百四十英里处，或者说离海还有两百英里，在加拿大公路边的希尔顿林中空地下游五十五英里处，希尔顿林中空地是上游的第一块林中空地，离佩诺布斯科特河源头有四英里半远。

在运输线北端，在一块六十多英亩的林中空地中，有一处常规构造的原木营房，毗连一间像是房子的建筑，可供搬运工一家和往来的伐木工住。用冷杉枯枝做的床尽管真的非常脏，但闻起来却很香。在河岸上还有一个仓库，里面有猪肉、面粉、铁、平底河船和桦树皮独木舟，全都锁在里边。

这会儿我们着手准备晚餐了，最后总不外乎就是些茶点，而且还要给独木舟涂松脂，为此河岸上一直摆着一口大铁锅。两个木材勘探者跟我们一起涂。印第安人和白人都是用松脂和油脂的混合物来涂船，这个是用来涂船的，可不是拿来当晚餐的。乔从火中拿出一块小烙铁，把热气和火焰吹向桦树独木舟上涂的松脂，这样松脂就会熔化方便涂开。有时他觉得某处没抹上，就把嘴贴上去吸，看是不是漏气；在我们路上停的一个地方，他把独木舟高高架在交叉的木桩上，倒水进去检查。我仔细观察他的一举一动，聚精会神地听他说了些什么，因为我们之所以雇一个印第安人，主要是因为我可以借此机会来研究他的行事方式方法。我听见他在检查的过程中轻声咒骂了一句，说他的刀钝得像锄头。这与他常跟白人交往密切有关，他说："我们出发前应该喝点茶；要不还没等杀掉那只驼鹿，我们就饿得前胸贴后背了。"

下午三点左右，我们在佩诺布斯科特河上了船。我们的桦树皮独木舟十九点五英尺长，最宽的部分有两英尺半，内部深十四英寸，首尾两端差不多，船体漆成了绿色，但乔认为涂漆会影响松脂的效果，会导致船漏水。我觉得这艘独木舟算中等大小。木材勘探者的船虽然没比我们长多少但总体来说要大得多。这艘独木舟载着我们三个还有行李，总重量在五百五十至六百磅之间。我们有两把糖槭木做的桨，虽然细长但很重，其中一把是用鸟眼木纹槭木材做的。乔在船底放了桦树皮让我们坐,把刺柏薄板斜靠在横杆上保护我们的背,而他自己,则坐在船尾的一根横杆上。船中间最宽的地方堆放着行李。我们俩也轮流在船首划桨,时而伸直腿坐,时而跪着坐,时而又蹲着;但我发现这几个姿势都不能坚持很长时间,这让我想起了老耶稣会传教士抱怨他们在从魁北克到休伦湖地区的长途航行中,长时间挤在独木舟里,坐的姿势极不舒服,简直就是折磨;但后来我坐在横杆上,发现这样或是站起来,就舒服多了。

好几英里都是死水。因为下雨的缘故,河水涨了约两英尺,伐木工们正盼望着能有一场够大的山洪,好把春天滞留下来的原木冲下去呢。河岸有七八英尺高,上边密密麻麻地长着白云杉和黑云杉——我想这一定是这附近最常见的树了,沿河还有冷杉、香柏、纸皮桦、黄桦、甜桦、糖槭、穗果槭和几棵红花槭、山毛榉、黑桦、花楸、大齿杨、许多看起来体态优雅但现在已枯黄的榆树,刚开始的时候,还能看到几棵铁杉。还没走多远,我就惊奇地看到河岸有一个上面盖着红旗的地方,我以为是印第安人的营地,于是冲我的同伴们喊道"营地!"过了好久,我才发现那是因被霜打而变了颜色的红花槭。紧挨着河岸的地方,密密麻麻地长着灰桤木[①]、柔枝红瑞木、灌木状的柳树,及一些其他类似的植物。河两边还漂着一些加拿大百合的叶子,半淹在水中,有时还能看到香睡莲叶子。水浅的地方和岸上都能看到许多驼鹿刚留下的足迹,还能看到刚被驼鹿咬掉的茎。

划了约两英里之后,我们就和木材勘探者们分手了,然后沿龙虾溪溯流而上,这条河从东南方流下来从我们右侧汇入湖里。洛布斯特河有六杆或八杆宽,流向差不多与佩诺布斯科特河平行。乔说这条河之所以这样命名,是因为在河里发现了淡水小龙虾。在地图册上,它的名字是马塔亨凯格河。我的同伴们想找到驼鹿的

① 即灰桤木的亚种 *Alnus incana* subsp. *rugosa*。

穗果槭
mountain maple

踪迹,而且如果值得的话,还想到那边去扎营,因为印第安人向导是这样建议的。由于佩诺布斯科特河水上涨,水涌入洛布斯特河里,一直流到了一二英里外的同名湖里。穆斯黑德湖北端东面的斯潘塞山脉现在就清清楚楚地站在我们眼前。翠鸟从我们面前飞过,我们看到了北扑翅䴕,还听到了它啄木头的声音,五子雀①和黑顶山雀也在我们身边。乔说在他们的语言里黑顶山雀叫"kecunnilessu"。我可不敢保证这个拼写是否正确,因为可能以前从来没有人拼写过它,但我的发音是跟着他读的,一直读到他觉得像为止。我们从一只小丘鹬旁路过,它一动不动地站在岸上,羽毛膨胀了起来像是得了病。乔说这种鸟他们叫"nipsquecohossus",翠鸟叫"skuscumonsuck",熊叫"wassus","印第安魔鬼(Indian devil)"②叫"lunxus",山楸叫"upahsis"——这种

① 即鸭科鸭属鸟。

② 根据后文,应指的是美洲狮。

美洲狮
cougar

　　树这儿有很多而且还很美。沿这条河看到的驼鹿的足迹，都不是最近留下的了，除了从这儿往上一英里的一条小溪里有一根大原木，是春天卡在这儿的，木头上还刻着"W-十字-腰带-乌鸦-脚"的标志。我们看到岸上有一对驼鹿角，我问乔这是不是驼鹿自己蜕下来的角；他回我说角上还连着一个头呢，但我知道，驼鹿一生可不会掉两次脑袋。

　　往上走了一英里半，离洛布斯特湖已经很近了，我们又回到了佩诺布斯科特河。就在洛布斯特河河口下边，我们发现有湍流，河面扩展到有二十到三十杆宽。这里有相当多驼鹿的足迹，而且都是最近留下来的。我们注意到许多地方都被踩出了窄窄的小道，驼鹿就是经常通过这些小道下到河边的，它们还会从这些陡峭的黏土坡上滑下去。驼鹿的足迹不是靠近河边，就是在浅水里，那些小驼鹿的足迹跟其他的成年驼鹿的足迹明显不同；它们的脚在柔软的地上踩出的坑会保留很长一段时间。只要在有小湾或叫滞水湾的地方，它们的足迹就特别多,这些小湾临近草甸,或是一个岸上长满粗草、蒯草等的低矮半岛将它与河隔了开来,它们在水里蹚过来蹚回去,吃着水里的浮叶。我们在里发现了一只驼鹿的残骸。在一个地方,我们要上岸捡一只我同伴打到的林鸳鸯,乔剥下一块纸皮桦的皮,用来做他的猎号。然后他问我们,想不想去捡另外一只林鸳鸯,因为他敏锐的眼睛已经看到另一只林鸳鸯落在了稍远一点的树丛里,我的同伴把它捡了回来。这时,我开始注意到欧洲荚蒾上鲜红的浆果,这种树可以长到八到十英尺高,沿着岸边和桤木及山茱萸混在一起。这儿的硬木要比刚开始那些地方少很多。

从洛布斯特湖口又下行一英里后,约在日落时分,我们到达了被乔称为穆斯霍恩死水(Moosehorn Dead-water)源头的一个小岛上(乔那天晚上要去穆斯霍恩打猎,它是从下游约三英里处汇入的),我们决定就在小岛上端宿营。在小岛下端的一个岬角处躺着一只驼鹿的尸体,大概是一个多月前被杀死的。我们决定只搭营房,把行李留在这儿,这样等我们猎驼鹿回来时,可能一切就都已经准备好了。虽然我并不是来打猎的,而且陪着猎人们去打猎也让我感到有些内疚,但我还是想能近距离看一看驼鹿,而且还能知道印第安人是怎么猎杀一只驼鹿的——这一点我并不后悔。对猎人们来说,我就是个记者或牧师,而且牧师也是要自己带枪的。在茂密的云杉和冷杉树中清理出一小块空间后,我们就给潮湿的地面盖上了一层冷杉树枝,而乔正在做他的桦树猎号,给独木舟涂松脂。无论何时,只要我们停下有足够长的时间生火,就得检查一次松脂,也是他在这种时候要进行的主要劳动,我们收集了一些柴火以备过夜,因为我们的短柄小斧太小,劈起柴来实在费劲,于是我们就找了些又大又潮湿,已经开始腐烂的原木,它们都是春天的时候被卡在岛头部的;但我们没点火,怕驼鹿会闻到篝火味儿。乔立起了几根叉桩,又准备了半打的杆子,准备要是夜里下雨了,就把我们的一块毯子罩在上面,不过第二天晚上就做这种预防措施了。我们还把打到的那只林鸳鸯拔了毛,准备把它当早餐吃。

我们正在暮光中忙碌着,隐约听到从远处河下游传来的声音,听起来像是

林鸳鸯
wood duck

一球悬铃木
American sycamore

伐木工在树上砍了两斧子，那声音在凄凉孤寂的荒野里沉闷地回荡着。我们常常把在森林里听到的声音当作斧子的劈砍声，毕竟隔着一段距离，况且在那种环境里，不管什么声音听起来都很像，再加上斧子的声音又是我们常听到的。当我们告诉乔的时候，他惊呼道："天啊！我敢打赌那是一只驼鹿！驼鹿的声音就是那样的！"这些声音给我们一种奇怪的感觉，因为它们跟我们熟悉的声音非常像，但它们的声源又如此不同，这无疑又加重了此地的孤寂和荒凉。

借着星光，我们沿河而下，那是一片三英里长的死水，和到穆斯霍恩那么远；乔告诉我们必须保持安静，而且他划桨的时候也没发出一丁点声音，尽管他划得还很用力，船走得很稳。那是个寂静的夜，很适合打猎，因为如果有风，驼鹿就会闻到你的气味，并且乔自信满满，相信自己今晚一定会猎到几只驼鹿的。满月刚刚升起，正值秋分前后，月光平照过来，点亮了我们右边的森林，我们逆着轻轻吹动的微风在同一侧的阴影里继续向下划。紧挨着这条宽宽的道路两边，云杉和冷杉那又高又尖的树顶在夜空的映衬下，漆黑一片，比白天看起来更清晰，紧贴着这条宽阔的林阴道两侧；月亮升到森林上空，景致之美，难以名状。一只蝙蝠从我们头顶飞过，我们时而听到几声微弱的鸟叫，兴许有一只是黄腰白喉林莺，时而听到一只麝鼠突然跳下的声音，时而看见一只横穿过我们面前的河流，时而还能听到一条小溪汇入的声音，最近的一场雨让溪水上涨了不少。约在岛下游一英里处，正当这孤寂随着时间一分一秒的推移而不断发酵的时候，我们突然看到了光，听到岸上传来火发出的噼啪声，定睛一看，原来声音来自那两个木材勘探者的营房；他们穿着红衬衫站在火前，大声谈论着白天的冒险和收获。当时他们正谈到一桩买卖，我要是没听岔的话，某人在这桩买卖里净得了二十五美元。我们没吭声，紧挨着河岸滑了过去，离他们也就几杆的距离；乔拿起他的猎号，模仿驼鹿叫了起来，直到我们对他说再这么吹下去，那两个木材勘探者可是会向我们开火的，他才罢休。这也是我们最后一次看到他们，我们也永远不会知道他们是否发现或是察觉到了我们。

自那以后，我常常希望能和他们在一起。他们在一个特定区域里勘探木材，

黄腰白喉林莺
myrtle warbler

变色鸢尾
harlequin blueflag

翻山越岭,而且常爬到很高的树上眺望,找寻那些能把木头运下山的河流——就他们两人,在森林里待上五六周,前不着村后不着店,离任何一个城镇都有一百多英里远,他们就在这四处漫游,夜幕一降临,往地上一躺就睡了,主要就靠身上带的供给度日,当然如果路上碰到什么猎物,他们也不会拒绝,然后在秋天的时候回去向他们的雇主报告,决定冬天应该派多少支伐木队去林子里。干这一行,有经验的人一天能赚三四美元。他们的生活既孤独又惊险刺激,大概是最接近西部那些设陷阱捕兽者的生活了。他们工作的时候,总是带着枪和斧子,任凭胡子肆意疯长,过着没有邻居的生活,也不住在草原上,而是在荒野深处。

看见这两位木材勘探者,我们就知道了原来刚刚听到的声音是他们,也就不再幻想一时半会儿能碰上驼鹿了。终于,当我们划离他们很远以后,乔放下他的桨，拿出桦树猎号，一个笔直的号角，约十五英寸长，口有三四英寸宽，用同一块树皮的条扎了起来，乔站起来，模仿驼鹿的叫声吹了起来，先是"唷－唷－唷"或"嗬－嗬－嗬"然后是拉长音的"嗬－哦－哦－哦－哦－哦－哦－哦"，吹完后再聚精会神地听几分钟。我们问他想听到什么样的声音。乔说，如果有驼鹿听到了这个声音，他觉得我们是会发现的；如果驼鹿从离我们半英里远的地方走来，我们就会听到；它会来到河边，或许会下到水里，我们必须等到它靠得很近能看得一清二楚的时候，然后再从它的背后瞄准。

晚上，驼鹿冒险走到河边觅食饮水。在季节之初，猎人不需要用猎号把驼鹿引出来，而是趁它们在河边觅食的时候悄悄搞突然袭击，而且常常是水从驼鹿的嘴边滴落的声音，是驼鹿暴露自己的第一个信号。我听到过一个印第安人用一根比乔的还要长得多的号角模仿驼鹿的声音，还能模仿驯鹿和白尾鹿的声音，他告诉我有时驼鹿的声音在八到十英里之外都能听到，叫声又响又大，就像咆哮一般，比牛的哞叫声更清晰更响亮，而驯鹿的叫声像是呼哧呼哧的鼻息声，小白尾鹿的叫声则跟小羊的叫声差不多。

终于我们来到了穆斯霍恩河，在那边搬运线上的印第安人告诉我们，他们前天晚上猎杀了一只驼鹿。这条河十分蜿蜒曲折，且只有一两杆宽，但相对较深，因为它是从右边汇入的，所以不管是从其蜿蜒曲折的程度来说，还是从生活在这儿的生物来说，取名叫穆斯霍恩河①是再合适不过的了。在河流河无尽的森林之间，到处都是窄窄的草甸，给驼鹿提供了理想的觅食地，并引诱着它们到这儿来。我们又沿着河流前进了半英里，像经过一条狭窄蜿蜒的运河一般，月光下，河两边矗立着高耸黝黑的云杉、冷杉和香柏，形成屹立在森林边缘的垂直城墙，像是森林版威尼斯的尖塔。岸上有两处

① Moosehorn的音译，这个名字的意思是驼鹿角。

堆放着一小堆干草,以备伐木工冬天用,摆在那儿很奇怪。我们想象,当有一天,这条河蜿蜒流过某位绅士修剪平整的草地;借着月光,我们应该可以看到除了现在这个将它围住的森林,这条河几乎不会有什么变化!

乔一次又一次地召唤着驼鹿,还把独木舟停在靠近草甸上驼鹿最喜欢吃草的位置等着它们,他试图听到一只驼鹿冲出森林的声音,但听了半天也一无所获,只能推断说这一带打过太多次驼鹿,它们已经不会再上钩了。我们多次看到像是一只巨大的驼鹿似的东西,甚至看到驼鹿角从森林边沿探了出来,但那也只是我们的想象;那晚我们只看到了森林,没能看到住在森林里的精灵们。所以最后我们还是掉头回去了。这会儿水面上起了点雾,尽管天上仍是晴朗的夜空。森林里十分寂静,几乎没有什么别的声音。我们听到好几次一只美洲雕鸮的鸣叫声,就跟在马萨诸塞州听到的一样,我们跟乔说美洲雕鸮会帮他把驼

美洲雕鸮
great horned owl

鹿叫出来的，因为这个鸟的叫声非常像猎号，但乔回答说，驼鹿听这种声音都听了上千次了，比我们更了解这种声音，不会听错；更经常的事是，麝鼠总会突然跳下来，把我们吓一跳。有一次，当乔开始召唤驼鹿时，我们就认真听是否有驼鹿的声音，我们听到微弱的回响，那声音就像是从远方慢慢爬过来一般，一种透过长满青苔的小径传来的一种沉闷乏味而又急促的声音，尽管这声音并不空洞，但在这如真菌般郁郁葱葱的森林中，听起来就像是有一半的声音闷在了林子里，如同在草木丛生而又潮湿的荒野远处，入口的一道门被砰的一声关上了。这种声音，只有当你在事发地的时候，才能明白是怎么一回事。我们悄悄问乔这是什么声音时，他回答说——"是树"。在这样一个万籁俱寂的夜晚，连树倒下的声音都带有一种异乎寻常的宏大和威严，就似乎是推树的人一点都不激动，只是以一种微妙、从容、有意识的力量在推树，就像巨蚺绞死猎物一般一样，而且这样比在刮风的白天作业更有效。如果非要说两者有什么区别的话，那就是因为夜里树带了露水，要比白天更重一些。

　　十点钟左右，我们回到了营地，点燃篝火就上床睡觉了。我们每人都有一块毯子，我们裹着毯子躺在冷杉枝做的床上，脚朝着篝火，但头上什么都不盖。在这种乡野，能躺在这么旺的篝火边，什么都值了；这是我们这个世界完整的一面，也是光明的一面。我们先滚了一根长十英尺、直径约十八英寸的大原木过来，用来作垫底大木柴，这样火就能连续烧一个晚上，然后在上面堆三四英尺高的树，不管树有多绿多潮湿，都堆了上去。实际上，我们那天晚上烧的木材，够城里一户贫困家庭用一整个冬天了——如果他们用的是节能密闭的炉子的话。在露天的野外，熊熊篝火把我们露在外面的四肢烤的很温暖，就这样躺着非常惬意，也很独立。耶稣会传教士过去常说，他们在与印第安人一起去往加拿大的旅途上，睡的都是自创世纪以来从没震动过的床，除非是发生地震。不过说来也怪，习惯了总是躺在封闭公寓里温暖的床上睡觉，且有意避免风吹进来的人，能在一个暴风雨之后霜冻的秋夜里，露天而卧躺在没有遮蔽的地上，裹着毯子睡在篝火前，居然还生出了安然舒适的感觉，甚至很快就开始享受并珍惜这新鲜的空气了。

我醒着躺了一会儿，观察着火花上升穿过冷杉树，有时这些半灭的灰烬还会落在我的毯子上。它们就像烟火一样有趣，火花随着篝火的噼里啪啦声，一团团接连不断地上升，它们迫不及待地冲向天空，在空中划出弯弯曲曲的形状，有的升到比树顶还要高五六杆的地方才会熄灭。我们不禁开始怀疑自己家的烟囱到底隐藏了多少这样的烟火；而现在那些密闭的炉子又把所有剩下的烟火给挡起来了。夜里我起来了一两次，给火堆添了些原木，又叫我的同伴们把腿蜷起来。

当我们早晨醒来时（9月17日，星期六），发现霜特别重，把树叶都打白了。我听到了黑顶山雀的声音，几只口齿不清的鸟儿的微弱叫声，还有岛附近水域里鸭子的叫声。趁露水还没滴落，我从植物学的角度观察了我们所处的这片地域，发现这里的小灌木主要是加拿大红豆杉。早餐我们喝了茶、吃了些硬面包和鸭肉。

雾还没完全消散，我们就又下水沿河往下游划了，不久就过了穆斯霍恩河口。佩诺布斯科特河在穆斯黑德湖和奇森库克湖之间的这一段水域，长约二十英里，相对来说比较平缓，且大部分都是死水；但不时也会出现浅滩和湍流，河底分布着岩石或沙砾，不过你可以涉水过河。河流没有外延的水域，流进森林里也没有被截断，河边到处都是草甸。除在几处能看到一两座远山外，河边一座山也没有，抬头也看不到山的踪影。河岸有六至十英尺高，但也有一两处慢慢爬升到更高的位置。在许多地方，岸上的森林不过是窄窄的一条，阳光可以从后面的桤木沼泽和草甸中透过来。沿岸的灌木和树长满了浆果，十分显眼，其中有果实稍白的柔枝红瑞木、桤叶荚蒾、花楸、欧洲荚蒾、已经成熟的稠李、互叶梾木和红荚蒾。我学着乔的样子，尝了尝红荚蒾和桤叶荚蒾的果子，但我觉得它们没什么味道，而且籽还很多。当我们贴着河岸向下划行的时候，我特意仔细观察了下这些植物，还经常叫乔把船转过来，好让我采植物，这样我就可以比较，在我家乡河流附近的植物有哪些算原始植物。夏至草、美国薄荷，

玫胸白斑翅雀
rose-breasted grosbeak

加拿大红豆杉
Canada yew

和敏感的蕨类植物就长在河边，长在柳树和桤木下；蒯草生长在岛上，和康科德的阿萨贝特河沿岸一样。除了几朵菊科紫菀属植物、一枝黄花属植物等还在开花以外，其他植物的花期都已经过了。在河边树林里的好几个地方我们都看到了有不太结实的营房框架，就跟我们平时搭的那种一样，想来曾有伐木工或猎人在那里过夜吧，营房前的黏土质河岸非常泥泞，有时还会特意挖几级台阶。

我们在一条叫拉格穆夫的小溪河口停了下来钓鳟鱼，这条小溪从西边汇入，位置在穆斯霍恩河下游约两英里处。这里有旧的伐木工营房的废墟，还有一块不大的空地，先前被砍伐并烧过，而现在已经密密麻麻长满了酸樱桃和树莓。当我们正试着钓鳟鱼的时候，乔离开大伙儿自己往拉格穆夫溪干他自己的事去

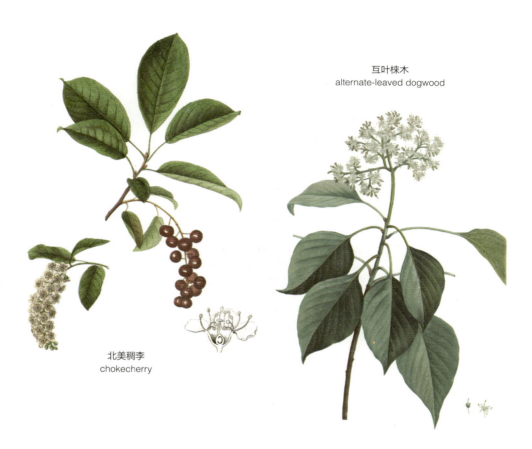

互叶梾木
alternate-leaved dogwood

北美稠李
chokecherry

了,等我们准备好要出发的时候,他已经不见了踪影,叫也听不到,印第安人就是这样。所以我们不得不就地生火做晚饭,以便节省时间。几只暗红色的鸟和颜色偏灰一点的雌鸟,(可能是紫朱雀)以及穿着夏装的黄腰白喉林莺,就在离我们和炊烟不到六到八英尺远的地方蹦蹦跳跳。或许它们是被煎猪肉的香味吸引过来的。黄腰白喉林莺或者这两种鸟都发出了我在森林里听到的那种含糊不清的声音。它们仿佛是在暗示我们,在森林里发现的这几种小鸟与伐木工人和猎人的关系要比那些在果园里和林中空地里的鸟儿与农民的关系更亲近。之后我还发现,这儿的灰噪鸦和披肩榛鸡,不管是黑的还是普通颜色都十分驯服,似乎它们还没学会要对人类保持高度警惕。黑顶山雀无论是在原始森林,还是在我们家乡的林地里，都一样自在，因而它们在很大程度上依然对市镇保持信任。

一个半小时后，乔终于回来了，他说他到河上游两英里处勘探去了，还见到了一只驼鹿，但他没带枪，所以没打到。我们并没抱怨他回来晚了，但决定下次要注意一下乔了。不过，我们这样做也许完全是个错误，因为之后我们就再也没有抱怨他的理由了。我们继续往下游前进，我惊奇地听到他一边划着桨一边吹起了口哨，吹的是《哦，苏珊娜》和其他几种类似的曲子。有一次他说，"是的，先生——"带着奇怪的尾音。他常说的一个词是"Sartain"。他像往常一样只在一边划桨，他把船舷当作支点，推动着桦树皮独木舟前进。我问他船的肋骨是怎么绑到舷栏上去的。他回答说："我不知道，我没注意过。"我又跟他聊，如何完全靠森林出产的东西如猎物、鱼、浆果等来维持生活，我说他的祖先就是这样生活的；但他回答说，他不是在那种环境中长大的，所以他也不会那样生活。"是的，"他说，"他们就是这样谋生的，像野蛮人一样，跟熊一样野蛮。天啊！要是不带供给我才不会进森林，硬面包、猪肉啥的总要带的。"他带了一桶硬面包来，存在搬运线上，以备之后打猎用。不过，尽管他是酋长的儿子，他还是没上学识字。

在这条河流下游靠东有一个地方，河岸比平常都要高，还更干燥，地势是从岸边慢慢升到一个稍高的位置，有人把这里二三十英亩的树林都砍了，把它们放在这儿晾干，等着当柴火用。这是穆斯黑德搬运段和奇森库克湖之间唯一一个正准备盖房子的地方，但这儿现在既没有棚屋也没有居民。开拓者就只是在这儿选了一个建房地点，但兴许这里最终会成为一个新城市的萌芽。

我的双眼一直注视着树木，想要辨别黑云杉白云杉和冷杉。狭窄的运河从无边无际的森林里闯过，我们在河上划桨前行，但我脑海里的景色仍旧是冷杉和云杉树那又小又黑的尖顶，及像塔一样矗立着的香柏，它们和各种各样的硬木混杂着挤在一起，簇拥在河的两岸。有些香柏至少有六十英尺那么高。有时一整片硬木出现在眼前，在我看来，就有点不那么原始了。我把它们想象成观赏庭院，庭院后面就该是农舍了。纸皮桦、黄桦、山毛榉、槭树和榆树是撒克逊和诺曼人的，但云杉、冷杉和松树大体来讲，是印第安人的。那些年鉴里的装饰地图画都没什么依据，并不会提及在这种荒野中还会有这样一条小河。但杰克逊在《缅因地质状况报告》里粗略地画了它的草图，算是对此作了一个较好的答复。我们在一个地方看到了一小片细长的乔松幼树，这是我在这次航程中看到的唯一一片松树。不过，时不时能看见一棵成年的、又高又细长的松树，但它们都有些瑕疵，伐木工把这种树叫作"konchus"，他们会用斧子或直接根据木节来判断它们是不是这种树。我不知道这个词是印第安语还是英语。它让我想起一个希腊语单词，意思是海螺壳或贝壳。我暗自猜测，这可能指的是敲树时产生的那种沉闷的声音。除了这些残次品，其余所有的松树都已经被砍倒运走了。

北美香柏
eastern arborvitae

紫朱雀
purple finch

北美落叶松
tamarack

人类为了获取建造房子的材料竟然能走这么远！不管在哪个时代，即便是最文明城市的居民，都会为了得到日常使用的松木板，派人到遥远的原始森林里，到那远离他们文明疆域的地方去，到那驼鹿、熊和野蛮人居住的地方去。而另一方面，野蛮人很快从城市人手里获取了铁箭头、短柄小斧和枪，从而变得更加野蛮。

坚实而又轮廓鲜明的冷杉树顶，就像锋利且形状规则的标枪头，在天空的衬托下，呈现为黑色，给森林带来了一种古怪、阴郁而暗淡的气息。云杉树顶虽也呈现出相似的姿态，但云杉的轮廓更加参差不齐一些，它们的树干同样也仅仅在下面长毛。大多数情况下，冷杉看起来更有点像是形状规则密密匝匝排列的金字塔。这片森林中的常青树，尖顶全都向上耸立着，给我留下了很深的印象。大体的趋势是，树顶高耸，趋于细长，而下部则偏窄。不仅冷杉和云杉，就连香柏和乔松也都向上耸立，一点也不像那些柔软枝叶四散的次生林，不过我在这儿也没见过次生林——它们都向上耸立着，将头顶那浓密的矛头，托起来直直地插进晴空，而它们的树枝则在树冠后面随便蓬乱生长着；就像印第安人在他们的拼命游戏中，要把球举过整个人群的头顶一样。从这一点来看，它们既像草，又有些像棕榈。铁杉从地面到树顶底宽顶窄，通常就像一个帐篷状的金字塔。

经过一些长长的裂流水域和一个大岛后，我们到达了松溪死水上一个有趣的地方，这里是在拉格穆夫河下游约 6 英里处，此处的河面扩到 30 杆宽，河上有许多岛，沿岸长着榆树和纸皮桦，它们正在变黄，我们在这里第一次看见卡塔丁山。

大约两点钟，我们从这儿逆流进入一条三四杆宽的小支流，去寻找驼鹿的踪迹，这条支流由右侧从南面汇入，名叫松溪。我们才走了几杆就看见河边有驼鹿最近活动的踪迹，它们的蹄子抬脚带出来的泥土还很新鲜，乔断定它们刚刚才经过那儿。我们很快就到了东边的一块小草甸，它跟河流呈一定的夹角（草甸并不与溪流平行），上面大部分地方都密集地长着桤木。我们沿着草地这边

佛罗里达棉尾兔
eastern cottontail

继续前进，比平常更安静，或许是考虑到看到的踪迹还很新鲜，要是情况好的话，我们计划在这条河的上游扎营，就在这时，我听到桤木林深处传来一声细枝折断的噼啪声，声音很轻，我提醒了乔，让他注意一下那边；听到我的话，他马上让独木舟快速后退；我们就这样退了六杆的距离，这时我们突然发现两只驼鹿就站在我们刚刚所经过的草甸开阔部分的边缘，离我们还不到六七杆，它们在桤木林边看着我们。它们让我想到了受了惊的兔子，支棱着长长的耳朵，半是好奇半是惊恐的样子；这些森林的真正居民，（我立刻就明白了）填补了我的一个空白，还是我刚才头一次发现的没被填补的空白——"驼鹿"－剥树皮的人－吃木头的，这个字是指它们的皮毛就像是穿了一身像佛蒙特灰布或土布衣服。由于船倒倒着往后走，所以乔——我们的宁录，现在离猎物最远；因为考虑到周围的人，他只得迅速站起身来，我们则弯下腰去，他瞄准最前面那只，从我们头顶上开了一枪，其实他只看到了那一头，尽管他也不知道那是什么动物；枪响之后，这只动物从那儿冲过草甸，跑到东北方高高的河岸上去了，它跑得实在太快了，在我的脑子里只留下了它外形轮廓的模糊印象。与此同时，另外一只足足有一匹马那么高的小驼鹿，跳了出来，跃入河里，完全暴露在了我们视线里，它就那样在那里站了一会儿，畏畏缩缩的样子，或者说是它后半身太低了才让我觉得它畏缩，它还尖叫了一两声，那声音就像吹喇叭似的。我隐约记得看到那只老一点的驼鹿站在森林里高高的河岸上，停了片刻看了眼它那颤抖的孩子，而后又急忙跑走。第二枪对准了这只小驼鹿，我们想着它肯定会中弹栽倒进水里，结果它稍微犹豫了片刻后，也从水里跳了出来，冲向山上，只不过是去了不同的方向。所有的这一切都发生在几秒钟，因为我们的猎人先前从来没见过驼鹿，还以为它们只是普通的鹿，况且驼鹿的身体有一部分站在水里，所以他也不知道两枪是不是都开向了同一只驼鹿。从它们跑走的样子以及我们的猎人不习惯站在独木舟上开枪这个事实来看，我断定我们应该再也看不到驼鹿了。我们这位印第安人向导说刚刚那是一只母驼鹿带着它的幼崽，一只只有一两岁大的小驼鹿，因为只有小驼鹿才会和妈妈在一起待这么长时间；但在我眼里，我并没有看出它们的大小究竟有多大差别。穿过草甸到河岸脚下，不过只有两三杆的距离，但仍旧和森林里的任何地方一样，都密密麻麻长满了树；但我很惊奇地发现，驼鹿一旦钻进森林，脚踩上森林地面覆盖着的湿软苔藓，就再也听不到它们的脚步声了，而且还没等我们靠岸，森林里就又是一片寂静了。乔说："只要你打伤驼鹿了，我就一定能找到它们。"

我们所有人马上下了船，我的同伴又给枪上了子弹；印第安人将他的桦树皮独木舟绑好，摘了帽子，调了调腰带，抓起短柄小斧，就出发了。后来他若无其事地告诉我，在我们上岸之前，隔着两三杆的距离，他就已经看到岸上有一滴血了。他迅速爬上河岸穿过树林，迈着一种奇特的步子，既轻快跳跃，又无声无息，他观察着左右两边的地面，紧跟着那只受了伤的驼鹿刚刚踩出的模糊印迹，还时不时悄悄地指着北方七筋姑光亮美丽的叶子上的一滴血，这林子里到处都是这种植物，或者指向一根刚折断的蕨类植物干茎，而且他整个过程里不是在咀嚼着什么植物的叶子，就是云杉树脂汁。我跟着他，与其说是在观察驼鹿的足迹，倒不如说是观察他的动作。我们沿着驼鹿的印迹直直地走了四十杆，不停跨过地上倒着的树，在立着的树中间蜿蜒前进，终于，他还是跟丢了。因为那儿还有很多其他驼鹿的足迹，他又回到最后一滴血迹，沿着它往前追踪了一段，可还是跟丢了。我想对于一个优秀的猎人来说，现在就彻底放弃还为时过早。他又追踪了几步小驼鹿的足迹；但因为没见着血，所以不久就放弃了搜索。

我注意到，追踪驼鹿的时候，他一直非常沉默、非常克制。他没有像一个白人那样，把观察到的几个相关线索与我交流，尽管这些线索后来可能已经完全暴露了出来。还有一次，我们又听到模糊的一声细枝折断的噼啪声，乔便上岸去侦察，他轻盈优雅地上了岸，在灌木丛中悄悄穿行，尽量不发出声音，这可是白人做不到的，——似乎就是每次落脚前，都要找到合适的落脚地。

打我们看到驼鹿时起，已经过了约有半个小时了，我们继续沿着佩恩河向上航行，不久就来到了一个水浅且湍急的地方，我们把行李搬了出来，准备扛着行李绕行过去，而乔则独自划着独木舟前进。我们刚搬过陆上运输线，正当我被植物完全吸引住的时候，欣赏大叶紫菀十英寸宽的叶子，采摘圆叶舌唇兰的种子，乔从河里大喊了起来，说他打到驼鹿了。他发现先前那只母驼鹿躺在河中间，已经死了，但身体还是温热的，那条河的水很浅，它倒在河底，身体露出水面。这时距离它中弹已经过了大概一个小时，它的身体已经被水泡得肿胀起来了。它跑了约有一百杆的距离，拐过一个小弯，又回到了河边。毫无疑问，一个优秀的猎人当时就会追踪到这儿。我对驼鹿身体之大感到震惊，简直像马一样大，但乔说这只母驼鹿不算大。我的同伴又去找小驼鹿了。为了把驼鹿拖到水更浅的地方，我抓住它的耳朵，乔则把他的独木舟往河下游推，想找一个合适的河岸停下，尽管很难走，但我们还是勉强应付了过来，驼鹿的长鼻子还常常会卡进河床。它的背部和身体两侧呈棕黑色，或者说是暗铁灰色，但它腹部和前边的颜色则较浅。我把独木舟的系缆拿下来量驼鹿的尺寸，乔帮我一起小心翼翼地仔细测量，先量距离最长的，每量完一个部分就在绳子上打个结。

因为我们划船还得用系缆，那天晚上，我又小心翼翼地把这些测量结果换算成我雨伞的长度，有的是以雨伞的部分长度为基准的，我从最短的距离开始量，一边量一边解开系缆上的结；等到第二天我们到达奇森库克湖的时候，我在那儿找到了一把两英尺长的尺子，又将伞测算的长度换算成英尺和英寸；此外我用一块薄薄窄窄的黑桦条给自己做了一把两英尺长的尺子，还能很方便地折成六英寸长。我之所以如此费尽心机，是因为我可不想以后提到驼鹿的大小的时候只能说它很大。在我测量出的各种尺寸中，在这儿我只想提两个。把前足伸

美国黑桦
black ash

圆叶舌唇兰
lesser roundleaved orchid

直以后，从前足蹄尖到两肩之间背部最高处的距离是七英尺又五英寸。我几乎不敢相信自己的测量数据，因为这个高度要比一只身型较高的马都还高出了约两英尺。（确实这个数据是不准确的，我现在已经能确定这一点了，但这里提供的其他测量数据，我敢保证是正确的，因为我最近又去了那片森林，对这些测量数据进行了验证。）最长的距离可达八英尺又二英寸。后来，我又在那片森林里用卷尺量了另外一只母驼鹿，它的蹄尖到肩膀只有六英尺长，躺下时从头到尾有八英尺长。

后来我在搬运段上遇到了一个印第安人，我问他公驼鹿比母驼鹿高多少，他回答说："十八英寸。"为了让我对驼鹿胸部的厚度有个更直观的感受，他叫我看看篝火上头那个十字木桩的高度，木桩离地面有四英尺多高，大约就那么厚。在奥尔德敦另一个印第安人告诉我，驼鹿的背部最高处离地面能有九英尺高，他想捕获的那只重达八百磅。两肩之间脊骨向外突出，有很长一段都是这样的。一个白人猎人告诉我公驼鹿不会比母驼鹿高出十八英寸那么多，他可是我能找到的猎人中最权威的一位了；但他同意有时候公驼鹿背部最高处到地面能有九英尺高，重量也可达一千磅。只有公驼鹿才有角，鹿角要比肩部高出至少两英尺，展开则有三四英尺宽，有时甚至能达六英尺，这样看来，有时公驼鹿从鹿角到脚能有十一英尺高！按照这种算法，驼鹿跟已经灭绝的大角鹿（*Megaceros hibernicus*）一样高，虽然可能并没它那么大，曼特尔说大角鹿"个头远超过现存的所有物种，它的骨架直立起来，从地面到鹿角最高点就有十英尺高"。乔说虽然驼鹿每年都要脱一次角，而且是整个一起，再长出来的新角就会多长一个鹿角尖；但我注意到有时它们一边的鹿角尖比另一边的要多。鹿蹄的纤细和柔软给我留下了很深的印象，鹿蹄分叉很高，两半之间也隔得很远，一蹄子踩下去，会有一半落在后边，大概这样一来，当它们在凹凸不平的地面上和原始森林中那些被青苔盖住了滑溜溜的原木上行走时，步伐会更稳健。它们的蹄子跟我们养的马和公牛的蹄子完全不同，后两者的蹄子又硬，磨损又严重。它们前脚裸露的角状部分只有六英寸长，两部分分开最长能达到四英寸。

　　驼鹿的样子非常怪异，特别难看。为什么它们的肩部这么高？为什么头部这么长？为什么连尾巴都没有？在我观察驼鹿的时候，完全忽略了尾巴。博物学家说驼鹿的尾巴有一英寸半长。这让我立刻想到了"驼豹（camelopard）"①，前高后矮，——那难怪了，因为驼鹿长得和"驼豹"很像，所以很适合吃树上的叶子。为了方便吃树叶，它们的上唇比下唇突出两英寸。这些动物才算是这里的居民；因为据我所知，附近范围内可没有居住区，有的只是印第安人的猎场。或许有一天驼鹿会灭绝，等它们只剩下化石的时候，就算没有人看见过它这般模样，诗人或雕塑家也会自然而然地创造出一种兽角分枝既相似又茂盛的美妙生物，骨头上还带着些岩藻或地衣之类的，它们就是这片森林里的居民！

　　这里正是汩汩湍流的源头，乔此时开始用随身的小折刀剥驼鹿的皮，我就在一旁看；这可真是一件可悲可叹的事啊，眼看着刀刺进那尚有余温，还微微颤动的身体，温热的奶水从裂开的乳房中流出，驼鹿被迫脱下它那美丽的袍子，露出皮下包裹住的身体，殷红一片，十分可怕。弹丸斜穿过肩胛骨，嵌在另一侧的皮下，而且在子弹的冲击下，有一块都被弄平了。我的同伴把弹丸收了起来，准备拿给他的孙子孙女们看。他还打了一只驼鹿，砍下了小腿，把皮剥掉，又塞了东西进去，只要再放进一块厚皮鞋底，就能做成靴子了。乔说，如果一只驼鹿站在你面前，千万别开枪，你得朝它那边走，因为它会慢慢转身，正好给你一个开枪的好机会。剥皮的工作就在这条狭窄荒凉，又多礁石的河床里继续进行着，两边是高耸的云杉和冷杉，像两堵高墙一般，只有这从森林里流出的小河，从中间劈开了一道裂口。终于，乔把皮都剥了下来，然后拽着它把它拖到岸边，他一边拖一边说，这皮太重了，能有一百磅，尽管实际上可能也就

① camelopard，长颈鹿的旧名，来自古希腊语。因长颈鹿形似骆驼（camel）又具有豹（leopard）纹，故取此名。

五十磅左右。他切下一大块肉要带走，又切下一大块肉，把它连同舌头鼻子和皮一起放在岸边，放上一整夜，或者放到我们回来。我觉得很惊讶，他竟然想把这些肉就这样赤裸裸地放在尸体旁边——这的确是最简单的处理方法了，而且丝毫不担心会有别的动物或其他人来碰这些肉；不过还别说，真没有什么人或动物来碰它们。这要是放在我们马萨诸塞东部那一带的河岸上，几乎不会发生这样的事儿；但我想这可能是因为这里出来潜行觅食的小型野生动物要比我们那儿少。不过在这次旅行中，我也两次瞥见过一种大老鼠。

这条河非常僻静，驼鹿留下的踪迹也很新鲜，以至我那些还在专心致志打猎的同伴们兴致盎然，决定再往上游走走再扎营，然后等到了晚上就在这一带打猎。往上游走了半英里后，我看到一个地方有紫茎联毛紫菀（Aster puniceus）和长喙榛（beaked hazel），当时我们正沿着这儿划桨前行，乔

心叶联毛紫菀
heartleaf aster

听到在桤木林中有轻轻的窸窣声，看到两杆之外有个黑色的东西，他跳起来低声说"熊！"但猎人还没来得及开枪，乔又改口说"河狸！"——"豪猪！"子弹打死了一只二英尺又八英寸多长的大豪猪。它身上的刺呈放射状支棱着，背后部的刺则平平的，似乎豪猪躺着的时候即是那部分着的地，但从这个部位到尾巴之间的刺都很长还是竖着的。仔细观察，这些刺的尖处还有细细的倒钩和倒刺，形状就像个锥子，也就是说有点凹，跟倒钩一个性质。在静水中前行了一英里后，我们准备在右边扎营，就在一个大的瀑布的脚下。那天晚上我们没怎么砍柴，怕把驼鹿吓跑。我们煎了驼鹿肉当晚餐。吃起来就像是嫩牛肉，也许更有味道些，有时更像小牛肉。

晚饭后，月亮升起了，我们沿着这条河向上游走了一英里去打猎，但首先得"搬"东西绕过瀑布。远远望去，我们的队伍就像一幅画，我们沿着岸边一路纵队前行，爬过岩石和原木，乔殿后，手里转着他的独木舟，宛如悠然地拿着一支羽毛一般，而那些路，别人没有负重走起来都很困难。我们把独木舟又从岸边的岩礁上放进了水里，河水就从这块礁石上流下，但好景不长，适合打猎的静水就只有半英里长，随后河水又变得湍急了，我们不得不上岸沿着河边走，而乔则独自划着独木舟在河里奋力向上游航行，尽管对他来说，夜里在礁石中找出一条航线来也不是件容易的事儿。我们在岸上走的路可以说是遇到的最难走的路，脚下是倒下的树和漂过来的树，它们乱七八糟地散落了一地，还有伸到水面上很远的灌木丛，我们不时还要穿过一条小支流的河口，在河口上由桤木树编织成的网络中穿来穿去。因为在阴暗处行走，所以我们只能一路在黑暗里跌跌撞撞前行，要是那周围有驼鹿和熊的话，也都会因为听见我们的跌撞声，而全部吓走。终于我们停了下来，乔到前面去侦察；但他回来报告说，他所到之处全是湍流，大概有半英里远都是如此，丝毫看不到变平缓的迹象，就好像那湍流是从山上冲下来的一样。于是我们就掉头，往营地的方向走，打算沿着回程的那片静水打打猎。那夜的月光极美，夜色渐浓，我也变得昏昏欲睡，因为我没什么事可干，我发现自己现在已经搞不清楚身处何处了。与主河道相比，来这条河的人要少得多，因为这一带已经不再进行伐木活动了。这条河只有三四杆宽，但相比之下，它两岸生长的云杉和冷杉却似乎比主河道上的还要高。月光又加重了这种梦幻的感觉，我已分辨不出哪里是河岸了，似乎大部分时间都在漂过一片装饰华丽的庭院，——因为我把冷杉树顶和这样的景象联系在了一起；——冷杉树高高耸立在百老汇大街上，从树冠下和树冠之间，我似乎看到了一连串的门廊、柱子、飞檐、建筑物的临街正面、游廊还有教堂。我并不是单纯地想到了这些，而是当我昏昏欲睡的时候，眼前就是这样的幻觉。我好几次都昏睡了过去，梦中我还梦见了那些建筑，以及住在里边随时可能走出来的上流人物们；但突然之间，我又被乔桦树皮猎号的声音唤醒了，它再次将我拉回了真实的现实世界，猎号声在这片寂静的森林中召唤着驼鹿，"唷，唷，嘀－嘀－嘀－嘀－嘀－嘀"，我等待着，希望听到一只愤怒的驼鹿飞奔而来，猛地冲出森林，希望看到它冲到我们身旁的这块小草甸上来。

　　但是考虑到种种因素，我觉得我已经不想再猎驼鹿了。我来森林里不是为了猎驼鹿的，而且也没想到会来猎驼鹿，尽管我很乐意了解一下印第安人是怎样打猎的；但杀死一只驼鹿就够了，杀上十二只又不是什么好事。因为下午参与了猎杀驼鹿的活动，所以这场悲剧让我有了负罪感，也破坏了我这次冒险的乐趣。的确，我几乎差点就能变成一个猎人了，但我自己错过了这样的机会；事实上，我想我可以在森林里钓鱼、打猎，只要能维持我的生活，我就能心满意足地在这儿住上一年。在我的心目中，这种生活仅次于像一个哲学家一样，靠自己种在地里的果实维生，当然这种生活我也很向往。但这种猎杀驼鹿只是为了享受猎杀它的乐趣的行为，甚至都不是为了得到驼鹿皮，根本不必付出任何特别的努力或冒什么危险，这就跟在夜里跑去林边牧场射杀邻居家的马一样，二者没什么分别。这些上帝自己养的马，这些可怜胆小的生灵，尽管它们足足有九英尺高，可一闻到人的味道，就飞也似的逃走。乔告诉我们，一两年前在缅因森林里，有几个猎人在某个地方打猎，晚上猎杀了好几头牛，因为他们误把公牛当作驼鹿了。所有猎人都难免会犯这样的错误；除了猎物的名字不同以外，这项运动本质上有什么不同吗？在第一种情况中，你杀死了一只上帝的公牛，也就等于你杀死了你自己的牛，你剥了它的皮，因为通常都留下牛皮做战利品，而且，你还听说这皮可以卖给别人去做莫卡辛鞋，从它的腰腿上切下一块肉，把硕大的尸体扔在那儿，任凭它变得臭气熏天。这和在屠宰场里干活一样，都不是什么好差事。

这天下午的经历让我明白了，原来人们到这片荒野来的动机，常常是这么的卑鄙粗俗。木材勘探者和伐木工一般都是雇佣工，每天收取一定的劳动报酬，基于这种原因，他们对原野大自然的热爱并不比锯木工对森林的热爱要多。其他来这儿的白人和印第安人大部分都是来打猎的，他们的目的无非就是尽可能多地打些驼鹿和其他野生动物。但是请问，一个人来到这幽僻广阔的荒野中住上几周或几年，除了这些事，难道就不能干点其他的吗？干些极为甜蜜、天真无邪和高尚的事不行吗？有一个带着铅笔来这里素描写生或是吟诵歌唱的人，就会有一千个带着斧子或步枪来这儿打猎的人。印第安人和猎人们就是这么粗俗和野蛮地对待大自然的！难怪他们的种族这么快就灭绝了。在森林里的这段打猎经历，现在就已经让我觉得自己的天性变得更粗野了，之后的几周这种感觉依然萦绕着我，让我难以释怀，它提醒着我，我们的生活应该过得更温和优雅，就像采撷花朵一样温文尔雅。

因为有了这样的想法，所以当我们到达宿营地的时候，我就决定不跟我的同伴们继续到河下游去猎驼鹿了，而是打算自己留下准备扎营，尽管他们嘱咐我别劈太多柴，也别生大火，免得我把他们的猎物吓走。等他们走后，大约九点，皓月当空月光皎洁，我在这潮湿的冷杉树林里，在这长满苔藓的高高的河岸上，燃起了一堆火，我坐在冷杉枝上，耳中听着哗啦啦的瀑布声，借着火光仔细观察我下午收集到的植物标本，并写下我在这里的一些所思所感；我还会沿着岸边散步，凝视着河的上游，瀑布以上的整个空间都洒满了柔和的月光。我坐在篝火前，就坐在我的冷杉枝上，我的头顶和四周都没有墙壁，我记得那荒野向四面延伸着，一直通向远方，离那林中空地或垦荒地很远很远，我很好奇，不知道会不会有熊或驼鹿正从林子里看着我的篝火；感觉因为我杀害了驼鹿，所以大自然正在严厉地盯着我。

很奇怪，几乎没有什么人专门到森林里来看松树是怎么生长发育、怎么高耸入云、怎样向上张开那四季常青的双臂去触摸阳光的，来看看它那了不起的身姿；大部分人都只想看到松树变成宽宽的木板，运到市场上去销售，认为那才是真的了不起！人不是木材，松树难道天生就是为了做木材吗？人的真正用途不是被杀之后做肥料，同样，松树的用途也不是为了做成板子来建房子。这世界上有一种更高的法则影响我们人与人的关系，也影响着人与松树的关系。一个人死掉以后，这具尸体就已经不是人类了，同样一棵松树被砍倒了，那么这棵失去了生命的松树就已经不是松树了。如果一个人只是发现了鲸须和鲸油的一些价值，我们就能说他已经发现了鲸鱼的真正价值吗？如果一个人杀害了大象，只为了取其象牙，我们就能说他真正了解大象，真的发现了大象的真正价值吗？这些都是些无关紧要、意料之外的用途；就好比一个比我们更强大的种族为了取我们的骨头做纽扣和六孔竖笛就来杀我们一样；因为世间万物不仅都有高级用途，也都有低级用途。每一种生灵，人也好，驼鹿也好，松树也好，都是活着比死了好，只有那些能正确理解这一点的人，才会保护生命，而不是去摧毁它。

那么，作为松树的朋友和爱好者，伐木工人离松树最近，那他们是不是也最了解松树的特性呢？是否那些剥松树皮的制革工，或者在树干上划口取松脂的人，会有后人把他们编进寓言故事里，说他们最后变成松树了呢？不！不会！只有诗人会；只有诗人才能发挥松树最本质的用途，诗人不会拿着斧子抚弄松树，不会用锯子来给松树挠痒痒，也不会用刨子在它身上轻抚，诗人不用砍它就能知道树心是不是虚的，他也没有买松树所在的那个小镇的立木采伐权。他一踏入森林，所有的松树就开始颤动和叹息。不，那是诗人，他爱松树就像爱自己在空中的影子，诗人才不会把松树砍倒。我曾去过伐木场、木匠铺、制革厂、炭黑厂和取松脂的林中空地；但是，当我终于看见远处的松树树冠凌驾在整个森林之上，摇曳着，反射着阳光的时候，我意识到前边这些工厂根本不知道松树最崇高的用途。我最爱的不是原木，不是树皮，也不是松脂。我最爱的不是松脂的精神，而是松树生机勃勃的精神，只有它才能治愈我的创伤。这种精神将与我一样永恒，它也许会进入天堂，在那儿，依旧让我叹服和仰望。

不久猎人们回来了，没看见驼鹿，但他们听了我的提议，带了那只死驼鹿的四分之一回来，有了这块肉，再加上我们自己的体重，也够这条独木舟负担的了。

我们早餐吃了驼鹿肉以后，又顺着松溪回到下游，去往约五英里外的奇森库克湖。走出近半英里时，我们可以看到驼鹿那红红的尸体还躺在派恩河里。这条河河口靠下一点是两湖之间最急的湍滩，叫松溪瀑布，那儿有一些大而平的岩石，已经被水冲刷得很光滑了，而且在这个时节，可以很容易地踩着石头

多脂松
red pine

涉水过河。乔独自驾船而下，我们则走上岸联运线，我的同伴正为家里的朋友采集云杉树胶，而我则在寻找花儿。我们满怀期待地向湖靠近着，就仿佛它是一所大学一样，因为我们人生之河也鲜少会达到这样的广度，在湖附近是群岛和一个低洼的湖岸，湖岸的草地上还点缀着一些树木，有黄桦和纸皮桦，它们倾斜着伸在水面上，还有槭树，很显然洪水泛滥把许多纸皮桦都淹死了。那儿长了非常多当地的草；甚至还有几头牛——尽管我们还没看见它们的身影，但我们听到了它们走动的声音，不过一开始我们把它们误认作驼鹿了——在那儿吃草。

河湖交汇的地方河水自西北向东南流，在河水汇入湖中之前的一段，我们就看见了卡塔丁山周围的山脉（有人说这些山脉叫Katahdinanguoh）像一簇茂密丛生的蓝色真菌，它们在我们的东南方向，显然离此地还有二十五到三十英里远，顶峰也都隐在云层后边。乔把其中的一些山叫作Souadneunk山脉。那里有一条河也叫这个名字，另外一个印第安人告诉我们这个名字的意思是"从山中间流过"。尽管有些矮一点的山峰后来都云消雾散展露真容了，可我们在森林里的时候，却再也没能看到卡塔丁山的全貌。我们要去的那块林中空地在河口的右侧，我们得绕过一个低洼的岬角才能到，从那里到河岸很宽的一段水域水都很浅。奇森库克湖向西北和东南方向伸展，据说有十八英里长三英里宽，湖上没有一座岛。我们从西北角进入湖泊，靠近湖岸的时候，视野并不开阔，只能看到湖的一部分。在这里能看到的主要山脉就是刚刚已经提到的那些，它们都位于东南面和东面之间，有几座山峰在北面稍微偏西一点的方向，但总体来说在圣约翰河和英国边界[①]附近的北面和西北面一带，地势相对较为平缓。

安塞尔·史密斯家是湖附近最老最主要的林中空地，看起来是

① 加拿大自治领成立于1867年，所以梭罗在缅因森林期间，此处边界仍是英美边界。

个停平底河船和独木舟的良港；有七八艘平底河船停在这儿，还有一艘用来运干草的小型平底驳船，平台上还有一个绞盘，现在孤零零地放在那儿，随时准备着用浮基支撑锚定好，以便用来拖木排。这是一个非常原始的港口，港口里的船就这样拖上来，放在树墩之间——我想，阿尔戈号或许就是从这样一个港口里起的航。在湖对面还有五间小木屋，每间周围都有一小片林中空地，小木屋都在这一头，而且从这里都能看得见。史密斯家有一位告诉我，这片空地已经开垦了很久了，他们四年前就来过这里，并建了现在住的这座房子，尽管他们全家才搬来这里几个月。

我很感兴趣，想知道这一边的开拓者是怎么生活的。因为这些开拓者的生活在某些方面比他那些西部开拓者同行们更加冒险；因为他们不仅要和荒野作斗争，还要和冬天的严寒作斗争，而且他们到了这里之后，哪怕是随他们跟进的大部队也要在很久之后才会来。这里的移民就像潮水一样，一边退潮，一边将松树卷走，潮退完了，树也都没了；而在西部，移民不是潮水而是洪水，公路和其他完善设施紧随其后汹涌而至。

我们到原木屋，离湖有十二杆远，地势要比湖面高出很多，房屋的拐角处，原木两端伸出几英尺长，这些突出的部分互相搭接在一起，参差不齐，让木屋呈现出一种丰富多彩的美，完全摆脱了护墙板那种简陋破旧的感觉。这是一座低矮却非常宽敞的房子，约八十英尺长，里面有许多大房间。墙上原木之间的缝隙，都用黏土填得严严实实，除了上边和下边的原木以外，其余的原木都又大又圆，不管是在里边还是外边都看得见，两侧依次凸起的圆柱边越往上越小，在用斧子劈齐加工之后看起来还很协调一致，就像畜牧神潘的排箫。或许是喜爱音乐的森林之神还没狠心把它们扔在一边；至少在原木裂开或树皮脱落之前是决不会这样做的。我想维特鲁威没有描述过这种建筑风格，尽管在奥菲士的传记里曾这样提过：这里没有你们那种有褶边或有凹槽的柱子，那种柱子上的浮雕看起来过于虚伪，柱子支撑的，也不过就只是个山墙和建筑者的矫揉造作和自命不凡，大多数的建筑都不过如此；至于"装饰"这个词，跟其他所有没什么实际意义的词一样，用来描述建筑师那华丽的虚饰可以说是非常恰当了，但原木屋可没有这些炫耀夸张的"装饰"，那儿只有地衣、苔藓和树的毛边，没有人会因为这些东西劳心费神。毫无疑问，当我们在城里忙着剥掉树皮，用铅白毒害自己的时候，那些最好看的漆和护墙楔形板都被我们留在森林里了。其实我们从森林里掠夺来的战利品只有一半。要想美观，那就给我带皮的树。这座房子的设计和建造但凭森林居民们用斧子随意劈砍，不需要用圆规，也不需要直角尺，全然保留大自然自己的设计风格。门窗的开口处，也就是原木不能交替搭接的地方，就会用一个很大的木闩把原木一个接一个固定在一起。每一面的木闩都是斜钉进去的，钉进去的地方原本可能是树枝，然后靠近原木将其上下砍齐，使之不超过原木原本突出的弧度，仿佛是原木们手挽手相互紧紧抱在一起。这些原木是柱子，也是立柱、板、护墙楔形板、条板、灰泥和钉子，集众多用途于一身。在城里人只用长薄片木板或木板的地方，开拓者用的却是整棵树的树干。这个房子有很大的烟囱，是石头做的，用云杉树皮盖的屋顶。窗户除了窗框以外，其余部分都是从外面运进来的。房子的一头固定用作伐木工的营房，给寄膳者们住，里面是常见的冷杉地板和原木凳。这样的话，这间房子跟熊住的空心树没多大区别，这里是通过把树堆起来做成一个空心，然后在外面用树皮盖住，恢复成它们原本的样子。

地窖是单建的，像一间冰屋一样，在这个季节正好可以当冷藏室用，我们的驼鹿肉就放在那里。这个地窖本来是用来储藏马铃薯的，上面加了一个永久的顶。这里的每一个建筑物都是这么的原始，只要看到它就能知道它的原料是什么；但我们的建筑物通常却既看不出原料，也看不出它的用途。这儿有一座很大的牲口棚——农民们可能都觉得它很漂亮呢——牲口棚的一部分木板是用狭边钩齿粗木锯锯成的；锯木坑还留在屋前，里面满是木屑。因为气候的缘故，牲口棚上边一部分铺着一英尺厚劈开的长条木瓦，看到这个，大概也就知道他们这里的天气如何了。据说卡里布湖旁边格兰特家的牲口棚更大，是这片森林里最大的牛棚，有五十英尺宽，一百英尺长。想象一下，在这个原始森林

北美红松鼠
American red squirrel

里有一个巨大的牲口棚,棚顶那灰色的脊背居然比树顶还高!人类就这样用枯草和秫给自己的家畜建造了一个这样的窝,就像松鼠和其他野生动物给自己筑的窝一样。

那里还有一个铁匠铺,显然平时这里还很忙。伐木时候要用到的公牛和马都是在这里上的蹄铁,雪橇等工具的所有铁制部件都是在这里修理或制造的。之后一周的周二,我在穆斯黑德水陆联运线上看见人们给这家铺子装船,平底河船上装了一千三百磅重的铁块。这不禁让我感到伍尔坎从事的这一行当是多么地原始,多么地可敬。我可没听说过在众神之中还有木匠神和裁缝神。看来不论是在奥林匹斯山上还是在奇森库克湖,铁匠似乎都先于这些工匠或者是其他任何门类的工匠出现,铁匠家族也是分布最广的,不论他是叫约翰还是叫安塞尔。

甜菜
common beet

沿湖向下两英里长、半英里宽的土地都属于史密斯。这里的林中空地面积大约有一百英亩。他今年在这块地上割了七十吨的英国干草，在另一块空地上又割了二十吨。这些草都是他自己留着伐木作业时用的。牲口棚里堆满了压好的干草，还放了一台压草机。还有一个很大的菜园，里边长满了根菜——芜菁、甜菜、胡萝卜、马铃薯等，全都个头很大。他们说这些菜在这里跟在纽约一样值钱。我提议用醋栗做酱，特别是因为他们没有种苹果树，还给他们演示了一下用醋栗做酱其实非常容易。

门旁放着一把原始森林里常用的长柄斧子，有三英尺五英寸长，——因为我用黑桦条做的那把新尺子还一直用着呢，——和一条很大的粗毛狗，据书上说，这狗的鼻子上扎满了豪猪的刺。关于它很从容不迫这点，我倒是可以作证。开拓者们养的狗，命运大都如此，因为它们要在它们的种族之战中首先应战，不经意间扮演了阿诺德·温克尔里德的角色。如果它能邀请它城里的朋友来这儿干它这一行，告诉它有驼鹿肉吃，还有无限的自由，它的朋友可能会很关切地问它："你鼻子上扎的都是什么东西啊？"当一两代狗耗尽敌人的飞镖之后，它们后代的日子相对来说就会容易一些。狗是这样，我们人类又何尝不是如此，我们应当感谢我们的先辈给我们带来的美好生活。在我看来，许多老人领取抚恤金没别的原因，只是因为他们活了很久，这是对他们很久以前生活的补偿。难怪我们城里的狗仍然还吸着鼻子，装模作样地谈论着过去那些考验狗鼻子的艰苦岁月。我真不知道他们是怎么把一只猫带到这里的，因为它们上独木舟的时候，跟我姑妈一样胆小。我很纳闷为什么它没在半路爬到树上去，可能是林子里树太多，以至于连它都不知所措了。

有二三十个美国和加拿大的伐木工在这儿来来往往，其中有个叫亚历克的，是不是也会有印第安人来这儿。冬天的时候，有时这儿一次能住上上百人。这其中流传的最有趣的一个消息似乎是——史密斯有四匹总共值七百美元的马，一周前经过这儿跑到森林深处去了。

乔松是这一切的根源，或者说是最终目的。这是一场针对松树的战争，是

北美豪猪
North American porcupine

唯一真正意义上的阿鲁斯图克或佩诺布斯科特战争（指缅因与英国之间边界之争的实质）。我毫不怀疑他们现在过的这种生活和荷马时代的人们一样，因为比起打仗，人们更多想的还是吃；那么，眼下他们脑子里想的主要是"热面包和甜饼"；毛皮和木材贸易在亚欧两洲早已不是什么新鲜事了。我在想人类是否曾经做过买卖英堆主义这一行当。甚至在阿喀琉斯时代，人们就对大牲口棚感兴趣，或许对压好的干草也感兴趣，谁拥有最有价值的队伍，谁就最厉害。

考科姆戈莫克河的河口目前离我们有一两英里远，我们本来已经计划好晚上要沿河继续上行，到大约十英里外的考科姆戈莫克湖去；但刚好有几个乔熟悉的印第安人从那边过来，他们在考科姆戈莫克河上造独木舟，给我们讲了那边猎驼鹿的事，说最近那里打了很多驼鹿，现在少得可怜已经没什么可打的了，因而我的同伴们决定我们不去那里了。乔这个星期天以及星期天晚上都是和他的熟人们一起度过的。伐木工告诉我这一带附近有许多驼鹿，但没有北美驯鹿和白尾鹿。一个从奥尔德敦来的家伙一年内就杀了十到十二只驼鹿，而且就在这个房子附近,近到他们在屋子里就能听到他开的每一枪。据我所知,他的名字可能是赫拉克勒斯,尽管我本来希望能听到他的棍棒的格格声;但毫无疑问,他也和时代一起进步了,现在也用上夏普来复枪;大概他所有的盔甲都是在史密斯的铁匠铺里制造和修理的。就在这两年,就在这房子周围视线所及的范围内,就有一只驼鹿被猎杀了,还有一只被打伤了。我不知道史密斯是否已经雇了一个诗人来看牛,因为冰雪提早融化,这些牛被迫只能在森林里过夏天了,但我还是要把这个职务推荐给我那些又爱写诗又爱打猎的朋友们。

那天晚饭,对我来说最大的奢侈就是吃上苹果酱了,但伐木工人最喜爱的却是我们的驼鹿肉,晚饭后,我向南穿过林中空地进入森林,然后再沿岸边回来。品尝一大块奇森库克森林就是我的餐后甜点,我尽情畅饮了一口它的水,调动我的全部感官来品味它。森林像雨天的地衣一样,既新鲜又植被丰富,还有许多有趣的植物;但是如果它们不是乔松的话,人们就会像对待霉菌一样对待它们,也不会尊重它们,而且就算它们是乔松,它们也只会被更快地砍掉。岸边都是一些粗糙扁平的板岩,通常都是一块块的石板,浪花就打在上面。岩石和漂流得已经褪色的原木一直延伸到草木丛生的森林里,看上去上下起伏有六到八英尺高,这部分是由出口处的水坝导致的。他们说冬天的时候,这里平地上的积雪能有三英尺深,有时能达四至五英尺深,——湖上光冰就有两英尺厚,如果算上雪冰(雪经压实或局部融化后再度冻结形成的),则有四英尺厚。连船里的水也都结了冰。

这个星期天晚上,我们就在这里过夜了,住了一间舒适的卧室,显然这是这里最好的一间了;那天晚上我唯一注意到的不寻常的事就是——因为我还在继续记笔记,就像营地里的间谍一样——只要我们旁边的人动一动,薄木板就会嘎吱嘎吱地响。

这就是一个城镇的简单雏形了。人们讨论着修一条通向穆斯黑德搬运段的冬季公路的可行性,这条路花不了多少钱,就能将他们同汽船、驿车以及整个繁忙的世界联系起来。我几乎怀疑,到那时这个湖,是不是还是原来的湖,岸边的树都被砍光开发出来了，住上人以后，是否还能保持它原有的形状和个性，就好像勘探者们记录的这些湖泊河流从来就没有等待市民的到来一样。

开拓者们在边远地区用大原木建起房子，住在这些原木屋里的人已经在荒野里坚守了好几个春夏秋冬，一看到它们就让我想起了著名的要塞，如泰孔德罗加或克朗波因特，它们曾经被围困的故事至今仍让人记忆犹新。这些房子都是特意用来过冬的，因而在这个季节，这座房子显得有点荒凉，就好像围攻已经解除了一些一样，房子前面积雪覆盖的岸边已经融化了，守备部队也相应地减少了。我把他们每天吃的食物看作是给养，——叫作"供给"；一本《圣经》和一件厚大衣则是战斗的防御装备，而在房子周围看见的形单影只的人就是站岗的哨兵。你会觉得他会要你对暗号，而且可能会把你当作伊桑·艾伦，以大陆议会的名义到这里来要求投降，让他交出要塞。这工作有点像巡警。对于这里的居民来说，每天的日常生活都像是一次阿诺德的远征。他们可以证明，他们几乎所有时间都在户外度过；我认为他们第一代所有勘探者都应该得到抚恤金，他们比任何一个参加墨西哥战争的人都更有资格领。

第二天一早，我们就开始沿佩诺布斯科特河上行返程，我的同伴希望到穆斯黑德搬运段以上二十五英里左右的地方，那两条支流的交汇处附近扎营，并在那儿找驼鹿。主人让我们挑点东西来换我们带来的四分之一块驼鹿肉，而且他很高兴地收下来了这块肉。两个从张伯伦湖来的木材勘探者和我们同时上了路。我看着这两位勘探者划着独木舟在我们前面的湍流中奋力向前撑，看着他们在森林的映衬下渐行渐远的身影，不由地想，在森林里确实是要穿红色法兰绒衬衫，就算只是为了和常青树及水的颜色形成鲜明的对比也得穿。这也是土地勘测者的颜色，无论在什么环境下，都能看得很清楚。我们像以前一样，在拉格穆夫停下来吃饭。不过这次到河上游去找驼鹿的是我的同伴，而乔则在岸边睡觉，这样我们也就对他感到放心多了；我则抓紧机会去采集植物并洗个澡。我们重新上路不久，乔又划着独木舟回去取落在那儿的煎锅去了，我们利用这个时间采了几夸脱的欧洲荚蒾来做果酱。

我很惊讶，乔竟然会问我到穆斯霍恩河有多远。他对这条河相当熟悉，但他注意到我对距离十分好奇，而且还有好几张地图。乔是这样，其他和我聊过天的印第安人也是这样，一般来说他们都不能用我们的计量单位来精确描述尺寸或距离。或许他能讲出我们何时能到达，但说不出距离有多远。我们看到几只林鸳鸯、秋沙鸭和黑鸭，但在这个季节，它们的数量还不如我们家乡河上的多。我们在去和回来的路上，都把在我们独木舟前的林鸳鸯吓跑了，它们还都是同一拨。我们还听到了鱼鹰的叫声，有点像北扑翅䴕的叫声，没过多久我们就看到了它，它停在一棵枯死的乔松树顶附近，正对着我们第一次扎营的那个岛，一群斑腹矶鹬正在下面的一块低洼的沙岬上吱吱叫，它们在驼鹿的尸体上摇摇晃晃地走来走去。我们向前走好几英里，一路上把这只鱼鹰从一根栖木赶到另一根栖木上，每一次它都会发出一声尖叫或啼鸣。因为我们回程的路线是

斑腹矶鹬
spotted sandpiper

逆流而上，所以我们就得比之前来的时候更加卖力，而且经常要用撑竿。尽管我们的独木舟又小又载了很多东西，但有时我们三个人还是得站起来一起划桨。约离穆斯黑德六英里的时候，我们开始看到湖北端东面的山脉了，四点钟的时候我们到达了搬运段。

那些印第安人仍在这里扎营。他们总共有三个人，包括那个和我们一起坐汽船来的圣弗朗西斯来的印第安人。另外两个人中，有一个叫萨巴蒂斯。乔和那个圣弗朗西斯来的印第安人明显是纯正的印第安人，另两个显然是白人和印第安人的混血儿；但我所能看出的差别，就只限于他们的外貌特征和肤色而已。我们在这儿把驼鹿的舌头煮了当晚饭，——驼鹿鼻子通常被认为是最好吃的部分，但我们在奇森库克森林里已经把鼻子给煮了，做这道菜可是很费事的。我

欧洲荚蒾
European cranberrybush

们还把摘的欧洲荚蒾拿出来炖了，还忘了加了些糖。伐木工人有时还会用糖蜜来熬欧洲荚蒾。在阿诺德的远征中，人们也吃这些东西。对于我们这些只能一直吃硬面包、猪肉和驼鹿肉的人来说，能吃上果酱让我们欣喜不已，尽管有些籽儿，但我们三个一致认为这跟红莓苔子果酱一样好吃；但考虑到我们在森林里待久了，味觉钝化，实际味道可能得打点折扣。种植这种植物，不管从观赏的角度来说，还是从食材的角度来说，都非常值得。后来我在班戈的一个花园里看到过。乔说他们管这种植物叫 ebeemenar。

在我们忙着准备晚饭的时候，乔开始处理驼鹿皮，这次航程的大部分时间我都是坐在这块皮上的，其实在考科姆戈莫克河的时候，他已经用刀把大部分的毛刮掉了。乔在岸边架起两根结实的叉杆，东边立一根，西边立一根，有七八英尺高，两根杆之间间距很大，他在靠近皮边缘的地方割出八到十英寸长的口子，每隔八到十英寸割一道，两边都割，他把杆从割出的口子那里穿过去，然后把一根杆放在叉桩上，再把另一根紧紧绑在叉桩的底部。皮的两端还要用他们常用的那种刺柏皮做的绳子绑到竖着的杆上，两端的皮上有一些间隔不大的小孔，绳子就从这些孔里穿过。这样整张皮就被撑开了，稍微朝北倾斜一点，把有肉的一面暴露在太阳之下，满打满算这块毛皮撑死了有八英尺长六英尺高。在还有肉黏着的地方，乔直接就用刀在肉上划出长条切口，好让皮晒到太阳。这块皮现在看起来有点像是被打野鸭的弹丸打到了一样，全是弹丸打过留下的斑点。在这片森林里，你还可以在许多其他野营地看到这种曾经用来撑毛皮的旧木头架子。

由于这样那样的原因，我们放弃了原来去佩诺布斯科特河汊口的计划，并决定留在这里，我的同伴想晚上到河下游去打猎。印第安人邀请我们和他们一起住，但我的同伴更想到运输线那边的原木营房去。那个营房又闷又脏，还有一股难闻的气味，如果我们自己不搭帐篷的话，我更愿意接受印第安人的邀请；因为虽然他们也很脏，但他们就在露天的地方扎营，空气流通，而且有他们做伴，比那些伐木工人更舒服，我甚至觉得他们更有教养。而伐木工人在营房里最津津乐道、最感兴趣的话题则是哪一个人能在运输线上"指挥"别人；并且他们大部分人身上的品质，都没什么好学习的，不过是些平常人。所以我们就去了印第安人的营房，或者说叫棚屋更贴切些。

这会儿风很大，因此乔决定等到后半夜风小一点了，再去打猎，但是其他印第安人则认为风是不会变小的，因为这股风是从南面吹来的。不过在我们到达他们营房之前，那两个混血的印第安人天黑以后就去了河上游找驼鹿了。这个印第安人的营房有点儿单薄，是用各种材料拼凑盖起来的，已经建在这儿好几周了，是个棚屋式的结构，西边开口对着篝火。如果风向变了，他们就把它转个方向。这个棚屋是由两根叉桩和一根横杆搭起来的，椽木从横杆上斜插到地面。上边盖的东西有一部分用的是一块旧船帆，一部分用的是桦树皮，相当不完善，但绑得很结实，而且从顶上一直盖到地上，非常严实。他们把一根大原木裹了起来放在背面作床头板，把两三张驼鹿皮铺在地上，有毛的一面向上。他们的行头和各种杂物都被塞在棚屋的边角处，还有屋顶下。他们正在一个板条箱上熏麋肉，这种箱子与德·布里1588年出版的《航海集》中威思描绘的一样，这种箱子巴西土著人管它叫boucan——熏肉用的木架（由此才有了海盗——buccaneer这个词），常在这上面摆上几块人肉，和其他东西一起熏干。他们把这种长方形的板条箱竖在营房前面，通常都架在烧得很旺的火上。两根五英尺高的粗大叉桩，相隔四五英尺，插进地里，再把两根十英尺长的竿架在火上边，短一点的杆则横着摆在这两根竿上面，每两根竿相隔一英尺。在最后一根上挂上大块的薄薄驼鹿肉片，挂在那儿熏干，正对篝火中央的位置则空出一块，不挂东西。一整颗心脏就挂在一个角落里，黑黑的就像是一个三十二磅重的弹丸。他们说处理这块肉要花三四天的时间，加工好之后这块肉可以保存一年多。废弃的肉扔在地上到处都是，腐烂程度也各不相同，有些肉块还被扔进了火里，半埋在灰烬中，发出嗞嗞的声音，像一只旧鞋一样又黑又脏。起初这些扔在火堆里的肉我以为都是扔掉的，但后来发现他们正在做这些肉吃。他们还在火前烤了一块巨大的排骨，直接把排骨叉在竖着的木桩上，木桩从筋骨之间穿过。他们也有一张撑开的驼鹿皮，像我们那张皮一样挂在竿上正被加工处理，旁边还有一大堆已经处理过的皮。两个月之内，他们就已经打了二十二只驼鹿，但是，因为他们也吃不了多少驼鹿肉，所以索性就把尸体扔在了地上。总之，这是我见过的最残酷的景象了，这场景立刻把我带回到了三百年前。外边的一根树桩上摆了许多桦树皮做的火把，形状就像笔直的锡制号角，搁在那儿随时备用。

因为怕脏，我们把毯子铺在他们的驼鹿皮上，这样就哪儿都不会碰到皮了。起初就只有圣弗朗西斯来的的那个印第安人和乔在，我们仰卧着和他们聊天，一直聊到半夜。他们都非常健谈，不跟我们聊天的时候，他们就继续用他们自己的语言接着聊。天一黑，我们就听到一只小鸟的声音。乔说，这种鸟在晚上的固定某个时间歌唱，——他觉得是十点钟。我们还听到了卵齿蟾和树蟾的声音，以及一英里外伐木工人们在营房里唱歌的声音。我跟他们说我在一些旧书里看到过把一块块人肉放在板条箱上烤干的图片；于是，他们就跟我们讲起了莫霍克人吃人肉的传统，比如他们更喜欢吃哪一部分的肉等等，还讲到和莫霍克人在穆斯黑德附近进行的一场战斗，在那次战斗中，有许多莫霍克人被杀死；但我发现他们对自己种族的历史知道得不多，随便讲个什么关于他们祖先的故事他们都感兴趣。刚开始我差不多都要被烤熟了，因为我躺在靠棚屋的一边，感觉不仅桦树皮从上面反射着热量，而且旁边的人也在反射热量；这又让我想起了耶稣会传教士所受的苦，以及据说印第安人能忍受极度严寒和酷热。尽管我很想留在营房里继续和他们谈天，但也非常想冲出去躺在凉爽的草地上舒展一下自己，我在这两者之间纠结了很长时间；就在我准备冲出去的时候，乔或许是听到了我的咕哝声，也或许是因为他自己感到不舒服，就起身把篝火拨散了一点。我想这就是印第安人的姿态吧，要自己为自己辩护。

当我躺在那儿听印第安人聊天的时候，我试着根据他们的手势或者提到的某些专有名词来猜测他们聊的话题，以此来自娱自乐。没有什么能比这种白人既不会讲也听不懂，而且一成不变的印第安语更能让人惊讶地发现他们是一个与众不同,且相对原始的种族了。我们可以认为,他们几乎在其他任何方面都变化了、退化了,但唯独这种我们完全无法理解的语言没有发生变化。尽管我发现了很多楔形符号,但很多事实让我不得不相信印第安语并不是历史学家和诗人的发明,这还是让我很惊讶的。那完全是一种纯粹、野生、原始的美洲声音,就像道格拉斯松鼠的叫声一样野性、一样原始,我连一个音节都听不懂;但要是波格斯(Paugus)①在的话,他可能会听得懂。这些阿布纳基人闲聊、玩笑、打趣着,他们所用的都是埃利奥特写《印第安语圣经》所用的语言,这种语言在新英格兰究竟已经使用了多久,谁又说得清呢?在哥伦布降生以前,这块土地上的棚屋里就传出了这样的声

① 佩夸盖特印第安人首领。

道格拉斯松鼠
Douglas squirrel

音;这些声音至今还没有消失;除了少数几个例外,他们祖先发明的这种语言至今仍然足够丰富,够他们使用。那天晚上,我感觉自己跟美洲原始人站得非常近,或者说躺得非常近,我跟他们的距离与任何一位美洲发现者跟他们的距离一样近。

他们聊着聊着,乔突然求我告诉他穆斯黑德湖的长度。

我们一边躺着,乔一边做猎号、试吹猎号,为午夜之后去打猎做准备。圣弗朗西斯来的那个印第安人也吹着猎号自娱自乐,或者说只是在通过猎号呼喊;因为声音实际是从他的嗓子发出的,而不是用猎号吹出来的。圣弗朗西斯来的那个印第安人看起来像是个倒卖驼鹿皮的投机商。他用 2.25 美元买下了我同伴未加工过的驼鹿皮。乔说在奥尔德敦,这块皮值 2.5 美元。这皮子主要是用来做"莫卡辛"鞋①的。这帮印第安人中就有一两个穿这种鞋。人家告诉我,

① 北美印第安人穿的通常用鹿皮制的无后跟软皮鞋。原注。

驼鹿
moose

根据缅因州最近的法律，任何季节外地人都不能在这里猎杀驼鹿；美国白种人只能在特定的季节来这里猎杀驼鹿，但缅因的印第安人任何季节都可以，没有限制。由于圣弗朗西斯来的这个印第安人是外地人，于是他向我的同伴要一张wighiggin或者说证明书来做凭证。他住在索雷尔附近。我发现他写自己的名字倒是写得很好——塔蒙特·斯瓦森。有一个叫埃利斯的人是这一带最有名的驼鹿猎人，他是个白人老头，住在吉尔福德镇上，那儿离穆斯黑德湖南端不远，我们曾经还路过那儿。不论是印第安人还是白人一提起他，都无不敬重。塔蒙特说这里的驼鹿比纽约州阿迪朗达克那边的要多，他曾在那里打过猎；三年前，这一带有很多驼鹿，现在森林里还有不少，但它们不会从树林里出来到水边了。在半夜去猎驼鹿也没用，它们那时也不会出来；萨巴蒂斯一回来，我就问他驼鹿是不是从来没攻击过他。他回答说，你不能向它开好几次枪，否则会激怒它。"我只开一枪，打在要害上，到了早晨我就能找到它。它走不远。但是如果你一直开枪，它就会非常愤怒。我有一次朝一只驼鹿开了五枪，每一枪都打穿心脏，可它根本不在乎；这只会让它更加愤怒、更加发狂。"我问他猎驼鹿是不是不用猎犬。他说冬天打猎的时候会用猎犬，但是夏天从来不用，因为夏天带猎犬也没用；因为驼鹿会立即径直跑掉，速度非常快，能飞奔出一百英里。

另一个印第安人说，驼鹿一旦受到惊吓，会跑上一整天。猎犬会紧咬住驼鹿的嘴唇，被驼鹿带着跑，直到驼鹿把它摔到树上掉下来为止。尽管驼鹿能在四英尺深的雪上飞奔，但它们无法在"薄冰层"上跑；不过北美驯鹿可以在冰上跑。他们通常会看到两三只驼鹿一起出现。为了躲避苍蝇，驼鹿会把全身浸在水里，只把鼻子露出来呼吸。这个印第安人说他有一种被称作"在低地活动的黑驼鹿"的鹿角。这种角展开有三四英尺宽。"在山上跑的红驼鹿"又是另外一种，它们的鹿角展开有六英尺宽。他就是靠这个区分它们的。两种驼鹿都会脱角。又宽又平的肩胛骨上覆盖着毛发，而且驼鹿活着的时候肩胛骨很柔软，你可以用一把刀子穿透它。如果驼鹿角往这个方向或是那个方向动了，人们就会把它当作鹿角还是好的或是坏了的信号。他的驯鹿角被棚屋里的老鼠咬了，

貂熊
wolverine

但他认为不论是驼鹿也好，还是驯鹿也好，它们活着的时候角都不会被咬，这和一些人的说法完全不同。这之后，我在奥尔德敦遇到一个印第安人，他曾带着一只缅因的熊及一些其他的动物去做展览，他告诉我三十年前，缅因的驼鹿没有现在这么多；而且那些驼鹿很容易驯服，你喂它一次，它就还会回来，但驯鹿不是。这一带的印第安人，因为世世代代跟驼鹿打交道，对驼鹿都很熟悉，就跟我们对牛的熟悉程度差不多。拉斯莱斯神父在他编的阿布纳基语词典里不仅收录了一个专指公驼鹿的词——aianbé，还收录了一个专指母驼鹿的词——hèrar，而且还有专指驼鹿心脏中间一根骨头的词（！）和专指左后腿的词。

上游那儿一只小鹿也没有；它们在定居点周围才更常见些。两年前有一只小鹿跑到班戈城里去了，撞碎了一块很贵的平板玻璃窗，然后撞到了一面镜子，它还以为自己碰上了同类，随后又跳了出来，如此等等，而后又跃过人群，在人们的头顶上跳来跳去，直到被抓到为止。当地的居民一谈起这件事，就说是鹿下来买东西了。最后提到的那个印第安人说到了 lunxus 或者叫印第安魔鬼，我觉得他想说的是美洲狮，而不是貂熊，他说在缅因人们唯一应当感到害怕的动物就是它了；它会跟在人后边，而且哪怕你开了枪它也毫不在意。他还说，我们去的地方河狸又变得越来越多了，但是它们的皮现在不值什么钱，再去猎河狸也没有什么赚头了。

我们把驼鹿耳朵拿出来跟驼鹿肉一起烤干，那对耳朵有十英寸长，我想把它们烤干了保存起来；但是萨巴蒂斯告诉我，我得先给它们剥皮，再把它们加工一下，否则毛会全掉下来。他说他们会用驼鹿耳朵的皮来做烟袋，把两张耳朵的皮里对里地缝合在一起就好了。我问他从哪儿弄火；他拿出一个圆筒状的小盒子，里边装着火柴。他也有燧石和打火镰，还有一些不干的火绒；我觉得这是用黄桦做的。"但万一你翻船了，所有这些东西还有你带的火药都会被弄湿。""那么，"他说，"我们就只能一直等着了，等到我们走到有火的地方。"我从口袋里拿出一个小瓶，里边装着火柴，用塞子塞着，完全防水，我告诉他即便我们翻了船，我们还会有一些干火柴；他一句话没说只是盯着小瓶看。

我们就这样躺着聊了很久，也没睡，他们告诉我们这附近许多湖泊河流的印第安语名字的含义，尤其是塔蒙特。我问他们穆斯黑德湖的印第安语名字是什么。乔回答说是 Sebamook（塞巴穆克）；而塔蒙特读成 Sebemook（塞贝穆克）。我问他们这名字什么意思，他们答道就是穆斯黑德湖。最后，明白我的意思以后，他们轮流反复念这个词给自己听，就像语文学家一样，Sebamook、Sebamook，时不时还用印第安语念，来比较声调；因为在他们的方言里，发音只有细微的差别。终于，塔蒙特说："啊！我知道了，"——他在驼鹿皮上坐起来，——"就好比这里是一个地方，那里又是一个地方，"他指着毛皮的不同部分说，"你从那里取水，灌到这里，水就留在这里，这就是 Sebamook。"我明白他的意思，河流从一个地方汇入，又从同一个地方的附近流出，留下一个永久的河湾。另一个印第安人说，那个词的意思是"大湾湖"，他说其他湖的名字，如 Sebago（塞巴戈）和 Sebec（塞贝克），跟它都是同源词，意思是很大的开阔水域。乔说 Seboois（塞布伊斯）是"小河"

的意思。我注意到他们无法表达抽象概念，说起印第安人，人们常常谈到这点。他们理解了意思后，尽管还不是很清楚，就搜寻合适的字眼来表达这个意思，但结果总是白费劲，徒劳无功。塔蒙特认为白人称它为穆斯黑德湖，是因为俯瞰全湖的金尼奥山的形状像一只驼鹿的头，穆斯里弗之所以叫穆斯里弗（即驼鹿河）是"因为金尼奥山直指着湖对面的穆斯里弗河口"。约翰·乔斯林大约在 1673 年写道："离卡斯科湾十二英里有一个湖，人和马都能通过，印第安人管这个湖叫 Sebug（塞巴戈）。在湖泊一端的一处峭壁边缘，有一块非常有名的岩石，形状隐隐约约像驼鹿（或叫 helk），叫作驼鹿岩。"看来，他是把 Sebamook（塞巴穆克）和 Sebago（塞巴戈）混淆了，两地相距不远，但 Sebago（塞巴戈）岸边没有隐隐约约像驼鹿的岩石。

让我再列举一些他们的定义，因为这些定义本身就很有价值，部分是因为这些定义有时跟人们普遍接受的定义不同。他们之前从来没分析过这些词。仔细思考了很长时间，并不停重复读这些词，由于这些词确实比较麻烦，塔蒙特说奇森库克的意思是许多河流汇入的地方，而且他还列举了一些汇到奇森库克湖的河流，如佩诺布斯科特河、昂巴朱克斯库斯河、库萨贝塞克斯河、雷德河等，"考科姆戈莫克河是什么意思？""那些白色的大鸟是什么鸟？"他问道。"鸥鸟。"我说。"啊！鸥鸟湖。"——乔认为帕马杜姆库克湖的意思是湖底有沙砾或碎石河床的湖。因为他说自己对肯杜斯基格不太熟悉，所以在问了桦木独木舟是否能向上航行之后，塔蒙特最后推断肯杜斯基格的意思大概是这样的："你沿佩诺布斯科特河向上走，直至你到达肯杜斯基格河，然后你从那儿走过，而不是从那儿继续向上游划。这就是肯杜斯基格河。"不过另一位更熟悉这条河的印第安人后来告诉我们，这条河的意思是"小鳗河"。——马特沃姆凯格的意思是两条河流交汇的地方。佩诺布斯科特的意思是多石的河流。一位作家说，这个名字"原本指的只是主河流的一段河道，即从有潮水域的源头到奥尔德敦上游不远处的那段河段。"

我们后来遇到了一个非常聪明的印第安人，他是内普丘恩的女婿，他又给我们解释了一些词：昂巴朱克斯库斯河的意思是"草甸河"；米利诺基特指的是"群岛之地"；阿博尔贾卡梅古斯的意思是"平礁瀑布（和死水）"；阿博尔贾卡梅古斯库克指的是"汇入的河流"；（最后一个词是我问他阿博尔贾克纳吉西克的时候，他没听出来，于是给我解释了这个词；）马特沃姆凯格指的是"沙溪塘"；皮斯卡塔奎斯的意思是"一条河的支流"。

我问我们宿营地的主人，马萨诸塞康科德的印第安语名字 Musketaquid（穆斯盖塔奎德）是什么意思；但他们把这个词变成了 Musketicook（穆斯盖提库克），并反复念了几遍，塔蒙特说这个名字的意思是"静水河流"，这可能是对的。看起来 cook（库克）的意思就是河，或许 quid（奎德）的意思是地方或土地。当我问他们我们那边这两座山的名字的时候，他们回答说这不是印第安语，是另一种语言。因为塔蒙特说他曾在魁北克做过买卖，我的同伴就问他魁北克这个词的意思，因为这个词一直有很多争议。他不知道这个词是什么意思，但开始推测。他问那些运士兵的大船叫什么。我们说叫"兵舰"。"好吧，"他说，"当英国船沿河上行的时候，由于河道太窄了，他们无法继续往前走；他们必须回去，回去吧，这就是魁北克。"我之所以提这件事，是为了表明在其他情况下他的权威和价值。

那天晚上很晚的时候，另两个印第安人也猎驼鹿回来了，但没打着，他们又把篝火拨旺了些，点起烟斗抽了一会儿烟，拿出了一些烈酒来喝，又吃了一

康氏亚口鱼
white sucker

点驼鹿肉，找了一块空地儿躺在驼鹿皮上挤挤睡下了。我们就这样睡了一晚，两个白人和四个印第安人，并排躺在一起。

第二天一早我醒来的时候，天上下起了毛毛雨。因为棚屋里没空位，一个印第安人就躺到了外边，他裹着毯子躺在篝火对面。乔忘了叫醒我的同伴去打猎，其实他自己那天晚上也没去。塔蒙特正在用一把形状奇特的刀子给他的独木舟做一条横杆，这种刀子我后来也见到其他的印第安人用过。刀刃很薄，大约四分之三英寸宽，八九英寸长，但是弯成了一个钩形，他说这样的形状刨东西更方便。因为住在遥远的北方和西北方的印第安人用的都是同样的刀，所以我猜想这是根据当地土著人的一个原始模型制作的，尽管有些白人工匠也在用类似的刀。就着篝火，印第安人把一块面包放在有柄带脚煎锅的边上，靠在火边烤了当早餐；当我的同伴沏茶的时候，我去佩诺布斯科特河里抓了一打个头相当大的鱼，有两种是亚口鱼，还有一种鳟鱼。我们自己吃过早餐后，和我们同宿的一个伙伴走了过来，他也吃过早餐了，但还是应我们的邀请喝了一杯茶，最后他拿起公用的餐盘，把它舔了个干净。但他和一个白人伐木工相比算不了什么，白人伐木工一直在吃印第安人的驼鹿肉，他也因此成了他同伴们的笑柄。他似乎觉得"吃光所有东西"是一种享受。人们通常说白人在印第安人自己的地盘上，最终超过了印第安人，从这件事来看，这句话确实千真万确。我不敢肯定他在天黑的时候都干了些什么，但天一亮我看见他的时候，他就又忙活着吃了，尽管他才走了四分之一英里，刚到自己的工作岗位。

因为天下雨，我们没法在森林里继续再待下去了，于是我们把自己的一些供给品和用具送给了印第安人，然后就离开了他们。今天是汽船开船的日子，我马上出发往湖边赶去。

我独自走过搬运段，在湖的源头等待着。我一走近，一只鹰或是其他的什么大鸟就从它岸边栖息的枝头尖叫一声飞走了。在我到达岸边后，待了一小时，一个人也没有，眼前广阔的景象全归我一个人独享。汽船还没出现在开阔的湖面上，我似乎就已经听到了它的声音。汽船开过来的时候，我在上船的地方看到与我们昨晚同宿的一个印第安人，他头一天晚上刚去猎了驼鹿，但这会儿却拾掇得十分整洁，穿了一件干净的白衬衫和一条漂亮的黑裤子，活脱脱一个印第安花花公子，很显然，他专门从这条搬运线上赶过来就是为了向所有到穆斯黑德湖北岸的人展示他的风采，就像纽约的花花公子们出没在百老汇，站在酒店的台阶上一样。

在湖上行至半路，上来了两个看起来很强壮的中年人，他们带着自己的平底河船一起上的船，他们已经连续勘探六周了，最远到过加拿大的边境线，而且还任由自己的胡子疯长。他们最近抓到了一只河狸，把它的皮撑在一个椭圆形的环上，尽管这个季节河狸的皮并不好。我和他们中的一位聊了起来，我告诉他我大老远跑到这里，一部分原因是想看看乔松，也就是我们建房子用的这种来自东部的材料，所生长的地方，但是无论是这一次旅行，还是前一次到缅因另一个地方的旅行，我遗憾地发现，乔松是一种稀有的树；我问他我应该去哪里找乔松。他笑了笑，回答道，他恐怕不能告诉我。不过他说，他在一个人们认为已经没有乔松剩下的地方找了乔松，而且还能多，足够明年冬天雇两个伐木队来采伐了。他说现在被认为是极品的树，二十年前他刚入行时，人们都看不上；但现在他们做那些人们曾经认为是相当劣质的木材的买卖，生意倒也兴隆，风生水起。过去木材勘探者会在一棵树的树干上每隔一段砍出一道口子，来看看树是不是伪心材的，如果树心腐烂的部分有他手臂那么粗，那么他就不砍这棵树；但现在，连这种树伐木工们也照砍不误，只要把腐烂部分及其周围锯掉，就能做成最好的板材，因为这样的木材永远都不会轮裂。

一个在班戈做木材生意的人告诉我，最大的那棵松树属于他的公司，是去年冬天砍下来的，在森林里"测量"出有四千五百英尺高，在奥尔德敦的班戈水栅围区，这一棵树光原木就值九十美元。就为了这棵树，他们还专门开出了一条三英里半的路。他觉得，现在沿佩诺布斯科特河运输的乔松的主要生长地是东支流的源头、阿勒加什河，以及韦伯斯特河、伊格尔湖和张伯伦湖周围。在公共土地上有许多木材被偷。（请问，政府是怎么巡视森林的？）我听说有一个人在公共土地的地界上发现了一些特别优质的树，但又不敢雇个同伙，于是他就自己一个人把这些树砍了下来，连牛都没用，只用滑轮组就把木头翻进了河里，居然没借助一点点外力就把它们成功运了出来。不过当然了，用这种方式偷松树跟打劫鸡窝一样卑鄙。

　　当晚我们到了蒙森，第二天坐车去班戈，一路上又是冒雨前行，也正是因为下雨，我们的路线也稍微发生了点变化。沿路的一些小旅馆都特别脏，很明显还处在从营房到房屋的过渡阶段。

　　第二天上午我们去了奥尔德敦，在奥尔德敦的岸边，一个身材修长的印第安老人认出了我的同伴，他笑眯眯地不断给我们打手势，像法国人一样。一个天主教神父和我们坐同一条平底河船到岛上去。印第安人的房子是框架式的，大多数都只有一层，一排一排的秩序井然，它们都盖在岛的南端，还有几间房子零星散落着。除了教堂以及我同伴称之为议事厅的房子以外，我数了一下，大约有四十间房舍。议事厅我想就是他们的市政厅了吧，像其他房子一样，也是框架结构，屋顶用的也是木瓦。两层的房子倒是也有几间，非常整洁，还有一个围起来的前院，其中至少有一栋还装了绿色的百页窗。房子周围到处都是撑开晾晒的驼鹿皮。这儿既没有车道，也没有马道，只有步行的小径；耕作过的土地很少，但杂草却很多，既有土生土长的，也有外来的适应了当地环境的；外来的杂草比有用的蔬菜还多，正如人们所说的，印第安人光培养了白人带来的坏东西而不是好东西。不管怎么说，这个村子比我预想的要干净，比我见过的同类型的爱尔兰村子要干净得多了。小孩子们穿得也并不是特别的衣衫褴褛和肮脏。小男孩手里拿着弓并把箭搭在弦上，一见到我们，就大声喊道："拿一美分来。"事实上，现在的印第安人也不怎么用弓了；但白人的好奇心却总是难以满足，而且打从一开始，白人就非常渴望见识一下这片森林的成就。那块有弹性的木头加上配有羽毛的镖，和文明接触以后，弦肯定会放松，就会从弦上被取下来变成标志，即野蛮人的纹章。多么可悲的猎人一族！白人已经把他们的猎物都赶走了，取而代之的仅仅是一美分（一美分的硬币上印有印第安人的头像）。我看见一个印第安妇女在河边洗衣服。她站在一块岩石上，把衣服放在河水里浸湿，然后捞起来放在岩石上，用一根短棍捶打。墓地里长满了杂草，一座座坟墓挤在一起，我注意到在一块木制的墓碑上，印了一篇印第安语写的碑文。这个岛上还有一个很大的木制十字架。

因为我的同伴认识内普丘恩酋长，所以我们就专门去拜访了一下他，他住在一间十英尺高的小房子里，是这里所有房子中最简陋的之一了。说起公众人物，谈论谈论他的个性，倒也是可以接受的，因此我想说说我们拜访时候的一些观察。他当时卧病在床。他的卧室占了整个房子的一半，当我们走进房间的时候，他正坐在床边。卧室的一个角落里挂着一个钟。他身穿一件黑色的双排纽扣大衣、一条黑色的裤子，都已经穿旧了，还有白色棉布衫、白袜子，脖子上围着一条红色的丝帕，头上戴了一顶草帽。他的黑头发只是略有些灰白。他的两颊很宽，他的外貌特征跟那些我所见过的任何一位狂妄自大的美洲土著都明显不同，让人觉得别有一番风味。他的肤色并不比许多上了年纪的白种老人更深。他告诉我他已经八十九岁了；但是今年秋天他还要一如既往地去猎驼鹿。大概猎杀的过程是由他的同伴完成吧。我们看见好多印第安女子在躲闪回避着我们。一个印第安女子坐在他床边，帮助他给我们讲故事。她们都非常胖，脸蛋又圆又光滑，明显看起来脾气都很好。无疑，这里恶劣的气候并没有把她们身上储存的脂肪消耗殆尽。我们在那儿待了很长时间，我们在那儿的时候，——一个女人去了奥尔德敦，买了块布料回来，在房间里的另一张床上，用布料裁剪出一件衣服。酋长说：" 还记得过去的驼鹿要比现在的大得多。过去它们都不待在森林里，而是跟其他所有的鹿一样，从水里出来。驼鹿最早是鲸鱼变的。在梅里马克河下游，一只鲸鱼游到海边的一个浅湾里。海水退去以后，鲸鱼搁浅在那儿，于是它就上了岸，变成了驼鹿。他们之所以知道驼鹿是鲸鱼变的，是因为起初驼鹿还没钻进灌木丛的时候，它们的体内是没有肠子的，但……"——然后坐在他床边，给酋长当助手的女人，不时插上一句话，对他讲的故事进行确认。这时她问我，我们在海岸上找到的那种软软的东西叫什么？"水母，"我说。"是的，"酋长说，"没有肠子，只有水母。"

　　酋长说以前驼鹿的个头更大或许还真的不假，因为有一个古怪的医生叫约翰·乔斯林，他在十七世纪的时候就在缅因的这个地区待了好几年，他说驼鹿角的两尖"有时会相隔两英寻"——他还特意说明，一英寻是等于六英尺——"并且它们从前脚趾到肩部最高处的高度是十二英尺"。这两个数据都让我的一些多疑的读者认为是撒了天大的谎。他又补充说："每种生物身上都有某种超自然的东西，这些都是上帝赋予的无法抹掉的特性，也正是这种异乎寻常的特性，证明了上帝的存在。"伦敦上布鲁克街托马斯·斯蒂尔展示的藏品中，有一个贝专纳（博茨瓦纳独立之前的名字）小公牛的头颅，它"角的全长，即从一个角尖沿着牛角本身弯曲的弧线量到另一个角尖的长度是 13 英尺 5 英寸；两个牛角角尖之间的直线距离是 8 英尺 8.5 英寸"。这显然又是一个超自然的现象，不过小公牛有头骨可以给它证明，但驼鹿的这组数据给我们带来的难题，远比它要复杂。不过，据我所知，人们经常会低估驼鹿和美洲狮的大小，而不是高估它们，所以我才从乔斯林的记录中摘出这样一段数据，来作为大家惯常估计的数据的补充。

　　但我们大多数时间是在跟酋长的女婿谈天，他是个很通情达理的印第安人；酋长本人，因为年纪大了耳朵也不太好使，就自己待在一边，任由我们跟他女婿问关于他的问题，他也不介意。酋长女婿说，他们当中分两个派别，一派赞成办学校，另一派反对办学校，或者说他们是因为不想反抗牧师而反对办学校的，因为牧师反对办学校。第一派刚刚在选举中获胜，并派了他们的人进入立法机构。内普丘恩、艾蒂恩还有他都是赞成办学校的。他说："如果印第安人获得了知识，他们就能存住钱了。"当我们问他乔的父亲艾蒂恩在哪儿时，他说尽管他就要去猎驼鹿了，但他这会儿一定在林肯，因为一个信使刚去那儿找过他，请他签了一些文件。我问内普丘恩他们现在还养不养以前那种狗。他回答说："养。""但是那只，"我指着一只刚走进来的狗说，"是北方佬的狗。"他说是。我说这只看起来不怎么好。"哦，不！"他反驳道，还津津有味地告诉我，去年这条狗是怎样抓住一匹狼并卡住它的咽喉的。酋长穿着长袜坐在那儿，腿吊在床边，一条很小的黑狗冲进房间，扑向他的脚边。酋长搓搓手，引着狗向前来，兴致勃勃地和狗玩了起来。如果我没记错的话，这次交谈中，就没有再发生什么重要的事了。这是我第一次拜访一位酋长，不过因为我从没想过要谋个一官半职，所以我就能更自由地谈起这件事了。

一个在屋子后面造独木舟的印第安人，停下手中的活，高兴地抬起头来，因为他认识我的同伴，他说他的名字叫老约翰·本尼威特。我很早以前就听说过他这个人，我向他打听起他的一个同龄人，叫乔·四便士半；但是，真可惜！他的事迹已经不再流传了。我认真地研究起了独木舟的制作过程，我想我应该很愿意干这一行，当一季的学徒，学学这个手艺，和我的"老板"一起去森林里采树皮，就地做成独木舟，最后再划着做好的独木舟回来。

趁着平底河船过来载我们走的功夫，我在岸边捡了一些箭头碎片和一块断掉的石凿，印第安人比我更对这些东西感到新奇。之后，我们到了佩诺布斯科特河拐弯处的古堡山，那儿位于班戈上游三英里处，我在那儿寻找一个印第安人城镇的旧址，有人认为就在那附近，我又发现了更多的箭头，还在他们的篝火灰烬里找到两小块印第安人陶器的神色碎片。看来岛上的印第安人生活很幸福，而且奥尔德敦的居民对他们也很好。

我们拜访了就在岛下游的维齐锯木厂，厂里有十六台锯床，——有些是排锯，一台有十六排，还有一些是圆锯，这就不用说了。在锯木厂的一边工人们正靠水力把原木拖上一块倾斜的平面；从另一边出来的就是木板、厚板和锯好的木材，并把它们连成木排。实际上树木都被拖了过来堆在这儿。编木排用的是硬木小树底下三英尺那块，这一部分有个弯曲有节的粗头，在它们的角上和边上打上洞，用螺栓就可以把它们拴住。在另一个车间，工人们正在用边角料做栅栏板条，就是新英格兰各处都在用的那种，兴许在我的家乡，我家后面的尖桩篱栅用的板条就是这里生产的。我很惊奇地发现一个小男孩在收集木板锯下来以后剩下的长边条，一锯断他就捡起来，速度非常快，然后把它们塞进研磨机的给料斗，研磨机会把它们磨碎，这样边条就不会碍事了；不然的话，这些边条就会在工厂这一边堆成小山，增加诱发火灾的风险，再不然，它们就会漂走阻塞河道。这样看来，这不仅仅是个锯木厂，还是个磨坊。毫无疑问，奥尔德敦、斯蒂尔沃特和班戈的居民肯定不会因为缺点火柴而发愁了。有些人就专门靠捡漂流下来的木头为生，他们平时捡了木头，冬天就按考得卖出去。在一个地方我看见有个爱尔兰人雇了一队人和一个工头专门来捡木头，他们捡到的木头在岸边堆了很长一段距离，这些木头的尺寸还都符合规格，有人告诉我，他一年卖木头就能赚一千二百美元。另一个住在岸边的人告诉我，他家外屋和栅栏用的木材都是从河里捡来的；我注意到住在这一带的人，常常用这些废弃的木头来填补凹地，而不是用沙子，可见在这儿木头比沙土都便宜。

在这次旅途中，我专门为了看卡塔丁山去了班戈西北边约两英里远的一座小山，在那儿，我终于第一次清楚地看到卡塔丁山。看了卡塔丁山后，我就准备回马萨诸塞州了。

关于原始森林，洪堡已经写过一篇很有趣的文章了，但至今也没有人给我描述过，那片曾经覆盖在我们那些最老的城镇上的野生原始森林，和我们今天在这儿看到的这片被人类驯服的森林有什么差别。这是一种值得人们注意的差别。文明人不仅永久地清理了大面积的土地，开垦了开阔的土地，而且还在一定程度上驯服和教化了森林本身。文明人出现以后，几乎仅凭自己的一己之力，就改变了树木的本性，这是其他任何生物都做不到的。阳光和空气，也许还有火，都为人类所用，原本树木生长的地方开始种上了粮食。森林变了，失去了它那荒凉、潮湿和草木丛生的样子，无数倒下和正在腐烂的树木都不见了，那些长在它们身上的厚厚的苔藓也随之不见了踪影。与之前相比，现在的土地开始变得光秃、光滑和干燥。留给我们的最原始的地方就只有沼泽地了，在那里，云杉仍和松萝一起长得十分茂盛。缅因森林的地表到处都很湿软，水分十分充足。

我看到这片森林里生长的植物，在我们马萨诸塞就只有在沼泽地里才能看到北方七筋姑、舌唇兰、爬地雪果白珠和一些其他植物；这里数量最多的紫菀是轮菀，而在我们马萨诸塞州，就只有潮湿阴凉的森林里才有。心叶联毛紫菀和斯坎特联毛紫菀也很常见，这些紫菀颜色很浅或根本没有颜色，有时甚至连花瓣都没有。因为伐木工的存在，我没在这儿看见树枝柔软伸展、树皮光滑的次生乔松，但即使是乔松幼树，也都长得挺拔修长、树皮粗糙。

缅因森林里的树同我们马萨诸塞州的树有本质的区别。在缅因森林里穿行，决不会有什么东西提醒你，你正走过的这片荒野竟是某些村民的家族林地，或是某位寡妇所得的亡夫遗产，她的祖先世世代代都在这片林地里用雪橇运燃料，在某些记录下来的旧契约中还都详细地描述记载了，兴许林地的主人对这片土地已经做好了打算，如果你去找，也许每隔 40 杆就能发现一个旧的界标。事实也确实如此，看看地图你就会知道，你站的这块土地该州已经拨给某个学院了，或是已经被宾厄姆买了；但这些名字并不会对你产生影响，因为你看不见任何东西提醒你这块地属于某个学院或是属于宾厄姆。跟这儿的森林相比，英格兰的"森林"又算什么呢？一位作家曾写到怀特岛，在查理二世统治时期，"岛上的森林没有遭到过破坏，非常完整又很广阔，据说林子里有好几处树顶都连在一起，松鼠完全可以在上边跳好几里格[①]。"如果不是因为有河挡着，（它们其实可以从河的源头绕过，）这儿的松鼠都可以从森林这一头顺着树顶跳到另一头去。

我们至今也没有对原始松林进行过充分的阐述。我注意到在马萨诸塞州最近出版并在我们的学校里使用的一本自然地图册里，北美的"林地"几乎就只限于俄亥俄州的峡谷和大湖区的一些地方，地球上宏伟的松林根本没有被标出来。例如，我们附近的新不伦瑞

① 旧时长度单位，约为三英里、五公里或三海里。原注。

克和缅因，从地图上来看，就跟格陵兰岛一样光秃。所以可能会变成这样：住在穆斯黑德湖末端格林维尔的孩子们，这些听着猫头鹰叫声长大，完全不害怕它们的孩子们，被带去俄亥俄州的峡谷里去了解什么是森林；但在那儿，他们可学不到该如何对付驼鹿、熊、驯鹿、河狸等。难道我们还得让一个英国人来告诉我们说"在北美洲的美国和加拿大，有世界上最广阔的松林"吗？且不说纽约东北部和其他更远的地带，光新不伦瑞克的一大部分、缅因的北半部分以及和加拿大毗连的部分，都仍被一片几乎绵延不断的松林覆盖着。

　　但也许缅因不久就会变得跟马萨诸塞一样。缅因相当一部分的土地都已经跟我们邻近的许多地方一样失去了植被的覆盖，变得光秃而单调，而且缅因的村庄通常还不如我们那里的村庄那样树荫多。就好像我们人类总认为，地球必须先经受被牧羊的磨难，才能成为人类的居住地。想一想纳罕特，它是波士顿所有时髦人士的度假胜地，我只是在坐汽船经过的时候，透过暮色模模糊糊地看了一眼那个半岛，我还以为它从被人们发现以来就始终没变过。约翰·史密斯在 1614 年这样描述过纳罕特："马塔亨特斯有两个美丽的小岛，岛上有果园、花园和玉米田。"其他人告诉我们，那里曾经长了很多树，甚至波士顿修建码头所用的木材都是这里提供的。现在树木已经很难在那儿存活了，客人离开这儿的时候，也只会记得图德先生家那丑陋的一杆高的栅栏——是专门用来保护一些梨树灌木的。那么在我们米德尔塞克斯郡，又能看到什么呢？只能看到光秃秃又很显眼的市政厅或会堂，还有光溜溜的自由旗杆，眼前所见，既不会有繁茂的树叶，也不会有累累的果实。我们以后将不得不用进口的木材来建造城镇，或者将我们身边的棍子拼接起来，我们的自由意志当然也包括对待它们。那一排排的柳树，每三年砍掉一次，用作燃料或是碾成粉末，凡是大一点儿的松树、栎树或森林里的其他树，都从人们的记忆里砍掉了！似乎以后还会允许个别的投机商出口天上的云，或者将天上的星星一个接一个地全部出口一样。那么到时候，我们也将沦落到啃地壳来获取营养了。

　　他们甚至已经开始对更小的目标下手了。我听说他们最近发明了一种机器，

佳露果
black huckleberry

能把佳露果灌木切得细细的来做燃料！这些灌木，单是产出的果子的价值，就已经是这地方所有梨树价值总和的好几倍了。（如果你想要的话，我可以给你列一份清单，上边列着最好的三种树。）照这样的速度，我们要想盖住裸露的土地，让它看起来像是长着森林，那恐怕我们至少得蓄起胡子来帮忙了。农民有时会说自己把地面"弄整洁"了，就好像这光秃秃的地面要比草木覆盖的地面，要比那穿着天然衣衫的地面好看一样，——就好像天然的树篱就只是一堆烂泥，但对于他的孩子来说，也许这些天然的树篱比他整个农场更重要。我知道有这样一个完全"仇恨树的人"，他简直就应该叫这个名字，也许他应把这个名字留给他的孩子当新的父姓。你会觉得一定有神谕警告过他，说他注定将被倒下的树压死，所以他才决意先下手为强，除掉这些树木。记者们认为，对于这种农牧业上的"进步"，不论怎么夸赞都不为过；这是个安全的主题，不会引起争议，就像讲虔诚一样；但至于说这些"模范农场"的美，那我倒宁愿看一个人转动一台专利搅乳机。通常这些农场不过是某人赚钱的地方，不过那也可能只是假装的。原本只长一片草叶的地方现在能长出两片草叶，这种进步一点也不意味着神奇。

尽管如此，回到我们平坦但仍变化多端的地貌中，还是让我们感到轻松了很多。在我看来，作为永久定居点，荒野和这里还是无法相提并论的，尽管我们需要荒野为我们提供资源，做我们的背景以及为我们的所有文明提供原料。荒野很简单和原始，几乎可以说是不毛之地了。主要是那部分被开垦了的土地激发了世人的灵感，而且还将一如既往地激发下去，创作更多的诗歌，正如不管是哪一种文学，都是由诗歌构筑了主体一样（任何一种文学中，诗歌都占据了重要的位置）。我们的森林有很多林木，森林的居民是林区人和庄稼人——印第安语里森林叫 selvaggia，居民叫 salvages。一个有自己的想法和社交圈子的普通意义上的文明人，若是待在这里，最后一定会日渐憔悴，就像一株人工栽培的植物用纤维牢牢扣住一块粗糙又无法溶解的泥煤团一样。在最北端，航行者为了得到工作不得不去跳舞、演剧。在我们自己的森林和田野上，在树木最茂盛的城里，在我们无须为佳露果争吵的地方，间或散落着原始的沼泽，但只是点缀，或许只有这样的地方，才有完美的公园、果园、花园、凉亭、小道、林荫道和山水风景。这些是我们作为一个民族所有的艺术和优雅的自然结晶，属于每一个乡村，是真正的天堂，与它相比，所有故意用财富精心建起来的公园和花园都是微不足道的仿造品。或者我宁愿说，这是的果园二十年前就是这个样子。通常诗人走的路，跟伐木工走的路是不同的，诗人走的是林区人的路。伐木工和开拓者在他之前就来了，像施洗约翰一样；他们可能不仅吃野蜜，还吃蝗虫；他们把腐烂的木头和上边生长的湿软苔藓都清理掉，建起壁炉，给大自然打上人类的烙印。

但这儿还有一种精神，它崇尚更自由的文化，对它来说，简单朴素并不意味着贫瘠。那里不仅有宏伟的松树，还有脆弱的花，如从最天然的泥煤中吸取营养的舌唇兰,通常认为这种花太过娇嫩无法人工栽培。所有的这些提醒着我们,诗人必须时不时地走一走伐木工走过的小径,追随一下印第安人的足迹,到荒野深处那未被人发现的缪斯之泉去饮用更令人心旷神怡的泉水,不仅为了从中获取力量,也是为了感受美。

  英格兰的国王以前曾用他们的森林来"蓄养国王的猎物",以供他们运动消遣和吃山珍野味,有时还不惜毁掉村庄来建造或扩大这些狩猎林;我想驱使他们这么做的是一种真正的本能。我们既然可以废除国王的权威,为什么不能建立我们自己的国家保护区呢?这样这些保护区里的村庄就不必被毁坏,熊、美洲豹和甚至一些猎人都可以继续存在下去,而不是"因为文明开化而从地球上消失",我们的森林,也不仅仅是要为国王保留猎物,而且还要保留和保护国王本人,以及造物主,不是为了运动消遣和品尝野味,而是为了获取灵感,为了我们自己精力真正的恢复。或者我们是否应该像粗汉恶棍一样,践踏我们自己的国土,把它们全部连根掘起,在上边偷猎?

美洲豹
jaguar

Chapter 3
# 阿勒加什河与东支流

绿胁绿霸鹟
olive-sided flycatcher

香脂冷杉
balsam fir

1857 年 7 月 20 日，星期一，我和一个同伴出发去往缅因森林，开始了我的第三次缅因森林之旅，第二天中午到达了班戈。我们刚下汽船就在街上碰到了莫莉·莫拉塞斯。只要有她在，佩诺布斯科特就一直可以作为一个部落存在着。第二天早晨，我一个和佩诺布斯科特印第安人很熟的亲戚，也就是前两次陪我一起去缅因森林的那个亲戚，带我坐上他的四轮马车去往奥尔德敦，帮我找一个这次旅行的印第安人向导。我们乘平底河船过河到印第安岛。拴平底河船锁链的钥匙刚好被船主的儿子拿走了，不过船主是个铁匠，稍微犹豫了一会，就用一把冷锻把铁链放在岩石上砍断了。他告诉我们印第安人差不多都去沿海一带和马萨诸塞州了，一定程度上是因为天花在奥尔德敦暴发了，印第安人都非常怕天花，我们是否能找到一个还在家的合适人选，恐怕很难讲。不过老酋长内普丘恩还在那儿。我们在岛上见到的第一个人是一个名叫约瑟夫·波利斯的印第安人，我的亲戚从小就和他认识，现在亲切地叫他"乔"。他正在自家院子里处理一张鹿皮。鹿皮铺在一根斜放着的原木上，乔正双手握着一根棍子刮皮。他体格壮实，大概中等身材，稍高一点，宽宽的脸，正如其他人所说，他有非常典型的印第安人特征和肤色。他的房子是一栋双层的白房子，安了百叶窗，是我在那儿见到的最漂亮的房子，毫不逊色于新英格兰乡村街上的任何一间普通房子。房子周围有花园和果树，在豆子中间稀稀拉拉地立着几根玉米秆。我们问他认不认识靠谱的印第安人愿意跟我们一起到森林里去，也就是取道穆斯黑德去阿勒加什河，并取道佩诺布斯科特河的东支流回来，或者如果我们愿意的话，也可以对路线做适当调整。他的回答让我们感受到了印第安人对白人一贯持有的那种奇特的疏离感，他说："我自己就愿意去，我想去打几只驼鹿。"说完便继续刮鹿皮。他的兄弟在一两年前和我的亲戚一起进过森林，但他的兄弟再也没回来过，他现在想知道我亲戚对他兄弟做了什么，以至于他的兄弟从那以后，就杳无音信了。

最后我们又谈了一些稍微有趣点的话题。渡船主告诉我们，除了波利斯以外，其他所有最好的印第安人向导都走了，而且波利斯还是个贵族。他敢打包票波利斯是我们能找到的最合适的人选，不过如果他愿意去的话，可能会开出高价；所以我们也没指望他能陪我们去。波利斯最开始要价每天两美元，但最后做了让步，同意每天给一美元五十美分，再加上每周要给他的独木舟付五十美分。他会带上他自己的独木舟乘当晚七点的火车去班戈，——我们可以信赖他。能找到这个人来给我们帮忙，我们觉得自己很幸运，而且他还是出了名的特别稳重和值得信赖。

那天下午我和我那位一直待在班戈的同伴一起为我们的旅行作准备，我们去买了些必需品，如硬面包、猪肉、咖啡、糖等等，还买了几件印第安橡胶做的衣服。

一开始，我们想去圣约翰河，从源头到河口对这条河做全方位的考察，或者是沿佩诺布斯科特河的东支流上行，到圣约翰河的湖区，再取道奇森库克湖和穆斯黑德湖回来。最后我们决定采用后边一条路线，只不过要把顺序颠倒一下，去的时候走穆斯黑德湖，回来的时候走佩诺布斯科特河，要不然就全程都要逆流而上了，得耗上双倍的时间。

晚上印第安人坐车到了班戈，我在前边带路，他则头顶独木舟跟着我走了四分之三英里到我朋友家里。我自己也不太清楚准确的路线，只不过是沿着地形走，就像我在波士顿做的那样，一路上我试着跟他交谈，但因为他没有通常用来运独木舟的那种设备，所以只能顶着独木舟的重压大口喘气，但主要他是个印第安人，我还不如就猛敲桦木独木舟的底就行了。他对于我为打破沉默发表的各种言论，也只是偶尔在独木舟下含糊地咕噜几声作为回应，这样就让我知道他就在那儿。

第二天一早（7月23日），驿车就来接我们了，印第安人向导和我们一起吃了早餐，并且已经把行李放在独木舟，试试看能不能放得下。我和我的同伴每人带了一个大背包，装得满满的，我们还带了两个大的印第安橡胶皮做的包，里面装着我们的必需品和一些用具。至于我们的印第安人向导，他的行李就只有一把斧子、一支枪，还有一条毯子，他就把毯子抓在手里，也没包紧。但他为这次旅行预备好了烟草和新的烟斗。独木舟斜对角放在驿车顶上，用绳子捆得结结实实的，船的下沿还专门塞了块小毛毯，免得受到摩擦。这位非常乐于与人方便的车夫看来早就习惯了这样运独木舟，非常熟练，就像运的是帽箱一样。

在班戈旅店又上了四个人，他们都是准备去打猎的人，其中一个是专门当厨师的。他们带了一条狗，是条中等个头、灰毛中带有深色斑纹的杂种狗，就跟在驿车旁边跑，他的主人不时探出头，冲它吹吹口哨；但我们走了大约三英里以后，狗突然不见了，他们一行中下去了两个人回头去找狗，而满满坐了一车乘客的驿车，就这样等着。我说没准儿它已经原路回班戈旅店去了。终于其中一个人回来了，另一个还在继续找。他们一伙四个猎人说他们要停下来在这儿等，直到狗找回来为止；而这位非常乐于助人的车夫也准备再等一会儿。很显然，他可不想一下子失去这么多名乘客，不然他们第二天就会去乘私人交通工具，或者也许去坐其他线路的驿车了。我们本来计划当天要走完六十多英里的行程，但现在就只走了这么一点，而且又下起了暴风雨。我们一边原地等待着，一边谈论起狗和狗的本性，我们不停地聊着，直到最后大家对这个话题都感到乏味了。班戈郊区的景色仍然还清晰地印在我的记忆中。等了整整半个小时以后，那人终于用绳子牵着狗回来了。他是在狗就要跑进班戈旅店的时候追上的。他用绳子把狗绑在驿车顶上，但因为车顶又冷又湿，途中狗跳下来了好几次，我看见它脖子勒着吊在车上。猎人都指望打猎的时候靠这条狗去拦住熊。在新罕布什尔的某个地方，这条狗曾成功拦到过一只熊，而且我可以作证这条狗在缅因拦住了一辆驿车。这四个人大概没付一分钱，也没为狗跑掉耽误了时间做出任何补偿，而我们三个人却付了两美元，还要为我们那艘静躺在驿车顶上不乱跑的轻便独木舟付四美元。

不久就开始下雨了，天色越晚下得越猛烈。这是我第三次走这条线了，每次走都是整天整天地不停下雨。雨下得实在太大了，我们只能看得到一点点的乡村景色。一路上驿车上都挤得满满的，我把更多的注意力放在我的同行乘客身上，留心观察他们。如果你在车厢外朝里看，你可能会以为我们正准备对付一伙打劫的枪匪，因为算上印第安人的枪在内，前排座位上放了四五支枪，后排还有一两支，每个人都把自己的宝贝枪抱在怀里。有个人拿着一支能装十二发子弹的枪，有一磅重。看来这帮猎人和我们同路，但他们要到阿勒加什河和圣约翰河下游更远的地方去，再从那儿沿其他河上行，渡河去里斯蒂高奇河和沙勒尔湾，总共要去六个星期。他们在沿途的某个地方存放好了独木舟、斧子和补给。他们带着面粉，打算每天都做新鲜的面包吃。他们的领队是一个三十岁左右的英俊男人，个子很高，但看上去并不强壮，举止谈吐都很有绅士风度，穿得也干干净净挑不出什么毛病；这样的人一般在百老汇才能看到。事实上，用通俗的话来说，他是驿车里看起来最"有绅士风度"的人了，或者说是我们路上碰到的最"有绅士风度"的人了。他皮肤白皙，就好像从没晒过太阳一样，而且长了一张知识分子的脸，加上他沉静的态度，完全可能被当成是一位见过一些世面的神学院学生。白天在路上我和他聊起来了，我很惊讶地发现他居然是个猎人，因为他的枪放得比较隐蔽没有怎么露出来，而且还发现他可能还是缅因白人猎手的首领，而且这一路上没有人不知道他。他曾经还在美国南部和西部更远的地方打过猎。我后来听别人说，他是那种奔波劳累经受风吹日晒以后也从外表完全看不出来的人；而且他不仅会使枪，还会造枪，他本来就是一个枪炮匠。他春天的时候，从皮斯卡塔奎斯河的回水里救出来了一个驿车车夫和两个乘客，多亏他，他们才没淹死。那地方就在这条路上的福克斯克罗夫特附近，他当时从冰冷的河水里游到岸边，做了一个木筏把他们救了出来，——不过马都淹死了，——这对他来说也是冒着很大的生命危险的，然而在场的另外一个也是唯一一个会游泳的人，却躲到了最近的一间房子里，防止自己冻僵。现在只要他在这条线上坐车，都不用给钱。他认识我们的印第安人向导，还说我们找的这个印第安人向导非常棒，是个厉害的猎手；他还补充道，据说我们这位向导的身价是六千美元。我们的印第安人向导也认识他，跟我说他是个"伟大的猎手"。

这位白人猎手告诉我，他打猎采用的是伏击法，这种方法在这一地区还不常见，比较与众不同，比如驯鹿，它们总是绕着同一块草甸吃草，又总是沿着同一条路返回，于是他就躺在那里等着它们回来，然后伏击它们。

我们的印第安人向导坐在前排，一言不发，脸上表情严肃，似乎还没回过神，不知道周围发生了什么。不管是在驿车里还是在小旅馆里，当别人跟他讲话的时候，他总是含糊不清地回答别人，我觉得这很古怪，也再一次给我留下了深刻的印象。实际上在这种情况下，他就相当于什么也没说。他只是被人打扰了一下，就像一只野兽一样，被动地回答一些含糊不清的话。在这种情况下，他做出来的回答从来都不是大脑积极活动后产物，而是像喷出来的一口烟一样模糊不清，毫无价值，你要是仔细琢磨一下他的回答，就会发现你从他的回答里什么也没得到。他的这种说话风格完全不似白人的那种废话连篇的空谈和卖弄聪明，但两者各有裨益。大部分人跟这个印第安人说话都只能得到这种回答，因此大家都说他不热情。我很惊奇地看到一个缅因乘客，居然用一种愚蠢无礼的方式跟我们的印第安人向导讲话，就好像他还是个孩子一样，不过纵使这样他也只是目光闪烁了一下。在小旅馆里，一个喝得微醺的加拿大人，拉长声调问他抽不抽烟，对此他也只是含混地回答了一个"抽吧"。这个加拿大人又问道：

"能把你的烟斗借我抽一会儿吗？"印第安人直直地盯着那个人的头，一脸茫然，看上去似乎非常不理解周围人对他的兴趣，他回答说"我没有烟斗"；但我那天早上亲眼看见他把一根新烟斗和一些烟草放进了口袋。

我们的独木舟虽然很小，但漂亮又结实，路上沿途小旅馆里那些四处闲逛的万事通们，一致给了它好评。在路边靠近轮子的地方，我看到一株漂亮的大花舌唇兰，长着紫色的毛缘，有一个像柳叶菜那么大的穗状花序，我倒是很乐意停下驿车把它摘下来。但可惜的是，这花并不会像驿车顶上那条杂种狗一样拦住一头熊，车夫一定会认为为它停车纯属是浪费时间。

等我们到达湖边的时候，已经是晚上8点半了，天还在持续下着雨，而且比之前下得更大了；在那清新凉爽的空气里，卵齿蟾正在呱呱叫，湖边也到处响起了蟾蜍的鸣叫，就像我们老家那边的春天一样。在这里，季节好像倒转回了两三个月前一样，或者是就像我到了一个四季如春的地方。

我们本来打算马上到湖上开启接下来的旅程，划个两三英里后，到湖中的某个岛上扎营；但由于雨一直下，而且雨势越下越大，我们决定还是到一家小旅馆里过夜，尽管就我而言，我情愿选择在野外宿营。

第二天一早大约4点钟，（7月24日）尽管还是阴天，但我们还是在晨曦中出发了，旅馆的老板陪我们到了湖边，我们从一块岩石上把独木舟放入穆斯黑德湖里。四年前我来这儿的时候，我们坐的是一艘很小的独木舟，3个人挤在里边，我本还以为这次能坐一艘大一点的，但发现现在这艘比之前那艘还小。我量了一下，发现这艘独木舟只有18.25英尺长，中间有2.65英尺宽，里面有1英尺深，据我估算，这艘船的重量在80磅左右。这艘独木舟是我们的印第安人向导最近才刚亲手造出来的，虽然船很小，但这船很新，因为是用很厚的树皮和肋材造的，所以还很牢固结实，这些多少弥补了一下船小的不足。我们的行李大约重160磅，因此独木舟总载重量大约为600磅，相当于4个人的重量。大部分行李像以往一样，仍是放在船中间最宽的部分，而我们则挤在行李前后留下的空隙里找个地方把自己塞进去，在那里我们根本没有伸脚的

Chapter 3　阿勒加什河与东支流　　167

大花舌唇兰
greater purple fringed orchid

空间，零散的东西则塞在船的两端。此时的独木舟就像买菜的篮子一样被塞得满满当当的，哪怕船翻了里面的东西也不会散落出来。印第安人向导坐在船尾的一根横杆上，我们则直接坐在船底，背靠着一块薄木条或木条，免得碰到横杆上，一般我们俩一个人歇着一个人和印第安人向导一起划。他估计我们在到达昂巴朱克斯库斯河之前不会要到撑竿，因为到目前为止我们经过的地方不是死水就是顺水，他准备好了，要是顺风的话，就把他的毯子挂到船首做帆用；但我们压根就没用到过帆。

因为前四天几乎都在下雨，所以我们想我们应该可以指望会有好天气了。起初刮的是西南风。

在这个寂静的早晨，我们沿着湖的东侧划船，不久就在岩岸上看到了几只秋沙鸭，印第安人管它们叫 Shecorways，还有几只斑腹矶鹬，印第安人管这些叫 Naramekechus；我们还看到并听到了潜鸟的叫声，我们的印第安人向导叫它 Medawisla，还说这种鸟预示着会有风。桨有节奏地划入水中，听着这

**普通秋沙鸭**
common merganser

个声音感觉非常振奋，就好像桨就是我们的鳍和蹼一样，而且让我们意识到我们终于上船起航了。无论是在乘坐驿车上还是在小旅馆过夜，我们都感觉很奇怪和陌生，但到了这里，我们突然发现自己很自然地融入了进来，并且浑身充盈着湖和森林赋予我们的自由。过了距湖下端有两三英里的几个多岩石的小岛以后，我们简短地商量了一下之后的路线，最后倾向沿着西岸走，因为那一侧背风；不然的话，一旦起了风，我们就到不了金尼奥山了，沿湖上行走到中途位置就是金尼奥山，它在湖的东边，也是在湖最窄的位置，我们要是走西边的话，可能还会在那里再次横渡到东边。风是过湖的主要障碍，尤其是在划着这么小的一艘独木舟。我们的印第安人向导几次都表示他不喜欢划"小独木舟"过湖，尽管如此，"正如我们所说的，对他来讲，这并没有什么差别。"在没风的时候，他有时会沿着舒格岛和迪尔岛之间的湖中央航线，走直线到上游去。

测量地图会发现穆斯黑德湖最宽的地方有十二英里，直线长度为三十英里，但它的实际长度比这要长。汽船的船长说开船要走三十八英里。而我们可能要走四十英里。印第安人向导说这湖叫"Mspame，因为这是一片面积很大的水。"黑黑的斯阔山矗立在我们左边，靠近肯纳贝克河的出口，东边是一座山，印第安人称为斯潘塞湾山，我们看到北面的金尼奥山已经出现在了我们的前方。

我们沿着湖岸划船，虽然是一大早，但经常能听到绿胁绿霸鹟、东绿霸鹟和翠鸟发出的噼啪声。我们的印第安人向导提醒我们他不吃东西饿着肚子是没法儿干活的，于是我们在迪尔岛西南侧的湖岸边停下来吃早餐，那儿的狗面花长得非常茂盛。我们把我们的袋子拿了出来，印第安人向导则在一根非常大、已经褪色的原木下用从树桩上剥下的乔松树皮燃起篝火——尽管他说铁杉更好，引火用的是纸皮桦的树皮。我们的餐桌则是一大块刚剥下来的桦树皮，反面朝上放着，我们的早餐有硬面包、煎猪肉、浓咖啡，咖啡里加了很多糖，很甜，还在咖啡里加了牛奶。

我们正吃着早餐，一窝十二只半大的黑色白枕鹊鸭游到了距我们三四杆远的地方，看到我们一点儿也不惊慌；它们就一直在我们附近游来游去，时而挤

粘杜鹃
swamp azalea

东绿霸鹟
eastern wood pewee

作一团，围成一个直径有十八英寸的圈儿，时而又排着长队游走，非常可爱和招人喜欢。而且它们在宽阔的穆斯黑德湖里也占有一席之地，它们在穆斯黑德湖的怀抱里四处飘荡着，让我觉得湖在保护着它们。

从这里向北看，我们看起来似乎是在划进一个大湖湾，而且我们不知道我们是否有必要离开我们目前的航线，沿着我们实现范围内的那个岬角的外侧前行，或者我们应该找一条连接这里和大陆的通道。我查看了一下我的地图，还用望远镜往湖岸望，我们的印第安人向导也看了看，但我们无法在地图上准确找到我们目前所处的位置，也无法在湖岸找到任何有出口。我问我们的印第安人向导我们该怎么走，他回答说："我不知道。"这让我觉得太不可思议了，因为他说过他很熟悉这个湖；但就目前的状况来看，他似乎从来没有到湖这边来过。这天雾蒙蒙的，还很热，而且我们已经穿过了一个同样的湖湾，只是稍小一些，并且我们甚至触到了湖底，虽然我们不得已穿过了岛和湖岸之间的一个小沙洲，那儿水面的宽度和深度刚好够漂过一艘独木舟，我们的印第安人向导说，"在这儿搭个桥的话倒挺容易。"但就目前的状况来看，如果我们继续前行的话，就会很可能会被困在湖湾里。不过，虽然目前我们还没有移动什么也没做，但薄雾已经散了点儿，露出了北面湖岸上的一个缺口，原来那个岬角是迪尔岛的一部分，而我们的航线就在岬角的西面。刚才即使透过望远镜看，也找不到缺口的绵延湖岸，现在肉眼就能看见一部分，与之前那个与它重叠的另一部分相比，要远得多，湖岸上的雾还比较浓，仅是透过这还没散去的浓雾就能看出来，而近处或者是岛屿这部分则相对来说比较清晰，颜色也更绿一些。分界线非常清晰，我们的印第安人向导立刻说道，"我想你们和我应该去那儿，我想我的独木舟应该能从那边过去（我想那边我的独木舟过得去）。"他总是说"你们和我"，而不说"我们"这个词。他从来不叫我们的名字，尽管他也很好奇，想知道我们的名字是怎么拼写的，又有什么含义，而我们都叫他波利斯。他已经很准确地猜到了我们的年龄，还告诉我们他已经 48 岁了。

吃过早餐以后，我把剩下的那些煎过化掉的猪肉倒进了湖里，在湖面上留下了一片水手们所谓的"浮油"，我看着它，想看它能扩散到多远，看它是如何把激荡的湖面变光滑的。印第安人向导看了它一会儿说，"这样船很难划过去；会阻碍独木舟前进。老一辈是这么说的。"

我们匆匆忙忙把东西又重新装上船，把盘子散放在船首，这样要用的时候，很方便就能拿过来，随后就又出发了。我们沿着湖的西岸划行，西岸的地势渐渐隆起，上升到一个颇高的高度，岸上到处都覆盖着茂密的树林，林中很大一部分都是硬木，这些硬木显得云杉和冷杉更加生机勃勃，看起来也不觉得单调。

我们的印第安人向导说，我们看到的那些在树上吊着的松萝地衣，在印第安语中叫作 chorchorque。我们问他我们今天早晨听见的那几种小鸟叫什么。棕林鸫，那是很常见的鸟，他还给我们模仿了一下这种鸟的叫声，他说在印第安语里，它叫 Adelungquamooktum；但有时我还能听到一些其他的小鸟，

棕林鸫
wood thrush

大花四照花
flowering dogwood

而且我还知道它们的名字,但他却说不出来,不过他说,"我能说出这儿所有鸟的名字,就这一带的;但声音太小的我听不出来,要是见着了,我一定能认出来。"

我觉得我真应该拜他为师,跟他学习印第安语,在印第安岛上住上一段时间。"可以这样吗?""哦,当然,"他答道,"很多人都是这样的。"我问他这得需要多长时间。他回答说一周。我跟他说,在这趟旅途中,我会把我知道的所有东西都告诉他,他也得把他知道的所有东西都告诉我。他很爽快地答应了。

这里的鸟儿与我们家乡那边森林里的鸟儿的叫声一样——有红眼莺雀、橙尾鸲莺、棕夜鸫、东绿霸鹟等,但我们整个旅程中都没见到过蓝鸲,而且在班戈有几个人都告诉我,这儿没有蓝鸲。航行过程中,通常都看得到金尼奥山,尽管偶尔有时会被前面的岛屿或大陆挡住,这时水平方向有一条云像横杆一样遮住了金尼奥山的顶峰，湖周围所有山的山顶都在同一高度被云层切断了。各种各样的鸭子——秋沙鸭、林鸳鸯等——都很常见，它们就从我们面前的水面上游过，速度就像马小跑而过那么快。不久，它们就没了踪影。

我们的印第安人向导问我"reality"这个词是什么意思，我努力听了半天，他问的应该是这么个词，他说我们当中有人用过这个词；他还问"interrent"这个词什么意思，其实他想问的是"intelligent（聪明）"。我发现他基本发不出字母 r 的音，但能发出 l 的音，所以有时用 l 的音来代替 r；比如把 road 读成 load，把 pickerel 读成 pickelel，把 Sugar Island 读成 Soogle Island，把 rock 读成 lock 等等。可是他跟着我用颤音发 r 音还发得不错。

只要可以的话，他通常会在所有词后面加上一个 um 音节，比如把 paddle 说成 padlum 等等。我曾听过一个奥吉布瓦人的演讲，他总是不经意间在 too

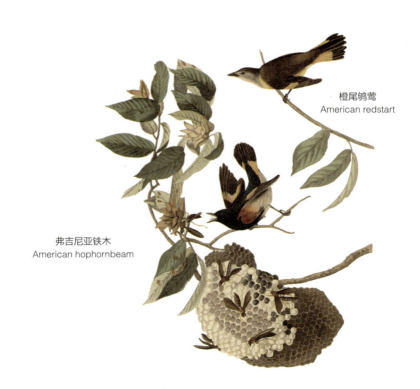

橙尾鸲莺
American redstart

弗吉尼亚铁木
American hophornbeam

这个词后面加 ne,听众们都笑得不行,而且他总是不停地用这个词,还加在不必出现的地方,他把这个音重读并拖长,发成 mar,还发得圆润洪亮,他抱怨说因为他要讲英语,不仅要拧着下巴,还要扭着舌头,把它放在口腔的各个角落来发音,搞得非常难受,似乎必须要加进很多自己方言里的夸张口音,才能放松一下自己的发音器官,休息休息下颚和舌头。他讲的英语掺杂着很浓郁的印第安语口音,我邻居称这种口音叫带着"浓烈的弓箭风味",而且我毫不怀疑,他说出这些词的时候自我感觉非常良好,就好像这词数他发得最好了一样。那种发音非常原始清新,就像风吹松林的声音,或浪打海岸发出的隆隆声。

我问他康科德河的印第安语名字 Musketicook 是什么意思。他把这个词念成 Muskéeticook,用一种很古怪的喉音重读第二音节,然后告诉我说这个词的意思是"死水",那一片也确实是死水,关于这个词的解释,他和我在 1853 年请教的那位圣·弗朗西斯来的印第安人说的是完全一致的。

我们的船在桑德巴岛西南边几英里处的一个大陆岬角边上停了下来,我们都上了岸伸展伸展四肢活动活动筋骨,看看植物,往内陆走了几步,我发现那儿有一堆没完全熄灭的篝火,火星还在余烬里闪着微光,有人刚在这儿吃过早餐,旁边还有嫩枝铺的床,一看就是准备今晚在这儿过夜的。由此判断,我不仅知道他们刚刚离开,而且还知道他们还计划回来,从床的宽度来看,这应该不止一个人。不注意观察的话,你可能都离这些东西不到 6 英尺了还看不见它们。那儿加州榛——这是我本次旅途中唯一见到的一种榛木,黄锦带有 7 英尺高,所有湖边河边长得到处都是,还有柔枝红瑞木,我们的印第安人向导说它的皮可以当烟抽,抽起来还不错,它在印第安语里叫 maquoxigill,在白人来这儿之前,这里抽的就是这种烟草,印第安烟草。

靠近湖岸的时候,我们的印第安人向导总是小心翼翼的,生怕会把独木舟撞到岩石上给损了,他让独木舟慢慢地侧向漂过,而且关于我们如何上下船的要求就更讲究了,我们不能在岸上踏进独木舟,也不能在船完全在水面上自由漂浮了再进去,上船的时候我们动作要轻,以免把接缝处踩裂了,或者在船底

黄锦带
northern bush honeysuckle

踩出一个洞来。他说他会告诉我们该什么时候跳进来。

离开这个岬角之后不久,我们就过了肯纳贝克河河口,我们听到了瀑布的声音,在那边的水坝上看到了瀑布,因为即使在穆斯黑德湖上,也是建了水坝的。经过迪尔岛之后,我们看到了从格林维尔来的小汽船,船在我们东面,开到了湖中央,远远看过去就像是静止不动一般。有时我们很难把船跟一个上面长了几棵树的岛区分开。整个湖面上都吹起了风,在这里我们也暴露在风里,而且还要冒点儿被淹没的危险。当我的眼睛还盯着刚刚跃出一条大鱼的那个地方的时候,我们的船里进了一两加仑的水,把我的大腿都打湿了;但我们很快就到了岸边,并搬着独木舟走过桑德巴岛上那只有几英尺宽的沙洲,这样我们就可以少走很长一段距离。首先得有一个人找一个比较安全的地方上岸,然后绕过

柔枝红瑞木
red-osier dogwood

去抓住船首,以免船碰到岸边有损伤。

  我们在穆斯里弗河口对面,又渡过了一个宽阔的河湾,在到达金尼奥山下那个狭窄的通道之前,我们进行了船运工们所谓的"横渡",并且发现这儿的水势汹涌非常难走。在这种宽阔的湖面上,只要稍微起一点儿风,就能变得兴起大浪,随时都能把独木舟给淹了。从背风的岸上看过来,一英里外的水面好像几乎没什么波动,算得上平静,即使你看见几个白色的浪尖,它们看起来也几乎跟湖面其他地方一样平;但当你坐进船里,划到像我们这么远的地方,你就能看到湖面的波涛汹涌,而且用不了多久,你还没反应过来的时候,浪就已经从独木舟的一边悄无声息地漫进来,打湿你的大腿,就像是一个怪兽,在吃掉你之前，会故意给你裹一层黏液一样，或者它会猛烈地拍打在独木舟上，把船打成碎片。突然刮起风的时候，也可能会发生同样的事，尽管在几分钟之前湖面还是风平浪静，水波不兴；因此在这种情况下什么也救不了你，除非你能游到岸边去，因为独木舟一旦打翻了以后，就没办法再爬进去了。因为是平坐在船底的，所以尽管危险不会马上降临，但只要进了一点水就会变得很不方便，就更不用说它还会把供给给打湿了。在有风的时候，甚至连湖湾我们都很少会直接横渡，不会这样从一个岬角直接划去另一个岬角，而是走一条弯向岸边的曲线，这样的话，如果风大了，我们就能很快靠岸。

如果风吹向尾部，而且还不太强时，我们的印第安人向导就会用自己的毯子做一个撑杆帆。这样他就能很轻易地在一天之内飞速穿过整个湖泊。

印第安人向导在一边划，我们中的一个在另一边划，这样能让独木舟保持平稳，如果他想换手划，就会说"另一边"。我们问他翻没翻过船，他非常肯定地回答我们他自己从没弄翻过独木舟，虽然可能其他人打翻过他的独木舟。

试想一下，我们这样一艘像小蛋壳般的独木舟飞快驶过这个大湖，对于湖上飞过的雕来说，我们的独木舟也不过是一个小黑点吧。

我们划着船前进的时候，我的同伴则在寻找鳟鱼的踪迹，试图钓鱼，但我们的印第安人向导警告他，一条大鱼可能会把我们的船弄翻，因为这儿有一些非常大的鱼。我的同伴答应如果有鱼上钩的话，就赶快把线传给船尾的他。除了鳟鱼，我听说这个湖里还有单鳍鳕和白鲑等。

当我们穿越湖湾的时候，金尼奥山就黑压压地耸立在我们面前，只有两三英里远，我们的印第安人向导又给我们讲了一次这座山的传说，相传在古代，这座山曾是一只母驼鹿，一个非常强壮的印第安猎人，他的名字我不记得了，他费尽千辛万苦，终于成功地把这只驼鹿部落的女王给猎杀了，而她的幼崽也在佩诺布斯科特湾里某个岛上的某处被杀了，在他眼里，这座山的外形仍然像一只驼鹿在斜倚着，陡峻的一侧现出她头的轮廓。他这个故事讲了很久，尽管这个故事本身没什么内容，但他显然非常相信，还问我们这个猎人是怎么杀死

单鳍鳕
cusk

这么强壮的一头驼鹿的,我们该怎么猎杀它。他这么一问,我们就开玩笑地建议他用一艘军舰对准驼鹿舷炮齐射等等。印第安人之所以讲这样一个故事,似乎是他觉得这个故事值得大家好好讨论讨论,只是他自己也说不出个一二三来,所以他就拉长声调唠唠叨叨地讲成一个冗长的故事,来弥补不足,而且还用上了惊讶的神态,希望这种感觉能感染到我们。

我们穿过惊涛骇浪再一次驶向岸边,而后又在最窄的水域直接横渡湖泊向东边驶去,在划了大约二十英里后,不久就到了金尼奥旅店以北约一英里处,驶进了山的背风面。此时大约是正午时分。

我们计划那天下午和晚上就停在这里,花了半小时沿着湖岸向北找一个适合宿营的地方。我们本来选好了一个地方,还把所有的行李都拿了出来,结果白费一番力气,因为那儿的岩石太多了,不平坦,没法扎营。在找营地的过程中,我们还碰到了驼鹿蝇,这是我们头一回看到这种生物。最后,又往北走了半英里,在山边茂密的云杉和冷杉林里走了六杆——这树林里几乎像地窖一样黑,我们砍掉一些灌木之后,终于在这儿找到了一块足够空旷平坦的地方能躺下了。其实我们需要的只不过是一块七英尺长六英尺宽的地方,好用来作床,再在前边留出四五英尺的位置好燃起篝火,至于做火炉的地方,地面多不平坦都没关系;但在这样一片森林里,光是要找到这样一块地方就很不容易了。我们的印第安人向导先用他的斧子从岸边开了一条小道通向这里,然后我们再把我们的行李全都搬过来，搭起帐篷，铺好床，准备好应对那正威胁着我们的恶劣气候，并准备在那儿过夜。我们的印第安人向导捡了一大捆冷杉枝，把它们折断，他说用这些来给我们做床最好不过了，我想部分原因是因为这些树枝是最大的，捡起来也最省事儿。前前后后大约下了四五天的雨了，森林里比往常更潮湿一些，但他还是从一棵斜着的、已经枯掉的铁杉下面找到一些干树皮生火，他说这不算什么，他总有办法找到一些这样的干树皮。

这天中午，他的脑子里一直在想一个法律问题，我叫他去问我的同伴，他是个律师。原来他最近在买地，（我记得是一百英亩）但可能牵扯一些法律纠纷，有另外一个人声称他已经买了这块土地上今年所产的一些草料。他想知道这些草料到底属于谁，我的同伴告诉他，如果那个人可以证明他在波利斯买下这块地之前就已经买下了这些草料，那么不管波利斯对此事是否知情，那个人都可以把草料拿走。听到这样的回答，我们的印第安人向导只说了一句"奇怪！"他把这个事儿反复说了好几次，背靠着树好好坐下来理这个事儿，就好像从此以后他就只跟我们讨论这个话题了一样；但是因为搞了半天他也没弄出个头绪来，每次都会绕回起点——即他很奇怪为什么白人会有这样的制度，所以我们只好作罢，不谈这话题了。

他说除了他房子周围的那片土地之外，他在奥尔德敦上游的某处还有五十英亩的土地，种了草和马铃薯等等；而且他还雇了人干很多活，比如锄地等等，而且比起印第安人，他更喜欢雇白人，因为"白人稳重可靠，知道该做什么"。

因为爬岩石和倒下的树相当不容易，所以吃过午餐后，我们就从北边坐着独木舟沿湖岸往南回来，然后开始沿着峭壁登山。但就在此时，突然下起了一场大雨，印第安人向导躲在独木舟下边慢慢爬，而我们因为穿了橡胶大衣，就继续研究植物。于是我们就让他回营地去躲雨，说好等到晚上天黑的时候他再划着独木舟来接我们。因为上午下过一点雨，所以我们相信这阵雨之后天空肯定会放晴，果真如我们所料放晴了；但我们的脚和腿却被灌木丛弄的全都湿透了。云散了一点，我们往山上爬着，眼前出现一片壮丽而原始的景色，波澜起伏的宽阔湖面，无数覆盖着森林的岛屿，向南北方向铺开，一直延伸到我们的视野之外，无垠的森林就像黑麦地一样茂密，从岸边各个方向连绵起伏卷起层层树浪，将这些无名的群山一座接一座地笼罩起来；但尤其是向西眺望的时候，视线越过一座大一点的岛屿，可以看见远处的一片湖，虽然当时我们并没有想到那就是穆斯黑德湖，——起初，只是透过岛上的树冠看见一条不连贯的白色线条，像是干草堆的顶部，但等我们登到更高的地方的时候，就看见这条白线慢慢变成了一个湖。而且越过湖，我们还看到了一座山，从地图上看，这山似乎叫博尔德山，距我们的位置约有二十五英里，靠近佩诺布斯科特河源头。这在森林中，算得上是一个完美的湖了。但眼前的这片景象转瞬即逝，因为雨还没完全停。

朝南边看去，天空完全被云遮蔽了，山顶也被云层覆盖着，湖色也一片暗淡，一副风暴就要来临的模样，但在六到八英里以外，从紧靠舒格岛北面的湖面上看，从远处看不见的另一纬度天空中，有一道明亮的蓝色透过薄薄的雾气向上反射到我们眼前。可能此时在湖南端的格林维尔，人们正享受着晴朗的天空。如果你站在湖中间的一座山上，你会从哪儿找寻好天气即将到来的第一个信号呢？这样看来，似乎不应该去天空中寻找，而是要看向湖里。

我们眼前是一个岩石小岛，但透过蒙蒙雨雾，我们把它误看成了汽船，上边立着的几根高一点的光秃秃树干和残株被我们当成是船上的烟囱了。但因为它在那里停了半个小时都没挪动位置，我们才发现自己被骗了。人类的许多发明原来与大自然的许多创造是如此相像。也许驼鹿还会把汽船当作漂浮的小岛呢，直到听到汽船气或鸣笛，才会感到惊慌失措。

如果我想找个最好的时机来欣赏一座山或是其他的景象，那我一定会在天气恶劣的时候进去，这样等到天放晴的时候，我就能会在这美景里，将它一览无余；而且那时我们的心境也最适合欣赏美景，大自然也最清新，最令人振奋。没有什么比这刚出现在朦胧泪眼里景象更清澈安详了。

杰克逊在他 1838 年写的《缅因地质状况报告》里，是这样说这座山的："可以用来作燧石的角岩在缅因州的许多地方都有,是暗色岩作用于含硅的页岩而产生的。世界上已知的最大规模的角岩就是穆斯黑德湖上的金尼奥山,这座山似乎完全是由角岩构成的,高出湖的水平面七百英尺。我在新英格兰每个地方都曾看到过这种角岩,它们被打磨成各种形状,有印第安人做的箭头、短柄小斧、凿子等等,或许这些东西的制作原料就取自这座山,是这儿的土著居民从山上搬下来的。"我自己也发现过几百个这种同样的材料做成的箭头,通常都是石板色的,带着白色斑点,暴露在阳光和空气的部分都慢慢变成白色,裂开的地方会产生贝壳状的断面,产生出参差不齐的边沿。我看到有些贝壳状凹口的直径超过一英尺。我捡起一块薄薄的小石片,它的一边十分锋利,我都直接把它当一把钝刀使了,为了看看它有多锋利,我把一棵颤杨掰弯,然后切了好几下,

颤杨
quaking aspen

最后把这棵一英尺粗的颤杨生生切断了;尽管在这个切割的过程中,石头的背面还把我的手指割得很疼。

这个山地半岛的南面和东面都是峭壁,峭壁也是这个岛最突出的特点,据说峭壁的顶部有五六百英尺高,我们从这峭壁的顶上眺望,很可能会掉进水,或者掉到连接半岛和大陆的狭长地带上看起来较矮的树林里。这是一个非常危险的地方,考验你是否冷静沉着。霍奇曾说过,这些峭壁"垂直"深入水面以下"九十英尺"。

这座山上吸引我们注意力的植物主要有三齿山莓草,它们长得十分茂盛,而且仍在山脚下的湖边开着花,尽管在我们家乡的纬度,这种植物通常只生长在山顶;峭壁边上垂着的圆叶风铃草,非常美丽的;熊果;加拿大蓝莓,与我们最早熟的旱地蓝莓相似,但全树都长着全缘叶,树干和叶子上都有绒毛;我

熊果
common bearberry

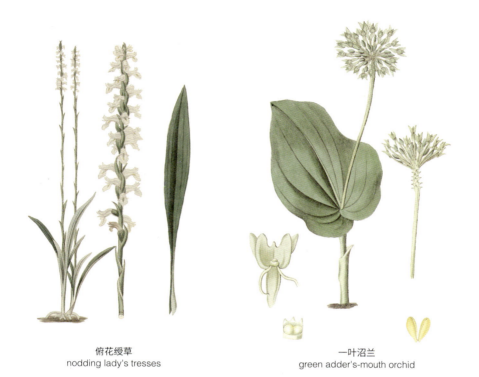

俯花绶草
nodding lady's tresses

一叶沼兰
green adder's-mouth orchid

在马萨诸塞州从来没见过这种树；黄锦带；一叶沼兰，也是我们从来没见过的一种兰科植物；山地冬青；开花时间不长的圆叶舌唇兰；长在山顶的有俯花绶草；草茱萸，我们越往上走，发现这些草茱萸越红，它们在山脚是绿色的，在山顶则是红的；还有小蕨类植物——岩蕨，它们一簇一簇地长着，现在正结着果。我还在这儿发现了百合叶羊耳蒜。探索了山上的奇景之后，现在天空也完全放晴了，我们开始下山。约在上山路上三分之一处，我们碰上了我们的印第安人向导，他正气喘吁吁地大口喘着气，他还以为自己已经差不多快到山顶了呢，还说这样爬山真叫他喘不过气来。我觉得他的迷信一定跟他的疲倦有关。或许他觉得自己是在爬一只巨大驼鹿的背呢。他说他从来没爬过金尼奥山。我们一到独木舟上，就发现他从湖里抓了一只三磅重的突吻红点鲑，是我们在山上的时候，他在二十五到三十英尺深的水域里抓到的。

百合叶羊耳蒜
lily-leaved twayblade

突吻红点鲑
lake trout

  我们到达营地的时候，也把独木舟从水里抬出来并翻了过来，还专门横放了一根原木在独木舟上，免得它被吹走。我们的印第安人向导劈了几根潮湿腐烂的大原木，好让火能烧一个晚上。我们煎了突吻红点鲑作晚餐。我们的帐篷是用薄棉布做的，而且很小，与地面形成一个三棱柱，帐篷是从后部关上的，帐篷只有六英尺长、七英尺宽、四英尺高，这样的话我们在帐篷中间只能勉强坐起来。搭建这样一个帐篷需要两根叉桩，一根光滑的横梁，还需要十几根钉子来固定。它可以挡住露水、风和不大的雨，对我们来说，已经够用了。我们在帐篷里斜倚着，头靠在自己的行李上，或者坐在篝火旁，我们把湿衣服挂在篝火前的一根杆上，夜里把它们烤干。

  夜幕降临之前，我们就这样坐在那里，透过昏暗的树林往外看，这时我们的印第安人向导听到一种声音，他说那是蛇的声音。在我的请求下，他模仿了一下蛇的声音，那是一种低低的口哨音——噼——噼，他重复了两三次，有点像卵齿蟾的吱吱声，只是没那么大声。我又问他见过蛇叫没，他回答我说，他从没见过蛇发出这种声音时候的样子，但是循声找过去，就会发现蛇。他说在别的情况下，蛇的这种声音也是下雨的征兆。我选这地方作为我们的营地的时候，他就说这里有蛇，——他看见蛇了。我说，但它们不会伤人。"哦，是的，"他答道，"正如你所说的，反正对我是没什么两样。"

他躺在帐篷右边，因为他说他有一只耳朵有点聋了，所以他躺着的时候会让好使的那只耳朵朝上。我们就这样躺在那儿，他问我有没有听过"印第安人唱歌"。我回答说没怎么听过，并问他是否愿意给我们唱一首。他很爽快地答应了，转身仰面躺着，身上裹着毯子，开始用他自己的语言唱了起来，节奏有点慢，还带点鼻音，但听起来很悦耳，这大概是很久以前天主教传教士教他们部落的人唱的歌。之后他把歌词一句一句翻译给我们听，想看看我们能不能记住这首歌。结果表明这的确只是一首很简单的宗教礼拜歌曲或是赞美诗，其要旨就是告诉人们主宰整个世界的只有一个上帝。这首歌在不停重复（或者说唱）这样一个空泛的主题，因此有些小节几乎没有什么实际意思，仅仅是为了保持住这个要旨罢了。之后他说他要给我们唱一首拉丁语歌；但我们却没听到什么拉丁语，只听到里边夹杂的一两个希腊语词汇，其余的可能是带了印第安语口音的拉丁语吧。

他的歌声把我带回到发现美洲的时代，带回到圣萨尔瓦多岛①和印加文明，那时，欧洲人与印第安人的简单信仰发生第一次碰撞。的确，他的歌声里有一种纯朴之美；没有黑暗，没有野蛮，只有温和与稚气。而且主要表达的是谦逊和敬畏之情。

我们躺在一片又茂密又潮湿的云杉和冷杉林，除了我们的篝火以外，四周一片漆黑；我在夜里醒来的时候，听到的不是我们身后

① 哥伦布在美洲最早登陆之处。

森林深处猫头鹰的叫声,就是湖那边从远处传来的潜鸟的叫声。大约过了半夜,我的同伴还在酣睡,我起来把散落的烧焦的木头聚拢在一起,这时我注意到,在已经停止熊熊燃烧的篝火里,半掩埋着一个十分规则的椭圆形光圈,最短直径约为五英寸,最长约为六七英寸,宽约为八分之一至四分之一英寸。光圈和火一样明亮,但不像燃烧的炭火那样微红或猩红,而是一种白色静止的光,就像是萤火虫发出的光一样。之所以能把它和火区分开来,凭的就是这种白色。我马上意识到这一定是发磷光的木头,我常听说这种木头,但从来没有机会亲眼看到这种木头。我稍微犹豫了一下,还是伸手去摸了它,我发现这是一块枯

条纹槭
striped maple

死的条纹槭,是我们的印第安人向导前一天晚上在一个斜坡上砍下的。我用刀子挑拨了一下,发现光是树皮下紧挨着树皮的边材部分发出的,因此在末端呈现出一个规则的圈形,实际上,这个末端看起来的确要高出木头的表面,我剥去树皮,把刀子切入边材,发现整个原木都在发光。我很惊奇地发现木头还相当硬,而且尽管边材部分可能已经开始腐烂,但里边显然还完好无损,我切下一些小的三角形碎片,把它们放在手心,拿进营房,叫醒我的同伴,把这些木屑给他看。它们把我的手掌心都照亮了,掌心上的纹路褶皱清晰可见,看起来跟烧成白热状的炭火一个样,我马上意识到,大概那些变戏法的印第安人就是靠这个东西蒙骗他们的族人和旅行者的,让他们以为自己放在嘴里的是燃烧的木炭。

我还注意到离篝火不到四五英尺的距离,有一段腐烂的树桩,上边有一块一英寸宽六英寸长,还在轻轻抖动的软木头,也在闪着同样的光。

我忘了去弄清楚这是不是跟我们的火有关,但我敢肯定的是,前一天的雨以及长期持续不断的潮湿天气无疑跟这个现象有密切的关联。

这个现象让我格外感兴趣,而且让我觉得这次旅行已经不虚此行了。即使这些亮光呈现出字母的形状或是人脸的形状,我可能也不会变得更激动了。如果我是独自一人在这个森林里摸索的时候遇到这种光圈,身边还没有火,我应该会更加惊奇。我几乎从没想过在黑暗的荒野中会有这样的光芒为我闪烁。

第二天,我们的印第安人向导告诉我,他们把这种光叫作 Artoosoqu,我接着问他鬼火(也就是磷火)的事情,以及类似的现象,他说他的"族人"有时会看见不同高度的鬼火从眼前一闪而过,有的甚至和树一样高,而且还会发出声音。我准备好了此后听他讲讲他的"族人"见过的那些最让人吃惊和难以想象的现象,这些印第安人常年奔波在外,不舍昼夜、不分季节,经常到那些白人不常去的地方去。大自然一定向他们揭开了神秘的面纱,展示给了他们数不清的秘密,只是我们白人还不知道。

我并不为以前没见过这种现象而感到遗憾,因为我现在是在如此适宜的环境中看到的这种现象。我此刻的心情正好适合发现一些奇妙的东西，而这种现象又正好适合我这时所处的环境和心理预期，而且这还使我随时都准备着看到更多这样的景象。我像"一个异教徒领悟了一条宗教信条"一样欢欣鼓舞，这是一个崭新的信条，一点也不陈旧，而且与当时的情境很相宜。我将科学抛在一边，沉浸这种光给我带来的欢乐中，就好像它是和我一样的生灵一样。我觉得这光实在太了不起了，而且知道它是这么的容易获得，又感到非常高兴。所谓科学的解释，此时此地只会变得非常不合时宜。科学的解释只是拿来描述那苍白的日光的。此时科学的驳论只会让我昏昏欲睡；而我利用的，正是这样一个可以愚昧无知的机会。它让我明白，世界上有些东西，只要人有眼睛，就能发现。它使我变得比以前更有信仰。我相信这片森林不是没有人居住，而是每天都住满了跟我一样的纯粹的灵魂——森林不是一间空置的，只让化学反应在里边起作用的房间，而是间有人住的房子，而且我还享受了好一会儿与它们为伴的乐趣。那些你们所谓的聪明人，试图说服自己相信这里除了他自己和他设置的陷阱以外，不存在任何东西，但实际上相信真理要容易得多。这同时，它也表明，同样是这种经历，也常常会催生出同样的信仰或宗教。大自然向印第安人展示了一种，向白人展示了另外一种。这里还有很多值得我去学习，关于印第安人的而不是传教士。我不敢肯定，但是能诱使我去教这位印第安人我的宗教的，就是他的承诺，即我把我的教给他，他就答应把他的宗教教给我。关于一些毫不相干的事情，我实在是听得够久了；现在我终于有幸结识了这寄居在腐木上的亮光。你所有的知识都去哪儿了？它们完全蒸发了，因为它们没有深度。

我留着那些小木屑，第二天晚上又把它们打湿，但这次，它们没有发光。

## 7月25日，星期六

这个星期六早晨吃早餐的时候，我们的印第安人向导明显很好奇，想知道我们接下来的一天要让他干什么，我们是不是要继续前进，他还问我在家的时候，星期天是怎么过的。我告诉他我上午通常是坐在屋里看书，下午出门散步。听到我这样的回答，他摇摇头说："呃，这太糟糕了。""那你是怎么过的？"我问他。他说如果是在家的话，他周日什么工作也不会做，而是去奥尔德敦的教堂；总而言之，他完全按照白人教他的那样去做。这个话题引起了我们的一场讨论，在这场讨论中我发现自己是少数派。我们的印第安人向导说自己是个新教徒，还问我是不是。我一开始不知道该怎么回答，但是我想我可以照实回答他，我是。

我们在湖里洗碟子的时候，游过来很多鱼，明显是小眼须雅罗鱼，它们是想凑近我们来吃点油渣。

今天早上的天气似乎更稳定了些，为了能在起风前完成我们向湖上游航行的计划，我们早早就出发了。出发后不久，印第安人向导要我们注意东北搬运段，我们能很清楚地看见这条搬运段，按地图上的量度，它在那个方向距我们约十三英里远的位置，尽管据说实际距离要比这远多了。这条搬运段是一条简陋的木制轨道，南北走向，大约有两英里，非常直，从湖边通向佩诺布斯科特河经过一片低矮的土地，那里有一块三四杆宽的林中空地；但尽管地势低，但与那儿的土地相比，它还是要高出一截。这个开口就像是地平线上的一个亮点或光点，非常清晰，落在湖的边缘，宽度非常窄，就算是把一根头发隔着相当一段距离放在眼前，也能把它盖住，而且它也没什么高度。要不是我们的印第安人向导叫我们注意一下它，我们也想不到能看见它。这是为人们指引行驶方向的光，十分了不起，是透过森林中的狭长通道看到的日光，但就像是一座普通灯塔在夜间发出的光一样，在很远的地方就看得见。

我们渡过金尼奥山北面一个又深又宽的海湾，海湾向东延伸，驶离我们左边的一个岛后，我们沿着湖东岸继续航行。这条路或那条路能通向一条叫汤姆黑根或者索卡特里安的河，我们的印第安人向导曾到过上游去打猎，我也很想到那儿去看看。但是第二个名字听起来有点虚假，发音听起来太像塞卡特里安——"宗派的、思想狭隘的"这个英文单词的发音——就好像是某个传教士曾篡改过这名字似的;但我知道印第安人非常崇尚自由。我想我还是倾向于管它叫汤姆黑根河。

我们接着又渡过了另外一个很宽的湖湾,因为这段行程里我们没法儿清楚看清湖岸的景象了,所以倒给了我们充足的时间来聊天。我们的印第安人向导说他是通过打猎来赚钱的,大部分时间是到佩诺布斯科特河西支流上游打猎,还有时候会去圣约翰河的源头去打猎;他从小就在那里打猎,对那一带非常熟悉。当时他的猎物都是些河狸、水獭、渔貂、黑貂、驼鹿之类的。火烧地里还会有许多加拿大猞猁。在森林里他的食物包括披肩榛鸡、野鸭、干驼鹿肉、豪猪等等。潜鸟也不错,只要"煮熟了就行"。他还比较详细地跟我们讲了他还只是个小伙子的时候,是怎么忍饥挨饿的,——当时他跟着两个成年印第安人到缅因北部打猎,冬天突然来袭,他们没有食物只能饿着,最后由于湖水结冰了,不得不丢下他们的独木舟。

他指着眼前的湖湾告诉我们,这是一条通向他知道的许多湖的通道。视线里只有这种阴沉的山,熊经常出没,山坡上树木茂盛;因为这儿没有人,也不受人的影响,所以我们猜测是不是有其他某种力量在这儿。在想象中,我将山坡也变成了人,似乎它们靠自己的身体就能拦截住你,并迫使你在夜幕降临之前又在它们上面扎营留宿。似乎会有几只看不见的貂熊突然从树上跳下来,吃掉那些独自一人在森林里穿行的猎人的心脏;尽管如此,我还是禁不住诱惑,想到那儿走走。我们的印第安人向导说那一带他去过几次。

我问他在森林里是如何辨别方向的。"哦,"他说,"我有很多种判断方向的方法。"我又进一步追问,让他说详细点,他答道:"有时我会看山坡。"他往东岸的一座高山瞥了一眼,说:"南北侧有很大的差别,找找太阳照射最多的地方。在这样的地方,树——树的大枝干会向南弯。有时我还会看岩石来判断方向。"我问他看岩石的时候要看什么,但他最后也没具体说要看什么,回答得非常含糊,还是用的一种神秘的语气拉长声调说:"湖岸上光秃秃的岩

Chapter 3 阿勒加什河与东支流

渔貂
fisher

石,它们东西南北每个面都有很大的差异,能看出太阳照射的部位。""假如,"我说,"我在一个漆黑的夜里从这儿把你往森林深处带一百英里,让你停住,再让你快速转二十圈,你还能径直找到回奥尔德敦的方向吗?""哦,当然,"他说。"我已经干过跟这差不多的事儿了。我告诉你吧。几年前,我在米利诺基特碰见一个白人老猎人;他是个特别厉害的猎人。他说在森林里,他能去任何一个地方。那天,他想和我一块儿去打猎,所以我们就出发了。我们整个上午都在追一只驼鹿,绕了一圈又一圈,一直到下午三点左右,我们才杀掉了那只驼鹿。然后我对他说,现在你回营地吧,径直回去。不能跟我们来的时候那样绕来绕去再绕回去,得直接回去。他说,我不行,做不到,我都不知道我现在在哪儿。你说我们的营地在哪儿?我问他。他就指了一个方向。然后我就笑他。于是我去前边带路,直接从相反的方向走过去,中间穿过好几次我们来时的路

加拿大猞猁
Canada lynx

线，直接走回了营地。""你怎么做到的？"我问他。"哦，我跟你讲不清楚，"他答道，"我和白人可很不一样的。"

看起来似乎他的信息源实在太过多种多样，所以他不会只单独有意识地去关注其中的某一种信息，所以当别人问到此事的时候，他也不能马上说清楚到底是哪一种信息，但他认路的方式跟动物非常相似。也许通常称为动物本能的东西，在他身上，只不过是一种经过锻炼加强和培养的意识。经常会出现这样的情况，当问印第安人要走哪条路的时候，他会说"我不知道"，但他的不知道与白人的不知道并不是同一个意思，因为他的印第安人本能会告诉他该怎么走，就像是一个最自信的白人一样。他不会像白人那样把东西都装在脑子里，或者是准确地记下这些线路，而是根据当时的情况，靠自己临场发挥。他从来不觉得有必要把所有的知识都贴上标签，分门别类地有序排列好，因而他不会这样做。

在驿车里跟我聊过天的那个白人猎手知道一些印第安人的技巧。他说他们是根据风或者铁杉的树枝来辨别方向的，南侧的铁杉树枝最粗大；有时，如果他知道附近有个湖，他就会开一枪，然后注意听，根据湖上的回声来判断方向和距离。

我们过这个湖所走的路线以及后来过其他湖的路线，都极少走直线，而是走一条条连续的曲线，从一岬角到另一岬角，每进一个湖湾，航线都会进行很大的调整；这么做不仅仅是因为风，因为我们的印第安人向导望了一眼湖中间，说到湖中间去很难走，靠近岸边划更容易些，因为这样他可以一段水域接一段水域地划，并且可以通过观察湖岸来判断行进了多少。

下面这段描述就能够说明乘独木舟过湖通常是怎样一种经历。上午的时候，随着时间的流逝，风也渐渐大了起来。我们在到达东北搬运段的荒弃码头之前渡过的最后一个湖湾有两三英里长，刮的是西南风。走了三分之一的路程之后，风浪变得更大了，时不时还会冲进独木舟，我们发现越往前走，情况越糟。一开始我们本可以掉头回去，但我们不想这么做。沿着岸边的路线走也没什么用处，因为这样一来不仅路程变得更远，而且由于风不停地使劲吹，浪还会更高。无论如何现在改变航线的话非常危险，因为会给风浪提供可乘之机。不能让船身与风浪直角相遇，因为这样风浪就会从两边同时冲进来，必须要让风吹向船侧后部。于是我们的印第安人向导在独木舟里站了起来，用尽他所有的技巧和力量航行了一两英里，而我则在一旁配合他划桨，好给他更多的舵效航速。我们航行了一英里多，他始终没让一个浪打到独木舟上，而是迅速地让船左躲右闪，从这边转向那边，这样在浪打过来的时候，我们的独木舟总是停在波峰上或是接近波峰的位置，因为已经是波峰了，浪也没有更多的动力了，我们只管随着浪行驶就行了。最后为了减轻独木舟的负载，我从独木舟上一跃而起，跳向那个码头的末端，此时浪涛正猛烈地冲击着它，落地的时候，我立即抓住了这个不怎么避风的码头；但就在我跳下来的时候，我们的船进了两三加仑的水。我对我们的印第安人向导说："你把船控制得太好了。"对此他回答说："能做到这个水平的可没几个人。浪太多了，才刚躲过一个，另一个马上就又来了。"

印第安人向导去找刺柏树皮什么的，好用来运他的独木舟，趁着这个时候，我们在搬运段这头的湖岸做起了晚饭，这时天上还下着稀疏的小雨。

他把独木舟弄好，准备这样搬运：他找来一块刺柏薄板或木条，十八英寸长，四五英寸宽，一头是圆的，这样边角就不会碍事，在薄板中间靠两侧的位置打上两个孔，用刺柏皮把它绑在独木舟横杆中间。独木舟底朝天顶在他的头上，这块薄板的圆头也举在最上面，板子把全部重量分散到他的肩上和头上，一条刺柏树皮绑到薄板两侧的横杆上，再从他的胸部绕过，在这条刺柏树皮外还有一条更长的，从他的前额绕过；同时两手分别抓住两侧的船舷，以操纵独木舟，调整它的方向，并让他保持不摇晃。就这样他用肩膀、头部、胸部、前额和双手来搬运独木舟，他的整个上半身宛如一只手一样，牢牢扣住独木舟，紧握着不放。如果你知道更好的搬运办法，我倒很愿意听一听。一棵刺柏为这种搬运提供了需要的全部用具，正如整个独木舟的木框架也都是它提供的一样。一把桨放在船首的横杆上。我也试着把独木舟顶在自己头上，发现我也能很轻松地扛动它，尽管那带子的长度不适合我的肩膀；不过我还是让他扛了，因为我可不想开一个不同的先例，尽管他说如果我扛独木舟的话，他就会扛所有的行李，不过除了我同伴的。在整个行程中这块薄板一直绑在横杆上没解下来，随时准备过各种搬运段，而且不过搬运段的时候，还可以用来保护某个乘客的背。

因为我们带的东西实在太多，所以不得不在这条搬运段上走搬两趟。但走搬运段换换口味，倒也很惬意，而且当我们空手回去的时候，也正好能借此机会收集一些我们没见过的稀有植物。

红花槭
red maple

大约四点钟的时候我们到达了佩诺布斯科特河，而且发现已经有几个圣弗朗西斯来的印第安人已经在岸上扎营了，他们扎营的位置正好就是我四年前和四个印第安人一起扎营的地方。他们正在造一条独木舟，而且跟我们当时一样，也在烤干驼鹿肉。这些肉看起来至少很适合做成黑肉汤。我们的印第安人向导说这些肉不好。他们的营房盖着的是云杉树皮。他们还抓到了一只小驼鹿，是两周前在河里抓到的，他们把它关在一个用原木堆成的圆堆状的笼子里，笼子有七八英尺高。小驼鹿非常温驯，约四英尺高，浑身都是驼鹿蝇。原木之间有空虚，从四面八方塞了很多柔枝红瑞木、红花槭，还有柳树和颤杨树枝进去，它们末端露在外边，小驼鹿就在里边吃上边的叶子。乍眼一看，这与其说是个圈笼，不如说更像个凉亭。

我们的印第安人向导说他是用黑云杉根来缝合独木舟的，这种云杉根要从高地或是山上去找。圣弗朗西斯来的印第安人则认为白云杉根是最好的。但我们的向导说"不好，会断，而且没法儿把它们劈开"；而且白云杉根很难找到，因为它们埋在地下很深的地方，而黑云杉根则靠近地面，在高地上，而且更结实。他说白云杉叫 subekoondark，黑的则叫 skusk。我告诉他我觉得我自己也可以造一条独木舟，对此他深表怀疑；不管怎么样，他觉得我第一次的活儿不会干得很"漂亮"。在格林维尔，一个印第安人告诉过我，冬天的树皮，也就是说在五月份树液流失之前剥下来的树皮，比夏天的树皮更坚韧，而且也要好得多。

重新装好船之后，我们又沿着佩诺布斯科特河往下游划去，正如我们的印第安人向导所说，河水异常地满，这点甚至连我也发觉了，我想起这条河以前的样子，全然不似这般。不久我们就看到岸边有一株非常漂亮的加拿大百合，我把它摘了下来。这株百合有六英尺高，上面有十二朵花，分两轮生长，呈金字塔状，就跟我在康科德见到的一样。后来我们在这条河沿岸还看到许多这么高的加拿大百合花，而且在东支流沿岸还有更多。在东支流，其中有一株我觉得更像华丽百合（*Lilium superbum*）。我们的印第安人向导问我们把它叫作

华丽百合
Turk's cap lily

什么,还说用"根"来做汤很好,也就是把它和肉一起煮,用它来代替面粉让汤变得更浓。他们在秋天采这些树根。我挖了一些,在土壤深处发现一大块球茎,直径有两英寸,看起来甚至尝起来都有点像穗上长的生的甜玉米。

我们沿着佩诺布斯科特河下行了三英里左右的时候,透过树顶我们看到西面的天空正在酝酿一场雷阵雨,于是我们尽早找到了一块宿营地,当时大约五点钟,宿营地在我们的西岸,离1853年乔·艾蒂恩称为龙虾溪的河口下面不远处,这条河就是从龙虾湖流出来的。不过我们身边这位印第安人可不承认这个名字,甚至连马塔亨凯格河这个名字也不承认——尽管在地图上就是这么标的,而是坚持管它叫贝斯卡贝库克湖。

我下面给大家描述一下在这个季节扎营的流程,下文就不再赘述了。我们通常会告诉我们的印第安人向导我们要在第一个适合宿营的地方就停下来,这样他前行的途中就会多多留意。如果看到一块没有障碍物、硬实平坦的河滩,也没有淤泥，没有会磕碰到独木舟的岩石后，就会派一个人上岸去看看林木之间有没有一块空旷平坦足够扎营的空地，或者是容易清理出来的空地也行，最好同时又比较凉爽，这样虫子会少一些。有时我们要划一英里多才能找到一个我们满意的地方，因为有时河岸合适了，岸边的坡常常又会太陡，或是太低，还杂草丛生，滋生很多蚊虫。找到合适的地方后，我们就会把行李拿下来，把独木舟拖上岸，有时为了安全起见会把它翻过来放在岸边。印第安人向导会劈出一条小路，通向我们选定的宿营地，通常它们离水边只有不到两三杆的距离，我们就沿这条路把行李抬上去。有时会有一个人找来那些通常很容易发现的纸皮桦树皮，以及枯干的木头或树皮，在我们打算晚上躺着睡觉的地方前面五六英尺的位置点燃篝火。通常篝火点在哪个方向都可以，都没关系，因为在这季节，在这么密实的林子里，几乎没什么风或者根本就没有风；然后他再去河里打一壶水来，从几包行李里拿出猪肉、面包、咖啡等。

同时另外一个人，会拿上斧头，就近砍下一株枯死的糖槭树，或其他干燥的硬木，捡几根大原木以保证火能持续烧一整夜，还要捡一个青木桩，桩上要带一个凹口或是带木叉，好斜靠在火上，或者是靠在一块岩石或叉桩上，好将烧水的壶挂在上面，还要找两个叉桩和一根杆子来搭帐篷。

第三个人则搭帐篷，他需要用刀削出十几根木钉，通常是用条纹槭来削，因为它是比较常见的树下灌木，这些木钉是用来固定帐篷下部的，然后还要再收集一两抱冷杉枝①、香柏、云杉，或铁杉，这些树的枝都可以用，哪种好捡就用哪种，然后铺床，随便从哪一头开始铺都行，不过得把树枝翻过来铺，规则地摆成一排排的，再把最上边一排的枝杈末端盖住；如果树枝压的不实，有凹陷的地方，就要先用粗糙的东西把这些空的地方填满。兰格尔说，他在西

---

① 这种冷杉树在《拉斯尔词典》中叫作 Sediak。原注。

伯利亚的向导会先把一些干的柴枝撒在地上，然后在上面铺刺柏枝。

通常床做好了，或者在十五到二十分钟之内，水也就烧开了，猪肉也煎好了，晚餐就算准备好了。我们就席地而坐吃晚餐，或者有树桩的话就坐在树桩上，围着一块很大的桦树皮把它当桌子，每人一手拿着一把长柄勺，另一只手拿着一块硬面包或是煎猪肉，经常要用手在跟前挥一挥，或是把头伸进烟里以避开蚊子。

接着那些抽烟的人就会点起烟斗，有面纱的人就会戴上面纱，我们赶紧检查我们收集到的植物，把它们烤干，在自己的脸上和手上涂上油，然后就上床了，当然——也就是喂蚊子去了。

尽管来到这里，除了看看周围的景色什么也做不了，但也忙忙碌碌几乎没什么空闲，时间依然紧凑，在夜幕降临之前或是在你感到昏昏欲睡之前，几乎没有足够的时间来仔细看看植物。

以上就是通常宿营的大致情况，但是今晚因为下雨，我们提早扎营了，因而有了更多的时间。

我们发现我们今晚宿营地选在了一条沿河的供给道上，这条道路很老旧了，现在早已痕迹模糊难以分辨了。这条所谓的道路上，并没有车辙或车轮驶过的痕迹，因为这儿用不上车；说实在的，连滑板这类滑行装置的痕迹也没有，因为只有在冬天雪堆到几英尺深的时候才使用这些东西。这条道路只是一条穿过树林的模糊通道，只有有经验的老手才能发现它。

我们刚搭好帐篷，雷阵雨就向我们倾盆倒下，我们赶紧爬进帐篷，接着把包也拖了进来，我很好奇，想看看我们这层薄薄的棉布屋顶究竟会在这次旅程中遮挡住怎样的风雨。虽然在棉布湿透缩水之前，在外面大雨的冲刷下，帐篷里也下起了小雨，我们身上也都沾上了雨水，但我们还是设法让自己保持干燥，只可惜一盒火柴被落在了外面，淋湿没法儿用了。我们还没缓过神儿来，雷阵雨就已经停了，只是树上还在不停地滴水，我们只好待在帐篷里。

我们想看看这边的河里都有些什么鱼，于是我们就把鱼线甩过岸边湿湿的灌木丛，但因为水流太急了，线总会被猛地冲下河去，白折腾好几次。于是我们留下我们的印第安人向导自己在这里，趁天黑之前划独木舟沿河漂下几杆，到对面一条水流缓慢的小溪的溪口处钓鱼。我们沿这条小溪向上划了一两杆，那地方以前也许只有独木舟到过。尽管这边有很多小鱼，大多是小眼须雅罗鱼，但因为蚊子实在太多了，我们很快就走了。在这时，我们在这里听到我们的印第安人向导连开了两枪，两次枪声隔得很近，我们都以为他拿的一定是把双管枪，但后来我们看到，其实是一把单管枪。他开枪是为了把淋了雨的枪清理干净，把枪膛弄干，随后他又给枪装上了子弹，因为目前我们所处的这一带，他预计应该能遇到大型的猎物。从这条寂静的林间小径里突然传来的这种震耳欲聋的猛烈枪声，让我觉得是对大自然的侮辱，或者不管怎么说也是一种不礼貌的行为，那感觉就好像是你在一个大厅或神庙里开了一枪。不过除了在沿河地带可听到外，枪声传得并不远，因为这声音很快就被潮湿的树木和长满苔藓的地面给掩盖或是吸收了。

我们的印第安人向导在靠帐篷后面的位置用湿树叶生了一小堆火阴燃，这样烟就可能渗进帐篷里把蚊子熏走；但就在我们要睡着的时候，这堆阴燃的火突然熊熊燃烧了起来，险些把帐篷给烧了。这次宿营我们可是受尽了蚊子的骚扰。

## 7月26日，星期天

第二天一早，首先听到的就是白喉带鹀的啼声，这是一种非常让人振奋而又近乎尖细的叫声，伴随着这叫声，整个森林都热闹了起来。缅因北部主要就是这种鸟。在这个季节里，森林里通常因这种鸟的存在而变得生机勃勃，而且在班戈周围也有很多这种鸟，而且叫声也同样悦耳。显然它们是缅因州土生土长的鸟儿。威尔逊不知道它们生长在何处，曾说："它们唯一会发出的声调就是一种吱吱声。"尽管平常看不见它们，但它们那简单的叫声——啊，特－特－

大花四照花
flowering dogwood

白喉带鹀
white-throated sparrow

特,特－特－特,特－特－特,是那么的尖厉刺耳,听起来还非常清晰,就像是看到向丛林中最黑暗的地方飞射而去的火花那样清晰可辨。我想它们应该会一边飞一边发出这种叫声。我只是在春天当它们飞过康科德的时候,会听到几天这种叫声,到了秋天,还能再看见它们向南飞去,但秋天它们就不叫了,沉默地飞过去。它们那充满活力的乐曲常常很早就会把我们唤醒。远离人类,远离选举日,它们在这荒野里一定生活得非常愉快吧!

我告诉我们的印第安人向导今天(星期天)早上我们要到十五英里以外的奇森库克做礼拜去。天气终于晴朗了。几只燕子轻快地掠过水面,沿着河岸我们听到了白喉带鹀的啼声,听到了山雀鸣唱的曲调,而且我相信橙尾鸲莺和大驼鹿蝇正在河中紧随着我们。

双色树燕
tree swallow

  我们的印第安人向导觉得既然是星期天我们就应该休息。他说"我们来这里看看东西,四周走走逛逛;但星期天,就应该把这事先撂一撂,等到星期一再看。"他跟我们讲起他认识的一个印第安人,那人曾经陪着几个牧师一起去卡塔丁山,还跟他说了他们都干了什么。于是我们的向导就用一种低沉而庄严的语气把他朋友的话又讲给了我们。"每天早晚和每餐饭前,他们都做很长的祷告。一到星期天,"他说,"他们就停下来,一整天哪儿都不去,静止不动,讲道一整天,一个接一个讲,就像是在教堂里一样。哦,都是非常好的人啊。""有一天,"他说,"沿河走的时候,他们发现水中有一具尸体,那人已经淹死很久了,都已经快腐烂变成碎块了。他们立刻就上岸了,就在那儿停下了,那天就没再往前走,他们在那儿做了个集会,像星期天一样布道和祷告了一番。然后他们找了根竿,把尸体打捞了上来,然后他们带着尸体回去了。哎,他们真是些好人啊。"

从这段叙述来看，我推测他们每次扎营都是一次营地集会，我觉得他们选错了路线，他们应该去伊斯特姆；他们要做的不过是借机去某地传道，而不是去瞻仰卡塔丁山。我还读到过有另外一群类似的人，他们好像还在那里唱《锡安之歌》。我很高兴自己没跟这些人坐慢慢吞吞的马车一起去卡塔丁山。

不过，我们的印第安人向导一边不停地使劲挥动着桨，一边补充说，如果我们坚持要去，他就必须和我们一起去，他是我们的人，他觉得如果他星期天做了事没有拿报酬，那没什么害处，但如果他拿了报酬，那他就是罪过了。我跟他说他对自己的要求比白人对自己的要求都严格。尽管如此，他最后算报酬的时候我注意到他可没忘把星期天算在内。

他看起来是个非常虔诚的宗教信徒，他一早一晚都会跪在营地前，用印第安话很大声地做祷告，有时他忘了做祷告，也会匆匆爬上岸来，飞快把祷告念完。白天的时候，他说过这样一句话，尽管这话不是他最先说的——"穷人比富人更能记住上帝"。

不久我们就路过了我们四年前曾扎营过的岛，经过的时候，我还认出了我们扎营的那个位置。在其下游一两英里处的死水，我们的印第安人向导管它叫 Beska bekukskishtuk，因为水是在上游由贝斯卡贝库克湖流入的，所以名字也随它。他说这处死水"一直是个驼鹿常来的好地方。"我们看到，在驼鹿前一天晚上出来的地方，草被踩弯了还没恢复原状，我们的印第安人向导说他能隔多远看到驼鹿，就能隔多远闻到它们；但他又补充道，如果今天他能在独木舟边看到五六只驼鹿，他是不会开枪射杀它们的。由于我们一行人中只有他带了枪，而且只有他是来打猎的，所以他既然说了不开枪，那驼鹿们就安全了。

就在这处死水下游，一只美洲雕鸮慢腾腾地飞过水面，印第安人向导问我知不知道这是什么鸟，还非常逼真地模仿了我们森林里常听到的"呼，呼，呼，呼儿，呼"的叫声；他还发出刺耳的喉音，"唷，唷，唷——唷，唷。"我们经过穆斯霍恩河的时候，他跟我们说那地方没有名字。乔·艾蒂恩叫作拉格穆夫的地方，他叫它 Pay tay te quick，说意思是火烧地河。我们在这里停了下来，以前我就在这儿停留过，我在这条支流里洗了个澡。河水很浅但很冷，显然对印第安人来说太冷了，他就站在一旁看着。我们再次出发的时候，一只白头海雕从我们头顶翱翔而过。松溪上游几英里处的一段水域有几个岛，我们的印第安人向导说那段水域是叫 Nonglangyis，是死水。他管派恩河叫黑河，还说它的印第安语名字叫 Karsaootuk。他可以从那边到卡里布湖去。

我们搬着一部分行李步行绕过派恩河瀑布，而印第安人向导则划着独木舟到下游去。一位班戈商人曾告诉我们，之前他雇的两个人乘平底河船经过这些瀑布的时候被淹死了，第三个人紧紧抱着一块岩石撑了一整夜，直到第二天早上才被救走。这条搬运段和附近的河岸上长有非常华丽的大花舌唇兰。在快到搬运段尽头的时候，我看到了这次旅程中见过的最大的一棵纸皮桦，我测量了一下。在离地两英尺的地方，树的周长是 14.5 英尺，但长到离地五英尺的地方，树就分出了三个分枝。那一带的纸皮桦通常都长有明显的深色螺旋状隆脊，每两条隆脊中间都有个槽，所以一开始的时候我还以为它们这是被闪电击中过。但正如印第安人向导所说，这显然是由树的纹理造成的。他从冷杉树树干上砍下一块小木节，榛子那么大，显然是一颗填满了木头的老香脂冷杉囊泡，他说这是很好的药材。

我们上船后划了半英里，我的同伴突然想起他把刀子落下了，于是我们又逆着猛烈的激流划回去拿。这一趟让我们感受到了顺流和逆流的不同，因为我们往回划半英里费的劲儿，够我们往下游走至少走上一英里半了。我们靠了岸，在我的同伴和印第安人向导回去取刀子的时候，我就待在那儿观察河里下游四五十杆处一团泡沫的动向，那泡沫就像是岸边的一种白色水鸟。它在岩石后面时隐时现，被漩涡带着到处漂。在这条孤寂的河上，即便是这样并非真有生命的泡沫，也是如此有趣。

奇森库克死水就在这些瀑布下游，死水是由于湖水回流形成的。正当我们慢慢划过这段死水的时候，印第安人向导给我们讲起了他在这附近打猎的一个故事，还讲了些有关他自己的更有趣的事。看来他曾在代表他的部落去过奥古斯塔，而且还有一次是去华盛顿，在那儿他还会见一些西部部落的酋长。在奥古斯塔，有人就当时陷入僵局的缅因东部边界问题专门请他去，让他提建议，他说这些建议还被采纳了，他的建议就是当搞不清楚边界的时候，就以高地和河流为边界。他马上就被土地勘测员雇用了。另外他还曾在波士顿拜会了丹尼尔·韦伯斯特，那时正值韦伯斯特发表邦克山演说。

我很惊讶，他说他喜欢去波士顿、纽约、费城等地；他说他想住在那里。不过接着当他想到自己在那种地方会成为一个多么可怜的人的时候，这种想法似乎又减弱了些，他补充道："我想，如果我住在纽约，那我可能就会变成最可怜的猎人。"他非常清楚自己相较于白人的优势和劣势。他把美国人和其他国家的人对比了之后，进行了一番批评，但他绞尽脑汁想到的唯一一个明确的观点就是，美国人"很强壮"，但就像其他一些人一样"节奏太快了"。他能在铁路和银行遭到大破坏之前不久说出这样的话，还是很不得了的。他对教育有极好的见解，偶尔还会突然说出类似这样的话来"学校——学——院——是个好地方——我想他们那儿用的是第五册读本……你上过大学吗？"

从这片死水望过去，能看到卡塔丁山的轮廓。卡塔丁山的山顶被一片云遮掩着，但苏尼昂克山则更近一些，而且看得也很清楚。我们驶过湖的西北端，我们从那儿往下游，往南边和东南边望去，能越过乔梅里山的末端看到它的整个横面。当你在封闭的森林里走了很久之后，渡个湖换换口味，还是很惬意的，不仅是因为这里水面更开阔，还因为天空很高远。这是大自然为在森林里穿行的旅人准备的惊喜之一。就拿眼前这种情况来说，朝下游眺望那足足有十八英里的水面，会让你感觉浑身上下都得到了解放，甚至还能感觉到文明的气息。毫无疑问，你在森林里只能看到很短一段距离，视线总是受阻，光线又一直很昏暗，这些最终都会影响身处森林的居民，把他们变成野蛮人。透过湖还能看见山，让我们的思想开阔，打开视野。我们看见那栖息在岩石上像白斑点一样的鸥鸟，还有在我们周围盘旋的鸥鸟，它们都让我想到了海关官员。湖的这头虽然离公路很远，但在这周围已经有六七间原木营房了。我看到这森林里最早

美洲银鸥
American herring gull

的一些定居点都是聚在湖周围，尽管原因可能各有不同，但我想部分原因是和最老的林中空地一样，是为了能有个邻居。这些定居点已经建成了森林学校——光明的伟大中心。水是定居者们追随的先驱，因为水给他们带来了很多便利之处。

　　之前我也就只到过这么远的地方了。大约中午时分，我们转向北方，从一处宽阔的河口上行，行至其东北角，到达考科姆戈莫克河，从湖那边过来走了约一英里后，到达昂巴朱克斯库斯河，这条河从右边的一个岬角处汇入，而从西边流入的考科姆戈莫克河，则在此处突然转向朝南边流去。虽然我们原本选择的路线是沿昂巴朱克斯库斯河上行，但因为我们的印第安人向导知道一个好的宿营地，一个凉爽又几乎没什么蚊子的地方，就在沿考科姆戈莫克河上行约半英里处，于是我们就到那儿去了。从地图上来看考科姆戈莫克河更长一些，是一条主干河，所以它的名字在交汇处的下游一定都众所周知。很快我们眼前就不再是奇森库克湖那充满文明气息的天空了，而变幻成考科姆戈莫克河的黑暗森林。我们到达了印第安人向导所说的那个营地，它在河的南边，那里的河岸有十二英尺高，在一根被斧头劈掉一块树皮的冷杉树树干上，我看到了我们的向导用木炭在上面写的字。文字的上面有一幅画，画的是一只在划独木舟的熊，他说这是他们家族沿用的标记符号。尽管这幅画有些粗糙，但能清清楚楚看明白是一头熊，绝不会误认为是别的什么东西，他非常怀疑我能否原样复制这些题字。我一字不差地把这些内容逐字逐句抄了下来。然后在他印第安语原文的行与行之间插入他给我的英文翻译。原文是这么写的：

《熊划独木舟的画》
7 月 26 日，
1853 年

———————

Niasoseb

只有我们约瑟夫

Polis clioi

波利斯 出发

Sia olta

去 奥尔德敦

ouke ni

立 刻

quambi

---

7月15日，1855年

Niasoseb.

他现在又在下边补充了以下内容：——

1857年，7月26日

Jo. Polis

  这是他的另一个家。我看到在河的对面或者说有太阳的北岸，有他有时会撑晒驼鹿皮的地方，那儿还有一块狭窄的草甸。

  我们选好了我们扎营的地点，并燃起篝火，几乎完全就在印第安人上次扎营的地方，他抬头看了看，说："那棵树很危险。"那是一棵大纸皮桦枯死的一部分，直径有一英尺多，这棵树在地面就分了枝。这根分枝高出地面三十多英尺，正好直接倾斜到我们选作床的位置的上方。我叫他用斧头试着砍一下；但他摇了摇树，感觉好像晃不动这根树枝，于是他似乎准备当它不存在了，并且我的同伴也表示愿意冒这个险。但在我看来，我们躺在这棵树下面是很愚蠢的，就我们所知，尽管它的下部很坚实，但树冠也许随时就会掉下来，要是晚上起风了，不管怎样都会让我们提心吊胆的。在树林里宿营而被倒下的树压死是稀松平常的事故。所以最后我们还是把营地搭到了篝火的另一边。

考科姆戈莫克森林和其他的森林一样，也是个潮湿而又杂草丛生的地方，我对它能了解的最多就是：森林的这一边连接的是定居点，另一边则延伸到更人迹罕至的地方。你在脑子里永远要记得许多地势地形——有时你跟你的同伴谁躺得或坐得离定居点更近，都似乎看起来有很大的差别，你究竟在营房里是躺在后面还是前面，都变得非常重要。但不论我们在哪里扎营，我们的位置的确都存在同样的差别，有些人即使身处城镇睡在羽毛床上，也比那些在偏远森林睡在冷杉树枝上的人更接近边远地区。

我们的印第安人向导说，昂巴朱克斯库斯河是一片有宽阔草甸死水，对驼鹿们来说是个好地方，他经常来这里打猎，有时他独自一人从奥尔德敦来到这

银白槭
silver maple

里，一待就至少是三个周。他有时也会坐驿车去塞布伊斯湖打猎，带着他的枪支弹药、斧头、毯子、硬面包和猪肉，或许要走上一百英里的路，他会在路上最原始荒凉的地方跳下车来，就像马上回到了自己家一样，毫不陌生，每一杆土地对他来说都可以是家小旅馆。而后他会在森林中走上一小段路程，再花上一天的时间建造一艘云杉树皮独木舟，只会用几条肋材，这样船就会比较轻便，划着独木舟在湖上打完猎以后，他就会带上毛皮，按照来时的路原路返回。这样你可以感受到这位印第安人很巧妙地利用了文明所带来的便利之处，同时又不失掉自己的木工技术和森林生活技能，还凭着两者的结合证明了自己是位更成功的猎人。

这个印第安人很聪明，而且很快就能学会自己本行里的任何东西。我们的帐篷对他来说算是一种新玩意儿；但他只看我们搭过一次，就能很快找到并准备好搭帐篷用的杆、叉桩，而且头一次就能把它们准确地劈成我们需要的样子，并摆放好，真是令人惊叹不已，不过我敢肯定大多数白人都得弄错好几次才能学会。

这条河源于上游大约十英里左右的考科姆戈莫克湖（Cauc-omgomoc）。虽然这里水流缓慢，但在我们上游不远处就有瀑布，我们时不时能看到从瀑布上漂过来的泡沫。我们的印第安人向导说考科姆戈莫克湖的意思是大鸥鸟湖（我想他说的大鸥鸟就是银鸥），gomoc（戈莫克）的意思是湖。因此从这个湖流出的河流就叫考科姆戈莫克图克（Caucomgomoc-took），在北面不远的地方还有一条圣约翰河。他找到过这种鸥鸟的蛋，有时一堆蛋能有二十个，有鸡蛋那么大，比如米利诺基特河西岸的岩架上就有这样的蛋，然后他就把蛋给吃了。

现在我想我已经知道他是怎么过星期天的了。当我和我的同伴在周围看树和河的时候，他就去睡觉。实际上，他一有机会就会去打盹，也不管是星期几。

我在营地周围的森林里漫步的时候，注意到这个森林的树主要是冷杉、黑云杉和一些银白槭、红花槭、纸皮桦，沿河地带有灰桤木。我是按它们的繁茂

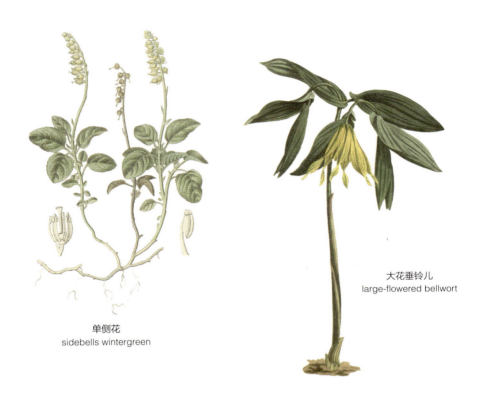

单侧花
sidebells wintergreen

大花垂铃儿
large-flowered bellwort

程度来排序，依次列出名字的。红荚蒾是一种常见的灌木。较小的植物有草茱萸、圆叶舌唇兰，长得很茂盛而且正值花期（一种一小簇一小簇生长的白中带绿的花）；大花垂铃儿，它茎的味道就像黄瓜一样；单侧花（*Pyrola secunda*）[1]，显然是这些森林里最常见的鹿蹄草了，此时已经过了花期了；还有椭圆叶鹿蹄草和爬地雪果白珠。北方七筋姑长满了成熟的浆果，长得非常茂盛，完全适应这里的环境。它的叶子通常在茎周围排列成三角形，造型非常美丽，还很青翠，浆果则呈蓝色，富有光泽，仿佛它们故意按照某位植物学家最爱的方式生长的一样。

我能根据羽毛状苔藓形成的模糊而又绿中带黄的线条，依稀

[1] 现学名为 *Orthilia secunda*，原为鹿蹄草科鹿蹄草属，现归为单侧花属。

铜红鸢尾 copper iris
四翅银钟花 mountain silverbell
黄喉地莺 common yellowthroat
北森莺 northern parula
李叶荚蒾 blackhaw

辨认出那些很久以前倒下垮掉腐烂变成泥的大桦树的轮廓，树有十八英寸宽，二十到三十英尺长，还有其他类似的线条与之交叉。

我听到了黄喉地莺的夜半歌声，还有棕林鸫、翠鸟、北森莺和美洲夜鹰的叫声。我还听到看到了红松鼠，听到了牛蛙的声音。印第安人向导说他听到了蛇的声音。

尽管这里很原始，但我还是很难忘掉有定居地的存在，总会把它们联系起来。任何持续单调的声音都被我忽略了，没有很留意去听，都被我当成是人类工业活动发出的声音。一听到瀑布声，我就不可避免地联想到水坝和锯木厂，有好几次，我发现我把从河那边树林里吹来的持续而急促的风声当成是一队马车的声音——魁北克的马车。不管身处何处，只要我们放空我们的思想，任其自由发挥，就总会这样急于从错误的前提中得出结论。

我请我们的印第安人向导用桦树皮给我们做一个糖碗，他从挂在腰带上的刀鞘里拔出一把大刀，给我们做了一个；但当他向上弯树皮的时候，树皮角上的部分总会裂开，他说这树皮不好；在这方面，一棵纸皮桦的树皮与另一棵纸皮桦树的树皮有很大的差别，也就是说一棵的树皮比另一棵的树皮更容易开裂。我捡了一些他劈开的这块树皮的细薄片放进我收集记录花的本子里；心想这样可以拿它当书签来隔开干标本和没干的标本，还是很实用的。

我的同伴想区分一下黑云杉和白云杉，他请波利斯拿一根白云杉树枝给他看，波利斯马上拿给他看了，同时还拿了黑云杉树枝给他看；实际上只要他见过这两种云杉，就很容易区分开来；但因为这两种树的树枝看起来太过相像，我的同伴就请印第安人向导指出它们的不同之处；于是我们的印第安人向导拿起树枝，他的手一下一下地抚摸着树枝，张口就说，白云杉很粗糙（即它们的松针几乎是垂直于树枝的），而黑云杉则比较较光滑（即它们的松针看起来像是弯的或是被梳平服了一样）。这种差别非常明显，不管是靠眼看还是靠手摸都区分得出来。不过，如果我没记错的话，这种方法是无法用来区分白云杉和浅色品种的黑云杉的。

我请他让我见识一下他是怎么挖黑云杉根把它做成线的。我刚说完，他都没抬头看一眼头顶的树，就开始在土里翻掘，立马就找到了黑云杉根，割下一条细长的根，有三四英尺长，有烟杆那么粗，他用刀把根的末端切开，两手的拇指和食指各捏住一半，迅速将整条根分成两个半圆柱体长条；然后他给了我另外一根树根，说："你试试看。"但树根到了我手里，就变得撕不均匀，一撕就断，我只能撕下很短的一截。总而言之，这一过程虽然看起来容易，但我发现真要动手把这些树根撕开，则需要很高的技巧。撕开的时候是很考验技巧的，要两只手不时把根往这边弯一点，往那边弯一点，这样才能顺势把根从中

间分开。接着他把每一半树根的皮剥掉，用双手将一片短短的刺柏皮压住根凸起的一边，同时用牙齿咬住树根向上拉。印第安人的牙齿都很坚固，我注意到他经常在我们本该用手的时候用牙齿。牙齿就相当于是他的第三只手。就这样，不一会他就做好了一条整齐、结实而又柔韧的细线，他可以把这条线打成结或者甚至可以做成一条鱼线。据说在挪威和瑞典，欧洲云杉（*Abies excelsa*）的根也是用这种方式处理的，功用也是一样的。他说你要是想买够做一艘独木舟的这样处理过的云杉根，那得花上个半美元。他自己的独木舟是雇人给缝的，但其余的活儿都是他自己干的。他独木舟里的根是浅浅的石板色，大概是因为经受了风吹日晒才变成这种颜色的，或者也可能是一开始先用水煮过了。

他前天就发现他的独木舟有点漏水，还说那是因为我们上船的时候踏得太重了，这样会挤压水平方向接缝边缘下面两侧的水。我问他去哪里找补船的松脂，因为他们通常用的都是从奥尔德敦白人那里买来的硬松脂。他说他自己可以做一些类似的东西，而且同样好用，不需要用云杉树胶或者其他类似的材料，而是用我们自己带的材料；他要我猜猜用的是什么。但是我猜不出来，他又不肯告诉我，尽管做好后他给我看一个球状的东西，有一粒豌豆那样大，像黑色松脂一样，最后他还说，有些事情即使是对自己的妻子也不能说。这也可能是他自己发现的。在阿诺德的远征中，探险者们造独木舟的时候就用过"松树的松脂和从猪肉袋里刮下来的东西"。

我很好奇，想知道在这条又黑又深且流动缓慢的河流里有什么样的鱼，于是我在夜幕降临前投下了鱼线，钓到几只有点黄的像亚口鱼的鱼，这些鱼立马就被我们的印第安人向导给否定了，他说这种鱼叫密歇根鱼（即又软又臭的鱼），而且一无是处。而且他不会碰我钓到的大头鱼（pout）①，并说这一带的印第安人和白人都不

① 如云斑鮰、美洲锦鲃等。

会吃这种鱼，我觉得这很奇怪，因为在马萨诸塞州大家都觉得这些鱼很不错，而且他曾经还告诉过我他还吃豪猪、潜鸟等。但他说佩诺布斯科特水域里最好的鱼是一种小银鱼——我管它叫作小眼须雅罗鱼，这种鱼不管是大小还是外形，和第一种鱼都很相似，如果我把这种鱼抛上岸给他，他会帮我做熟了吃。把鱼洗过之后——洗得不是很仔细，鱼头还留着，他把鱼直接放在炭火上，就这样烤了它们。

他出去散了一小会儿步，回来的时候手里拿着一枝藤本植物，问我是知不知道那是什么，还说这个能泡出森林里最好的茶。这是那里常见的爬地雪果白珠，刚刚长出浆果。他管它叫cowosnebagosar，这个名字的意思是它长在倒伏的老树干垮塌并腐烂的地方。于是我们决定今晚就用这个藤泡点茶。这茶带点匍枝白珠浆果的味道，我和我的同伴一致同意这茶的确比我们带来的红茶要好。我们觉得这是个了不起的发现，大可以把它晾干了拿去店里卖。不过就我个人而言，我不是个老喝茶的人，所以关于茶这个东西也没法像权威人士一样去跟别人说。不过白天随身带着它当冷饮应该尤其舒爽，因为那一带的水都是温的。印第安人向导说他们还会用一种长在低地的草来泡茶，不过他没在那儿找到这种草，还有杜香茶或者叫拉布拉多茶（*Labrodor tea*），我后来在康科德找到并试喝了一下；还有铁杉叶，尤其是在冬天，当其他植物都被雪盖住的时候，只剩下铁杉可以泡茶了；还有许多其他的植物也可以泡茶；但他不赞成用香柏，我说我在那片森林里曾喝过这种茶。只要我们想，每天晚上都可以喝到一种新茶。

就在天快黑的时候，我们看见一只麝鼠（musquash[①]），（他没有说muskrat），这是我们这次航程中见到的唯一一只，它正在河的另一边往下游游。我们的印第安人向导想抓一只来吃，叫我们别出声，他说"别说话，我来引它们出来"；他直接坐在岸上开始

[①] musquash为北美印第安某土著语，后来拼写被俗化为muskrat。

用嘴唇非常用力地发出奇怪的吱吱声，声音尖细。我感到十分惊奇，——觉得自己终于进入荒野了，他的确是个野人，居然能跟麝鼠说话！我不知道这两件事，究竟哪个对我来说更奇怪。他好像突然抛开了人性，加入到了麝鼠那边去。不过就我所看到的，麝鼠并没有转过来，尽管它可能犹豫了一下，印第安人向导说它看到我们的篝火了；但很显然，正如他自己所说的那样，他习惯了把麝鼠这样招呼过来。在这之后的一个月，我认识的一位熟人来到这片森林里捕猎驼鹿，他告诉我他的印第安人向导用同样的方式在月光下不停地呼唤麝鼠过来，把它们引到自己桨能够得到的地方，然后就一桨拍过去。

这个星期天晚上我们的印第安人向导做了一个特别长的祷告，似乎是在对早上进行了劳动而赎罪。

## 7月27日，星期一

我们迅速装好了独木舟，我们的印第安人向导装船向来小心翼翼，注意把负载调整，好让船平稳，像往常一样，我们每个人都检查了一下有没有落下东西，随后我们就再次出发了，沿考科姆戈莫克河下行，再转向东北方向沿昂巴朱克斯库斯河上行。印第安人向导说昂巴朱克斯库斯河这个名字的意思是"多草甸的河"。我们发现的确这条河有许多草甸，还有死水，因为下过雨，所以水面现在很宽阔，他说尽管有时也很窄。树林之间的空间主要是没有遮盖的草甸，宽五十到两百杆，对驼鹿来说是个难得的地方。这里让我想起了康科德；一个老麝鼠窝几乎在水面上漂起来了，这就更像是在康科德了。

草甸上的水中长着莎草、蒯草，还有常见的开蓝花的变色鸢尾——长得非常茂盛，它的花刚刚露出满潮时候的水位，就像是蓝色的睡莲，在草甸更高的位置长着许多簇奇特的狭叶柳（*Salix petiolaris*），这种柳树在我们那儿的河中草甸上很常见。它在这里也很常见，印第安人向导说麝鼠吃这种柳树吃得很多；这里也有柔枝红瑞木，它们那硕大的果实都有点白了。

美国白栎
white oak

美洲夜鹰
common nighthawk

虽然现在还是早晨，但我们还可以看见夜鹰在草甸上盘旋，像往常一样，听到绿胁绿霸鹟的声音，它是这些树林中最常见的鸟类之一，还有旅鸫的声音。

森林离河岸这么远还是很少见的，从森林里传来了很大的回响，但正当我大喊着，想要把森林唤醒的时候，我们的印第安人向导提醒我，这么喊倒是会把驼鹿给吓走，而他正一直留意寻找驼鹿，况且我们大家也都想看看驼鹿。在印第安语中，回响这个词叫Pockadunkquaywayle。

沿草甸远处边沿的地方有一条很宽的落叶松林带，这些枯落叶松都已经枯死了，在两侧森林的映衬下，更增添了这景象的一贯荒凉之感。印第安人向导管这些树叫刺柏，还说这些树之所以枯死，是因为约二十英里外的奇森库克湖出口处修建了水坝，水坝引起回水，将它们都淹死了。我在那片水域的边沿摘了些粉花马利筋上面的花，开着漂亮的花，比我们那儿的品种（*pulchra* 变种）更鲜红。我在这儿就只看到了这种花的这一种形状。

我们沿昂巴朱克斯库斯河向上划了几英里后，河面突然收窄，变成了一条窄窄的小溪，狭窄且湍急，落叶松和其他树都生长在靠近河岸的位置，没有留下一处开阔的草甸，我们上了岸，去找根黑云杉作竿好逆流撑船上行。这是我们头一回需要用撑竿。我们选了一根很细竿，砍成约十英尺长，只削了一头，并把树皮剥掉。这条河虽然狭窄湍急，但还很深的，河底都是淤泥，我还专门潜到水下去确认了一下。除了我已经提到的植物外，我还在这儿的岸上看到了心叶柳（*Salix cordata*）、喙柳、钩状毛茛（*Ranunculus recurvatus*），以及果实已经成熟了的柔毛黑莓（*Rubus triflorus*[①]）等。

① 现学名为 *Rubus pubescens*。

我们正忙着呢，这时两个印第安人乘独木舟从河上驶了下来，停在我们附近的灌木丛周围。我们的印第安人向导认识其中的一个，年纪较大的那位，并和这个老人用印第安语交谈了起来。这位老人来自穆斯黑德湖下边的一个部落。另一个是另一个部落的。他们刚打猎回来，我问年轻的那个他们见没见到驼鹿，他说没有；但我看见他们独木舟中间用毯子裹成一个大包袱，驼鹿皮从里边露了出来，于是他又补充了一句："只有驼鹿皮。"因为他不是本地人，所以他可能想骗我，毕竟在这个季节，白人和外地人在缅因猎杀驼鹿是犯法的。但或许他不必如此惊慌，因为驼鹿巡视员并不十分苛刻。我直接听说过有这样一位巡视员，当一个进入森林的白人问他如果他猎杀了一只驼鹿他会怎么做时，这位巡视员回答说："如果你分四分之一只驼鹿给我，那我想你就不会有麻烦了。"按照他的说法，他的责任只是防止猎人们为了驼鹿皮而"任意"捕杀驼鹿而已。我想要是猎人不留个四分之一给他，那猎人就会被定性为任意捕杀了。这就是这个职务的特权了。

我们继续在落叶松林间穿行，这是我所见过的最广阔的落叶松林，这种树修长挺拔，树枝奇形怪异。尽管这种树在这里很常见，但我却不记得我们后来还有再见过这种树。在整个森林里，你找不到单独生长的落叶松，只要见到它们，就一定是一整片的落叶松小树林。乔松和多脂松，还有一些其他的树也是这样，这倒是极大地方便了伐木工。它们习惯聚在一起生长，正如木材勘探者说的，它们"一脉脉"、"一簇簇"、"一丛丛"或"一群群"地生长着，老远就能把这些不同的树分得清清楚楚，从山顶或是树顶俯视森林，乔松比周围的树林都高出一截，有时它们自己会形成一片广阔的松林。我真想横穿一大片从未被伐木大军入侵过的松林。

沿着河岸，我们看到了一些驼鹿刚刚留下的足迹，但印第安人向导说因为现在不管走到哪儿水都特别多，所以驼鹿不会像以往一样在这个季节里为了躲避苍蝇而跑出森林。这条河只有一杆半到三杆宽，十分蜿蜒曲折，中间还偶尔会出现小岛、草甸和一些非常湍急但又很浅的地方。我们要到一个岛去的时候，印第安人向导从不会犹豫该走哪一边，就好像水流会告诉了他哪一边最近水最深一样。我们很幸运，水位很高。在这条河上只上岸走了一回，背着部分行李走过一片水流湍急又很浅的水域，而我们的印第安人向导则独自划着独木舟往上游走不必被迫把船拖上岸，尽管他说水流很湍急。有一两次我们还经过了一艘平底河船的红色残骸，它是在某个春天被水流打坏的。

在这次搬运的过程中，我看到了许多漂亮的大花舌唇兰，有 3 英尺高。如此娇嫩的花竟出现在这里，给这荒野小径增辉添彩，真是让人不可思议。

我们又回到独木舟上坐下，我觉得印第安人向导在我的背上擦了擦，原来他不小心把唾沫吐到我身上了。他说这是个吉兆，说明我快结婚了。

据说昂巴朱克斯库斯河有十英里长。我们沿着河道最窄的部分往上撑，走了约三四英里后，上午十一点的时候，天空又出现在了我们眼前，原来我们已经突然进入到昂巴朱克斯库斯湖里了。湖往西北方向延伸出四五英里，从湖上眺望，能看到远处被印第安人称作考姆戈莫克山的地方。这景致的变化真是让人感到惬意。

这个湖从湖岸一直到离岸很远的地方水都很浅，我能看到堆在湖底的石头，就跟我家乡的阿萨贝特河里的石头一样。我们的独木舟撞上了一堆石头。我们的印第安人向导觉得这些石堆是一条鳗鱼垒的。乔·艾蒂恩在 1853 年写道，他认为这些石堆是美鲥鱼垒的。我们横穿了湖的东南端，到达通往马德湖的搬运段。

昂巴朱克斯库斯湖是佩诺布斯科特河在这个方向上的源头，而马德湖是通向阿勒加什河的最近的一个河流弯道，也是圣约翰河的主要源头之一。霍奇在州政府工作期间曾途经这条路去往圣劳伦斯河，他说这条陆上运输线有 1.75 英里长，他还说人们发现马德湖比昂巴朱克斯库斯湖要高十四英尺。因为位于穆斯黑德搬运段的佩诺布斯科特河西支流被认为比穆斯黑德湖低约二十五英尺，所以在肯纳贝克河和圣约翰河之间宽而浅的山谷中穿行的佩诺布斯科特河的上游部分，看上去比这两条河都低，尽管从地图上来看，你会以为佩诺布斯科特河应该是最高的。

马德湖约在从昂巴朱克斯库斯湖前往张伯伦湖的半路上，马德湖的湖水最终汇入张伯伦湖，也就是我们要去的那个湖。我们的印第安人向导说这是整个缅因州里最潮湿的一条搬运段了，而且由于这季节本来就非常潮湿多雨，估计我们这一路走得不会太舒适。像往常一样，我们的印第安人向导用他的毯子把猪肉小桶、厨具和其他松散的行李包起来捆成一大包。不得已我们得在这条搬运段上搬两回，我们打算这么做，先运一半东西走一段，再回头搬剩余的。

在运输道这一头的林中空地上有一间原木屋，我们走的小路就打它的门前经过，我们的印第安人向导独自走了进去，发现屋里住着个加拿大人还有他的家人，而且这个加拿大人已经失明一年了。在这种地方失明，他似乎特别不幸，毕竟这里可没几个人能当他的眼睛。其至让一条狗带他走出这儿都不行，而是必须被人带下湍滩，就像是一桶面粉一样被动地被人拉着。这是奇森库克湖上游的第一间房子，也是佩诺布斯科特河水域的最后一间房子，毫无疑问，把房子建在这里完全是因为这里是伐木工冬春两季的必经之路。

踩着加拿大人林中空地里弹性十足的土壤，我们从湖边稍微向上爬了一点之后，就到了一条平坦但非常潮湿且多岩石的小路，这条路从茂密的常青树林中穿过，其实只是一条流水冲出来的沟，不过稍稍铺了一下而已，走在这样的路上，我们要不停从一块岩石跳到另一块岩石上，从沟的这边跳到另一边，试图避开水和淤泥，最后却发现不过是白费劲。我们认定这还是佩诺布斯科特河的水，尽管它并没有流到河里。之前在驿车里遇到的那位白人猎人曾告诉我，几个月前他就是在这条运输道上射杀了两只熊。那两只熊就直接站在小路上，并不是因为猎人来了才出现的。要是熊没有到那里，或者只在法律规定的范围内活动，也许可能不会被杀死。他说在这个季节，熊都出没在山里或山腰上，它们会去那儿找浆果吃，而且很容易会变得粗野暴躁，在特劳特河上游我们可能会碰到它们；他还补充说，许多印第安人因为怕熊就只敢在独木舟里睡觉，而不敢上岸睡在地上，关于这点我倒是不太相信。

从这里，我们就算进入到了号称二十年前全缅因州最好的木材产地了。就是曾被描述成"覆盖着最茂密的松林"的地方，但在我看来，现在松树在森林里已经变成一种相对来说不常见的树了，而且在茂密生长的刺柏、冷杉和其他树之间，你根本看不到松树的身影。当时有人建议在这儿的湖与湖之间挖一条运河，但最后运河的出口移到了东边更远的泰洛斯湖，之后我们就会看到这个湖。

我们的印第安人向导划着他的独木舟很快就消失在了我们面前；但是没过多久他就回来，告诉我们应该走往西面拐的那条路，那条路更好走一些，并且在我建议下，他同意在固定搬运段的那个路口放一根大树枝，这样我们就不会失误走过了。后来，他说我们要沿着主干道走，他又补充道："你们跟着我留下的足迹。"但在我们辨认他的足迹这件事上，我可没多大信心，因为几天之内还有别的人走过这条搬运段。

我们在正确的地方拐了弯，但很快就被无数伐木小道给搞迷糊了，这些伐木道都跟我们站的这条路连在一起，伐木工人以前就是走的这些路去挑选我之前提到的那些松木的。不过我们还是保持在主干道上前进，至少我们觉得它是主干道，尽管这条路十分蜿蜒曲折，而且在这条路上，在间隔很远的地方，我们才能分辨出一个模糊的脚印。这条路相对我们刚离开的那条固定搬运段来说，虽然比较新，一开始的时候也的确要好走些，或者至少干燥些。这条路穿过一个香柏荒野——简直是最阴森的了。人们把倒下腐烂的大树砍断，滚到一边，它们巨大的树干就紧挨着道路两边摆着，树的其他部分还横在路上，堆了两三英尺高。我们根本不可能在这富有弹性的苔藓上识别出印第安人向导的足迹，这苔藓就像一块厚厚的地毯，不仅是地面上，连每一块岩石，每一棵倒下的树上，都覆盖了一层苔藓。尽管如此，我还是偶尔能发现人的足迹，这个我觉得得表扬一下自己。我马上扛上自己的全部行李，一个重重的背包，还在桨上挂了一个很大的印第安橡胶袋，里面装着我们的面包和一块毯子；总共约有六十磅重；但我的同伴更想搬两趟，每一段间隔很短，而我就在原地等他折返回来。每次放下行李的时候我们都无法保证，我们是不是离正确的道路越来越远了。

留兰香
spearmint

　　我坐在那里等我的同伴赶过来,感觉他好像走了很久,这也给了我足够的机会来观察森林。此时我最先开始严重受到黑蝇的侵扰,这是一种个头很小但体形完美的黑色蝇子,大约有十分之一英寸长,我坐在这条黑暗的林间小道上一个更宽而且比之前更让人犹豫不决的岔路口,我首先是感觉到蝇子在靠近我,而后就看到一大群黑蝇出现在我身边。猎人们讲过许多有关黑蝇的可怕故事,——讲它们会在你发觉之前就在你脖子周围围成一圈,等你一把抹上去的时候,会拍死很多蝇子,手上还会沾上很多你自己的血。但我记得我的背包里有一瓶药水,是在班戈的时候一位很贴心的老江湖帮我准备的,我赶紧把药水涂在脸上和手上,而且很高兴地发现这药水很有用,只要药水没干,涂一次能扛20分钟,不仅能抵御黑蝇,还能抵御其他所有骚扰我的昆虫。只要是涂过药水的部位,它们都不敢落下来。这种药水是由橄榄油和松脂油制成的,再加上一点留兰香油和樟脑。不过最后我得出结论用这种药水来解决问题比虫害本身更糟。在脸上和手上涂满这种混合液会让你感觉非常不舒服，也不方便。

三只很大的石板色灰噪鸦静悄悄地轻轻飞过，慢慢向我靠近，并好奇地从树枝上跳下来，落在离我七八英尺之内的地方。它们比冠蓝鸦更笨拙，而且还远不如冠蓝鸦漂亮。鱼鹰从湖里飞过来，发出尖厉的啸声，从我身边树林顶上低低飞过，就好像它们在担心自己建在那里的巢穴一般。

我在那里坐了一会儿之后，看到在这条路的岔路口边上有一棵已经被人剥了皮的树，上边刻上字——用红粉笔写着"Chamb.L."。我知道这个路标指的就是张伯伦湖了。所以我由此判断，总的来说我们还是走在正确的路线上，尽管我们已经走了近两英里了还没看见马德湖的身影，我不禁怀疑我们可能是走上了一条直接通往张伯伦湖的路，而且不用经过马德湖。从我的地图上来看，

灰噪鸦
grey jay

我发现这个湖在我们东北方向五英里处，我又拿出罗盘来确定方位。

我的同伴拿着行李回来了，他也用防虫药水抹了脸和手，随后我们又接着往前走。路况很快就变得越来越难走，道路也变得越来越模糊，最后在穿过一小块还鲜花盛开的水芋地之后，我们发现自己来到了一块较开阔的典型沼泽地，因为这个季节特别潮湿，所以这里比平常更难穿越。我们每走一步，就会陷入泥水一英尺深，有时甚至能陷到膝盖处，人的足迹几乎被掩盖掉了，并不比一

水芋
bog arum

只麝鼠在类似地方留下的足迹清楚多少，而且边走还要边分开漂浮在水面上的莎草。实际上在某些地方这可能就是麝鼠留下的足迹。我们推断，如果马德湖的泥泞程度就像通往它的那条道路的潮湿程度一样的话，那它还真是名副其实。要是有人能看到我们进入沼泽时的那种顽强而从容的步伐，一定会觉得很好玩，我们俩人没说一句话，似乎决意一定要穿过这片沼泽，哪怕泥水会淹到我们的脖子。在这块沼泽地里走了相当一段距离之后，我们发现了一块可以放行李的草丛，尽管那里没地方给我们坐，这时我的同伴又回头去取他剩下的行李了。我本来想在沿着这条搬运段前进的途中，观察一下我们会穿过的佩诺布斯科特河和圣约翰河之间的分界线，但因为在这条路的整个行程中我的脚几乎一直泡在水里，而且水又是平平的，也不流动，我开始感到绝望，我们可能找不到分界线了。我记得在东北边界争端的时候听到过许多关于把佩诺布斯科特河和圣约翰河以及圣劳伦斯河分开的"高地"的事，我又看了一下我的地图，1842年前大不列颠所声称的边界线从昂巴朱克斯库斯湖和马德湖之间穿过，所以我们这会儿不是已经越过了那条线，就是正在那条线上。那么根据英国对1783年条约的解释，这些就是"将那些流入大西洋的河与流入圣劳伦斯河的河分开的高地了。"这样看来我们的确是站在了一个十分有趣的地方，如果真的是那条线的话——你根本没办法坐下来。我想如果那些委员会委员们带上荷兰国王自己在这里住上几天，背上背包去找找"高地"，那他们一定会度过一段非常有意思的时光，或许他们对这个问题的看法也会发生改变。荷兰国王调停起来也将更得心应手。这就是我在我同伴回头取行李的时候所思考的事情。

　　这是一片刺柏沼泽，整个沼泽地回响着白喉带鹀响亮而清脆的叫声。这里长着紫瓶子草、拉布拉多茶、沼泽山月桂，以及我从来没见过的一种新植物——沼泽桦，这是一种小的圆叶灌木，只有两三英尺高。我们考虑用这种沼泽桦的名字来给这片沼泽命名。

　　过了好长一段时间我的同伴才回来，我们的印第安人向导也和他一起来了。我们走错路了，印第安人向导找不到我们。他很机智地回到了那个加拿大人的营地,问他我们大概会走哪一条路,因为他觉得那个加拿大人更了解白人的做事方式,事实上那个加拿大人也正确地告诉了他我们肯定会去走那条通往张伯伦湖的供给通道(在这季节他们在这种路上得不到什么供给)。我们的印第安人向导非常惊讶,我们竟放着搬运道不走,而去走所谓的"牵引"通道——我们居然没有跟上他的足迹,他说这"太奇怪了",很显然他觉得我们实在没什么森林生活技能。

我们凑在一起磋商了一番,又吃了口面包之后,我们决定我们两个现在应该略过马德湖,继续沿这条路走去张伯伦湖,这样或许会比我们走回去重新从岔路口走去马德湖更近些,尽管印第安人向导从未走过这条路,对它一点也不了解。与此同时,他会回去把他的独木舟和包裹运到马德湖,然后渡过马德湖,从湖的出口下去,再从张伯伦湖上行,他相信在天黑之前会在那儿和我们会合。

紫瓶子草
purple pitcherplant

现在刚刚过了中午。他认为我们脚下踩的水是从马德湖流回来的,马德湖应该就在东面不远处,但我们无法穿过茂密的刺柏沼泽走到那里。

我们继续往前走,没过多久就踏上了硬实的土地,这让我们出乎意料,还有点失望,但又很庆幸,我们越过了一个山脊,道路在那里变得清晰了起来,但在这儿却没有俯瞰森林的景致。从山脊上下来的时候,我看到许多种圆叶舌唇兰,很大一株;我测量了其中一株有叶子的,它像其他的圆叶舌唇兰一样贴在地上,有9.5英尺长、9英尺宽、2英尺高。这阴暗潮湿的荒野十分有利于这些兰科植物的生长,尽管它们十分娇嫩不好栽培。我还看到了多刺醋栗,上面的果实尚青,还没成熟,在所有不太潮湿的低地里,都能看到已经结了果实的柔毛黑莓。在某个地方,我听到一只小鹰发出的清脆刺耳的叫声,它正从我上边的树顶疾飞而过,那声音就像是一只白喉带鹀发出的一声啼叫,只不过要大声很多。我很惊讶,它竟然会允许我们在这儿打扰它,这看起来就像它一旦飞走,在这片荒野中它就很难再找到自己的巢穴一样。有好几次,我们还看到听到了红松鼠的存在,像以前看到的那样,经常能在岩石上的或倒下的树上看到红松鼠留下的冷杉球果的蓝色鳞叶。据我们的印第安人向导说,除了几只有条纹的松鼠外,这只红松鼠是这片森林里唯一的一只松鼠。在这片没有什么其他动物的幽暗常青树林里,它一定过得很孤独吧,这里离我们来时走的那条路都有75英里远。我很好奇它是如何分辨树林里哪一棵树才是它的家的;然后它会在无数的树木中选择一棵爬上它的树干,就好像那树干对它来说就是一条熟悉的老路。在这里一只鹰怎么能找到它?我想它见到我们一定很高兴,尽管它看起来的确像是在责备我们。除非你从昏暗的冷杉和云杉树林那布满苔藓的多孔多枝幽暗处听到了细微的警报声,那你见过的冷杉和云杉树林就不完整,那动员令就是云杉的声音,就像树液从树的裂缝处流出来的声音,就是云杉啤酒发酵的声音。真是个无礼的家伙,居然会时不时试图警告森林,让它对我多加提防。

"哦,"我说,"我很熟悉你的家族,我非常了解你在康科德的表兄弟。我猜这边的邮件往来可能不太规律,想必你一定很想收到它们的来信吧。"但我求和的主动姿态全都徒劳无功，因为它又取道空中公路退回到更远处的刺柏树梢，同时又发出连续短促的尖利叫声。

接着我们又进入了一片沼泽，必须把脚步放得很慢才行，这儿的路况也比以往任何地方都差，不仅是因为有水，还有倒地的木材，常常把那些本来就不明显的足迹彻底抹消掉。倒下的树太多了，以致在很长一段距离里，一路上都是在穿过一个接一个的小贮木场，在这儿我们要爬过齐头高的栅栏，常常还要踩进齐膝深的水里，然后再爬过下一道栅栏进入第二个贮木场，如此反复；有一次我的同伴回头去取行李结果迷了路，回来的时候两手空空。在许多地方要是没有倒下的木材拦着，独木舟也能通过。而且如果没有倒下的木材，那里也会更加开阔，但还是同样的潮湿，湿得树木无法生长，也没有什么地方可以坐下休息。这是一个长满苔藓的沼泽地，必须要有像驼鹿一样的长腿才能穿过，很可能我们在穿越的过程中，就吓走了一些驼鹿，尽管我们一只也没看到。如果有熊在咆哮、狼在长嚎或是豹在尖啸，那这里一定会传来阵阵回响；但是当你进入到这阴森森林深处的时候，你就会惊讶地发现，这些较大个的森林居民平常一般都不在家，而只留下一只弱小的红松鼠向你吼叫。一般来说荒凉的荒野并不会嚎叫，只是旅人想象它们发出了嚎叫。不过我的确看到了一头死掉的豪猪；或许它终究没有敌过这条道路的艰辛。这些长满刚毛的家伙对这片荒芜的荒野来说不过是些听人摆布的小果子。

在缅因森林里开辟一条运材道被人们称作"清除沼泽"，而那些开辟这种道路的人则被称作"沼泽清除工"。现在我才体会到这术语真是十分贴切了。这条路是我见过的道路中被沼泽浸没得最彻底的一条路了。在这里，大自然一定是和艺术携手配合才造出了这样的景象。不过我想别人会告诉你之所以叫这个名字是因为在一开始的时候这些森林筑路工的主要工作是让这些沼泽地变得可以通过。我们来到了一条河边，河上有一座桥，是用刺柏皮将原木捆扎在一起做成的，但是这座桥已经断了，我们就想了其他办法过河。这条河可能是汇入马德湖的，也许我们的印第安人向导已经沿这条河溯流而上了，如果他知道的话，就会在那儿等着接上我们。尽管如此，但这座毁了的桥至少能证明我们走在某条路上。

之后我们又穿过了一块地势缓缓升高了些的低地，穿着鞋子的我有机会把袜子拧干了，但我的同伴穿的是靴子，觉得他可不敢这么干，因为一旦脱下湿靴子，他可能就无法再穿上它了。整段路程不管是陆路还是水路他都走了三次，因此我们前进的速度很慢；而且水还把我们的脚都泡软了，在一定程度上我们的脚都不太能走路了。我坐在那儿等他，也不知道他走了多久，感觉他离开的时间显得格外漫长。透过树林，我看到太阳越落越低，而且即便我们走在正确的线路上，也难以确定我们离湖还有多远，等到夜幕降临的时候，我们也不知道自己会在世界的什么地方，因此我提议我应该全速前进，沿路留下树枝作为标记，如果可能的话在天黑之前找到张伯伦湖和我们的印第安人向导，然后再请印第安人向导回来帮我的同伴搬行李。

大约走了一英里后，我又进入了一块低地，这时听到了什么叫声，像是猫头鹰，不过我很快发现这原来是印第安人向导的声音，于是我就回应了他的声音，很快我们就会合了。他横渡了马德湖之后，又驶过了湖下游的几段湍流，早就到达张伯伦湖了，现在已经沿我们这走的这条路走了约一英里半了。要是他没有回头来找我们的话，我们那天晚上估计就见不到他了，因为这条路在通向湖边他停独木舟的那个位置之前还有一两处岔道。于是他继续往回走去找我的同伴，帮他拿行李，我则继续往前走。我们又渡过了一条河，河上的原木桥也已经断了，而且有一半已经漂走了，这并不比我们平常走的路难走，因为这里不太泥泞，我们继续往前走，一会儿走过一片泥泞，一会儿又蹚水走，一直走到阿普穆杰尼加穆克湖，我们到那儿以后正好吃了顿夜宵，我们本打算到那儿吃顿像样的晚餐的，但因为一直在赶路，所以就没吃晚饭只能吃个夜宵了。我们一路走过来至少得有个五英里了，因为这条路的大部分路程我的同伴都走了三次，所以他已经整整走了十二英里，还都是难走的路。到了冬天，当水结冰，雪有四英尺深的时候，这条路对徒步旅行的人来说无疑还能忍受。不过尽管路很难走，但我也不想错过这种难得的经历。如果你想知道走这种路到底是什么感受的话，我倒是可以给你一个制造这种路的配方：取马德湖的一部分，用等量的昂巴朱克斯库斯湖和阿普程吉尼加穆克湖对其加以稀释；然后放一群麝鼠进去塑造地形，任由它们筑路打洞，随心所欲地对它进行改造，然后再来一场暴风雨，刮倒树木做成栅栏，这样就完成了。

我们走出森林，来到一个延伸至阿普穆杰尼加穆克湖即张伯伦湖的岬角，这里位于马德湖出口的西边，这里的湖岸很宽，还布满了沙砾和礁石，发白的原木和树都堵在这儿。在世界的这个潮湿的角落我们还能看到这么干的东西，着实让我们感到兴奋。但首先我们要处理的不是把身上烤干，而是先弄掉淤泥，脱掉身上的湿衣服。于是我们三个都走进了湖里，走到齐腰深的位置清洗我们的衣服。

这又是一个景色壮丽的湖，据说这湖东西向有十二英里长；如果算上泰洛斯湖的话就有二十英里长，因为水坝建好以后，泰洛斯湖就已经通过死水和张伯伦湖连成一体了；但湖面显然只有一英里半到两英里宽。我们正在湖的南岸，大约是在湖的中间位置。我们能看到这一片唯一一块林中空地，名为"张伯伦农场"，就在我们的对岸，农场有两间紧挨着的原木屋，离我们约有两英里半的距离。我们在岸上生起篝火，篝火的烟引来了对面农场的人，这两个人划着独木舟过来，原来这儿的人们有个约定，如果一个人想渡河，就在岸上点起篝火作信号，就会有人过来接。他们花了半小时划过来，可惜他们这趟辛苦算是白费了。尽管这湖有个英文名，但发音还是有一种荒蛮阴森的感觉，会让我想起那位在拉夫韦尔战斗中杀死鲍格斯的张伯伦。

我们穿上了自己带的干衣服，把其他湿衣服挂在印第安人向导架在火上的一根竿上烤干，弄完之后就吃了晚餐，我们没有搭帐篷，只是简单地在石头上铺了一层薄薄的草做床，就这样躺在多卵石的岸上，脚冲着火。

在这里，我先是被一种叫作"看不见的虫子"（$Simulium\ nocivum$，后一个词不是"看不见的"的拉丁语）骚扰，尤其是在水边的沙地上，因为这是一种沙蝇。要不是因为它们长着淡色的翅膀你根本看不到它们的。据说它们会钻到你衣服里面，让你发烧发热，我想我那晚上就中招了。

在这趟旅行中，一路走来我们的昆虫敌人总的来说有这些：首先是蚊子，这是我们的主要敌人，但它们只在晚上出来骚扰我们，或者是我们白天坐在岸上一动不动的时候才会骚扰我们；第二种是黑蝇（*Simulium molestum*），白天走搬运段的时候，多多少少会被它们骚扰，就跟我之前描述的那样，有时比较狭窄的河段也会被它们骚扰。哈里斯说过了六月就看不到黑蝇了，这种说法是有误的。第三种是驼鹿蝇。波利斯说大个的驼鹿蝇叫 Bososquasis。这是一种粗壮的褐色苍蝇，很像马蝇（horse-fly），长约是十六分之十一英寸，身体下部通常是锈色的，翅膀上没有斑点。据波利斯说，被它们叮咬了以后会引起剧痛，但也很容易躲开或杀死它们。第四种则是刚才提到的"看不见的虫子"。在所有这几种昆虫中，蝇子是唯一一种最让我难受的；不过因为我有药水和面纱，所以它们也没给我造成很大影响。

印第安人向导不用我们的药水来保护脸和手，因为他害怕药水会伤害他的皮肤，而且他也不用面纱；因此他现在正经受着昆虫骚扰之苦，而且整个旅程中，他经受的蚊虫之苦比我们俩都多。我想就算我和他两人都没用任何防护措施，他遭的罪也比我多。他经常把手绢绑在头上遮住脸，再把脸裹进毯子里，这会儿他终于躺下了，躺在我和我同伴与篝火之间的沙地上，因为那儿有烟能帮他挡挡蚊子，他还试图让烟进到毯子里在他脸周围形成一层保护层，为了这个目的，他还点上了他的烟斗，把烟吐到毯子里。

我们就这样躺在岸上，星星和我们之间没有任何阻隔，能看得清清楚楚，我问印第安人向导，他都熟悉什么星星，或者他能叫出哪些星星的名字。他认识大熊星座，而且还叫得出这个名字，还认识北斗七星，只不过叫不出它的英文名字，还有晨星和北极星。

每次我们躺在湖岸半夜总能听到潜鸟的叫声，这次也一样，它们的叫声又响亮又清晰，远远地从湖面传来。这是一种非常狂野的叫声，完全不像鸟鸣，倒是跟此地的景象和旅行者的境况很相称。这种声音实在太过让人颤栗了，我可以躺着不睡听上几个小时。在这种荒野里扎营，你得做好准备听听这些林中居民的叫声，这些声音更表现出了森林里的荒凉气氛。当你耳朵贴地躺着，在夜半时分头一次听到这种鸣叫远远传来的时候，你脑子里自然而然会想到熊、狼或豹，周围的森林万籁俱寂，没有一点儿声响，你会想当然地以为这就是狼嗥或其他什么野兽的叫声，因为离得不近，只有它们的声音才能穿透这遥远的距离，于是你便得出结论这是一群狼在对月嗥叫，要么就是它们在追着一只驼鹿跑。虽然听起来有点奇怪，但是山腰上牛哞哞的叫声，在我听来却最像熊的叫声，而这种潜鸟的叫声就很像那种声音。这就是这些湖上经久不衰而又富有特色的声音。尽管有时狼群也偶尔奏响小夜曲，但我们没那么幸运，没有听到。我的一些朋友两年前沿考科姆戈莫克河溯流而上，借着月光猎驼鹿的时候就听

**普通潜鸟**
common loon

到了狼嚎小夜曲。那声音突然响起，仿佛有一百个妖魔挣脱了牢笼，——那是一种足够令人震惊的声音，一听到这种声音你的汗毛就会立起来，嚎完之后一切就又复归平静了。这种嚎叫声只会持续一会儿，你可能会以为有二十匹狼，但实际上大概只有两三只。他们只听过两次，还说本来这森林里缺少一种荒野气息，但这嚎叫声恰如其分地弥补了。我听说有些人最近在这片森林里剥驼鹿皮的时候，突然来了一群狼，把他从驼鹿尸体旁赶走了，然后把他吃了。

潜鸟的这种声音——我不是指它的笑声，而是它的叫声——是一种拉长了音的鸣叫，有时在我听来很奇怪，就好像是人的声音，——呼－呼－呜呜呜呜呜，就像是一个男人用很高的音调大声呼喊一样，那声音就像是从头腔里传来的一般。我夜里十点钟，迷迷糊糊醒过来，鼻腔重重地吸了一口气，我听到自己发出的声音跟潜鸟的叫声一模一样，这说明我与潜鸟的声音还很像；就好像潜鸟的语言只不过是我自己语言的一种方言变体。以前我半夜躺在这些森林里睡不着的时候，曾注意辨认鸟兽语言里的词语或音节，但结果都一无所获，直到我听到了潜鸟的叫声。偶尔在我家乡的湖上也能听到这种声音，但在那里，周围的景致完全无法渲染出这鸣叫声中的原始气息。

半夜我被某种又重飞得又低的鸟儿给吵醒了，或许是一只潜鸟，它沿着湖岸拍着翅膀就从我脑袋上方飞过了。于是我翻了个身，将半裹的身体的另一侧转向篝火，再次进入梦乡。

# 7月28日，星期二

第二天早上我们醒来的时候，发现毯子上沾了很多露水。我很早就醒了，躺在那儿听着白喉带鹀那清晰尖锐的叫声，啊－特特－特特－特，这声音不断重复，中间间隔很短，而且每一遍听起来都毫无变化，就这样一直叫了约半个小时，就好像叫这么久都还无法充分表达它的快乐一样。我不知道我的同伴有没有听见这叫声，但对我来说，这就是一种晨祷，是那天早晨的一件大事。

这天的日出令人感到心旷神怡，我们能看到东南方向的山脉。卡塔丁山看起来约在东南偏南的位置。一座双顶山大约在东南偏东的位置，这座山的另一部分是在东偏东南的位置。最后这座山我们的印第安人向导称它为纳鲁斯基奇蒂库克山，还说它在东支流的源头，我们从那条路回去的时候会从那附近经过。

这天早晨我们在湖里又洗了几件衣服，我们把衣服晾在周围的枯树和岩石上，湖岸看起来就像是家里洗衣日的情景，我们的印第安人向导心领会了我们的意思，借了肥皂走进湖里，把他唯一那件还穿在身上的棉布衬衫给洗了，然后直接穿上洗过的裤子，让它在身上晾干。

我看到他穿了一件棉布衬衫，原来是白色的，外边套了一件绿色法兰绒衣服，但没有穿马甲，还穿了法兰绒长内裤，结实的亚麻布或帆布裤子，这裤子原本也是白色的，蓝色羊毛袜，牛皮靴，头上戴一顶科苏特帽子。他没有带换洗的衣服，只是穿了一件结实厚重的夹克，就搁在独木舟的一边，他手里抓着一把正常尺寸的斧头，他还带了枪支和弹药，还有一条毯子，如需要的话，这条毯子可以拿来当船帆和背包，他腰上捆着皮带，上边挂了一把带鞘的刀，还挺大，只要这样穿戴好，他马上就可以出发，一整个夏天都在外边也没问题。这种装束看起来很独立；只需要几件简单实用的工具，也不用带印第安橡胶衣服。早上他总是第一个准备好出发的，要不是因为要包我们的一些东西，他连毯子都不用卷起。他没有带一大包他自己的换洗衣服或是其他什么东西，而是用毯子把驼鹿皮裹起来，捆好带回去。我发现他带的这套装备都是经年累月总结出来的经验，大体上不需要改进，除了洗洗衣服或是再添件衬衫什么。他衣服少了一颗纽扣，于是就走到几个印第安人最近扎营的地方，看能不能找到一颗，但我觉得他不过是白费时间。

我们早餐吃剩下了一些猪油，于是我们把猪油涂到硬邦邦的靴子和鞋上，把皮子软化一下，通常这些剩下的猪油我们都是这么处理的，然后我们早早就去渡了湖，走对角线，往西北方向走了四英里，去往出口处，那个出口处是我们一直行驶到离它很近的时候才发现的。这个湖的印第安语名字是阿普穆杰尼加穆克湖，意思是被横渡的湖，因为湖中的航道通常都是横穿过湖，而不是引船沿湖而行。这是阿勒加什水域最大的一个湖，也是我们漂行的第一片圣约翰河水域。这个湖的形状大致像奇森库克湖。附近没有山或是高高的山丘。在班戈的时候有人告诉我们再往西北方向走几英里，会有一个小镇；还向我们指出那儿有那一带最高的山地，在那儿爬上林中的某一棵树便可看到那一带的全貌。我毫不怀疑这最后这一条绝对是个好建议，但我们没去那个地方。我们现在不想到阿勒加什河下游太远的地方，只想看看阿勒加什河源头那些大湖的景色，然后再沿这条路回到佩诺布斯科特河的东支流。如果说现在河水是在流动的话，那么它的流动方向确切地说是在朝北流。

到达湖中间以后，我们发现风浪像往常一样很高，我的同伴此时正在打盹儿，我们的印第安人向导警告他千万不能在独木舟里睡觉，要不然他会把我们的船弄翻；还补充说要是印第安人想在独木舟里睡觉，他们会笔直地平躺在船底。但在我们这艘拥挤的独木舟里，根本没法儿平躺。不过我们的向导说，如果他再看见我同伴打盹儿，就会轻轻推他一下。

湖的四周是一圈带状的枯树林，有些枯树远远地伸到水中，其他的树则倒伏在它们后面，这些枯树把岸边大部分地方都封住了，几乎无法通行。这都是因为在湖口修了堤坝导致的。而且还导致原来那些天然多沙多石，还带有绿边的湖岸就被湖水吞没和破坏了。我们沿着湖的北岸向西航行，寻找着出口的位置，我们与这崎岖粗野的湖岸保持着约四分之一英里的距离，猛烈的波浪打在岸上，我们知道出口可能很容易就被掩盖在湖岸的垃圾之中，或者隐匿在重叠的湖岸里。这些通向湖泊的重要门户居然几乎没做任何装饰来引起人们的注意，这真是一个奇特的现象。在这些朴素的入口或出口上方并没有架起一道凯旋门，而只是在一些不起眼的地方从延绵不断的树林中流进或流出一股涓涓细流，几乎像是从海绵里流过一样。

行驶了一小时左右我们到达了出口，把东西搬过那儿那座结构坚固的水坝，再走约四分之一英里，就是第二道水坝。读者可以意识到，因为在张伯伦湖上筑了这道水坝，结果圣约翰河源头的水转而流经班戈了。就像这样，人们在所有大点儿的湖泊上都筑起了水坝，让宽阔的湖面水位上升了好几英尺；比如穆斯黑德湖，全长约四十英里，现在上边通航了汽船；人们就是这样借助大自然自己的力量来对抗自然本身，从而把他们从大自然掠夺的战利品从这里漂流出去。他们很快就把这广阔森林里所有较好较容易砍到的松树都砍光了变成木材，然后留下熊看守着日益损毁的水坝，既不清出空地，也不在这儿耕种土地，也不修筑道路建造房屋，只是留下一片荒野，就像人们刚发现这地方的时候一样。很多地方就只剩下了这些水坝，就像废弃的河狸坝。想想看，他们没有经过大自然的同意，擅自建起了水坝，淹没了多少土地！当州政府想资助一个学院或一所大学的时候，就批给他们一片林地：一把锯子就能锯出一个学院，一个伐木队能伐出一所大学来。

白足鼠
white-footed mouse

荒野里所有的河流湖泊水位突然上升，它感到有上万只害虫在咬她最高贵的树木根部，许多害虫还联合起来，将树拖走，那些幸存下来的树，也难逃一劫，这些害虫先是动摇它们的根基，然后再把它们推倒到最近的河里，一直折腾到最好的树都倒下了，他们才急忙奔去洗劫新一片荒野，随后一切又复归安静。这就像是一群迁居的老鼠包围了一片松林，把树皮都剥掉了一样。伐木工砍松树的动机和老鼠啃树别无二致——都是为了生存。可能你会告诉我伐木工比老鼠有个更有趣的家庭。尽管事实也是如此。他提到一个木材"铺位"，说是个睡觉的好地方，就像一只蛀虫一样。如果一个伐木工要夸一棵松树，他通常会跟你说他砍下的这棵松树特别大，树桩上能站下一对公牛；这话说得就好像松树生长起来的全部意义就是为了要当牛的脚凳似的。我的脑海中浮现出这样的画面，这些体积庞大而笨重但很驯良的动物被人用车轭绑在一起，那铜色的犄角尖显露出它们正被人奴役，它们一个接一个地站上每一棵巨大的松树留下的树桩上，一直站遍整个森林，就站在那里嘴里咀嚼着反刍的食物，直至最后这整片森林都变成了牧牛场才算完。就好像这样对牛有好处一样，并且某种松脂或其他药性物质会钻进它们的鼻孔。还是说牛所处的位置被抬高了，仅仅是为了作为一种象征，表明这样一个事实——森林生活或狩猎生活之后紧接着就是田园畜牧生活了？

伐木工赞美松树的特点正好通过他的表达方式展现了出来。如果他把心里的话都说出来，他一定会说，这树太大了，所以我把它砍了下来，然后一对牛就可以站到树桩上去了。比起树本身，他更赞美原木——树的尸体或遗骸。为什么要砍它啊我亲爱的先生！如果你没有砍它，那树完全可以自己站在自己的树桩上，可比一对牛站得舒适和稳当多了。人都被你杀了，你还有什么权利来赞美和歌颂死者的美德呢？

英裔美国人的确可以将所有延绵起伏的树林都砍倒刨尽，然后再发表一番树桩演说，并在森林的废墟里为布坎南投票，但他无法和他砍下的树的精神对话，他也无法阅读那些随着他的前进而隐退的诗歌和神话。他粗俗无知地抹掉了神话的刻写板，只为拿它们印制他的传单和镇选民大会的证明。荒野那美丽而神秘的传说，连斯宾塞和但丁也才刚开始了解，而这些英裔美国人连其中最基础的知识都没学会，就把它们砍倒了，铸成了一枚松树先令（似乎是要以此来表明松树对他的价值），建起一座学区校舍，还引进了韦伯斯特单词拼写课本。

最后一个水坝的下游虽然水面足够宽阔，但河水却又急又浅，为了减轻独木舟的负载，我们两个上岸走了约半英里。我已经养成了一个习惯，只要我上岸走路，我就自己背着背包，只要坐在独木舟里，就把背包一直绑在船的横杆上，这样万一我们翻船了，但凡能找到独木舟就能一起找到背包。

在这里我听到三伏蝉（dog-day locust）[①]的声音，后来在搬运段上也有听到，这种声音在我的印象里，要是不是出现在有人定居的地方，就只能出现在更开阔的地方。在缅因森林里，蝗虫活动的区域一定很小。

我们现在已经完全是在阿勒加什河上航行了，我们的印第安人向导说这条河的名字的意思是铁杉树皮。这里的水向北流了约一百英里，起初是缓慢流淌，有点无力，随后转向东南方流淌二百五十多英里到达芬迪湾。我们在河上航行了约两英里后，进入了赫伦湖，这个湖在地图上标记为蓬戈夸亨湖，在入口处有四五十只小秋沙鸭，印第安语里叫 shecorways，正像往常一样排成一条长队，飞快地掠过水面，我们的突然出现把它们都吓跑了。

这是第四大湖，和奇森库克湖及那附近的大部分长湖一样，也是西北东南走向，从地图上来看，这个湖约有十英里长。我们是从湖的西南边进来的，看到东北边临湖的地方有一座黑黑的山，离我们不算远，而且山也不高，我们的印第安人向导说那座山叫顶峰山，据说木材勘探者们常常会爬上这座山，从山上眺望找寻木材。再往

---

[①] dog-day，即犬日，相当于三伏，是夏天最热的时期。梭罗所提到的"三伏蝉"学名为 *Neotibicen canicularis*，常在每年夏季最炎热时出现。

东走还有一些其他高地。湖岸都一样的参差不平和难看，这里堆满了枯木，有倒下的也有立着的，这和前面那个湖的情况一样，都是由于下游阿勒加什河上建了水坝导致的。一些地势较低的岬角或岛屿几乎都被淹没了。

我看见一英里外的水面上有个白白的东西，后来发现原来是一只站在湖中央一块岩石上的大鸥鸟，要是能把它杀了美餐一顿，我们的印第安人向导一定会很高兴，但可惜的是我们还没来得及靠近它，它就飞走了；和它一起在岩石周围的还有一群林鸳鸯。我问他这儿有没有鹭鸟，因为这个湖叫赫伦湖（Heron Lake），他说他在硬木树林里找到过小蓝鹭的巢。我觉得我看到距我们约四五英里的地方有一个浅色的东西正沿着对岸也就是北岸移动。他说如果那不是一只驼鹿的话，那他也不知道那可能是什么东西，尽管他从来没见过一只白色的驼鹿；但他说只要有驼鹿出现，"不管它在湖对岸的什么地方，就算隔着湖"，他都能看得一清二楚。

小蓝鹭
little blue heron

绕过一个岬角，我们又航行了一英里半到两英里的距离渡过一个湖湾，驶向湖下三四英里处的一个大岛。行至中途在离岸约一英里的地方我们遇到了蜉蝣，它们显然是飞越了整个湖。在穆斯黑德湖上，在离岸约半英里的地方，我曾看到过一只很大的蜻蜓从湖中央飞来，那湖至少有三四英里宽。它大概是横渡了整个湖过来的。不过当然了最后你会去到很大的湖里，大得一只昆虫完全无法飞跃；兴许这点也可以用作为区分大湖和小湖的准则。

我们在岛的东南侧上了岸，这一侧地势相当高，树木也很茂密，岸边多岩石，此时上岸正好可以吃顿午餐。不久前刚有人在这儿宿过营，还把他们撑驼鹿皮的架子留在了这儿，他们做的这个架子被我们的印第安人向导批得一无是处，他觉得他们做得一点儿技术含量都没有。这里有许多淡水龙虾的壳，它们都被湖水冲到岸上来的，一些河流湖泊就是以淡水龙虾命名的。它们通常有四五英寸长。我们的印第安人向导一上岸马上就开始砍一棵纸皮桦，他将它斜靠在岸边的另一棵树上，用柳条把它捆在上边，然后躺在它的阴凉里睡觉。

我们在考科姆戈莫克河上的时候，印第安人向导给我们推荐了一条回家的新路线，即取道圣约翰河，这也正是我们最初想到的一条路线。他甚至说这条路更容易走，虽然要绕远一点，但也比取道佩诺布斯科特河东支流的另一条路线多花不了多少时间；他拿起地图，把每晚应当到达的地点指给我们看，因为他很熟悉这条路线。据他估算，只要我们继续朝北沿着阿勒加什河下行，明天晚上我们就能到达法国人的定居点，等到我们进入了圣约翰河的主河道以后，一路上沿岸多多少少都有人居住；看起来这似乎真是一个好建议。那里只有一两个瀑布，而且搬运段也都很短，我们能以很快的速度沿河而下，如果顺风的话，甚至一天走个一百英里都不在话下；他给我们指出我们应该在什么地方走搬运段去伊尔河，以避开伍德斯托克下游在新不伦瑞克处的弯道，随后进入斯库迪克湖，再从那儿去马塔沃姆凯格河。走这条路回班戈全程大约三百六十英里，尽管走另外一条线路只有一百六十英里；但走第一条路线，我们就能从源头上考察圣约翰河，整条河全长的都能走到，而且还可以顺路考察斯库迪克湖和马塔沃姆凯格河，这条路线再一次吸引了我们。但是我担心的是圣约翰河两岸定居的人太多了。当我问我们的向导走哪条线路我们才能路过最荒凉的地方的时候，他说是取道东支流的那条线路。于是部分出于这方面的考虑，再加上考虑到走这条线路路途更短一些，所以我们决定还是坚持按照原计划走东支流这一条线路，也许途中还可以爬卡塔丁山。因此这座岛就是我们此次旅程往这个方向走的终点了。

现在我们已经看过了阿勒加什群水域最大的一个湖了。下一个水坝是在阿勒加什河下游再往北走"约十五英里"的位置。在班戈的时候，有人跟我们讲在那个水坝那里住着一个独居的人，有点像是个隐士，他自己一个人负责管理水坝，因为没事儿干，他整天都在把一颗子弹从一只手扔到另一只手，就这么接子弹玩儿，他说的就好像我们可能想去拜访他一样。他的两只手就这样针锋相对地交流着，将一个铅弹来回投掷，看起来对大家来说这已经成了他的特定标志了。

从地图上来看，这座岛在班戈的北偏西北方向，直线距离约为一百一十英里，在魁北克地东偏东南方向，直线距离约九十九英里。往湖的北端望去还能看见一座岛，岛上有一块地势很高的林中空地；尽管给我们提供消息的人说，在湖出口附近的陆地上有一座营房，但后来我们得悉那座岛上其实没有人居住，只是夏季在这森林里牧牛的时候，把这儿用作牛群的牧场罢了。在这个延绵不断的森林中突然出现这样一个修剪整齐的方形地带，看起来很不自然，只能让我想到这一带是多么的荒无人烟。在这种林中空地里，要不了多久你就会碰到熊而不是牛。不管怎样，就算熊出现了，它们穿过这个地方的时候一定也会感到十分惊讶。不论是远观还是近看，一眼看过去你马上就会知道这地方是人造的，因为大自然绝对不会造出这样的地方。为了让这片土地像湖面一样接受阳光的照射，人类砍光了山边和平原上的森林，撒下细细的草种，像个魔术师一样，给大地铺上一块坚实的草皮。

显然波利斯比我们更对那些森林里为数不多的几个定居者更感兴趣。如果

小酸模
common sheep sorrel

猫柳
American pussy willow

我们不特意说明,他会想当然地认为我们想直接到下一个原木小屋去。他看到我们在奇森库克的时候,途经了原木小屋却没有进去,以及在马德湖搬运段路过加拿大盲人的小屋的时候也没有停下来和那里的居民讲话,于是就现在利用这个机会建议我们说,当你走近一户人家的时候,通常的做法是去到那屋子里,去跟那些居民讲讲你看到听到的东西,然后他们就会跟你说说他们的见闻;但是听罢我们都笑了,跟他解释说我们现在看的进的房子已经够多啦,我们之所以来这儿,部分原因就是为了避开见到房子。

与此同时,风也越刮越大了,把印第安人向导砍的纸皮桦都吹倒了,湖面掀起了很大的风浪,导致我们被困在了岛上,离我们最近的岸在西边,距离大约有一英里远,为了防止独木舟随风浪漂走,我们把它从水里抬了出来。我们完全不知道天气会如何变化,但今天的其余时间包括晚上,我们恐怕都要被迫在这里度过了。不管怎样,我们的印第安人向导又到他的纸皮桦树荫下睡觉去了,我的同伴则忙着把他的植物标本弄干,我则沿着湖岸向西边漫步,这是个多石的湖岸,倒下晒白了树木和别处漂来的树横七竖八地拦在岸边,足足有四五杆宽。我发现在这片宽阔多岩石和沙砾的岸上长着很多植物,有喙柳、猫柳、光泽柳、钩状毛茛、挪威委陵菜(*Potentilla norvegica*)、侧花黄芩、紫苞泽兰、斯坎特联毛紫菀、加拿大薄荷、长得很茂盛的柳兰、美洲地笋、一枝黄花(*Solidago lanceolata*)、柳叶绣线菊、珠光香青、夏枯草(*Prunella*)、

挪威委陵菜
Norwegian cinquefoil

夏枯草
common self-heal

小酸模、树莓、蓟草、球子蕨（*Onoclea*）等。最靠近岸边的树有纸皮桦、黄桦和颤杨。我列出这些树的名字是因为这是我到的最靠北的地方了。

我们的印第安人向导说他是位医生，我给他看任何一种植物，他都能告诉我它们的一些药用价值。我马上就考了考他。他说颤杨树皮的内侧可以治疗眼睛痛；还问了一些其他各种植物，他都能说出它们的药用价值，证明了他此言不虚。据他自己讲，他年轻的时候和一位博学的印第安老人交往密切，他就是从他那里学到这些医学知识的，他痛惜遗憾地说，可惜现在这一代印第安人"已经丢失了很多"这些传统。

他说驯鹿是一种"特别能跑的动物"，尽管过去这湖周围有很多驯鹿，但现在却一只都没有了，他指着因为建造水坝而导致的枯树带，又补充道："驯鹿不喜欢树桩，它们只要看见树桩，就会被吓跑。"

他指着东南面的湖和远处的森林说；"我去奥尔德敦只用三天的时间。"我问他是怎么走过沼泽和倒下的树的。"哦，"他说，"到了冬天这儿的一切都会被冰雪覆盖，只要穿上雪鞋，哪儿都可以去，还可以直接穿过湖泊。"当我问他路线怎么走时，他说："我先去卡塔丁山的西侧，然后去米利诺基特湖，随后到帕马杜姆库克湖，之后去尼卡托河，再到林肯，而后就到奥尔德敦了，"或者他还可以取道皮斯卡塔奎斯河，这条路线更短。一个人独自在这荒野里穿行，这真是太奇妙了！到时，这些夏天大部分都无法通过的地方就不会再有半英里的沼泽地，也没有仅一英里宽的森林，变得就像是我们城镇外围的郊区一样，没有旅馆，只有一座黑黑的山或一个湖泊作路标或停靠站。

这让我想起了被缚的普罗米修斯。这是一种传统英雄式的旅途，要在面目从未发生过改变的大自然中艰难跋涉。他从阿勒加什河或赫姆洛克河和蓬戈夸亨湖出发，渡过大阿普穆杰尼加穆克湖，离开他左侧的纳鲁斯基奇蒂库克山，取道苏尼昂克山和卡塔丁山那熊经常出没的山坡下，去往帕马杜姆库克湖和米利诺基特的内海，（在那里，鸥鸟下的蛋可能会增加他的给养），再继续走到尼卡托河的岔口,（nia soseb,"只有我们约瑟夫"看到了我们同胞看到的东西），他不停地把冷杉和云杉的树枝推到一边，带着他打猎获得的毛皮，日日夜夜和乱枝丛生肆意疯长的植物抗争，在长满苔藓的树木坟场里穿行。或者他可以取道金尼奥山，沿着那"风浪那崎岖不平的利齿"行走，金尼奥山在石器时代，是古人做箭和矛的巨大原料产地。在这里他会看到驼鹿、驯鹿、熊、豪猪、猞猁、狼和美洲豹，还能听到它们的声音。这是他生老病死的地方，他从未听说过美利坚合众国，尽管美利坚合众国在世界上名噪一时，——他也从未听说过亚美利加，这名字还是根据一位欧洲绅士的名字命名的。

有一条伐木工走的路叫伊格尔湖路，从塞布伊斯河通往这个湖的东侧。从这种荒野中穿过的路居然能正常通行，而且哪怕是在冬天雪三四英尺深的时候也不受影响，这真是让人惊讶，但在那季节，只要伐木活动在如火如荼地展开，不论是在什么地方，都会不断有伐木队伍从这唯一一条小道上经过，把这条小道踩得像铁轨一样光滑。有人告诉我说在阿鲁斯图克县那地方，法律规定所有雪橇的宽度必须统一，（必须是四英尺，）而且轻便有座雪橇也必须改造成适合小道的宽度，这样雪橇的一块滑板就可以压着一条辙印前行，而另一个块则跟着马的足迹。然而执行效果却大不如人意。

我们之前好一阵子看见西边岛上森林的上空正形成一场雷阵雨，还听到了隆隆的雷鸣声，尽管我们还不确定这阵雨会不会飘到我们这里；但是此时天色迅速变暗，天空乌云密布，一阵清风从林中出来，把树木吹得沙沙作响，我们赶紧把正在晾干的植物收起来，大家意见一致，赶紧去取搭帐篷的材料开始搭帐篷。我们用最快的速度选好地方，削好木桩和木钉，我们把帐篷钉好加固，以免被风吹走，这时暴风雨突然向我们砸了过来。

我们躺在帐篷里，挤在一起，帐篷四周漏雨很厉害，我们把行李放在脚下，听着我所听到过的最洪亮的雷鸣，急促的响雷声，圆润饱满，砰！砰！砰！一声接一声，就像是空中某个堡垒大炮发出的声音；闪电与雷声交相辉映，毫不逊色。我们的印第安人向导说，"这个做火药一定很不错。"雷鸣声远远地在看不见的湖区回响着，为了让驼鹿和我们都听见。我想雷一定是喜欢这地方，是闪电的练习场,以保持熟练打雷,而且就算打坏几棵松树也没有什么损害。那些蜉蝣和蜻蜓此刻都怎么样了呢?它们有没有很谨慎地在风暴到来之前找个避风港呢?或许它们的动向可以给旅行者们做指向标。

我往外看去,能看到暴雨落在湖里,原本汹涌的风浪几乎立即平息了,那个堡垒的指挥官为我们摆平了风浪,于是雨一停,我们决定趁着还没再次刮起风浪赶紧立刻出发。

走到外面,我跟同伴们说我看见西南方向还有云,而且听到那边还有雷声。印第安人向导问我雷是不是在四处游走,他说如果是的话,那就还会再下一会儿雨。我想雷应该是在游走。尽管如此我们还是上了船,迅速朝水坝方向往回划。白喉带鹀在岸上唱歌,啊特-厄-厄-特-厄-厄-特,或是啊特-厄-厄-特-厄-厄-特-厄-厄-特-厄-厄地叫着。

在张伯伦湖出口,我们突然又遇上一阵暴风雨,这阵雨逼得我们不得不再去找个地方躲雨,印第安人向导上了岸就躺到了他的独木舟下面,我们则跑到水坝边缘下面躲雨。不过淋湿了倒没什么,只是把我们吓得够呛。我在躲雨的地方可以看到我们的印第安人向导正从他的独木舟下窥探着外边,想看看雨下得怎样了。我们就这样各自找地方躲了一两次雨,后来雨就下得不大了,我们开始在附近漫步,因为这会儿风又在湖面上掀起了大浪,导致我们没法儿前行,而且我们担心恐怕不得不在这里宿营了。我们在水坝上早早吃了晚餐,一边等着风浪平息,一边试着钓鱼。这儿的鱼又少又小,还没什么价值,印第安人向导说在圣约翰河的水域里没有什么好鱼;我们得等回到佩诺布斯科特河流域再钓。

终于,就在太阳快下山前,我们再次出发了。我们在阿普穆吉尼加穆克湖北侧沿着湖岸溯流而上,那是一个荒凉的夜晚。刚下过一阵雷阵雨,暴风掀起的浪仍然很猛烈,这会儿又看到西南方向远处的湖上正形成另一阵暴风雨;但是明天早上可能情况会更糟,我们希望如果可以的话我们尽可能沿湖而上,走远一点。在左边离我们大约四分之一英里远的地方,风浪猛烈地拍打着北岸,对我们这条浅浅的没有特殊处理过的独木舟来说，这风浪已经是它能承受的极限了。我们避开风浪正在拍打的湖岸，这个湖岸是你所能想象到的最凄凉最不像避风港的地方了。在那儿有六杆多宽的地方全是被水淹没的树木，像是布下的一个完美迷宫，这些树都淹死了，光秃秃的还都晒白了，有的立着，但只有它们原来高度的一半，有的俯卧在地上，有的互相交叉，或在水面上，或在水面下，跟它们混在一起的还有些树木、树枝和树桩，随风浪四处散落。试想一下世界上最大城市的码头衰败了，泥土和板材都被冲走了，只散乱立在那儿的树桩，但通常是平时高度的两倍，和它们混在一起碰来撞去的是上万艘海军军舰的残骸——军舰所有的那些帆桅和木材，水边露出了最茂密最阴森的荒野，一旦这儿缺少了木头，它随时能提供更多的木头，这样想完之后你也许会对这个湖岸有个大致的概念。即使我们想靠岸也靠不上去，因为有极大的风险会被淹没；风就这么刮着，但我们还是得借助它才能沿岸而行。此时又是黄昏时刻，形成暴风雨的云块就跟在我们后面迅速前进。这真是让人觉得又愉快又激动，但我们还是很高兴终于在黄昏时分到达了张伯伦农场岸边的空地。

我们在一个地势很低的树木不多的岬角登了岸，当我的同伴们搭帐篷的时候，我跑去农场的房子里去弄点糖，我们带的六磅糖已经都吃完了——因为波利斯爱吃甜食，所以难怪糖都吃光了。他一般是先往长柄勺倒杯中的糖，然后才往里倒咖啡。这里有一块林中空地，从湖边一直延伸到山顶，空地上有几间深色的原木屋，还有一间仓库，有六个人站在那间主屋前，迫不及待地想听点儿新闻。其中有一个就是那个管理阿勒加什河上水坝抛接子弹玩儿的那个人。他负责管理堤坝，听说我们第二天要去韦伯斯特河的时候，就告诉我说他们中的一些人正在泰洛斯湖割草晒草，他们为了捉鳟鱼把那边运河上的水坝给关了，如果我们需要更多的水好通过运河，我们可以自己把闸拉起来，因为他也希望能把闸拉起来。张伯伦农场无疑是这片森林里一处令人愉快的林中空地了，但因为时间已经很晚了，它在我心中只留下了一个昏暗模糊的印象。我以前曾说过，只是光线的注入就能让这地方看起来更开化，但是我想他们星期天在他们的林中空地散步,倒是有点像是在监狱的院子里散步。

他们只愿意分给我们四磅的红糖,再多就不给了,他们打开仓库去取,因为他们没留多少多余的以备现在这种情况,而且他们每磅要卖二十美分,不过要把糖运到这种地方来,这个价格肯定还是值的。

我回到岸边的时候,天已很黑了,不过我们有熊熊燃烧的篝火来取暖和烘干,而且篝火后面还有一个舒适的房间。印第安人向导去房子里跟人打听他兄弟的消息,他那位兄弟出去打猎以后就再没回来,已经有一两年不知所踪了,又一阵暴雨就要开始了,我摸索着砍了些云杉和香柏的树枝回来铺床。我更喜欢香柏的树枝,因为它们有香味,我特意在肩膀的位置多铺了一些香柏。在这样一个暴风雨即将来临的夜晚,这些森林里的旅行者到达宿营地的时候,就像是回到了旅馆里,多么的心满意足啊!简直难以形容,把自己裹在毯子里,在他那六英尺长两英尺宽的床上舒展着身体,尽管这床是冷杉树枝做的,还滴着水,一块薄薄的棉布单作屋顶,就这样躺在那里,像一只田鼠躺在窝里一样舒服。

林地田鼠
woodland vole

不过我们最美好的夜晚都是那些雨夜，因为只要下雨，我们就不会受到蚊子的侵扰。

在这样的旅程中，你很快就会不在乎下雨了，至少在夏天是如此，即使没有换洗的干衣服，也很容易就能把身上弄干。在这森林里生起的大火，很快就能把你身上烤干，要比任何人家里的厨房烤东西都快，不仅这里的火炉要大得多，而且木材也更充足。营房形状的帐篷会像扬基烤炉一样吸热和反射热量，即使你可以在睡觉的时候，它也可能在帮你把身上烘干。

在城里，一些人家里的屋顶要是漏了可能会一夜都睡不着觉，但整夜不停的倾盆大雨倒让我们很快就入睡了。今晚的雨并不是从一开始就下得很大，所以湿漉漉的树枝很快就被反射的热量给烘干了。

## 7月29日，星期三

我们醒来的时候，雨已经停了，尽管还是阴天。我们扑灭了篝火，我们的印第安人向导晚上把靴子放在了帐篷的檐下，现在灌了半靴子的水。在这些事儿上，我们俩都比他有远见，他得感谢我们帮他收起火药，没有被打湿。我们决定在早餐前趁着还有可能渡湖赶紧马上动身；出发前，我先测好我们要去的湖岸的方位，大约在南偏东南方向，离我们三英里远左右，以防我们走到半路时，突然下起阵雨，烟雨缭绕看不清方向。虽然我们所处的湖湾还风平浪静，但我们发现外面湖泊的风浪早就已经苏醒了，但还不算危险或令人难受；尽管如此，但当你乘坐这样的独木舟驶出这些湖的时候千万不要忘记，你的一切全任风来摆布，而风又是一种变幻莫测的力量。调皮的风浪随时都可能会跟你玩起游戏，但它又太过野蛮，会直接把水泼到你身上。尽管天色尚早，但已经有几只秋沙鸭和一只鱼鹰出来活动了，我们在阿普穆吉尼加穆克湖的深色波涛中连续划行颠簸了很久之后，终于到达了南边陆地的附近，听见波浪拍打在岸上的声音，我们的思绪也全都转向了那边。我们沿着湖岸向东走了一两英里后，一看到方便停靠的地方就上了岸，在一个多岩石的岬角上吃了早餐。

幸好我们早早渡了湖，一切都进行得很顺利，因为这会儿湖上又掀起了很高的风浪，要是现在才出发的话，那我们恐怕就得绕道走了，不过只要过了这个岬角，水流相对就平静了些。通常当你无法横渡湖泊的时候，你可以选择沿着湖的一边或另一边航行。

我们的印第安向导不时张望着那硬木覆盖的山脊，说他想在这个湖附近的某个地方买上几百英亩地，问我们有什么建议。我们建议他买在尽量靠近渡口的地方。

我和我的同伴讨论了一会儿古代历史的一些事，我们的印第安人向导压根儿不知道我们在说什么，还佯装听懂了，我们被他的态度逗乐了。他自封为裁判，根据我们的神态和手势来判断，他时不时地认真评论说"你说得对"或"他说得对"。

我们离开了左边那个开阔的湖湾，这个湖湾是张伯伦湖在东北方向的延长段，随后我们经过一段很短的狭窄水道，进入几英里外的一个小湖。这个小湖在地图上标注为特拉斯尼斯，但印第安人向导对这个湖没有什么明确的称呼，我们又从那儿进入了泰洛斯湖，印第安人向导管这个湖叫 Paytaywec-omgomoc，或叫火烧地湖。这个湖朝东北方向绕去，我们一路划过去大致有三四英里长。1825 年之后他就没再来过这儿。他不知道泰洛斯这个名字是什么意思；他觉得那不是印第安语。他管它叫"Spokelogan"（表示岸边一个不通向任何地方的入口），我问他这词的意思，他说"这不是个印第安语词儿"。在西南岸有一块林中空地，上面建了一间房子和谷仓，有人跟我们说那儿暂时住着几个收割干草的人；在湖西侧的山坡上还有一块作为牧场的林中空地。

为了去看一下多脂松，我们从东北侧的一个多岩石的岬角上了岸，这是我们这次航行中第一次看到这种树，我们还摘了几个松果，因为我们在康科德看到的为数不多的几棵多脂松都没结松果。

从湖区通向佩诺布斯科特河东支流的出口是人工开凿的，它具体在什么位置看起来并不很明显,但这个湖向东北方向绕了很远,最后流进两个狭窄的峡谷或沟壑,就好像湖水很早就开始自行摸索流向佩诺布斯科特河的通道了一样,或是记起很久以前自己是怎么流到那儿的;我们通过观察哪里的地平线最低,并沿着其中最长的一条峡谷走,终于到达了水坝,我们从上一个营地出发到这里大约已经走了十二英里。有人在这儿留下了一套钓鳟鱼的线,旁边还摆着一把用来在坝上切鱼饵的刀,从这些东西来判断,这人就在附近,在旁边一根被遗弃的原木上放着一台扬基烘炉,里边正烤着一块面包。这些东西表明它们的主人是一位独来独往的猎人,我们很快就见到了这位猎人。他的独木舟、枪和陷阱都离这儿不远。他告诉我们沿着这条线路走,我们得再走二十英里才能到格兰德湖的湖脚,那儿的鳟鱼非常多,想捉多少都行,湖脚下行,大约再走上四十五英里,就能看到东支流上的第一户人家,亨特家。尽管在前方十五英里左右特劳特河上游大约一英里半的位置就有一户人家,但通向那地方的路是一条死路。结果证明,尽管河水便于航行,但我们直到第三天早晨才到下一户人家。我们身后最近的一所永久居住的房子现在距我们有十二英里,因此我们前进路线上距离我们最近的两间房子之间的距离大约是六十英里。

  这个猎人个子很小,皮肤晒得很黑,他已经把他的独木舟抬过来了,面包也烤好了,除了看我们搬运东西以外,也没什么更有趣更要紧的事儿要干了。他一个人出来已经有一个多月了。在康科德的森林里,猎人们每天晚上都可以回自己的屋子里和磨坊坝去,与他们相比,这位猎人的生活不知要多野性,多富有冒险性!可是那些在镇上种野燕麦的人却常把野燕麦种子播种在耕种多年没什么肥力了的土地上。至于大城市那喧闹的世界里的人,他们才没什么冒险精神呢,他们从来不来这里探险,而是像害虫一样,聚集在巷子里和饮酒沙龙里,他们最大的成就可能就是跑到消防车旁边扔扔碎砖头。但相比之下,猎人是独立而成功的,他按自己喜欢的方式维生,也不会打扰到他的人类邻居。在这些森林里,或是任何一个森林里孤身一人的开拓者或定居者的生活都比那些城里人更应该受人尊重,前者直面的是真正的困难,不是自己制造出来的麻烦,他们直接从大自然获取维持生存的营养，而城里那群不能自力更生的芸芸众生，他们的生活靠的是满足极其虚伪的社会需求，他们会在经济不景气的时候被炒鱿鱼！

我第一次发现这里的树莓确实很多，即在经过阿勒加什河和佩诺布斯科特河东支流之间高地的时候，蓝莓也很多。

泰洛斯湖是圣约翰河在这一侧的源头，韦伯斯特湖是佩诺布斯科特河东支流的源头，它们之间不过相距一英里，而且由一个沟壑连接在一起，在这个沟壑里只要稍微挖一挖，就能让水位较高的泰洛斯湖里的水流到低处的韦伯斯特湖。这条运河不到一英里长，约四杆宽，是在我第一次到缅因的前几年开挖的。运河挖好以后，阿勒加什河上游及其所属湖泊的木材都顺着佩诺布斯科特河漂下，也就是沿阿勒加什河逆流而上，在这里阿勒加什河主要是由一系列面积较大且不流动的湖泊组成，这些湖的通道或河流之间的连接段，也因为修建了水坝而几乎同样不怎么流动了，然后再流向佩诺布斯科特河。水流的冲击已经使运河发生了巨大的变化，运河现在看起来就像是一条在沟壑中奔腾的山间湍流，天然到你都不会相信把圣约翰河的水从这儿引入佩诺布斯科特河还需要人工挖掘。河道十分蜿蜒，几乎看不见下游。

斯普林格在他的《林中生活》中提到了挖掘这条运河的原因。大致是这样的：根据1842年和大不列颠签订的条约，双方同意，所有从圣约翰河流下的木材——圣约翰河在缅因段地势升高——"在新不伦瑞克省内时……应将其视为该省出产的产品"，这句话在我方看来，意思就是这些木材应该免税。新不伦瑞克省想从美国人身上多捞点好处，于是马上开始对所有经过圣约翰河的木材征税；但为了让自己的臣民满意，又说"对那些从女王的土地上砍伐的木材，则在征税时予以相应的优惠"。这件事的结果就是，美国人强行改变了圣约翰河的流向，让它沿着佩诺布斯科特河向下流。如此一来，新不伦瑞克省不仅失去了税收，还失去了水源，而美国人却大赚了一笔，这倒应该好好感谢一下提出了这种建议的新不伦瑞克省。

这地方水源十分充足，令人惊叹。划船横渡湖泊的时候，会看到前面的湖湾，沿着湖湾上行或是沿汇入湖的支流上行，经过一条很短的陆上运输线，或者在某些季节可能根本不用搬运原木，就能进入到另一条河，这一条河和你刚刚划过的那条河最后会汇入两个不同的地方，而且两者相距甚远。一般来说，乘上独木舟你可以去任何地方，你需要经常走陆上运输线，但都不是很长。在这里，你只是会再一次体会到大自然一直铭记的事情，毫无疑问，这里的水在前一个地质时代就是这么流的，只是在过去这里不是一个湖区，而是一片群岛。看起来似乎较年轻更易受影响的河流很难抵制住无数其他河流的邀请和诱惑，它们总会离开自己的河床，到邻近的河道里奔腾。你所经过的搬运段，常常是前一个地质时期留下的干涸河道，而现在有一半都淹没在水中。从一条河走联运线搬运到另一条河的过程中，我没有像绕过同名瀑布时那样走过一些又高又多岩石的地方。因为我前面说过，之前这样走的时候，导致我在沼泽里迷了路，而且还又发现了一条看起来像天然河流的人工运河。

我记得曾经梦想着自己有一天能在缅因的河上驾着独木舟逆流而上，一直划到一个很高的地方，高到河道都干了。这时我就继续在沟壑和峡谷里穿行，几乎跟以前一样，只是要划得更用力一点，现在看来，我的梦想算是已经部分实现了。

哪儿有水流的通道，哪儿就是独木舟的路。1864 年从奥尔德敦逆流而上驶向佩诺布斯科特河的汽船的领航员告诉我，那艘船吃水只有十四英寸，在两英尺深的水中行驶自然更是容易了，尽管他们并不想这么做。据说西部的一些轮船可以在一颗大露珠中航行，由此我们可以想象，一条小小的独木舟更是无处不能去了。英国人约在 1760 年派蒙特雷索从魁北克来勘探通往肯纳贝克河的路线，后来阿诺德走的就是这条路，蒙特雷索在佩诺布斯科特河的源头附近建了几个河狸坝，给佩诺布斯科特河的源头提供了水源，而且他还说："这是常有的事。"后来他说加拿大总督已经禁止人们在穆斯黑德湖流向的肯纳贝克河出口周围骚扰河狸，因为它们的坝抬升了水位，方便了通航。

这条所谓的运河是一条极其湍急而又多礁的河流。我们的印第安人向导认为不用开闸放水了，河里的水就足够了，开闸放水只会让水流变得更汹涌。他决定独自划独木舟下去，我们则扛着大部分的行李搬运过去。我们的供给已经大约消耗了一半，剩下的一小部分就留在了独木舟里。我们已经把猪肉桶扔了，把剩下的猪肉包在了桦树皮里，桦树皮可是森林里最好的包装纸了。

我们顺着一条潮湿的小道穿过森林，差不多和印第安人向导同时到达韦伯斯特湖的源头。虽然他航行的速度很快，但我们走的是两点间的直线。韦伯斯特河源于这个湖，它的印第安语名字是 Madunkchunk，据我们的印第安人向导说它的意思是高地，这个湖的印第安语名字是 Madunkchunk-gamooc，意思是高地湖。湖长约两三英里。我们在湖岸上前行的时候，路过了一棵被雷电劈裂的松树，也许就是昨天劈的。严格意义上讲，这是我们进入的第一处佩诺布斯科特河东支流水域。

在韦伯斯特湖出口处还有另外一个水坝，我们在那儿停了下来采了些树莓，而我们的印第安人向导则沿河下行半英里，穿过森林，去看看他即将与什么环境作斗争。这里有一处被遗弃的原木营房，显然是前一个冬天用过的，还有"牛栏"或关牛的牲口棚。营房里有一张冷杉枝做的大床，高出地面两英尺，占据了一个房间的很大一部分，靠墙的地方摆着一张长又窄的桌子，桌前有一张结实的原木凳，桌子上方有个小窗，这是屋里唯一一扇窗户，可以透进微弱的光线。这是一个简单而坚固的抗寒堡垒，而且看得出他们曾在这儿辛苦地劳作过。我在附近的森林里发现了一两个精巧奇特的木陷阱，已经很久没用了。其主要的部分是由一根细长的竿做成的。

我们在水坝上的岸边吃了午餐。我们坐在篝火边，水坝的泥质堤岸把我们遮在身后，就在离我们不到一杆的地方，一群半大的秋沙鸭排着长队，从坝下的水里摇摇摆摆地经过，近到我们几乎伸手就能抓到。我们所到的河流湖泊里，这种鸭子都特别多，每隔两三个小时就能看到有一群排成长队从我们面前的水面上冲过去，一次有二十到五十只，它们很少会飞，而是以极快的速度在河里往上游或下游跑,即使是在最湍急的激流中也不例外,显然它们逆流顺流跑得一样快,它们要不就是沿对角线横渡过去,有一只老一点的鸭子看起来在后面赶着它们,还时不时飞到前面,似乎是去给它们引路。我们还看见许多小小黑色的白枕鹊鸭,它们的举动也很相似,有一两次还看到了几只黑鸭。

在奥尔德敦,有个印第安人曾告诉我们,在圣约翰河上的泰洛斯湖与佩诺布斯科特河东支流的塞肯德湖之间,有一条十英里的搬运段,我们得从那儿过;但我们遇到的伐木工很肯定地告诉我们,搬运段的距离不会超过一英里。就我们所知,结果表明那位最近刚走过这条路的印第安人给出的数据是最接近实际距离的。不过,如果我们中有一个人能给印第安人向导帮上忙,和他一起在激流里驾驶独木舟,那我们可能已经沿水路走完大部分的路程了;但由于他只能独自一人在这种水域里驾独木舟,所以我们就不得不徒步走过大部分路程。我感觉我们还没准备好在韦伯斯特河上做这样的试验,毕竟这条河是出了名的难走。据我观察,一艘平底河船如果驾驭得当,一定可以在湍流中疾驰,而只有一个印第安人驾驶的独木舟就只能靠搬运绕行。

我和我的同伴肩上扛了相当一部分行李,而剩下那些最不太会因为浸水而受损的东西则放在独木舟里交给我们的印第安人向导。我们不知道什么时候才能再和他碰头,因为这运河挖好以后,他就再没走过这条路,而且三十多年都没走过这条路了。他答应等他进入平缓的水域时就停下,如果可能的话,就上岸找我们走的那条路,并呼叫我们,喊完就稍微等上一会儿,没听到我们的回应就继续往前走,再喊喊试试,我们也会留神用同样的方式来找他。

他出发了,先驶过泄水道,越过水坝,像往常一样站在颠簸的独木舟上,很快他的身影就消失在了一个荒凉峡谷的岬角后面。对伐木工来说,这条韦伯斯特河是出了名的难对付。这条河极其湍急多礁,而且还很浅,几乎无法航行,除非这种航行指的是下到河中的船肯定会被迅速冲到河下游,尽管在这个过程中船可能就已经被撞得粉碎了。这有点像在雷雨天的水龙卷里驾船一样。通常会有一种无法抗拒的力量推着你前进,你时时刻刻都要挑选好自己的路线,要在礁石和浅滩之间做出选择，并适时进入航道，尽可能地慢速前行，如果可能的话，要经常要稍停片刻，这样就有时间观察前面的湍流了。

在印第安人向导的指引下，我们走了南边的一条旧路，尽管这条路离河道很远，但看起来是沿河而下的，直接穿过弯道，可能会通到塞肯德湖，为了安全起见，我们先是带着罗盘走地图上东北方向的路线。那是一条荒凉的木道，上边还有几处人们赶牛过去时候，牛留下的足迹，它们大概是去了某个旧宿营林中空地去放牧，这些足迹与驼鹿的足迹混在一起，这些驼鹿最近才从这里走过。我们一直往前走，走了约一小时，一刻也没放下过背包，有时还要绕过或爬过倒下的树，大多数时候，我们既看不到河道，也听不到水流声；直到走了约三英里之后，我们发现了一个老营地，那儿有一条通往河边的小路，我们非常高兴，营地这儿是一小片林中空地，我们就在那儿稍停了片刻。尽管河水在这里又浅又多礁，连绵不断的湍流波浪翻滚，可当我在岸边坐下时，又看到了一长队秋沙鸭，它们好像受了什么惊扰，沿着我对面的河岸逆流而上。它们依然像平常顺流而下一样轻松自在，当波浪从它们脚下流过的时候，它们只需碰到波浪的表面，就能从中获得足够的推力向前游去；但是不久它们就又回来了，是被我们的印第安人向导赶回来的，因为河道过去蜿蜒曲折，他落后了我们一些。他刚从上面一点点的岬角边冲过来，独木舟停到我们旁边的时候，里边已经进了很多水。用他的话来说，他发现"水流特别猛"，在到这儿之前，他半路还不得不上了一次岸，把涌进独木舟里的水倒出来。他抱怨说，为了保持独木舟沿着正确的航线航行，他只得费尽力气拼命地划，因为没有人能在船首帮他，而且尽管水很浅，但要是在那里翻了船，那可不是闹着玩的，因为水的冲击力很强，他宁可让我用桨打在他头上，也不想让那水打在他身上。看着他从那峡谷中出来，那感觉就像是你往一个倾斜的之字形水槽里灌水，然后扔一个坚果壳进去，再抄近道到水槽底部，及时赶到那儿去看坚果壳漂出来，尽管水流湍急奔腾颠簸，坚果壳依然开口向上，没有打翻，只是灌了些水。

我抓着他的独木舟，他终于有机会能稍稍喘口气，很快他又绕过另一道弯消失了，我们则又把背包扛上肩，继续赶路。

我们并没有马上回到我们的小道上，而是沿着河边艰难前行，直到最后我们才穿过森林走到内陆，再次回到我们原来的路上。还没走上一英里，我们就听到了印第安人向导在呼喊着叫我们。他穿过树林走到小路上，沿路来找我们，因为他已经到了一片相当平缓的水域，可以兑现他的诺言来接我们上船了。河岸离我们约有四分之一英里，要穿过一片又密又暗的森林。他在前头带路，领我们回独木舟，只见他在树林里快速地弯曲前行，身影时左时右。我非常好奇，于是低下头仔细看，发现他是顺着自己来时的脚印走回去的。我只能时不时在苔藓上看见他的足迹，但他看起来并没有往地上看，也没有片刻停顿，就这样准确地把我们带回到了独木舟上。这使我感到非常惊讶，因为要是没有罗盘，也看不见河道听不见水声，一旦没有这些东西来引路，我们肯定沿正确的路线走不了几分钟就偏离了，要想原路折回，也就只能循着脚印走上很短一段，就这都要费很大的劲儿，而且还走得很慢，一路上格外得留神。但显然我们的印第安人向导在森林里来回穿行自如，只要他白天走过的地方，晚上都能走回去。

在阴暗的森林里这样艰难跋涉了一段之后，再一次换乘独木舟顺着湍流漂下，这种变化倒是让人觉得惬意。这条河的大小和我们的阿萨贝特河（在康科德）差不多，虽然水流还是很急，但这里已经几乎风平浪静了，能明显看出水面向下倾斜，连绵好几英里，形成一个规则的倾斜面，就像一面稍稍斜置的镜子，我们就在这镜面上沿岸而下。这种明显规则的斜面，如果对照着河岸看水线，就会看得特别清楚，这给我留下了独特的印象，或许我们的快速运动也加深了这种感觉，所以我们只是看上去滑下了一个很陡的斜面，但实际上并没有那么陡，但因为速度很快，所以要是我们途中突然碰上了湍流和瀑布，那将很难避开或脱身。我的同伴没感觉出这是个斜坡，但我却有着勘测员的眼光，我确信我的眼睛没有看错，这不是个幻觉。当你靠近这种河的时候，你只消看上一眼就能知道水的流向，尽管你可能没有感觉到水的流动。我观察水平线与水面形成的夹角，计算我们划一杆的距离，高度下降了多少，其实想要产生这种效果，根本不需要下降很多就能实现。

在这个倾斜的镜面上沿岸滑行的感觉跟在我们康科德河的死水里漂流是完全不同的体验，这种滑行让人非常振奋，是一次完美的旅行经历，这个倾斜的镜面时不时蜿蜒而下，从山上奔流而下，更确切地说是在两片常绿林之间顺流而下，森林的边缘部分长的是已经高高的乔松，它们都已经枯死了，有时有的乔松斜在河的半空中，不久肯定会在河上搭起一座桥来。在那儿我还看到了一些怪树，它们几乎没长树枝，在八九十英尺高的树干上，直径也几乎没有变细，还是一样的粗。

我们就这样飞速向前航行着，我们的印第安人向导故意拉长声调慢吞吞地反复念叨着"丹尼尔·韦伯斯特，大律师"这几个词，显然是这条河的名字让他想起了丹尼尔，他给我们讲他曾经有一次去波士顿拜访这位大律师，碰面的地方他觉得应该是丹尼尔的公寓。在我们看来，他去找丹尼尔并不是因为有什么事，而只是去问候一下表示一下敬意。我们接着追问，他又给我们详尽地说了说这位律师。他们见面那天是韦伯斯特发表他的邦克山演说后的第二天，我想波利斯应该去听了这个演说。他第一次去拜访的时候一直在等，等到他都累了也没见着，于是他就走了。第二次的时候，他看见韦伯斯特从他等待的那个房间门前经过了好几次都没注意到他，韦伯斯特只穿了衬衫没穿外衣。波利斯想如果韦伯斯特去拜访印第安人的话，印第安人才不会像韦伯斯特对待他这样来对待他。最后，又等了很长时间，他终于走了进来，朝波利斯走过去，还非常粗暴地大声问他"你想怎么样！"波利斯看着他手上的动作，一开始还以为他要打他，就在心里对他自己说："你最好小心点，你要是敢动手，我可不会善罢甘休。"波利斯不喜欢他，说他说的那些话"还不如聊一只麝鼠有意义"。我们说大概是韦伯斯特先生当时太忙了，有太多拜访者。

行至湍流和瀑布处，我们原本轻松的旅程戛然而止。印第安人向导沿着河岸查看水势去了，我们则爬过岩石取采浆果。在这里蓝莓长在大岩石顶上，十分奇特，让人觉得这是一块高地，但实际上这条河确实是高地河。印第安人向导回来以后跟我们说："你们得走路过去了，水势太猛。"于是，他搬出他的独木舟，在瀑布下又把它放下水，很快就又消失在视线内。每当这种时候，他就会踏进独木舟，拿起桨，带着一股神秘的气息出发，他目光投向下游远处，自己的想法秘而不宣，似乎是要把森林和河流的所有智慧都吸引到自己身上一样；但有时我觉得他脸上的表情有些调皮，这让我不由得冲他会心一笑，因为他心情非常愉悦。与此同时，我们背起包沿着河岸攀爬，因为没有路可走了。这也是我们今天最后一次乘船了。

　　这里的主要岩石是一种板岩，矗立在岸边，我的同伴最近刚从加利福尼亚回来，他认为这种石头就跟那种里面含金的石头一样，他说要是他有一个淘金盘的话，他肯定会在这儿弄点沙来淘。

　　印第安人向导现在前进的速度比我们快得多，不时得停下来等我们。我们喝了一路的泉水，我在这里找到了这趟旅程中唯一一处清凉的泉水，这股细小的水流流进沙岸上的一个坑里。这是一件非常令人难忘的事，与山区相比，这一带由于海拔的原因，不管走到哪儿，那些河流溪流里的水最后都会汇入死水或温水里。沿着河岸前进的道路非常难走，我们要走过倒下和漂流来的树，穿过灌木，翻过岩石，不时还要转向绕过河水，或是走多沙砾的沙洲或从内陆走。在某个地方，因为印第安人向导在我们前头，我们要赶过去，但面前又横着一条汇进河道的小河——河虽小但是很深，我只能脱个精光涉水过去，而我的同伴走的内陆，他在高处的森林里找到了一座很简陋的桥，于是他决定从那儿过河，走了很远，我有一段时间都没见着他。我在那里看到了驼鹿刚刚走过的足迹，找到一株一枝黄花（golden-rod）（可能是大叶一枝黄），这是我没见过的品种。我从河边附近的森林里走过，路过了一根乔松原木，它粗的一头直径能有五英尺。大概就是因为这原木太大了，才把它留在了这儿。

　　不久之后我就在一块火烧地的边缘赶超了印第安向导，这块地的一头在塞肯德湖上游约三英里处，至少延伸了三四英里，我们预计当天晚上到达塞肯德湖，这个湖离泰洛斯湖约十英里远。这片火烧区域岩石比之前的地方还要多，但尽管这里相对开阔，我们还是看不到塞肯德湖。我已经有一阵子没见着我的同伴了，为了找他，我和印第安人向导一起爬上河边一块很高的岩石，这块奇特的岩石构成了一道窄窄的山脊，顶部只有两英尺宽；我们喊了他好多次，我终于听到他从很远的内陆回应了一声，他走了一条离河越来越远的路，或许那条路能直接通向塞肯德湖，他现在正在找寻河流的位置。我看到在往东或者说河的下游四分之一英里处还有一块类似的岩石，比我们踩的这块要高很多，我穿过火烧地朝那块岩石走去，想爬到它的顶上去看看湖在哪儿。如果印第安人向导划着独木舟继续往河下游走，一路上不停呼喊，那我的同伴就可能在路上跟我会合。我们会合之前，我注意到一只驼鹿很明显刚从这儿的一根腐烂的大松树树干上跑过，它可能是被我的喊叫声吓到了，这根腐烂的松树有三四十英尺长，横在一块洼地上边，正好搭成一座桥，对我来说很方便，对它来说也一样方便。驼鹿的脚印和牛的一样大，但牛可无法从这里通过。这块火烧地是一片极其原始、荒凉的地方。从杂草和幼苗的情况来看，这里应该是两年前烧过的。到处都是烧成炭的树干，有的卧倒在地上，有的还直立着，铺了一地，把我们的衣服和手都蹭黑了，即使这儿出现了一只熊，我们也很难根据它的颜色把它分辨出来。大树的空壳耸立着，有二十英尺或四十英尺高，有的外面根本没被烧，有的只被烧了一面，但树干里面已经烧黑了。火是从树的内部烧起来的，就像是在烟囱里一样，烧得只剩下树的边材。有时我们还得踩着一根倒下的树干，跨过五十英尺宽的多岩石山谷；四面都生长着大片柳兰，这是我见过的最大的一片，上面还长着大丛大丛的石竹。其间还混杂着一些蓝莓和树莓灌木丛。

像穿过第一道山脊一样，我们越过了第二道山脊，当我准备开始过第三道山脊的时候，被我抛在身后岸上约五十杆远的印第安人向导向我示意让我到他那儿去，但我给他打了个手势说我要先爬上我前面这块最高的岩石，我希望能从那儿看见湖。我的同伴陪我爬到了岩石顶上。这块岩石和其他岩石的构造一样。这些奇特的岩石小山不管之间相距多远，都能保持完全平行，这给我留下了深刻的印象。我拿出罗盘，发现它们全都是西北东南走向，岩石是竖立着的，

柳兰
fireweed

而且边沿都很陡峭。我记得这块岩石大约有三分之一英里长，但很窄，它从西北端开始缓缓抬升到约八十英尺高，但是东南端很陡。西南侧的坡度和普通屋顶差不多，或者说是我们可以安全攀爬的斜度；东北侧则是矗直的悬崖，从上面跳下你就可以直接落到底部，河水就从附近流过；山脊的顶部是平的，可以在上面走，只有一至三四英尺宽。打个简单的比方，将一个梨纵向切成两半，将平的一侧平放，茎朝西北，然后沿着茎的方向再将其垂直切成两半，留下西南面的那一半。这就是山的大致形状了。

这里火烧过之后才露出了这些一大片重叠起伏的岩石，十分神奇和独特；它们就像是溅开的碎浪。怪不得从这些岩石间穿过的河流都十分湍急，而且还会被斜坡阻拦。毫无疑问，这些岩石要么没有泥土覆盖，要么就是即使有泥土也很干燥，导致火一烧就把这里烧得干干净净。越过森林我们看见了塞肯德湖，大约在我们前面两三英里处，我们看到河流在我们所站的这个悬崖西北端附近，或者说在我们所处位置的上游一点的位置突然拐了个急转弯往南流去，所以我们现在的行进路线刚好避开了这个弯道，而且就在离我们下面不远的地方，有一个大瀑布。我能看见独木舟就在我们身后，距离大约有一百杆远，但现在在我们的对岸，我猜想我们的印第安人向导应该是决定要把独木舟抬出河道，从陆上搬运绕过那边的一些难走的湍流，可能他刚刚跟我招手示意就是为了这个，但我等了一会儿之后，还是没看到他的身影，不知道他去了哪儿。于是我就跟我的同伴说我了我的疑惑，不过我开始猜想他可能已经往内陆走了，从那边找个山顶爬上去看看湖在哪儿，就像我们刚刚做的那样。后来证明情况就是这样的；因为当我回头开始往独木舟走的时候，听到了微弱的呼喊声，看见他站在那边远处的一个多岩石小山的顶上，但是过了很长一段时间，我看见他的独木舟还停在原地，他还没回到独木舟上，看来他好像也不急着回独木舟，而且，我记得他之前曾跟我招手示意过，我想可能有什么我不知道的事儿耽误了他，因此我开始沿西北方向回去，顺着山脊走，向河流的弯道走去。我的同伴刚刚没跟我们在一起，现在甚至在考虑是否有必要单独宿营了，他既想少走路，又想能跟上我们，他问我我要去哪儿，我回答说，我要走回到离印第安人向导近点，能和他讲话的地方，随后我想我们最好能一起沿着河岸走，这样印第安人向导能一直在我们的视线范围内。

我们到达岸边的时候，印第安人向导也从对岸的森林里冒了出来，但因为河水的咆哮声太大了，我们很难和他对话。他沿着河岸朝西走向他的独木舟，而我们则停在河流向南急转弯绕过悬崖的那个角那里。我再次对我的同伴说，我们应该沿着河岸走，让印第安人向导一直在我们的视线范围内。于是我们开始前进，俩人距离很近，在我们身后的印第安人向导又把独木舟放进了水里，但就在这时，我看见印第安人向导又在向我示意，已经横渡了河流到我们这边来了，他现在就在我们身后四五十杆的地方，这时我的同伴刚刚消失在一个悬崖岬角的大岩石后边，在我前面三四杆的位置，他正沿着河道往下走，我冲他喊道，我要去帮印第安人向导一会儿。于是我就过去，帮他把独木舟搬过一个瀑布，我俯卧在一块岩石上，端着独木舟的一端，他在下面接着，为了赶上我的同伴，我又回到了河流向南急转弯的那个岬角处，至多就花了十到十五分钟，而波利斯则独自驾着独木舟滑下河，与我并行。但让我惊讶的是，当我绕过悬崖以后，尽管岸上至少四分之一英里的范围内光秃秃的一棵树也没有，也没有岩石，但我却没看到我同伴的身影。就好像他钻到地里去了一样。这让我有点难以理解，因为我知道自打我们走过沼泽地以后，他的脚就一直很痛，而且他还希望和大家待在一起，况且这里路又很难走，还得爬过岩石或是绕过岩石。我赶紧往前走，一边走一边大喊着找他，我想他可能被岩石挡住了，但是又怀疑他是不是根本没往悬崖另一边走。印第安人向导驾着独木舟前行得更快，直到他被下游约四分之一英里处的瀑布挡住了去路。于是他就上了岸，说我们这天晚上不能再往前走了。太阳正在下山，因为这条河里湍流和瀑布太多，我们大概必须得离开这条河了，往东搬运相当长一段路到另一条河去。这会儿的第一要务就是去找我的同伴，因为我现在非常担心他，我请印第安人向导沿着河岸到河下游去找找，往下一过瀑布，就又开始是没被烧过的树林了，而我则回头去我们经过的那个悬崖附近找找。印第安人向导有点不情愿，不愿意再费劲儿了，抱怨说他干了一天的活了很累，他一个人驾独木舟漂下这么多湍流实在把他累得够呛，早就精疲力竭了；但是说归说，他还是出去喊着找同伴去了，他的声音听起来有点像猫头鹰的叫声。我记得我的同伴眼睛近视，我真担心他从悬崖上掉下去，或晕倒了栽在悬崖下的岩石中。我大喊着，在暮色中，把悬崖上上下下都找了个遍，一直找到天黑了看不见为止，希望至少能在下面找到他的遗体。有那么半个小时，我所能想到的和相信的只有最坏的结果。我想如果没找到他，第二天该怎么办，在这种荒野里我又能做什么，要是他没有跟我一起回去，他的亲人会怎么想。我感觉如果他真的离开河边走丢了，那找到他的希望就很渺茫了，而此时又上哪儿找能帮上忙的人？就算召集了这乡野里的所有人又能怎么样？这里不过只有两三个营地，每两个之间相隔二三十英里，又没有道路，或许也没人在家。但成功的希望越渺茫，我们越是要尽力去找。

我赶紧从这悬崖上跑下来，回到独木舟那儿，想鸣响印第安人向导的枪，但我发现火药帽在我同伴那儿。我还在想着要怎么才能开一枪，这时印第安人向导回来了。他也没有找到我的同伴，但是他说他在沿岸的地方看到了一两次我同伴的足迹。这让我一下子就受到了鼓舞。他反对我鸣枪，他说因为河水的咆哮声，我的同伴能听到枪声的可能性不大，不过就算他听到了，枪声会引着他向我们这边走来，但这样的话，他摸黑走很可能会摔断脖子。鉴于同样的原因，我们也没有在最高的岩石上生火。我建议我们两人应该继续沿着这条河往塞肯德湖走，反正不管怎样我都要这么走，但印第安人向导说，"没有用的，摸着黑什么也不能做；等到了早上，我们就去找他。没事——他可以自己搭帐篷。这里没有猛兽，不像在加利福尼亚州，这里没有吓人的熊，况且他连加利福尼亚州都去过了，今晚挺暖和，他会像咱俩一样没事的。"我想他要是身体没事儿，那没了我们也没事。他已经在加利福尼亚州住了八年了，常常跟野兽和野人打交道，对付它们的经验少不了，他还特别习惯进行长途旅行，但要是他病了或死了，那他就应该在我们所处位置的附近。现在森林里一片漆黑，现在只能让黑暗决定这个问题了。我们只能在原地扎营。我知道他带着背包，带了毯子和火柴，如果他没事的话，处境不会比我们差，只不过他可能会吃不上晚餐，也没人做伴罢了。

河的这边到处都是岩石，我们横渡到东边更平坦的河岸，在离瀑布不到两三杆距离的地方开始扎营。我们没有搭帐篷，而是直接躺在沙上，身下铺了几把草和树枝，因为那附近没有常青的树。我们用一些烧焦的树桩作燃料。我们的各种供给袋都已经在湍流里弄湿了，于是我把它们排在火堆周围烘干。旁边的那个瀑布是这条河上主要的一处瀑布，我们身下的大地都在随它震动。因为有露水，所以这一晚很凉爽；而且大概是因为离瀑布很近，所以这里就更凉爽了。不过印第安人向导却满腹牢骚，因为后来他觉得他就是在这里受了寒，而且引起了更严重的病情。但是不管怎么说，我们并没怎么受到蚊子的侵扰。

由于心里太过焦虑，我躺着很久都睡不着，但我自己也不知道怎么回事最后又对我的同伴放起心来了。最开始我总是往最坏了想，但现在我几乎毫不怀疑，相信我第二天早上一定能找到他。我不时产生一种幻觉，好像听到了他在河对岸喊一样，他的呐喊声穿透了瀑布的咆哮声传到我的耳朵里；但不过就算他在对岸喊，我们能不能听见还是个问题。有时我怀疑印第安人向导是否真的看到了他的足迹，因为他从一开始就表现得很不情愿去多找，于是我又开始担忧起来了。

我们这次宿营的地方是我们住过的最荒凉、最孤寂的地方了，如果说在别处人们还有可能碰见一些当地居民的话，那么在这儿，能听到的就只有夜鹰掠过时发出的短促尖叫声。前半夜弦月当空，月光照射在光秃秃的石头小山上，山上有着高高的烧焦了的空心树桩和树壳，这一切都让这地方显得更加荒凉。

## 7月30日，星期四

今天一大早我就把印第安人向导叫醒了，让他和我一起去找我的同伴，希望能在河下游一两英里的距离内找到他。印第安人向导想先吃早饭，但我提醒他我的同伴别说早饭了连晚饭也没吃。因为韦伯斯特河再往前就没法儿航行了，所以我们必须得先把独木舟和行李抬到另一条河去，即去到离这儿大约四分之三英里的东支流主河道。我们在这条搬运段上走了两趟，满是露水的灌木把我们弄得都湿透了，就像是刚从没过半身的水中走过一样；我不时高声呼喊着，尽管湍流的咆哮声这么大，我也没抱什么希望他能听到我的声音，更何况我们还在对岸。第二次过这条搬运段的时候，印第安人向导头顶着独木舟走在我前头，脚下绊了一下重重地摔在了地上，他躺在那儿好一会儿都没爬起来，还一声不吭，看起来很痛。我赶紧走上前去帮他，问他伤得厉害不厉害，但过了一会儿，他也没回答就又跳起来继续往前走了。他一路上都沉默寡言，但这种沉默没什么恶意。

我们把独木舟放下水,沿东支流才往下走了一点儿,我就听到了我同伴的回应,不久我就看到他站在下游约四分之一英里远的一处岬角上,那儿有块林中空地,他旁边生起的一堆篝火还在冒烟。在我看到他之前,自然是喊了又喊,但印第安人向导则不耐烦地说道,"行了,他听到了。"就好像喊一次就够了似的。那里就在韦伯斯特河河口下面一点。我们到达的时候,我的同伴正在抽烟斗,他说他昨晚过得很舒服,尽管有露水,稍微凉了些。

原来当前一天傍晚我们还在一起,我冲河对岸的印第安人向导喊的时候,他因为眼睛近视,既没看见我们的印第安人向导,也没看见他的独木舟,当我回去帮印第安人的时候,他又没看见我走了哪一条路,他以为我们在他的下游

北方高丛蓝莓
northern highbush blueberry

而不是上游，因此赶紧往前去追我们，结果就和我们走散了。于是他就到了这块林中空地，其实就在我们营地下边约一英里远。这时夜幕已经降临了，他就在一个小洞里生了火，裹着毯子躺在火边，心里还想着我们仍旧在他前头。他觉得他前一天晚上可能听到了一次印第安人的叫喊声，不过他误以为是猫头鹰的叫声了。天黑之前，他还看到了一种珍稀植物，在火烧地里，在一片片粉红色的柳兰中，居然看到了纯白色的品种。他在岬角这里发现了一块伐木工衬衫的碎片，已经把它挂在河边的一根竿上给我们当信号了，上面还附了一张便条，告诉我们他已经向前往湖那边走了，如果他在湖那里找不到我们，过几个小时他就会回来。要是他不能很快找到我们，他曾想过走回去找我们在十英里开外的泰洛斯湖遇到的那个孤独猎人，如果成功找到了他，就雇他带自己回班戈。但要是这位猎人走得和我们一样快，他这会儿离我们已经二十英里开外了，而且谁又知道他是往哪个方向走了？在这片森林里找他，就像在干草堆里找一根针一样费劲。我的同伴还一直在思考光靠吃浆果他能撑多久。

我们在一张卡片上写下我们名字、目的地和来访日期，用这张卡片换下他写的便条，波利斯将卡片整整齐齐地夹在一片桦树皮里，以保持干燥。可能后来的一些猎人或勘探者都看到过这张卡片。

我们在这里匆忙做了一顿早餐，大家的胃口都很好，之后将衣服稍微烘干了些之后，我们就迅速漂下蜿蜒的河道，往塞肯德湖去了。

河岸越来越平缓，常常有沙砾滩和沙滩，在靠近塞肯德湖的低地处，河道也变得更加蜿蜒曲折了，这时可以看到榆树和梣树；还能看到加拿大百合，我摘了一些加拿大百合的球茎准备拿来作汤。在一些山脊上，火烧地一直延伸到了湖边。这是一个非常漂亮的湖，有两三英里长，西南边是高山，（据我们的印第安人向导称）这座山叫 Nerlumskeechticook，即死水山。从地图上来看，这山标注的名字是卡邦克山。据波利斯说，这座山一直沿着这个湖和它下面一个更大的湖延伸出去，但山的高度却不相同。我想这个湖的印第安语的名字应该跟山的名字一样，可能最后在后面加上个 gamoc（戈莫克）或 mooc（穆克）。

早晨天气很晴朗，非常宁静安详，湖面就像玻璃一样光滑，我们划船前行，才引得湖里泛起一道涟漪。湖周围黑黝黝的山被一层淡灰蓝色的薄雾笼罩着，白得发亮的纸皮桦树干和其他树木混在一起。棕林鸫在远处的岸上鸣唱着，在西面一个看不见的湖湾里，有一些潜鸟在嬉戏，它们似乎受这明媚晨光的鼓舞，发出了欢乐的鸣叫声，那声音飘过湖面，清晰地传入我们的耳中，令人惊讶的是，萦绕在湖四周的回声竟然比原来的声音还要大得多；大概是因为潜鸟所处的位置是山下一个规则弯曲的湖湾里，而我们刚好处在多个回声聚集的焦点处，这声音就像是经过凹面镜反射的光一样，都聚焦到了一个点。在担惊受怕了一晚上后，我们又重新聚到了一起，这也更让我们觉得眼前的美景更加动人了。这也让我想起了西支流的阿姆贝吉吉斯湖，我第一次来缅因的时候，就渡过了那个湖。沿湖而下划过湖区后，我们就停了下来，我的同伴就下去钓鱼了。一只白色的（或稍白的）鸥鸟停在湖中间离我们不远处一块露出水面的石头上休息，与周围的整个场景十分和谐；我们就在温暖的阳光下休息，就在这时，我们听见距我们有四五十杆远的森林里传来一声猛烈的撞击声或者是爆裂声，就像一根棍子被什么大型动物踩断了的声音。在这里，即便是这种事也能变成一个有趣的小插曲。我们还幻想着能钓到巨大的突吻红点鲑，当时还觉得鱼已经在一点点咬饵了，结果我们的渔夫拖上来一看，只是一只很小的河黄鲈，随后我们

河黄鲈
yellow perch

又抄起桨匆匆向前赶路了。

　　这个湖出口的位置不太明显，印第安人向导认为在这个方向，而我却觉得在另一个方向。他说，"我跟你赌四美分的，出口肯定在那边"，嘴上虽然这么说，但他还是继续按我指的这个方向前进，最后事实证明我指的这个方向没错。我们往湖的出口走那会儿，还是上午很早的时候，他突然喊道："驼鹿！驼鹿！"并叫我们都别动。他往自己的枪上装了个火药帽，并从船尾站了起来，迅速将独木舟直接划向岸边，朝着驼鹿就去了。那是一只母驼鹿，离我们约有三十杆的距离，站在湖出口附近的水里，有一部分身体遮在倒下的木材和灌木丛后面，隔着这么远的距离望去，它看起来并不是很大。它正拍动着它的大耳朵，而且不时地用鼻子把落在身上的苍蝇赶走。我们的出现并没有让它感到特别惊慌，只是会时不时转过头来盯着我们看两眼，然后注意力就又转移到苍蝇身上去了。当我们靠得更近的时候，它就从水里出来了，站到了一个地势更高的地方，用怀疑的眼神儿看着我们。波利斯在浅水中将独木舟平稳地向前推进，而我则有那么一刻忘了驼鹿的存在，只注意到了那些刚好露出水面的一种漂亮的玫瑰色蓼科萹蓄属植物（*Polygonum*），很快独木舟就搁浅在了泥土里，此时距离驼鹿只有八到十杆远，印第安人向导则抓起枪准备开火。驼鹿静静地站了一会儿没动，然后像往常一样慢慢转过身去，这样就把它的侧身暴露给了印第安人向导，而他则抓住时机从我们头顶开了枪。驼鹿随即迈着不紧不慢的步伐走出了八到十杆的距离，穿过一个浅湾，来到对岸自己常去的老地方，站在几棵倒下的红花槭后面，它又在那里停了下来站着不动，距我们大概有十二到十四杆远，这时印第安人向导又赶紧给枪上了子弹，驼鹿仍旧一动不动，于是他又朝它开了两枪。我的同伴则在一旁给他递火药帽和子弹，他说波利斯激动得就像一个十五岁的男孩，以致他的手都在发抖，有一次装送弹棍的时候还给放反了。对一个这么有经验的猎人来说，这种情况倒是不多见。或许是他急着想在我们面前露一手，让我们看看他的好枪法。那个白人猎手曾告诉过我印第安人的枪法都不好，因为他们容易激动，尽管他说过我们找的这位是个好猎手。

此时印第安人向导正迅速而又悄无声息地往回推独木舟，随后又绕了很大一圈，以便能进到出口处，因为他刚才是隔着出口与湖之间一个半岛的狭长地带开枪射过去的，等到我们靠近刚才驼鹿站着的那个地方，他喊道，"它死了"，而且还很惊讶我们居然没和他一样马上看见它。驼鹿就躺在它刚刚站着中最后一枪的地方，而且毫无疑问已经彻底死掉了，它吐着舌头，看起来个头出人意料地大，和马差不多，我们还看到了子弹擦伤树干的地方。

我用一根卷尺量了一下，发现这只驼鹿从肩部到蹄尖只有六英尺，它躺着身子有八英尺长。身体有些部分的直径有一英尺，几乎爬满了苍蝇。这些苍蝇显然是这片森林里常见的那种，它们的翅膀上有黑点，而不是那些时不时在河中间追逐我们的大苍蝇，尽管这两种苍蝇都叫驼鹿蝇。

波利斯准备剥驼鹿皮，他请我帮他找一块石头来磨他的大刀。驼鹿倒下的那个地方是一片平坦的冲积地，上面长满了红花槭等树，所以要找一块磨刀石可不是一件容易的事；我们到处找，找了很久，跑出去很远，直至最后我终于找到一块板岩，没过多久，波利斯也回来了，找了一块跟我找的差不多的石头回来了，很快，他就在那块石头上把刀子磨得十分锋利了。

当他忙着剥驼鹿皮的时候，我则去了湖泊的出口处，想去弄清楚在这水流缓慢又浑浊的出口里到底能找到什么鱼。最大的困难就是要找到一根鱼竿。在这片森林里要找一根十到十二英尺长、又细又直的竿几乎不可能。你可能找上半个小时最后也徒劳无获。这里常见的树是云杉、香柏、冷杉等，它们又矮又粗，而且还多枝，可不是做鱼竿的理想材料，即便你很有耐性，把所有粗糙而又凹凸不平的树枝都砍掉了，也不行。这儿的鱼有红鲈和小眼须雅罗鱼。

印第安人向导已经割下了一大块上腰部位的肉，还有上唇和舌头，并把这些肉裹在驼鹿皮里，放在独木舟底，他还说这肉差不多是"一个人"，意思是这些肉有一个人那么重。我们的负载之前已经减少了约三十磅，但现在又增加了一百磅，这一增幅还是很大的，我们坐的地方也因此变得更窄了，不仅增加了过搬运段时耗费的劳动量，而且还大大增加了我们在湖上和湍流中航行的危险性。按照惯例，这块驼鹿皮是属于我们的，因为印第安人向导是我们雇的，但我们并不想要这块皮。他非常善于鞣驼鹿皮，有人跟我说，他处理过的驼鹿皮，能卖上七八美元。他说他有时候一天光靠卖驼鹿皮就能赚五六十美元；他曾经一天杀过十只驼鹿，不过剥皮和其他的工作要花上两天的时间。他的财产就是这样积攒起来的。在这附近还有一只小驼鹿的足迹，他说小驼鹿"很快"就会来的，要是我们愿意等，他就会把这只小驼鹿也拿下，但我却给他的计划泼了冷水。

我们继续沿着出口往格兰德湖划去，穿过一片沼泽地带，经过一段又长又蜿蜒曲折的狭窄死水，水流被木头给堵住了，在这种地方有时会被原木挡住去路，我们就不得不上岸把独木舟搬过去。我们在这里很难找到通道的位置，我们不知道该怎么走，总觉得我们可能会在沼泽地里迷路。和平时一样，这里也有很多鸭子。终于我们到达了格兰德湖，我们的印第安人向导把它称为Matungamook。

在这个湖的源头我们看到了从西南面汇入的特劳特河，印第安名字是Uncardnerheese，印第安人向导说这个名字与山脉有关，而这条河，显然是从山间峡谷中绵延弯曲奔腾而下的。

在进入格兰德湖后不久，我们就停了下来，把独木舟牢牢地拴在陡峭的岸边，爬上一座很高又很有趣的多岩石小岛上吃饭。能从船上下来，踏上一块大岩石或登上很大的峭壁总是让人很愉快的。这里的岩石开阔，露天没有东西遮挡，阳光还非常充足，这给了我们一个把被露水打湿的毯子拿去晒干的好机会。印第安人们最近刚在这里宿过营，而且还不小心把这个岛的西端给烧了，波利斯捡起一个蓝色绒面呢做的枪囊，他说他认识这个枪囊的主人，他要把枪囊给他带回去。他的部落虽然不大，但他竟然能认得部落里的所有财产。我们开始着手生火，在几棵松树之间做饭，之前也曾有人在这里做过饭，而我们的印第安人向导则在岸边忙着处理他的驼鹿皮，因为他说他觉得做饭这事儿让一个人包了是个好主意，我想他的意思是只要那个人不是他就行。有一棵奇怪的常青

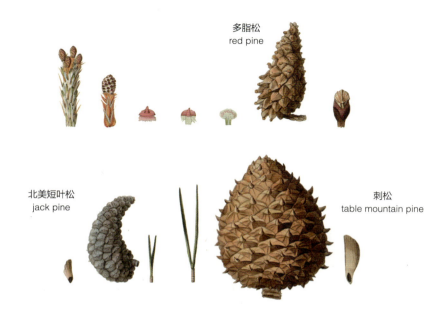

树悬在我们篝火的上方，乍眼一看像是一棵刚松，叶子长度约一英寸多一点，像云杉的叶子，但我们发现这是北美短叶松，也叫"班克松或拉布拉多松树"等，是一种我们从没见过的树。这些树一定都是优良的品种，因为有几棵有三十到三十五英尺高。理查森还看到有四十多英尺高的这种树，还说豪猪会以这种树的树皮为食。这里还长有多脂松。

我看到印第安人曾在森林里造独木舟的一个隐蔽小洞，小洞在岩石顶部，风吹不到那里，那里还留着大堆削下的碎片。这里一定是他们的祖先最喜欢去的地方，实际上我们还在这里找到了一支箭头的尖，这种箭他们已经有两个世纪没用过了，现在的印第安人也不知道该怎么制作。我们的印第安向导拣起一块石头对我说："这块石头真奇怪。"那是一块角岩，我告诉他这块石头可能是他的部落几世纪前拿到这儿制作箭头用的。他还在我们的篝火旁拣起了一块淡黄色的弯曲的骨头，并让我猜那是什么。那是河狸的一颗上切牙，是近一两年内某些人曾吃掉了的一只河狸的牙。我还找到它的大部分牙齿以及头骨等等。我们在这儿的这餐吃的是煎驼鹿肉。

之前两次曾和我一起来这片森林的那位同伴告诉我，大约两年前，他到考科姆戈莫克河打猎的时候，他发现自己在一天之内吃了驼鹿、动胸龟、鳟鱼和河狸，然后他觉得这世界上没几个地方能这么容易地就把这几种动物做的菜同时摆上餐桌的。

过了 Madunkchunk 河（高地河）几乎接连不断的湍流和瀑布之后，我们才刚过了塞肯德湖的死水，我们现在进到了大得多的格兰德湖死水水域里，我觉得我们的印第安向导有权在这儿多打个盹休息休息。第二天我们会从卡塔丁山附近的地方经过，据说卡塔丁山名字的意思是"最高的地方"。它们的命名里就竟然包含着这么多地理知识。印第安人向导很自然地根据名字来分辨在河的什么部分他可能会遇到湍流和岔口，以及在什么地方会遇到湖和平静的水域，好让他休息一下自己疲倦的手臂，因为这些对他来说才是最有趣最值得记住的。在森林里穿行了一整天以后，他一见到 Nerlumskeechticook（内朗斯基其提库克山）或者叫死水山，就像我们第一次见到它们一样，一定会唤起他愉快的回忆。这对白人旅行者来说也同样有趣，当他在这些人迹罕至的森林里在一个平静的湖面穿行的时候，也许他在想自己从某种意义上来讲也算是这个湖最早的发现者之一了，结果却得知或许一千年前的印第安猎人们就对这里非常了解了，还给它取了个非常恰当的名字。

这个又长又窄的岛是由陡峭的岩石构成的，登上这些陡峭的岩石之后，我惊奇地发现其顶部是道狭窄的山脊，一侧是悬崖，山脊隆起的轴线从西北向东南延伸，跟西北方向十英里之外火烧地开始的地方的那些大岩石山脊一模一样。这种同样的地形在这里也占了主导，我们可以清楚地看到湖西边的山脊也是同样的构造。悬崖边上和峭壁的裂隙间，漂亮的大圆叶风铃草随风晃动颔首点头，加拿大蓝莓也第一次在这薄薄的山顶土壤里生长得这么茂密。从这里往前的东支流上都少不了有蓝莓的身影。从这里俯视湖面，湖水纯净幽深，波光粼粼，景色十分宜人，湖上总共有两三座岩石小岛点缀其间。毯子干了以后，我们就又出发了，我们的印第安人向导又像往常一样将他的公报写在了一棵树上。这次我们三个都坐在独木舟里，我的同伴正抽着烟。我们往南划去，划过这个美丽的湖，看上去它向东面和南面延伸的距离一样远，我们一直靠着西岸划行，就在黑黝黝的 Nerlumskeechticook（内朗斯基其提库克山）山下的一座小岛外部。因为我已经在地图上查看过了，航线就是这一条。横渡这个湖要划上三四英里。湖西南面这座山的轮廓，以及更远处另一座山的轮廓给我留下了很深的印象，这轮廓不仅像韦伯斯特河那边巨大的岩石波浪，其主体还很像穆斯黑德湖上的金尼奥山，而且东南端也有类似的但不那么陡的悬崖；总之这一带所有显眼的小山或山脊都像是金尼奥山，只不过是大大小小的翻版，而且可能金尼奥山和韦伯斯特河上的岩石也有那么一种联系吧。

印第安人向导不知道出口的确切位置在哪儿，究竟是在西南角的最远端还是在更偏东一些。在上一次停脚的地方，他曾询问过我的计划，想看看，但我忘了拿给他看。像往常一样，他把船划到两个可能的岬角的中间航线上，沿这条中间航线摸索前进，这样不管他最后要从中间折向哪一边，至少都不用走太多冤枉路。接近南岸的时候，从云来看，似乎要起大风了，浪也掀得很高，我们驾着船想尽量躲进一座岛的背风面，尽管我们离那岛还很远。

直到我们几乎进了湖的出口以后，我才能分辨出了出口的位置，在那儿我还听到了水从水坝上流下去的声音。

这是一个很大的瀑布，水坝也很大，但却没看到有小木屋或有宿营地的迹象。我们在特罗斯湖遇见的那个猎人告诉过我们这里鳟鱼很多，但是在这个时候它们并不会从奔腾的水流中浮上来吃饵，只有小眼须雅罗鱼会上来。这些河里鱼的种类不如康科德河里的多。

当我们在这里闲逛的时候，波利斯就利用这个机会用他大刀把驼鹿皮上的一些毛刮下来，这样就减轻了皮的重量，并为晒干驼鹿皮作准备。我在林中好几个印第安人的旧营房里都看到了这样一堆从皮上刮下来的毛。

把东西都搬过水坝以后,他就猛地冲下了湍流,留下我们在陆上走一英里多的路,这里大部分地方根本就没有路,就只能沿河走,但靠近河流的地方树林又非常茂密,非常难走。因为河道蜿蜒曲折,我们并不知道河岸在哪里,这时他最后总会呼喊着,告诉我们他驾着独木舟在哪儿等我们,但他并不会叫太多次,完全忘了我们可不是印第安人。他看起来似乎非常节省口舌,——可要是我们走过了,或是没走到正确的位置,他会很吃惊。这倒不是因为他不乐于助人,而是为了证明他的方式比我们更好。印第安人与人相处的时候喜欢尽量少说话,尽量少费事儿。实际上他一直都在恭维我们,能给我们个暗示就犯不着不客气地对我们讲话,他觉得我们喜欢这样。

我们爬过柳树和倒下的树,因为在这儿这么走要比绕行或是从它们下面钻过去容易些。终于我们赶上了独木舟,我们坐上船,在这湍急的河水里划行,顺流而下了几英里。就像在韦伯斯特河上一样,在这里我再次观察到,我们沿着河岸下滑的河面是一个平稳且规则向下倾斜的平面,而且第二天也是如此,且河道更长更宽,平面更大。我们这样向下滑行的时候,惊飞了我们看清的第一群黑鸭子。

我们决定今晚早点扎营,这样在天黑之前我们就可能会腾出足够的时间;于是我们就在第一个适合扎营的岸边停了下来,这个岸的西边有一条狭长的沙砾河滩,在湖的出口下游约五英里处。这是一个有趣的地方,河流到了这里以后开始拐了一个大弯向东流去了,此时仅能看到的那座造型奇特看起来像驼鹿脸的Nerlumskeechticcok山(内朗斯基其提库克山)的那部分,就在格兰德湖西南面不远处,它黑黝黝地立在我们身后不远的西北方向,向我们展示出它东南面高而陡峻的灰色悬崖,但我们要是不走到岸上是看不见这种景象的。

不管从水中出来上了哪一边的岸,只要走上两步,就都是四五英尺高的陡峭河岸,岸边即便没有草皮覆盖,那也是灌木丛生,土壤里盘根错节,漫无尽头的森林就从这里开始延伸开去,似乎河流只是从其中穿过而已。

不管在哪儿,只要一踏上岸,走进这绵延无尽的荒野,至少在离河不出几杆的距离，就常常能看到斧子的痕迹，这真是令人惊奇，这些痕迹都是伐木工留下的，他们不是在这里宿营过，就是之前春天赶原木的时候经过了这里。有的人到这儿来的目的和你一样，也许你会看到他们从一个高高的乔松树桩上砍下大块木块生火的地方。我们忙着搭帐篷、做晚饭的时候，我们的印第安人向导把驼鹿皮上剩下的毛都刮了下来，然后开始把皮竖直地张着晾在两棵小树之间的一个临时搭的框架上，位置在篝火对面六英尺处，他用香柏树皮把驼鹿皮捆住撑开，香柏树皮总是唾手可得，这次他用的树皮是从绑驼鹿皮的一棵树上直接剥下来的。因为我们说想喝一种新茶，于是他就用满地都是的匍枝白珠给我们做了些茶，他把一小把匍枝白珠用刺柏皮捆了扔进壶里煮，味道相当不错；但还是跟爬地雪果白珠做的茶没法儿比。不过因此，我们就把这个地方叫匍枝白珠茶营地了。

　　缅因森林里几乎到处都长着北极花、匍枝白珠、爬地雪果白珠，非常茂盛，这给我留下了深刻的印象。在这里伞形喜冬草还在开花，成熟的北方七筋姑浆果也挂满了枝头。这种美丽的植物是这片森林里最常见的植物之一。在这里我们最先注意到的是岸边的韦木已经结果了。这里主要的树有云杉（通常是黑云杉）、香柏、纸皮桦、（黑梣和榆树也开始出现了）、黄桦、红花槭，以及几株藏在森林里的铁杉。印第安人向导说银白槭的干朽木拿来引火是再好不过的了，黄桦的干朽木拿来引火也不错，只不过硬了点儿。晚饭后，他把驼鹿舌头和唇拿出来，割掉隔膜以后把它们煮了。他给我演示如何用一根黑云杉的树枝在桦树皮的内侧写字，黑云杉的树枝很硬，可以削成尖儿来用。

　　就在夜幕降临前，印第安人向导进了森林里溜达了一圈儿，没走多远就回来了，他说："我发现了大宝贝了——能值五六十美元。""是什么东西？"我们问他。"是捕兽夹，在一根原木下头，有三四十个，我没来得及数。我猜是印第安人做的——一个值三美元。"在这片没有任何道路的森林里，他竟然会碰巧走到那儿，还朝那根原木下看了看，这可真是个奇妙的巧合。

　　我在河边洗手的时候，看到河里有小眼须雅罗鱼和美鳉鱼，我的同伴想抓两条上来，却白费功夫空手而归。我还听到对面沼泽里有牛蛙的声音，一开始我还以为那是驼鹿；一只鸭子快速从这儿游过；我坐在那座黑山下昏暗的荒野里，旁边是明晃晃的河流，水面波光粼粼，在这儿我还能听到棕林鸫的鸣唱，似乎这里没有更高的文明了。这时夜幕已经降临了。

　　一般来说，在太阳下山的时候你才会搭营房，在暮色中到处拣木头，做晚饭，或者搭帐篷，与此同时夜色也在渐渐笼罩下来，让这片已经十分昏暗的森林变得更加幽深。天黑之前，你都没有时间去四处勘探或是看一看。用干树皮引燃你的篝火以后，你可以往那昏暗的荒野里走上六杆的距离，长途跋涉了一天，你会好奇那森林深处究竟藏着什么秘密；或者你可以跑到河边汲点水，还可以清楚地看到河上游或下游不远处的风景，当你站在那儿的时候，你可以看到鱼儿跃出水面，或者看到鸭子飞落到河里，又或者听到棕林鸫或旅鸫在森林里歌唱。这就好像你到了城里或是文明地区一样。但是你无法四处漫步去看看

北美黑鸭
American black duck

匐枝白珠
eastern teaberry

这山野，只要走出个十到十五杆就觉得似乎已经离你的同伴很远了，你折回来时的样子就像是一个刚刚远行回来的旅人一样，你有很多冒险故事要跟大家讲，尽管你在外游荡的整个过程可能一直都能听到篝火燃烧发出的噼啪声，——走出一百杆远你可能就迷路回不来了，只能自己在外面宿营了。森林里到处都是苔藓，而且还有很多驼鹿。在一些茂密的冷杉和云杉林里，甚至连烟雾都几乎没法儿升起来。这些树宛如站立的黑夜，让幽暗始终笼罩着森林，你每砍下一根冷杉和云杉，都是在从暗夜的羽翼上拔下一根羽毛。然后到了夜里，周围万籁俱寂毫无声响，但这却比任何声音都更令人难忘，但偶尔你也会听到远处或近处的森林里传来猫头鹰的叫声，要是靠湖近的话，你会听到潜鸟在它们奇异的狂欢中发出的类似人声的鸣叫声。

今晚为了避开蚊子，我们的印第安人向导躺在了篝火和他撑开的那张驼鹿皮之间睡下了。甚至他还在头边和脚边各用湿树叶点起了一个冒烟的小火堆，然后像往常一样用毯子裹住头部。我们戴了面纱涂了药水觉得还能忍受，还算舒服，但在这季节，要想在森林里坐下来做点什么还是很困难的：在夜里凭着火光，透过面纱，你想读书也看不到多少，手上要么是戴了手套要么是手指涂了油，也没法儿好好地握笔和拿纸。

## 7月31日，星期五

印第安人向导说："昨天晚上你们和我一起打到了驼鹿，所以得用最好的木头来煮。煮驼鹿肉必须要用硬木。"他所说的"最好的木头"指的是糖槭。他把驼鹿唇扔进火里将上面的毛烧掉，然后把它和驼鹿肉卷在一起好带走。我们一边看着他做，一边坐下吃没有猪肉的早餐，印第安人向导一脸严肃地说："我要点肥肉，"听到这话，我们告诉他，想吃多少就自己煎多少吧。

在相当长的一段距离内，我们经过的水域都很平稳，但水流却很湍急，我们迅速滑过水面，惊起了一路的鸭子和翠鸟。但是像往常一样，没过多久，我们顺畅的航程就结束了，我们又得搬运独木舟，总共沿着河右岸向下游走了约半英里，绕过了一些湍滩或瀑布。有时候需要有双锐利的眼睛，才能赶在过瀑布之前判断出搬运段究竟在哪一边，但波利斯从来没看错过，总会让我们在正确的地方上岸。这里的树莓长得特别茂盛，而且果子很大，大家都伸手摘来吃，印第安人向导还对它们个头的大小发表了一通评论。

在走光秃秃的多岩石搬运段的时候，常常因为道路的痕迹很不清楚，导致我总是迷路，但当我跟着印第安人向导走的时候，我发现他几乎像一只猎犬一样，总能走在正确的路线上，极少会迟疑，或者即便他在一块光秃秃的岩石上停了一会儿，他的眼睛也会立刻发现一些我注意不到的信号。在这样的地方，我们常常发现无路可走，因而常常会在路上耽搁，但波利斯却觉得我们这种延迟莫名其妙的。他只会说这事儿真是"非常奇怪"。

我们曾听说过这条河上的格兰德瀑布，而且我们每过一个瀑布都觉得它是格兰德瀑布，但连续叫错了好几个瀑布之后，我们就放弃寻找这个瀑布了。但是这里大大小小的瀑布多得我都记不过来。

我已经记不起为了绕过瀑布和湍流我们下船徒步走了多少次。我们一路上一直期望着这会是河流的最后一跃，随后它就会永远进入平静的水域，但是今天整个上午情况都没有什么改善。不过走走运输道，换换口味倒也是令人愉悦。因为我们在独木舟上伸不开腿，而每当下了船就可以伸展伸展筋骨，周围都是

加拿大唐棣
Canadian serviceberry

蓝莓和树莓,就像置身于花园中一般,绕行瀑布的岩石小道两侧都长着这两种树,抑或是其中一种,这实在是太惬意了。东支流主干流的每一条搬运段上都长满了这两种浆果树,因为这些地方岩石最多,并且有的地方树都被砍了,这种环境正好是这些植物喜欢的,而且也没有人抢在我们前面把最好的果子都摘走。

只要独木舟也需要搬运绕行,我们就得在搬运段上来来回回跑三趟,我们在这条搬运段上走的三趟,可算是让这些浆果充分实现了自己的价值,我们一路上吃了太多硬面包和猪肉,正好需要吃点这些浆果来调和调和。因而走陆上联运线还有另外一个名字即采浆果去。我们还发现几棵唐棣,尽管大部分这种树都不结果,但是它们在这里比在康科德更常结果子。印第安人向导管它们叫Pemoymenuk,还说它们在其他地方结的果子更多。他有时还吃北方的酸樱桃,他说酸樱桃是味好药材,但它们几乎不怎么能吃。我们走过了几条搬运段,在其中一条的脚下洗了洗澡并吃了饭。一般都是印第安人向导提醒我们吃饭的时间,有时他甚至直接把船首转向岸边来提醒我们该吃饭了。有一次他曾曲里拐弯地说了很长一通话来给我们道歉,他说我们也许会觉得他很奇怪,但实际上辛苦工作了一天的人特别讲究要及时吃饭。在这条河上最大的瀑布边,我紧跟着印第安人向导走过搬运段,这时他看到岩石上有个脚印,只是盖了一层薄薄的泥土,他俯身去看个究竟,嘴里小声咕哝着"驯鹿"。我们回来的时候,他又在同一地点附近发现了一个大得多的脚印,在那里不知道是什么动物的脚曾踩进了岩石里的一个小坑中,坑里面堆了一些草和泥土,他吃惊地叫道:"那是什么?""是啊,那是什么?"我问道。他俯下身,把手放进去摸了摸,然后样子神秘地轻声告诉我说:"是魔鬼(他说的是印第安魔鬼,或者说叫美洲狮)——在这周围走动——是很可怕的动物——能把岩石都撕碎。""这脚印有多长时间了?"我问他。"今天或昨天刚踩的。"他说。但我后来问他能不能肯定那就是魔鬼的脚印的时候,他说他不知道。有人曾经告诉我,最近在卡塔丁山附近能听到美洲狮的叫声,而我们现在就离卡塔丁山不远了。

我们今天至少花了一半的时间在步行,路况还是跟往常一样恶劣,而我们

美国酸樱桃
pin cherry

的印第安人向导则独自一人前行，通常他划到搬运段下端很远的地方，才停下来等我们。搬运段上的小路本身也比平时更加模糊，通常只有从倒下的树木上那些数不清的小孔来辨别前进的方向，这些小孔都是赶木人靴子上的平头钉踩出来的，还有些地方隐约有点痕迹，但我们却找不到它。这是个错综复杂的灌木丛，我们跌跌撞撞地从林子里穿过，当我们走了一英里以后，好像我们离出发地点已经很远了。我们很庆幸我们不必这样沿着这河岸一直步行回班戈，那样得走上一百多英里。想想一路要穿过茂密的森林，爬过倒下的树木和岩石，渡过蜿蜒曲折的河流和汇入的溪流，还经常得穿过沼泽。光是这些就会让你发抖。但是我们的印第安人向导还时不时地指给我们看那些当他还是个十岁小孩的时候，就饿着肚子天天爬过的地方。他曾经和两个成年印第安人一起到比这里更靠北的地方去打猎。冬天突然来袭，来得意外地早，湖面结了冰，他们不得不在格兰德湖丢下独木舟,沿着河岸往下走。他们肩上扛起毛皮,向奥尔德敦出发。雪积得还不深,还不用穿雪鞋,凹凸不平的地面也还没有被盖住。很快,波利斯的身体就变得很虚弱,什么东西也没法儿扛;但他还是想办法抓到了一只水獭。那是他们在那次旅途中吃过得最好的东西了,他至今还记得把加拿大百合根和水獭油一起煮出来的汤有多美味。他和其他两个人平分了这些食物,但因为他实在太小了,他比另外两个人遭的罪更多。他在马塔沃姆凯格河河口涉水而过,河水冰冷刺骨,而且已经没到了他的下巴,再加上他又很虚弱和消瘦,随时都有可能被河水冲走。他们到达的第一间屋子是在林肯,在那附近他们遇到了一位白人联畜运输车驾驭者,他带了供给,看见他们那样子,这位白人让他们能吃多少就拿多少。回家以后,整整六个月的时间他都非常消沉,以为自己活不了了,而且或许因为这段遭遇,他的身体状况一直没有更好。

今天我们所走过的地方,有一大半在我们的地图(《缅因州及马萨诸塞州公共土地地图》和复制了这一份地图上内容的《科尔顿缅因铁路及城镇地图》)上都找不到相应的标注。从地图上看,营地之间的距离最多不超过十五英里,但是我们已经马不停蹄地走了一整天,而且大部分时间都走得很快。

在那几个连续的"格兰德"瀑布以下七八英里处,河的特点和河岸的样子都发生了变化。经过了东北方向汇入的一条可能叫鲍林河的支流之后,我们进入了一段可以航行的平稳湍急的水域,这里也出现了我之前描述过的那种规则斜面。还开始出现低矮多草的河岸及泥泞的河滩。许多榆树、槭树,还有更多的梣树取代了云杉,悬垂在河上。

独木舟拖出水中过搬运段的时候,我的百合根丢了,于是下午晚些时候,我专门在槭树林中一块低矮多草的地方上了岸,去再多采集一些百合根。在沙地里挖百合根很费事儿,而且还一直有蚊子在咬我。蚊子、墨蝇等在中间河道上追着我们,有时我们甚至很高兴能进入汹涌的湍流,因为这样我们就能躲开它们了。

一只红头啄木鸟从河上飞过,印第安人向导说这种鸟很好吃。我们迅速从河水的斜面上滑下，这时一只大美洲雕鸮从岸上的一个树桩上飞起来，缓慢地从河面穿过，印第安人向导则像往常一样模仿起猫头鹰的叫声。没过多久，这只猫头鹰又从我们面前飞了回来，后来我们又从它栖息的那棵树边经过。之后不久，一只白头海雕从我们面前向河下游飞去。我们一路找寻宿营的好地方，一直追着这只白头海雕滑了好几英里，——因为我们估计暴雨要下来，——这只白头海雕时不时从下游更远处河岸的树上起飞，向更远处飞去，但我们仍能通过它的尾巴认出它来。我们惊到了几只秋沙鸭，其中几只潜进了水里，我们就直接从它们上面划了过去，我们可以根据水面上冒出气泡的位置来追踪它们

红头啄木鸟
red-headed woodpecker

的路线，但我们并没有看见它们从水里冒出来。有一两次波利斯发现了他所谓的"牵引"通道，那是一条通向森林深处的界限不清的小路。与此同时，我们经过了塞布伊斯河河口，就在我们左边。塞布伊斯河看起来不如我们所在的这条河大，毕竟我们这条河是主干道。我们花了很长时间才找到一处宿营地，因为河滩不是杂草太多，就是太泥泞，而这样的地方蚊子都很多，其他的要么就又山坡又太陡。印第安人向导说陡坡上蚊子少。我们找了一个好地方，仔细观察了一下，很久以前曾有人在这儿宿营过；但是想想明明有那么多地方可以选，却还要去占一块旧营地，感觉也太可怜了，于是我们决定再找找。最后，我们在塞布伊斯河口下游约一英里处左右，在西岸找到了一个合我们意的地方，那地方在一片茂密的云杉林里，就在多沙砾的河滩上面，看起来蚊虫不多。因为树木茂密，所以我们不得不砍出一块空地来烧火和躺下，剩下的小云杉树就像公寓的墙一样立在我们周围。而且我们还得爬上一个陡峭的河岸才能到那里。但一个地方你一旦选作了营地，纵使它再不平坦再阴森，也突然就有了吸引力，对你而言，这里就成了文明的中心，正所谓"金窝银窝不如自家的狗窝。"

结果发现这里的蚊子比我们之前碰到的都要多，印第安人向导满腹抱怨，尽管他还是和昨晚一样躺在三个火堆和他撑开的驼鹿皮中间。我正坐在篝火边的一个树桩上，戴着面纱和手套想看看书，波利斯见状，说："我给你做根火烛。"过了一会，他找来一块约两英寸宽的桦树皮，紧紧卷起来，像一根十五英寸长的火柴，他把它点着，把另一端平着插进一根开裂的三英尺高的棍子里，再把棍子插在地上，把点着的一头对着风，并告诉我要时不时剪剪烛花。这东西用起来，可一点儿都不比蜡烛差。

正如我之前注意到的那样，约夜半时分蚊子会消停一阵，到了早上它们又开始活跃起来。大自然就是这么慈悲。但显然它们跟我们一样，也需要休息。一整夜都能保持活跃的生物即便有也寥寥无几。只要有亮光，我透过面纱就能看见帐篷里在我们头部周围黑压压的一片全是蚊子，有人算过，它们飞行的时候，每个翅膀每分钟能振动 3 000 次左右，光是听见它们的嗡嗡声就几乎跟被它们咬了一样难以忍受。就因为这声音，我一晚上都没睡好，虽然我还不能肯定有没有真被蚊子叮到。那些曾在仲夏时节到这一带的森林里勘探的人说这里蚊虫很多，所以我们在来之前就预计会在这里饱受蚊虫叮咬之苦，但在这趟旅行中，我们并没有遭么多罪。但是我丝毫不怀疑，在某些季节在某些地方，这些虫害肯定比这里要严重得多。魁北克的耶稣会教士杰罗姆·拉勒芒曾报告过雷尼·梅纳德神父的死讯，1661 年，在苏必利尔湖附近的安大略湖区，梅纳德神父被弃，之后他在森林里迷了路并死在了那里，报告主要详述了他可能受到了蚊子的攻击，而他身体又太虚弱无法保护自己，他还补充说在那些地方蚊子多得可怕，"简直让人难以忍受，"他说，"与他同行的三个法国人声称，想要保护自己，除了一刻不停地跑之外，没有别的办法，而且三个人里要是有一个人想喝水，必须得让另外两个人在旁边帮忙赶蚊子，不然他根本没法儿喝到水。"我丝毫不怀疑他这么说的真实性。

## 8月1日，星期六

今天一大早，就在离营地不到二十英尺的河里，我抓到了两三条很大的小眼须雅罗鱼，再加上我们昨晚放在壶里已经煮了一夜的驼鹿舌和我们储备的一些其他食物，我们的这一顿早餐可以说非常丰盛了。印第安人向导用铁杉给我们泡了一些茶代替咖啡，我们可没必要为了喝茶跑到中国那么远的地方去；说真的，这铁杉就在我们旁边，比鱼离我们都近。这茶味道还过得去，尽管印第安人向导说还不够浓。做这个茶非常简单，壶里倒上水，把一把绿色的铁杉枝放进去，放在露天的大火上煮，鲜绿的叶子很快就失去了颜色，我们就知道早茶做好了，这还挺有趣的。

再一次上船，我们很高兴，而且还能把一些蚊子抛在身后了。没留神，我们就过了萨塔库伊克河。据我们的印第安人向导说，这个名字就是东支流主干河的名字，不应该像地图那样只给这条小支流叫这个名字，这样标注是不对的。

我们发现我们宿营的地方就在亨特家上游约一英里处，亨特家是在东岸，对那些从这边登卡塔丁山的人来说，这是路过的最后一户人家。

我们原本也想从这里登卡塔丁山的，但因为我同伴的脚受伤了，就只好放弃了。不过，印第安人向导建议我同伴也许可以在这地方弄一双莫卡辛鞋，他说穿上几双长袜，再穿上莫卡辛鞋走路就好走多了，而且不会伤脚，他说除此之外，这种鞋还能渗水，鞋里要是进了水，一会儿就流干了。我们停下来想买点糖，但发现这家人已经搬走了，房子里除了几个打干草的人在那里暂住以外，没有人住。他们告诉我们去卡塔丁山的路在河上游八英里处；他们还告诉我们，或许我们能在下游十四英里处的菲斯克家弄到糖。我不记得我们在这河上看到过卡塔丁山。在这儿，我看到岸上张着一个围网，可能是之前用来捕鳟鱼的。就在这下面一点，我们看到西岸撑着一张驼鹿皮，旁边还有一张熊皮，相比之下，熊皮显得非常小。这种景象让我更来了兴趣，因为多年前，我们同镇的一个人就在这附近独自一人杀了一头大熊，那会儿他还是个小伙子。我们的印第安人向导说这些毛皮是艾蒂恩的，他是我上一次来这儿的时候请的向导，但波利斯是怎么看出来这皮是他的，我就不清楚了。艾蒂恩可能在这附近打猎，白天就把皮留在这儿。波利斯发现我们这是直接去奥尔德敦以后，后悔说当初没给家人多带点儿驼鹿肉，他说其实用不了多久，就可以把肉晾干，它们会变得很轻，我们就能把大部分驼鹿肉带走了，只剩下些骨头剔掉。我们曾问了他一两次驼鹿唇，那可是出了名的美味珍馐，但是他说："那是要带回奥尔德敦给我家老太婆吃的；这可不是天天都能搞到的。"

槭树越来越多。太阳正在下山，上午还下了一点儿雨，因为我们预计要下大雨，所以早早停了下来，在这条河延伸出的一小片水域的东岸吃饭，这地方就在一个可能叫维特斯通瀑布的地方的上游，在亨特家下游约十二英里处。水边有驼鹿最近刚留下的足迹。这附近一带有十分奇特的长长山脊，被称为"马背"，上面长满了蕨类植物。我的同伴把烟斗弄丢了，就问印第安人向导能不能给他做一个。"哦，可以。"印第安人向导说，马上就用一块桦树皮卷了一个出来，还告诉我同伴装烟的那头要时不时弄湿一下。在这儿，他同样也在树上留下了他的公报。

我们从西边走搬运段绕过了下游紧挨着的那个瀑布。岩石都是竖立着的，而且很尖。这段路大约有四分之三英里。我们搬完一趟东西以后，印第安人向导就沿河滨返回了，我则沿小路走，虽然我一路上并没有特意赶路，但我还是很惊奇地发现，他跟我同时到达了另一头。在最难走的地方他也能轻松自如地对付，这真是了不起。他对我说："我驾独木舟，你拿上其他的东西，你觉得跟得上我吗？"我觉得他的想法是他顺着湍流滑下的时候，我能沿岸走，随时做好准备好在他需要的时候帮他一把，就像我之前做的那样；但因为路况不好，路很难走，所以我回答说："我觉得你走得太快了，我跟不上，但我尽量跟。"但他说让我沿小路走。这让我觉得有点困惑，我要是走小路就帮不上他了，因为他要是在河边喊我帮忙，那我得走那么远才能到河边去。但这两种情况都不是他的本意。他是在建议我们在搬运段上比比赛，看谁先到，他问我要是跟他走同一条小路的话，我能不能跟上他，而且还说我要是答应了，那可算得上是个顶聪明的人了。因为虽然他只用扛着独木舟走，看起来最简单，但独木舟却是最重最大的，所以我想我应该能赶得上他，于是对他说我可以试试。说完我就开始把枪、斧子、桨、水壶、煎锅、盘子、长柄勺、毯子等乱七八糟的都集中起来，当我正忙着干这个的时候，他把自己的牛皮靴也扔给了我，"什么？这靴子也算我的？"我问。"哦。当然。"他说。但我还没有把要背的东西打成一包，就看见他头顶着独木舟消失在山那边了；于是我急忙把这些东西划拉到一起，就开始跑，很快就在灌木丛超过了他，但我刚把他甩在一个岩石洞后面，那些油腻腻的盘子、长柄勺等等就突然飞了出来，像长了翅膀似的，当我正忙着再把这些散落的零碎捡起来的时候，他从我身边超了过去；但我不甘示弱，赶紧把烧得黑乎乎的水壶塞进腰上的布袋里，就再次出发了，不久就又超过他了，随后在搬运段上我就再没看到他了。我提这件事并不是想说我有什么了不起，因为其实我跑得挺狼狈的，而他则一路跑得格外小心，因为他得仔细不能扭着脖子，也不能伤着独木舟。当他再次出现时，跟我一样气喘吁吁，我问他去哪儿了，他回答说："石头把我的脚割破了。"还笑着补充道："哦，我有时候喜欢跟人比比赛。"他说过去他和他的同伴过几英里长的搬运段的时候，就常常比赛看谁能先走过去；或许他们每个人头上都顶了一条独木舟。在余下的旅程中，我的褐色麻布袋上就一直带着水壶的黑印儿。

在河的西岸，我们又过了第二条搬运段，为了绕过这下面约一英里处的几个瀑布。内陆长着多脂松，说明这里是一种新的地质构成，这里的土壤非常干燥多沙，是我们以前从来没遇到过的。

我们一路向东支流河口处走去，途中经过两三间木屋，这算是我们在过了亨特家之后看到的第一个文明的迹象，尽管到目前为止还没见着路；我们听到了牛颈铃的声音，甚至还看见有个婴儿正被人抱着趴在一个方形小窗口上看着我们经过，但很显然在几英里的范围内，这个婴儿和抱着他的母亲，是这会儿唯一在家的居民了。这一下子让我们泄了气，让我们想到，我们无论如何都只是这里的过客而已，而这个小婴儿是这儿土生土长的，是这片土地的主人，比我们有天然的优势。我们的谈话突然变得索然无味。我只能听到印第安人向导可能在问我的同伴："你帮我装烟斗了？"他说他抽的是桧木树皮，当药用。我们在尼卡托进入了西支流，看起来要比东支流大很多。波利斯说往后就没有之前河段的那些湍流和瀑布了，从这儿一直到奥尔德敦都是平静的水域，他还把在昂巴朱克斯库斯河上砍的撑竿扔掉了。有那么一两次，他说，想想那些湍流，你可别想再逮着他去东支流了；但他这话也就只是说说而已。

我十一年前曾来过这儿，和那会儿比，现在变化很大。原来只有一两间房子的地方，现在我发现已经发展成了一个不小的村落，还有锯木厂和一个仓库（仓库上了锁，不过这样储藏在里面的东西就安全多了），而且还有一条通往马塔沃姆凯格的驿道，而且据说马上就要通驿车了。而且河里水位高的时候，汽船还曾上来过一次，开到这森林深处。但我们在这儿没买到糖，只得到了一块好一点的木瓦能靠一靠。

  我们在西支流的南边，尼克多河下游约两英里处宿营，我们把新鲜的树枝铺在之前一个旅行者睡过已经枯萎了的床上，感觉我们现在已经到了一个有人定居的地方，尤其是晚上还听到了河对岸野地里吃草的牛打喷嚏的声音，这种感觉就愈发强烈了。只要沿着人们常来的河段走，不论从哪里上岸，你只要走上两步就能找到这些临时客栈的遗址，就能看到被压平了还枯萎了的床、烧焦的棍子，或许还能看见撑帐篷的竿。不久以前康涅狄格河、哈得孙河和特拉华河沿岸也都铺着这样的床，更久以前在泰晤士河畔、塞纳河畔也铺着这样的床，现在这些原本铺床的地方都建起了私人花园、公共花园、宅第和宫殿。在这儿我们找不到冷杉枝来铺床，而云杉相比冷杉又粗糙了点儿，树枝多叶子少，但我们掺了些铁杉对付了一下。印第安人向导又像以前那样，说：“必须得用硬木来煮驼鹿肉。”这话俨然成了他的至理名言，说完他就找硬木去了。我的同伴做了一些加州风味的驼鹿肉，他把一长条肉绕在一根棍子上，拿着放在火前，边烤边慢慢转。肉烤得非常好吃。但我们的印第安人向导不赞成这种吃法，或者是因为我们没让他按自己的方式来煮肉，所以他执意不吃，尝都不尝。吃过常规的晚饭以后，我们想用我带着的百合球茎做百合汤吃，因为我想在走出森林前尽可能学会所有我能学到的东西。因为印第安人向导开始生病了，所以我就根据他的指导自己做，我把球茎仔仔细细洗了个干净，切了些驼鹿肉和猪肉，剁碎，撒上盐，把它们放到一起煮，但我们没有耐心很好地完成这个试验，因为他说必须要把它煮到根完全软掉，这样才能起到面粉一样的作用——把汤变浓；但是尽管我们把它放在那儿煮了一个晚上，可是到了早上我们再看，发现球茎已经干在壶里了，而球茎还是没煮成面粉那样。可能是百合的根还没成熟，因为印第安人一般在秋天采集百合根。尽管如此，这汤还是很美味，不过这却让我想起了爱尔兰人的石灰岩肉汤。其实只用其他的食材就够了。这种球茎的印第安语名字是 Sheepnoc。我碰巧用一根自己削了皮的韦木小棍搅了搅汤，这是他不解风情地说韦木的树皮是催吐药。

他准备像往常一样在他的驼鹿皮和篝火中间睡下，但是天突然下起了雨，于是他就和我们一起躲到了帐篷里，睡觉前还给我们唱了一支歌。夜里雨下得很大，又毁了我们一盒火柴，这盒是印第安人落在外面的，因为他实在是太粗心了；不过和往常一样，因为下雨，蚊子没法儿为非作歹了，我们晚上也就睡得好多了。

## 8月2日，星期日

这天早晨天上阴云密布，看样子是不会有好天气了。我们中的一个问印第安人向导说："波利斯先生，你昨晚没有撑驼鹿皮，对吧？"对此他用一种惊奇的口气回答道，尽管可能并没有心情不好："你为什么要问这个问题？我要是把它撑出来了，你肯定就看得到。可能你们都是这么说话的，可能你们觉得这样没什么不好，但是我们印第安人不这么说话。"我以前曾注意到，对于同一个问题，他不想回答两次，要是为了确认一下他的回答而问了他两次，他就常常会保持沉默，看起来就像个喜怒无常的人。但这并不是说他不爱说话，因为他经常唠唠叨叨地主动开始发表一段长篇大论，反复地详细讲述过去的某次战斗的传说，或者是他部落近年来发生的某些事情，而他在其中起到了主导作用，他时不时长长地吸一口气，然后再接着讲他的故事，那种从容不迫的样子就像是一个真正的说书人，或许是在冲过一个湍流之后，他就一边划着船，一边说"唔，很久很久以前"等等做故事的开场白。尤其是在一天的工作结束之后，他躺下准备休息，这时他就会变得格外爱聊天，表现出来的那股热络劲儿绝不亚于法国人，不过还没等他讲完呢，我们就睡着了。

据说从河上走的话，尼克多到马塔沃姆凯格有十一英里。这样算来我们的营地离马塔沃姆凯格大约有九英里远。

今天早上，我们的印第安人向导腹绞痛得不轻。我觉得他吃了驼鹿肉以后疼得更厉害了。

冒着蒙蒙细雨，我们早上八点半到了马塔沃姆格，买了些糖之后，我们就又出发了。

印第安人向导的病情变得更加严重了，我们在林肯北部停了下来，想给他买点儿白兰地，但没有买到，一位药剂师给我们推荐了布兰德雷斯药片，但他坚决不吃，因为他不熟悉这种药。他对我说："我自己就是医生，得先研究我的病情，弄清病因是什么，然后我才知道该吃什么药。"我们又沿河继续往下游走了一段，半上午的时候在一个岛上停了下来，给他泡了一长柄勺的茶。印第安人向导就在岸上躺着，我们则在这儿吃了饭，把该洗的洗了，还调查和采集了些植物。尽管印第安人向导的病情并没见好转，但我们下午还是继续往前走了一点。我们到了五岛村下游一片又长又平静的水域，就像一片湖一样，尽管印第安人向导管这儿叫"Burntibus"。他说这片水域上游的某处有他的一百英亩地。因为看起来又要下雷阵雨了，于是我们在切斯特那边西岸的一个谷仓对面停了下来，这儿大概位于林肯上游一英里处。我们这位病号的病情一直没有起色，为了照顾他的病情，我们最后只能在这儿停下来，度过这天余下的时间，晚上就在这儿宿营了。他在岸上躺在独木舟下，不停地呻吟，看起来非常痛苦，但他得的这只不过是普通的腹绞痛。如果你看见他躺在那儿的可怜样，决不会想到这一带那么多英亩的地都是他的，那些地能值六千美元，而且他还去过华盛顿。在我看来，他就像个爱尔兰人一样，生了点小病就如临大敌一般，比美国佬要紧张多了，而且也格外在意自己的身体。我们说要不就把他留在林肯，和他的族人待在一起，因为那儿也是印第安人的聚居地之一，然后第二天他可以坐驿车回去，但他不答应，觉得那样太费钱，他说："没准儿我早上就好了，我和你们一起，中午就到奥尔德敦了。"

黄昏的时候，我们喝了点茶，他还躺在独木舟下呻吟，不过他终于弄清楚自己的病因了，他让我给他拿一长柄勺的水。他一手拿着长柄勺，一手抓起牛角制火药筒，往水里倒了一两料火药，然后用手指搅一下就把它喝了下去。他今天除了吃了点早餐，喝了点茶以外，就只喝了这个。

我们把东西收好了，免得让野狗叼走，随后为了省掉搭帐篷的麻烦，我们看见河岸附近有一个单独修建的半露天谷仓，便去找了它的主人，经他的许可，我们晚上就在这儿宿营了，身下垫的是新割下来的干草，有四英尺厚。干草里混合了许多蕨类植物，闻起来味道十分清爽，尽管草堆里还有许多蚱蜢，你还能听到它们爬来爬去的声音。这算是让我们慢慢适应回家睡在屋里躺在羽毛褥垫上的生活。夜里有某种大鸟从我们头上掠过，可能是只猫头鹰，第二天早上很早的时候，我们就被燕子的叽叽喳喳声吵醒了，它们的窝就做在这里。

## 8月3日，星期一

印第安人向导身体已经好多了，我们没吃早饭就早早出发了，很快就过了林肯，又经过了一片又长又漂亮像湖一样的水域后，我们在林肯下游两三英里处的河西岸停下来吃早饭。

我们经常经过一些印第安岛屿，岛上有印第安人的小屋。在林肯，艾蒂恩酋长就住在这样的一个房子里。

看起来佩诺布斯科特的印第安人甚至比白人更喜欢群居生活。在缅因荒野的最深处，你还时不时能看到北方佬或加拿大移居者的木屋，但在佩诺布斯科特的印第安人可决不会这样孤零零地住着。甚至在佩诺布斯科特河中他们自己的岛上，他们都不分散着住，哪怕就在居民点内，而是都聚居在两三处，尽管不一定都住在最肥沃的地带，显然是为了群居牺牲了这一点。我看到一两间他们现在废弃不用了的房子，至于为什么，我们的印第安人向导波利斯说，是因为这几间房子太孤零零了。

在林肯汇入的那条小河叫马塔诺库克河，我们还注意到停泊在那儿的那艘汽船也叫这个名字。于是我们继续划船沿河漂流，观察河的河口。当我们经过林肯下游四五英里处的莫霍克裂流——也就是印第安人所说的"莫霍克野流"

（因为他发音不准确，上文也提到过）——的时候，他又啰啰嗦嗦地给我们讲起古时候他的部落和莫霍克人在那里打仗的故事，——讲佩诺布斯科特印第安人如何把刀藏起来，讲莫霍克人是如何被他们用计谋打败了的，——但他们跟莫霍克酋长耗了很久，他身强体壮又很魁梧，只身一人游在河里，尽管几条独木舟同时进攻他也没能把他杀死。

我们时不时能看到划着独木舟逆流而上的印第安人。我们的印第安人向导一般不靠近他们，而是远远地用印第安语和他们说几句话。这是自打我们离开昂巴朱克斯库斯河以后，第一次遇到别的印第安人。

在皮斯卡塔奎斯河上游一点的皮斯卡塔奎斯瀑布附近，我们在东岸沿着木轨路前行，走了约1.5英里，而印第安人向导则驾船滑下湍流。奥尔德敦来的汽船在这里停靠，乘客们在上游换乘新船。我们在这儿经过了皮斯卡塔奎斯河的河口，这条河名字的意思是"支流"。河口处有瀑布，因而航船无法从这儿通过，但可以乘平底河船或独木舟穿过一片移居地去到上游，甚至还能到穆斯黑德湖附近，我们一开始还想过走那条路。这之后我们就不必再担心因瀑布或湍流的阻拦而下船步行了，实际上在这儿也没必要下船。今天我们没怎么留心看风景，因为我们现在所在的地方是一片相当大的定居点，没什么新奇的风光可看。河流在这儿变宽了，水流也变缓了，我们还看见一只小蓝鹭从我们面前慢慢飞向河流下游。

我们经过了左侧的帕萨达姆凯格河，看到蓝色的奥拉蒙山脉在东南面，离我们还有一段距离。在这一带，印第安人向导又啰啰嗦嗦地给我们讲起他们和牧师就学校的事发生的一场冲突。波利斯很重视教育，并向他的部落建议搞教育。他支持办教育的一个论点是，如果你上过大学，学过算术，你就能"管好自己的财产，没有别的办法。"他说他儿子在奥尔德敦的学校里和白人孩子一起上学，他儿子是那儿最好的学生。他自己是个新教徒，而且定期去奥尔德敦的教堂做礼拜。据他说，他们部落里很多人都是新教徒，而且许多天主教徒也赞成办学校。几年前他们有个男老师，是个新教徒，大家都很喜欢他。可是牧师来了却说他们必须把这个老师赶走，而且他最后还成功让大家把老师赶走了，因为他告诉部落里的人要是留下老师，他们死后都会下地狱。尽管有很多人支持办学，但最后都准备放弃了。芬威克主教从波士顿赶来，利用自己的影响来打压他们。但我们的印第安人向导告诉他这一边的人千万不要放弃，他们必须坚持下去，他们是最强大的。要是他们放弃了，那就没人支持办学了。但那些人回答说："没用的，牧师太强大了，我们最好放弃。"但到最后波利斯还是劝他们要顶住压力坚持立场。

　　牧师准备砍掉自由旗杆以求神迹。于是波利斯和他这一派人开了一个秘密会议来讨论这件事；他召集了十五到二十个强壮的小伙子，"让他们脱个精光，像古时候那样在他们身上涂漆，"并告诉他们，只要看到牧师和他的人来砍自由旗杆，他们就冲上去抓住旗杆，不让他们砍，他向他们保证不会真打起来，不过是闹一下，"有牧师在的地方就不会打起来"。他把他的人藏在附近的一间屋子里，看到牧师的人要去砍自由旗杆了，波利斯发了个信号，他找的小伙子们就冲了出去抓住旗杆，因为自由旗杆要是被砍倒了，对支持办学的一派来说将是一个致命的打击。他们引发了一场巨大的骚动，就快动手打起来了，但牧师出面干预了，说："别打，别打。"于是自由旗杆就这样保住了，学校也照样办下去。

　　我们觉得从这件事能看出他十分机敏老练，他能抓住机会并表明自己的立场；这也证明了他对那些他要对付的人颇为了解。

　　在帕萨达姆凯格河下游几英里处的格林布什，奥拉蒙河从东面汇入。我们问奥拉蒙是什么意思，印第安人向导说，在这条河的河口对面有一座岛叫奥拉蒙。在古时候，去奥尔德敦的人通常都会在那儿停下，更衣打扮一番，或是化化妆。"女士们用的那东西叫什么来这？"他问道。胭脂？朱砂？"对的，"他说，"那就是拉蒙了，一种黏土或者说红色颜料，过去她们就在那儿搞到这种东西。"

　　我们决定我们也到那个岛上停下稍作休息，至少可以吃点饭填饱肚子。

欧鼬瓣花
brittlestem hempnettle

这是一个很大的岛,上面长了很多欧鼬瓣花,但我并没在那儿看到任何一种红色颜料。奥拉蒙河至少在河口一带完全就是死水。在那附近还有另外一个大岛,印第安人称之为"Soogle 岛",即舒格岛。

在离奥尔德敦大约还有十二英里的时候,印第安人向导问道:"你们觉得你们这个向导怎么样?"但我们当时并没接话,直至快回到奥尔德敦才回答了他。

奥尔德敦上游两英里处,有另外一条短短的死水河从东面汇入,这条河是桑科黑泽河。据说缅因最适合鹿生长的地方有的就分布在这条河上。我们问印第安人向导这个名字是什么意思,他说:"假设你现在正沿佩诺布斯科特河顺流而下,就像我们现在这样,你看见一条独木舟从岸边驶出来,就在你前边向前行进,但你没看见独木舟划出来的那条河。这种河就叫桑克黑兹了。"

他以前曾对我的划船技术大加赞赏,说我划起桨来"不比任何人差",还给我取了个印第安名字,意思是"划桨能手"。离开这条河的时候,他对坐在船首的我说:"我教你划桨吧。"于是他把船驶向岸边,下了船,走上前来,把我的手按照他的意愿放好。他把我的一只手伸出船外很远,把另一只手跟第一只手平行摆好,握住桨靠近末端的位置,而不是抓着平的末端,还叫我把桨靠在独木舟边上前后滑动。我发现这样划好多了,我以前从没想过要这么划,这样我就不用每次费力气把桨提起来了,我真是疑惑他为什么不早点儿告诉我。不过事实上,在我们的行李减少之前,我们不得不把腿收起来坐在船里,但那样坐着膝盖就会高出独木舟的侧边,所以我们也没法这样划桨,或者可能还有另外一个原因,他怕我们这么划会不断摩擦独木舟的船舷,能磨坏他的独木舟。

我告诉他我已习惯坐在船尾了,习惯每划一下都要把桨提起来,现在用他的方法每次都以船边为杠杆把桨撬起来,但我划起来还是有点像坐在船尾划。我这么说完,他倒要看看我在船尾是怎么划的。于是他换了桨,因为他的桨更长更好,把船调了个头,他平坐在船底,我坐在横杆上,然后他开始使劲划,想把独木舟转个方向,他一边划船一边回头大笑,但他发现这样划纯属白费力气,于是就放松下来不再费劲儿,尽管我们仍然快速向前行进了一两英里。他说他看不出我在船尾划的有什么问题,但我抱怨说他在船首的时候并没有像他教我的那样划。

桑克黑兹河对面就是佩诺布斯科特河上主要的水栅了,从河上游很远处流下来的原木,就在这里被集合起来并进行分类。

我们快到奥尔德敦的时候,我问波利斯要回家了他高兴不;但他仍旧野性不减,说:"无所谓,我在哪儿都一样。"这个印第安人总是这么爱自吹。

我们经过一个叫"库克"的狭窄水道,向印第安岛靠近。波利斯说,"水这么高，我觉得我们在这里可能要进点水了，——在这个季节从没看见河水涨这么高过。那里风浪特别汹涌，但距离很短；有一次还淹了一艘汽船。我没让你划你就别划，我说划你就一直不停地划。"那是一段距离很短的湍流。我们到了湍流中间的时候，他大喊一声"划！"我们就奋力划桨，从湍流中疾驰而过，一滴水都没进到船里。

不久我们就看到了印第安人的房子，但最开始乍眼一看，我还真没法儿告诉我同伴那两三栋白色大房子里哪一栋是我们向导的。波利斯说是带百叶窗的那一栋。

下午四点左右，我们在他家门口上了岸，我们今天大约走了四十英里。不知道为什么，从皮斯卡塔奎斯河开始，我们速度变得出奇地快，大概都跟驿车和大船的速度一样快，尽管最后十二英里还都是死水。

波利斯想把他的独木舟卖给我们，说这船可以用上七八年，要是用得仔细点儿，用上十年都没问题；但我们没准备要买。

我们在波利斯家待了一小时，我的同伴在这儿用波利斯的剃刀刮了胡子，他说波利斯的剃刀还非常好用。波利斯夫人戴了一顶帽子，胸前别了一根银胸针，但波利斯并没给我们介绍她。他的房子非常宽敞整洁。墙上挂着一张奥尔德敦和印第安岛的大地图，这地图还是新的，地图的对面则挂了个钟。我们想知道火车什么时候从奥尔德敦出发，于是波利斯的儿子给我们拿来了一份最新的班戈报，我看见上边写着这报纸是从邮局寄给"约瑟夫·波利斯"的。

这是我最后一次见到乔·波利斯。我们搭乘了最后一班火车，当晚就到达了班戈。

# 附录

注：本书学名在出版时已按现代生物分类法进行重新整理。

红槲栎
northern red oak

# Ⅰ. 树木

佩诺布什科特河的东支和西支以及阿勒加什河上游的常见树（我只说我见到过的）有冷杉、云杉（黑云杉、白云杉）和香柏。冷杉的树叶最黑，再和云杉混在一起，看上去就是一片非常茂密的"black growth"，尤其当它们生长在这两条河的上游的时候。我曾和一位木材商人聊过天，他把冷杉叫作杂草，因为人们都发现冷杉既当不了木材，又不适合做燃料，与杂草实在无异。但在这些森林里，除了香柏之外，比起其他的常青树，人们还是更喜欢用冷杉来做装饰树。黑云杉比白云杉更常见，黑云杉和白云杉都长得又高又细。香柏长着浅绿色的扇形叶，颜色看起来更活泼一些。不过尽管有时香柏树干的直径能长到两英尺宽，但它看上去也是又高又细的。而且这种树常常生长在沼泽地里。

纸皮桦、黄桦（前者总是信手可得，随时可以拿来生火，——在那片荒野里，我们从没见到过长得很小的白桦）、糖槭和红花槭与冷杉生长在一起。而且还会在其他地方独自长成大片更开阔的森林，据说这表明那些地方的土地更加肥沃。

火烧地上常见的树种是颤杨。我们看到许多蔓生的乔松,通常都已经腐烂了,因此伐木工会放过它们。这种树是我们见过的最大的树,我们偶尔也经过一片以这种树为主体的小森林,但我没有注意到这种树原来有这么多,几乎跟我穿越一次康科德所能看到的一样多。沿河湖地带的那些泥泞岸边以及沼泽地里,到处都长满了灰桤木。铁杉随处可见,可以摘来泡茶,但没有一个地方一下子长了很多铁杉。但是F·A.米肖说在缅因、佛蒙特和新罕布什尔上游等地,铁杉的数量占常青树林的四分之三,余下的则是黑云杉。铁杉宜生长在寒冷的山坡上。

榆树和黑桦常见于河流下游水流较静的地方。在那种地方河岸平坦多草,或者有地势较低的沙砾岛。这些树木让景致变得更加多彩悦目,当我们路过它们的时候,感觉仿佛离家更近了。

以上提到的14种树就是我们在森林见到的主要树种了。

刺柏、山毛榉和多脂松只是偶尔在某些特定的地方才能看到。北美短叶松和唯的一株小红槲栎则生长在东支流的格兰德湖中的岛上。

以上提到的树种几乎都是北方特有的树,就算他们不单单只长在向南的山上,那也是主要在那些地方才能见到它们的大部队。

## II.花与灌木

看来在这样的森林里,大部分花、灌木和草只生长在河湖的岸边、草甸、较开阔的沼泽地、火烧地和山顶。与树木相对比,很少有长在森林深处的。在这里即便是野花,也没有像人们通常都认为的那样开得漫山遍野,抑或是长满人们开垦定居的地方。大部分我们所谓的野花,可以说就是那些适应了自己的生长环境的花。河湖每年的涨落,让岸边留下了一个狭长的地带,让这些比较纤弱的植物有空间和阳光得以成长,河湖可以说就是这些植物的伟大保护者,让它们不被森林侵略。植物被河流守护着。从某种意义上讲,这些狭窄、花草蔓生的岸边和那些孤零零的群落也可谓是文明的先驱。鸟类、四足动物、昆虫，还有人类，基本上都是在有了花以后才来到这儿的，人类反过来又给花、结浆果的灌木、鸟类和小型四足动物开辟出更大的空间。有一位定居者跟我说，不仅黑莓和树莓，连穗果槭也生长在林间空地和火烧地。

尽管人们常常认为植物生长在原始森林里，但并不是大部分植物都这样，除非这些森林里有我上述提到的那样的地方。只有那些不怎么需要阳光，还能受得了树上会滴下液体的花草才能生长在森林的深处，而这样的花草，它们的叶子通常比它们的花还美，因为它们的花都过于苍白，又几乎没有什么颜色。

在这片森林里，我看到的常见花和显眼的小植物有：北方七筋姑、北极花、匍枝白珠、裸茎楤木、匙叶舌唇兰、匍匐矮生莓、爬地雪果白珠、白花酢浆草、轮菀、单侧花、巫女花、小露珠草，以及可能还有草茱萸。

白花酢浆草
wood sorrel

① 根据下文的时间疑为1857年。

在所有的这些话中，一到1858①年7月的最后一天，就只剩下轮菀和圆叶舌唇兰还在开花，看上去比较显眼。

河岸和湖岸上最常见的花有：柔毛唐松草、椭圆叶金丝桃、矮金丝桃、加拿大金丝桃、美国薄荷、欧夏至草、弗吉尼亚地笋、美洲地笋、盔状黄芩、长叶金顶菊、东支流的粗壮一枝黄花、伞状白头菀、糙叶紫菀、斑叶毒芹、珠芽毒芹、绣线菊、坚挺珍珠菜、缘毛过路黄、小叶猪殃殃、加拿大百合、舌唇兰（*Platanthera peramoena*）、芳香舌唇兰、狗面花、酸模（水生）、变色鸢尾、美洲天胡荽、加拿大变豆菜、弗吉尼亚铁线莲、水田芥、钩状毛茛、粉花马利筋、斯坎特联毛紫菀、小紫菀，还有柳叶紫菀、湖岸上的紫苞泽兰、东支流的大麻叶罗布麻、萹蓄及其他植物。当然除了这些植物外，还有一些低等植物，如蒯草以及敏感的蕨类植物。

在水中的植物有肋果萍蓬草、一些眼子菜、慈姑（*Sagittaria varia-bilis*），以及泽芹（*Sium lineare？*）。

肋果萍蓬草
spatterdock

附录　307

加拿大山蚂蝗
showy tick-trefoil

滨菊
oxeye daisy

　　在 1857 年 7 月的最后一天，这些植物里花开得很显眼的有：芸香、长叶金顶菊、粗壮一枝黄花、伞状白头菀、糙叶紫菀、加拿大百合、舌唇兰（Platanthera Peramoena）、芳香舌唇兰、狗面花、变色鸢尾、弗吉尼亚铁线莲等。

　　沼泽地里典型的花有：柔毛黑莓、水芋、紫瓶子草。火烧地里典型的花有：柳兰——此刻花正盛开着，以及梁子菜。在峭壁上有：圆叶风铃草、草茱萸、熊果、三齿山莓草、欧洲蕨。在旧营地、运输道和原木道上的有：丝路蓟、夏枯草、车轴草、梯牧草、蓍、滨菊、大叶紫菀、东支流上的弯折花锚、珠光香青、水上运输道上的红果类叶升麻（Actaea rubra）和白果类叶升麻（Actaea pachypoda）、加拿大山蚂蝗、酸模。

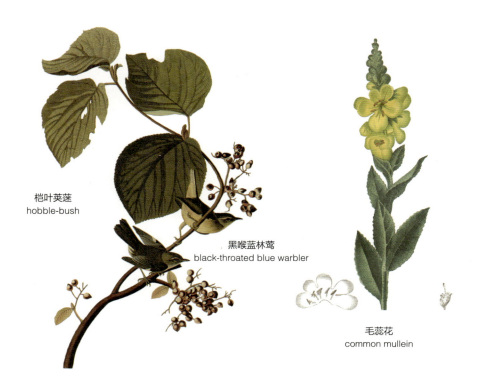

桤叶荚蒾
hobble-bush

黑喉蓝林莺
black-throated blue warbler

毛蕊花
common mullein

　　最美也最有趣的花是大紫玉凤花，在岸边的灌木和草中时不时能看到它们的身影，大大的舌唇兰直直地挺立着。但看起来似乎有些奇怪，那儿居然生长了这么多这种花，只有驼鹿和猎鹿人才会看见它们，而在康科德，这种花却十分罕见。在我们那儿，我从来就没看见过这种花开这么晚，或者和芳香舌唇兰一起开。

　　主要的林下灌木有：韦木、穗果蒛、桤叶荚蒾，常常还能见到短叶红豆杉加拿大变种。

　　沿岸最主要的灌木和小树有：山茱萸和桤木（之前提到过）；两三种灰黄色柳树或小柳，如矮柳、喙柳和猫柳，还有美洲接骨木、蔷薇、欧洲荚蒾、美国红荚蒾、美洲花楸、长喙榛、黄锦带、北美稠李、香杨梅、山地冬青、北美风箱树，在一些地方还生长着腺毛醋栗。

　　沼泽地里还生长着一些特有的灌木和小树有：一些柳树、沼泽山月桂、拉布拉多茶（Ledum latifolium 和 Ledum palustre）、多刺醋栗，在一个地方还长着沼泽桦。在营地和运输道上有：树莓、加拿大蓝莓、美国酸樱桃、加拿大唐棣、短毛接骨木（Sambucus pubens）。山上特有的品种里则有越橘。

  1857 年，在安塞尔·史密斯的林中空地和奇森库克，数量较多的那些人们通常认为是从欧洲引进的植物有：高毛茛、大车前、藜；1853 年有荠菜；1853 年在穆斯黑德湖北岸及 1857 年在其他地方还能见到大爪草；还有药用蒲公英——格雷认为这种植物是那里土生土长的，但很明显是从外地引进的；在史密斯家附近森林里的原木道边上还长着春蓼和水蓼；运输道上还常常能看到小酸模；1853 年在运输道上常见的是红车轴草；运输道上有滨菊；1853-1857 年，在运输道上有梯牧草；还有多穗马鞭草（Verbena hastate）；1857 年，在营地还长了很多丝路蓟；1853 年，在西支流有皱叶酸模；1853 年在班

春蓼
lady's thumb

红车轴草
red clover

戈和湖之间还能见到毛蕊花。

看来1853年我看到的这十多种跟着人移民到这里、并深入到像奇森库克这样的森林里的植物，已经适应了这里的环境了。这里的花很早就开始在原木道边绽放，在春天就能看到它们的身影。这条狭长的通道，是唯一一条穿过森林的通道，且因为道两边的树墩和倒伏的树木只有在冬天的时候才会使用。这些花最终成为老定居地的路边植物。这些最先来到这里的植物，在某种程度上也是第一群牛种下的。夏天在森林里是无法牧牛的。

## Ⅲ. 植物列表

以下列表包含了我于1853年和1857年在缅因森林里看到的植物。（标有*号的不在森林里）

### 1. 高度与树相当的植物

*Alnus incana*，灰桤木，河边数量众多。

*Thuja occidentalis*，北美香柏，一种常见的树。

*Fraxinus nigra*，黑梣，很常见，尤其在死水边。印第安人向导说那里也有"黄梣（yellow ash）"。

*Populus tremuloides*，颤杨，很常见，尤其在火烧地，几乎和桦树一样白。

*Populus grandidentata*，大齿杨，大概有两三棵。

*Fagus grandifolia*，北美山毛榉，至少在西支流还算常见（1846年看到的比较多）。

*Betula papyrifera*，纸皮桦，随处可见，班戈周围也非常常见。

*Betula alleghaniensis*，加拿大黄桦，很常见。

*Betula lenta*，甜桦，1853年见于西支流。

*Betula alba*，美国白桦①，只在班戈周围可见。

*Ulmus americana*，美国榆，在西支流和东支流下游很常见，即在河的下游和冲积土地带。

*Larix laricina*，北美落叶松，在昂巴朱克斯库斯河很常见，在其他地方也有。

*Tsuga canadensis*，加拿大铁杉，长得不是很多，在西支流有一些，在各处也有一些。

*Acer saccharinum*②，糖槭，很常见。

*Acer rubrum*，红花槭，很常见。

*Acer dasycarpum*③，银白槭，在东支流下游和奇森库克森林有一些。

*Quercus rubra*，红槲栎，在东支流格兰德湖中的一岛上有一棵，据一位定居者说，在奇森库克湖东边也有几棵；1853 年在班戈周围也有几棵。

*Pinus strobus*，北美乔松，各处都有生长，赫伦湖长得最多。

*Pinus resinosa*，多脂松，起先在泰洛斯湖和格兰德湖有，后来四处都有生长。

*Abies balsamea*，香脂冷杉，大概是最常见的树了，尤其是在河的上游。

*Picea mariana*，黑云杉，不像香脂冷杉一样常见，但也差不多，在山上很常见。

*Picea glauca*，白云杉，和黑云杉一样常见，位于沿河地带。

*Pinus banksiana*，北美短叶松，在格兰德湖中的一个岛上有几棵。

总共 23 种。

① 即垂枝桦在北美地区的亚种。

② 此为糖槭 *Acer saccharum* 的旧学名。

③ 此为银白槭旧学名，现学名为 *Acer saccharinum*。

## 2. 小树和灌木

*Prunus depressa*，铺地樱，生长在东支流的碎石滩上，离亨特家很近，树上长有绿色的果实，显然与河里和草甸上的不同。

*Vaccinium corymbosum*，北方高丛蓝莓？生长在巴克斯波特。

*Vaccinium myrtilloides*，加拿大蓝莓，在运输道和石头山上很常见，最南可至巴克斯波特。

*Vaccinium pallidum*，旱地蓝莓，生长在韦特斯通瀑布。

*Betula pumila*，沼泽桦，生长在马德沼泽。

*Prinos verticillata*，现归为 *Ilex* 冬青属[①]（格雷，第二版），1857 年。

[①] 即轮生冬青（Ilex verticillata）。

*Cephalanthus occidentalis*，北美风箱树。

*Prunus pensylvanica*，美国酸樱桃，在沿河的营地、运输道等地很常见；1857 年 8 月 1 日果实成熟。

*Prunus virginiana*，北美稠李，河边很常见。

*Cornus alternifolia*，互叶梾木，1853 年见于西支流。

*Ribes glandulosum*，腺毛醋栗，在韦伯斯特河沿河一带很常见。

*Sambucus canadensis*，美洲接骨木，在河边很常见。

*Sambucus pubens*，短毛接骨木，不太常见，生长于通向穆斯黑德湖的路边，后期还生长于运输道上，果实很漂亮。

*Ribes lacustre*，多刺醋栗，在沼泽地常见；还生长于马德湖沼泽地和韦伯斯特河；1857 年 7 月 29 日果实还没成熟。

*Corylus rostrata*，长喙榛，常见。

*Taxus brevifolia*，短叶红豆杉，是西支流的一个岛上和奇森库克森林中的一种常见小灌木。

*Viburnum lantanoides*，桤叶荚蒾，常见，尤其在奇森库克

森林里；1853 年 9 月果实成热，1857 年 7 月时没有成熟。

*Viburnum opulus*，欧洲荚蒾，生长于西支流；1857 年 7 月 25 日，还有一棵尚开着花。

*Viburnum nudum*，美国红荚蒾，沿河很常见。

*Kalmia polifolia*，沼泽山月桂，在沼泽很常见，如在穆斯黑德运输道和张伯伦沼泽。

*Kalmia angustifolia*，狭叶山月桂，与沼泽山月桂长在一起。

*Acer spicatum*，穗果槭，一种很常见的林下灌丛。

狭叶山月桂
narrow-leaved laurel

红冠戴菊
ruby-crowned kinglet

*Acer pensylvanicum*，条纹槭，1857 年 7 月 30 日正结着果实；第一年呈绿色，第二年绿中带白条纹，第三年颜色变深并带暗色大斑点。

*Cornus sericea*，柔枝红瑞木，是一种在西支流沿岸很常见的灌木；1857 年 8 月时果实仍是白色的。

*Sorbus americana*，美洲花楸，沿岸地区较常见。

*Amelanchier canadensis*，加拿大唐棣，见于多岩石的运输道等地方，1857 年结了非常多的果实。

*Rubus strigosus*，北美红树莓，在火烧地、营地和运输道上生长得很茂盛，但我们到张伯伦坝和东支流时果实才成熟。

*Rosa carolina*，加罗林蔷薇，在湖岸等地很常见。

*Rhus typhina\**，火炬树。

火炬树
staghorn sumac

加罗林蔷薇
Carolina rose

*Myrica gale*，香杨梅，很常见。

*Ilex mucronata*，山地冬青，在低地、穆斯黑德运输道和金尼奥山上很常见。

*Crataegus coccinea*，绯红山楂？还算常见；1853年9月结有硬果。

*Salix petiolaris*，长柄柳类似物种，在昂巴朱克斯库斯草甸非常常见。

*Salix bebbiana*，喙柳，常见。

*Salix humilis*，矮柳，常见。

*Salix discolor*，猫柳。

*Salix lucida*，光泽柳，生长在赫伦湖的岛上。

*Dirca palustris*，韦木，常见。

总共38种。

### 3. 小灌木和草本植物

*Agrimonia eupatoria*，欧洲龙芽草，还算常见。

*Circaea alpina*，高山露珠草，在森林里很常见。

*Nasturtium palustre var. hispidum*，水田芥变种，常见，如 A. 史密斯家附近。

*Aralia hispida*，毛楤木，生长在西支流，1853 和 1857 年都有见过。

*Aralia nudicaulis*，裸茎楤木，生长在奇森库克森林。

*Sagittaria variabilis*，慈姑，在穆斯黑德湖及以后的地方很常见。

欧洲龙芽草
church steeples

三叶天南星
jack-in-the-pulpit

*Arisaema triphyllum*，三叶天南星，1853 年见于穆斯黑德运输道。

*Asclepias incarnata*，粉花马利筋，见于昂巴朱克斯库斯河及其以后的地方，比我们那里的更红，与我们那里的 pulchra 变种不同。

*Oclemena acuminata*，轮菀，森林里最常见的紫菀族植物，7 月 31 日在南支流开的时间不长；高两英尺多。

*Aster macrophyllus*，大叶紫菀，常见，整株植物出奇的香，像一种药草，1857 年 7 月 29 日生长于泰洛斯坝，后来去班戈和巴克斯波特时也见到过；花呈蓝色（1853 年，生长于派恩河的森林和奇森库克森林）。

*Aster radula*，糙叶紫菀，常见，见于穆斯黑德运输道及以后的地方。

*Aster miser*，小紫菀，1853 年见于西支流，在奇森库克湖沿岸较常见。

*Aster longifolius*，柳叶紫菀，1853 年见于穆斯黑德湖和奇森库克湖沿岸。

*Symphyotrichum cordifolium*，心叶联毛紫菀，1853 年见于西支流。

*Symphyotrichum tradescantii*，斯坎特联毛紫菀，1857 年。1853 年于奇森库克湖沿岸见过一种窄叶的。

*Aster longifolius*，柳叶紫菀类似物种。开小花，1853 年见于西支流。

*Symphyotrichum puniceum*，紫茎联毛紫菀，见于松溪。

*Doellingeria umbellata*，伞状白头菀，沿河很常见。

*Arctostaphylos uva-ursi*，熊果，1858 年见于金尼奥河等地。

*Polygonum cilinode*，萹蓄，常见。

*Bidens cernua*，柳叶鬼针草，1853 年见于西支流。

*Ranunculus acris*，高毛茛，1853 年在史密斯坝和奇森库克森林生长得很茂盛。

*Rubus pubescens*，柔毛黑莓，常见于低地和沼泽。

*Utricularia vulgaris*\*，狸藻，见于普肖。

*Iris versicolor*，变色鸢尾，常见于穆斯黑德湖、西支流和昂巴朱克斯库斯湖等地。

琉璃繁缕
scarlet pimpernel

披散罗布麻
spreading dogbane

*Sparganium*，黑三棱属植物。

*Calla palustris*，水芋，1857 年 7 月 27 日正在马德湖沼泽地盛开。

*Lobelia cardinalis*，红花山梗菜，显然很常见，但 1857 年 8 月花已经谢了。

*Cerastium nutans*，垂花卷耳。

*Gaultheria procumbens*，匍枝白珠，沿河岸的森林里随处可见。

*Stellaria media*，繁缕，见于班戈。

*Gaultheria hispidula*，爬地雪果白珠，森林里很常见。

*Cicuta maculata*，斑叶毒芹。

*Cicuta bulbifera*，珠芽毒芹，1853 年见于佩诺布斯科特河及奇森库克湖沿岸。

*Galium trifidum*，小叶猪殃殃，常见。

*Galium aparine*，原拉拉藤，1853 年见于奇森库克湖。

*Galium*，拉拉藤属，1853 年生长于派恩河的一种。

*Trifolium pratense*，红车轴草，生长于运输道等地。

*Actaea spicata* var. *alba*，穗花类叶升麻白果变种，1853 年见于奇森库克森林，1857 年见于东支流。

*Actaea spicata* var. *rubra*，穗花类叶升麻红果变种，1857 年见于东支流。

*Vaccinium vitis-idaea*，越橘，在卡塔丁山上生长茂盛。

*Cornus canadensis*，草茱萸，1853 年见奇森库克森林，1857 年 7 月 24 日在金尼奥刚成熟，很常见；1853 年 9 月 16 日，穆斯黑德运输道上的草茱萸仍在开花。

*Medeola virginiana*，巫女花，见于西支流森林和奇森库克森林。

*Dalibarda repens*，匍匐矮生莓，见于穆斯黑德运输道及其后面的路上，常见。1857 年 8 月 1 日时仍在开花。

*Taraxacum officinale*，药用蒲公英，1853 年见于史密斯家附近，也只在那里见过。疑是外来物种。

*Diervilla lonicera*，黄锦带，很常见。

*Rumex hydrolapathum*，大水生酸模，见于 1857 年；1853 年种下的籽很大，常见。

*Rumex crispus*，皱叶酸模，1853 年见于西支流。

*Apocynum cannabinum*，大麻叶罗布麻，1857 年见于金尼奥、布雷德福、东支流及维特斯通瀑布。

*Apocynum androsaemifolium*，披散罗布麻，见于金尼奥和布雷德福。

*Clintonia borealis*，北方七筋姑，森林里很常见；1857 年 7 月 25 日果

实刚成熟。

*Lemna*，浮萍属，1857 年见于普肖。

*Triadenum virginicum*，弗吉尼亚三腺金丝桃。1853 年见于穆斯黑德湖。

*Epilobium angustifolium*，柳兰，在火烧地有大片的柳兰；在韦伯斯特河有些白色的柳兰。

*Epilobium coloratum*，紫叶柳叶菜，1857 年见过一次。

*Eupatorium purpureum* 紫茎泽兰，见于赫伦湖、穆斯黑德湖和奇森库克湖沿岸，常见。

*Allium*，葱属，是我之前没见过的品种，尚在开花，顶部没有球茎，生长于东支流韦特斯通瀑布附近的岩石上。

*Halenia deflexa*，弯折花锚，见于东支流的运输道上，常见。

*Geranium robertianum*，汉荭鱼腥草。

*Euthamia graminifolia*，长叶金顶菊，很常见。

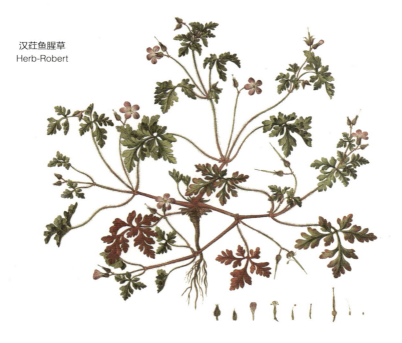

汉荭鱼腥草
Herb-Robert

附录　321

*Solidago*，三道叶脉的，1853 年和 1857 年都有见过。

*Solidago macrophylla*，大叶一枝黄，韦伯斯特河上有一株。

*Solidago squarrosa*，粗壮一枝黄，东支流最常见。

*Solidago altissima*，高大一枝黄，在 1853 年和 1857 年还算常见。

*Coptis trifolia*，三叶黄连。

*Smilax herbacea*，臭牛尾菜，在 1853 年和 1857 年还算不常见。

*Spiraea tomentosa*\*，塔序绣线菊，见于班戈。

*Campanula rotundifolia*，圆叶风铃草，见于金尼奥峭壁、格兰德湖等地。

*Hieracium*，山柳菊属，还算常见。

*Veratrum viride*，绿藜芦。

*Lycopus virginicus*，弗吉尼亚地笋，见于 1857 年。

*Lycopus americanus*，美洲地笋，见于赫伦湖岸。

*Chenopodium album*，藜，见于史密斯家附近。

藜
lamb's quarters

*Mentha canadensis*，加拿大薄荷，很常见。

*Galeopsis tetrahit*，欧鼬瓣花，奥拉蒙岛上有很多，1857 年 8 月 3 日在该岛下游开得正旺。

*Houstonia caerulea*，美耳草，现归为 Oldenlandia 蛇舌草属[①]（格雷，第二版），1857 年。

[①] 目前仍采用 *Houstonia caerulea* 学名。

*Hydrocotyle americana*，美洲天胡荽，常见。

*Hypericum ellipticum*，椭圆叶金丝桃，常见。

*Hypericum mutilum*，矮金丝桃，1853 年和 1857 年都有见到，常见。

*Hypericum canadense*，加拿大金丝桃，1853 年见于穆斯黑德湖和奇森库克岸。

*Trientalis americana*，美洲七瓣莲，1853 年见于佩恩河。

*Lobelia inflata*，北美山梗菜。

*Spiranthes cernua*，俯花绶草，见于金尼奥山及其以后的地方。

*Nabalus*，耳菊属，1857 年见过；*Nabalus altissimus*，高耳菊，1853 年见于奇森库克森林。

*Anaphalis margaritacea*，珠光香青，常见于穆斯黑德和史密斯家附近等地。

*Lilium canadense*，加拿大百合，见于西支流和东支流，很常见且很大；1857 年在东支流有一株，花瓣外卷明显，叶子下面非常光滑但没有前面的大，显然这只是一个变种。

*Linnaea borealis*，北极花，森林里几乎随处可见。

*Lobelia dortmanna*，水生半边莲，见于巴克斯波特的池塘中。

*Lysimachia ciliata*，缘毛过路黄，生长在奇森库克沿岸和东支流，很常见。

*Lysimachia stricta*，坚挺珍珠菜，很常见。

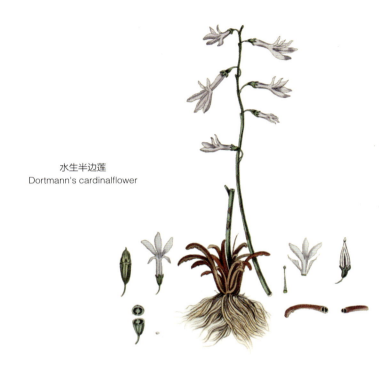

水生半边莲
Dortmann's cardinalflower

*Malaxis unifolia*，一叶沼兰，见于金尼奥山。

*Spiraea salicifolia*，柳叶绣线菊，常见。

*Mimulus ringens*，狗面花，生长于湖边等地，常见。

*Scutellaria galericulata*，盔状黄芩，很常见。

*Scutellaria lateriflora*，侧花黄芩，1857 年见于赫伦湖，1853 年见于奇森库克。

*Platanthera psycodes*，芳香舌唇兰，1853 年见于东支流和奇森库克，很常见。

*Platanthera grandiflora*，大花舌唇兰，1857 年见于西支流和昂巴朱克斯库斯湖，很常见。

*Platanthera orbiculata*，圆叶舌唇兰，在森林、穆斯黑德和张伯伦运输道、卡乌科姆戈莫克等地很常见。

*Amphicarpaea bracteata*，阴阳豆。

*Aralia racemosa*，总序土当归，生长于穆斯黑德运输道、泰洛斯湖等地及其后的地方，常见；1857年8月1日时正开花。

*Plantago major*，大车前，1853年常见于史密斯家附近的开阔地上。

*Pontederia cordata\**，梭鱼草，1857年仅见于奥尔敦附近。

*Potamogeton*，眼子菜属，不常见。

*Sibbaldia tridentata*，三齿山莓草，见于金尼奥山。

*Potentilla norvegica*，挪威委陵菜，见于赫伦湖岸和史密斯家附近。

*Polygonum amphibium* var. *aquaticum*，两栖蓼变种，见于塞肯德湖。

香睡莲
American white waterlily

*Polygonum persicaria*，春蓼，1853 年见于奇森库克的原木道。

*Nuphar advena*，肋果萍蓬草，数量不多。

*Nymphaea odorata*，香睡莲，1853 年在西支流有一些。

*Persicaria hydropiper*，水蓼，见于奇森库克的原木道。

*Orthilia secunda*，单侧花，生长于卡乌科姆戈莫克，很常见。

*Pyrola elliptica*，椭圆叶鹿蹄草，见于卡乌科姆戈莫克河。

*Ranunculus flammula*，焰毛茛。

*Ranunculus recurvatus*，钩状毛茛，见于昂巴朱克斯库斯码头等地。

*Typha latifolia\**，宽叶香蒲，在班戈和波特兰之间极多。

*Sanicula marilandica*，马里兰变豆菜，见于穆斯黑德运输道及以后的地方。

*Aralia nudicaulis*，裸茎楤木，生长在奇森库克森林。

*Capsella bursa-pastoris*，荠菜，1853 年见于史密斯家附近。

*Prunella vulgaris*，夏枯草，到处都很常见。

*Erechtites hieraciifolius*，梁子菜，1857 年见过，1853 年在史密斯家附近的开阔地见过。

*Sarracenia purpurea*，紫瓶子草，见于马德湖沼泽地。

*Smilacina bifolia*，二叶鹿药，1857 年见过，1853 年见于奇森库克森林。

*Smilacina racemosa*，总序鹿药，见于昂巴朱克斯库斯运输道（1853 年 7 月 27 日）。

*Veronica scutellata*，盾婆婆纳。

*Spergula arvensis*，大爪草，1857 年还算常见，1853 年见于穆斯黑德湖和史密斯家附近。

*Fragaria*，草莓属，1853 年见于史密斯家附近，1857 年见于巴克斯波特。

*Thalictrum cornuti*，柔毛唐松草，很常见，尤其在河边，很高，1857 年 7 月花开得很显眼。

*Cirsium arvense*，丝路蓟，在缅因北部的营地和公路边数量很多。

斑点橙凤仙花
spotted jewelweed

*Cirsium muticum*，沼泽蓟，8 月 31 日，在韦伯斯特湖边花正盛开。

*Rumex acetosella*，小酸模，在河边和原木道边很常见，如在奇森库克原木道。

*Impatiens capensis*，斑点橙凤仙花。

*Trillium undulatum*，波状延龄草，在西支流和穆斯黑德运输道常见。

*Verbena hastata*，多穗马鞭草。

*Clematis virginiana*，弗吉尼亚铁线莲，常见于河岸，1853 年 9 月正呈羽状生长，1857 年 7 月正开花。

*Leucanthemum vulgare*，滨菊。

*Sium lineare*，泽芹，见于 1857 年，1853 年见于奇森库克湖岸。

*Achillea millefolium*，蓍，见于河边、原木道和史密斯家附近。

波状延龄草
painted trillium

*Desmodium canadense*，加拿大山蚂蝗，还算常见。

*Oxalis acetosella*，白花酢浆草，1853 年 7 月 25 日在穆斯黑德运输道及其以后的地方仍在开花。

*Oxalis stricta*，直酢浆草，1853 年见于史密斯家附近及原木道上。

*Liparis liliifolia*，百合叶羊耳蒜，见于金尼奥山和布雷福德。

*Uvularia grandiflora*，大花垂铃儿，生长于森林，常见。

*Uvularia sessilifolia*，无柄垂铃儿，1853 年见于奇森库克森林。

总共 145 种。

## 4. 低级植物

*Scirpus cyperinus*，荊草，很常见，尤其是在低岛上。这是一种粗草，

有四五英尺高，长在河边。

*Phleum pratense*，梯牧草，见于运输道、营地和林间空地。

*Equisetum sylvaticum*，林木贼

*Pteridium aquilinum*，欧洲蕨，见于金尼奥山及其以后的地方。

*Onoclea sensibilis*，北美球子蕨，河边很常见；赫伦湖岛沙砾岸上也有一些。

*Polypodium dryopteris*，多足蕨。

*Woodsia ilvensis*，岩蕨。

*Lycopodium lucidulum*，石松。

*Usnea*，松萝属，在各种树上都很常见。

## Ⅳ. 鸟类列表

以下是1857年7月24日至8月3日我在缅因见到的鸟类。

在韦伯斯特河上的大瀑布那里曾见到过一只很小的鹰。

*Haliaeetus leucocephalus*，白头海雕，见于拉格穆夫河、亨特家的上游和下游，及马特沃姆凯格下游的池塘中。

*Pandion haliaetus*，鱼鹰，在东支流听到鱼鹰的叫声，也见到了它们。

*Bubo virginianus*，美洲雕鸮，见于坎普岛附近，塞布伊斯河口上游也有，它们从树墩上飞来飞去，以及在亨特家附近的一棵树上也见到过。

*Agelaius phoeniceus*，红翅黑鹂，见于昂巴朱克斯库斯河。

*Corvus brachyrhynchos*，短嘴鸦，见过几只，如在格兰德湖出口处；它的叫声很奇特。

*Spizella arborea*，美洲树雀鹀，我觉得7月24日在金尼奥山见过一只，它的举止看上去似乎在那儿有个窝。

红眼莺雀
red-eyed vireo

*Cyanocitta cristata*,冠蓝鸦。

*Poecile atricapillus*,黑顶山雀,见过几只。

*Tyrannus tyrannus*,东王霸鹟。

*Contopus cooperi*,绿胁绿霸鹟,随处可见。

*Contopus virens*,东绿霸鹟,见于穆斯黑德,我觉得在其他地方也有。

*Setophaga ruticilla*,橙尾鸲莺,见于穆斯黑德。

*Vireo olivaceus*,红眼莺雀,随处可见。

*Turdus migratorius*,旅鸫,随处可见几只。

*Hylocichla mustelina*,棕林鸫,在整个森林里都很常见。

*Catharus fuscescens*,棕夜鸫,见于穆斯黑德及其以外的地方。

*Seiurus aurocapilla*,橙顶灶莺,见于穆斯黑德。

*Zonotrichia albicollis*,白喉带鹀,见于金尼奥山及其之后的地方,显然

正在筑巢；一直都是常见的鸟类。

*Melospiza melodia*，歌带鹀，见于穆斯黑德及其之后的地方。

*Setophaga pinus*，松莺，在一部分航程中见到过。

*Empidonax virescens*，绿纹霸鹟，常见。

*Geothlypis trichas*，黄喉地莺，随处可见。

*Coccyzus americanus*？黄嘴美洲鹃，常见。

*Melanerpes erythrocephalus*，红头啄木鸟，听到过也见到过，吃起来味道不错。

黄嘴美洲鹃
yellow-billed cuckoo

矮栗
Allegheny chinquapin

*Sitta carolinensis*？白胸䴓，听到过它鸣叫。

*Megaceryle alcyon*，白腹鱼狗，很常见。

*Chordeiles minor*，美洲夜鹰。

*Bonasa umbellus*，披肩榛鸡，见于穆斯黑德运输道等地。

*Tympanuchus cupido*？草原松鸡，见于韦伯斯特河。

*Egretta caerulea*，小蓝鹭，见于佩诺布斯科特河下游。

*Actitis macularius*，斑腹矶鹬，随处可见。

*Larus argentatus*？银鸥，见于赫伦湖的岩石上和张伯伦湖。在塞肯德湖见到过更小一点的银鸥。

*Anas rubripes*，北美黑鸭，在东支流见过一次。

*Aix sponsa*，林鸳鸯，随处可见。

白胸䴓
white-breasted nuthatch

白腹鱼狗
belted kingfisher

蜡杨梅
southern wax myrtle

*Bucephala albeola*，白枕鹊鸭，常见。

*Gavia immer*，普通潜鸟，在所有的湖上都见到过。一只燕子；夜刺嘴莺？见过一两次。

*Mergus merganser*，普通秋沙鸭，在湖河上常见。

## V. 四足动物

在西支流见到一只蝙蝠，在格兰德湖见到河狸头盖骨，在卡乌科姆戈莫克河上，撒切尔先生吃河狸肉和驼鹿肉。在上一条河里看到过一只麝鼠，在树林深处常见红松鼠，在张伯伦道上见到一只死豪猪，见到一只母驼鹿，还见到小驼鹿的足迹，和刚被杀死的熊的皮。

## VI. 旅行的全套装备

如果一个人跟我怀着同样的目的，带上一个同伴和一个印第安人当向导在7月到缅因森林里旅行12天的话，那么应该准备以下的装备。

穿戴物：一件格子衬衫、结实的旧鞋、厚袜子、一条围巾、厚马甲、厚裤子、旧科苏特帽、一个麻袋。

携带物：在一个带大翻盖的橡胶袋里放两件衬衫（格子的）、一双厚袜子、一条长衬裤、一件法兰绒衬衫、两条手绢、一件轻便橡胶上衣或一件厚羊毛上衣、两个假衬衫前胸和假领子以备去和回来时用、一条餐巾、别针、针、线、一条毯子。毯子最好是灰色的，七英尺长。

帐篷：宽六英尺、长七英尺、中间高四英尺的就够用了；面纱、手套和防虫药水，或者最好晚上用蚊帐把全身都盖住；最好的袖珍地图，最好有标明道路；指南针，植物本和红吸墨纸，纸和邮票，研究植物的书，袖珍望远镜用来观察鸟；袖珍显微镜，卷尺，昆虫箱。

斧子可以的话就带全尺寸的，可折合的小刀，鱼线，每人只要两条，还要准备几个鱼钩和软木浮子，装一小包猪肉作鱼饵；火柴（装一些火柴在小瓶里，放到马甲口袋里）；肥皂两块；大刀和铁勺（大家共用）；搓得厉害的三四张旧报纸，几块破布做洗碟布；二十英尺长的结实绳子、容量为四夸脱的马口铁桶做水壶、两个马口铁长柄杯、三个马口铁盘子、一个炒锅。

储备食物：软的硬面包28磅、猪肉16磅、糖12磅、1磅红茶或3磅咖啡、1箱或1品脱盐、1夸脱玉米粉用来炸鱼、6个柠檬用来消除猪肉和热水的味道，也许也可以带2磅或3磅米，用来换换口味。此外，你可能还会采到浆果、抓到鱼等。

枪不值得带，除非你是去打猎的。猪肉要放在不加盖的小桶里，小桶要锯到合适的尺寸；糖、茶或咖啡、玉米粉、盐等要分别放在不漏水的橡胶袋里，用皮绳绑紧；所有的储备食物及余下行李的一部分要放在两个大橡胶袋里，这两个袋子不漏水且耐用。以上全部用品要花24美元。

雇一个印第安人向导一天可能要1.5美元，用他的独木舟每周可能要50美分（这取决于你的需求）。独木舟要坚固结实。这些要花19美元。

如果你已经有这套用品或者能借到其中相当一部分，那么这段从穆斯黑德湖底端出发的旅程每人的花费不会超过25美元。如果你在奥尔德敦雇一个印第安人向导和独木舟，那就要多花七八美元，作为他们到湖这边来的交通费。

## Ⅶ．印第安语词汇表

（1）Ktaadn，据说意思是"最高地"，雷尔说成是 Mt. Pemadene；还有说成 Grai、pierre a aiguiser、Kitadaugan 的。（参见波特）。

Mattawamkeag，意思是两条河相交的地方。（运输道上的印第安人这么说）（参见威廉森著的《缅因历史》和威利斯。）

Molunkus

Ebeeme，岩石。

Noliseemack；别名沙德塘。

Kecunnilessu，黑顶山雀。（乔）

Nipsquecohossus，小丘鹬。（乔）

Skuscumonsuk，翠鸟。复数结尾是 uk 还是 suk？（乔）

Wassus，熊，aouessous，雷尔。（乔）

Lunxus，印第安鬼。（乔）

Upahsis，花楸。（乔）

Moose，（是不是叫，或者意思是"食木兽"？）mous，雷尔。

小丘鹬
American woodcock

Katahdinauguoh，据说指卡塔丁山周围的山脉。

Ebemena，欧洲荚蒾。Ibibimin，nar，红色，坏水果。雷尔。（乔）

Wighiggin，传单或书面文字，aouixigan，"Livre, lettre, peinture, ceinture." 雷尔。（运输道上的印第安人）

Sebamook，大湾湖，Peqouasebem；复数加 ar、lac 或 elang。雷尔。Ouaurinaugamek，anse dans un lac。雷尔。Mspame，大水域。波利斯。（尼科莱）

Sebago 和 Sebec，大的开阔水域。

Chesuncook，许多河汇入的地方。（参见威利斯和波特）（塔芒特等）

Caucomgomoc，鸥鸟湖。（Caucomgomoc，湖；caucomgomoc-took，河，波利斯。）（塔芒特等）

Pammadumcook

Kenduskieg，小鳗河。（参见威利斯）（尼科莱）

Penobscot，落基河。Puapeskou，石头。（雷尔参见斯普林格）（运输道上的印第安人）

Umbazookskus，草甸溪。（多草甸河，波利斯）（尼科莱）

Millinocket，有岛的地方。（尼科莱）

Souneunk，在山间流淌的。（尼科莱）

Aboljacarmegus，光壁瀑布和死水。（尼科莱）

Aboljacarmeguscook，那里的河。

Muskiticook，死溪。（运输道上的印第安人）Meskikou 或 Meskikouikou，有草的地方。（雷尔）Muskeeticook，死水。（波利斯）

Mattahumkeag，沙溪塘。（尼科莱）

Piscataquis，一条河的支流。（尼科莱）

Shecorways，秋沙鸭。（波利斯）

Naramekechus，斑腹矶鹬。（波利斯）

Medawisla，潜鸟。（波利斯）

Orignal，穆斯黑德湖。（蒙特雷索）（波利斯）

Chor-chor-que，松萝。（波利斯）

Adelungquamooktum，棕林鸫。（波利斯）

Bematruichtik，高地的总称。（Mt. Pemadene。雷尔）（波利斯）

Maquoxigil，柔枝红瑞木的皮，印第安烟草。（波利斯）

Kineo，燧石。（威廉森；老印第安猎手）（霍奇）

Artoosoqu'，磷火。（波利斯）

Subekoondark，白云杉。（波利斯）

Skusk，黑云杉。（波利斯）

Beskabekuk，地图上的"龙虾湖"。（波利斯）

Beskabekukskishtuk，岛下的死水。（波利斯）

Paytaytequick，火烧地河，乔管它叫作 Ragmuff。（波利斯）

Nonlangyis，上一条河与松溪之间的死水的名字。（波利斯）

Karsaootuk，黑河（或叫松溪）。Mkazeouighen，黑的。雷尔（波利斯）

Michigan，fimus。波利斯用它来称亚口鱼，或一种又小又没用的鱼。Fiante（？）mitsegan，雷尔。（皮克林在第一个词之后加了一个"？"。）（波利斯）

Cowosnebagosar, Chiogenes hispidula，意思是在树木腐烂的地方生长。（波利斯）

Pockadunkquaywayle，回声。Pagadaükoueouérré。雷尔。Bororquasis，驼鹿蝇。（波利斯）

Nerlumskeechtcook（或 quoik?），（或 skeetcɔok），死水，也可用以指附近的山。（波利斯）

Apmoojenegamook，已经渡过的湖。（波利斯）

Allegash，铁杉树皮。（参见威利斯）（波利斯）

Paytaywecongomec，火烧土湖，泰洛斯湖。（波利斯）

Madunkehunk，高地溪（龙虾溪）。（波利斯）

Madunkehunk-gamooc，高地湖。（波利斯）

Matungamooc，格兰德湖。（波利斯）

Uncardnerheese，鳟鱼溪。（波利斯）

Wassataquoik（或-cook），鲑鱼河，东支流。（参见威利斯）。（波利斯）

Pemoymenuk，浆果，"Pemouaimin, nak, 一种黑色水果。雷尔。"词尾有复数词缀吗？（波利斯）

Sheepnoc，加拿大百合鳞茎。"Sipen, nak, 白色，比 penak 大。"雷尔。（波利斯）

Paytgumkiss，佩蒂科特（一条小河汇入尼卡多下游佩诺布斯科特河的地方）（波利斯）

Burntibus，佩诺布斯科特河上一片像湖的水域。（波利斯）

Passadumkeag，"水落入瀑布上游的佩诺布斯科特河的地方。"（威廉森）Paüsidaükioui 是，au dessus de la montagne。雷尔。

Olarmon 或 larmon，（波利斯）红漆。"朱砂、漆，Ouramau。"雷尔。

Sunkhaze，"看见独木舟出来；没看见河。"（波利斯）据雷尔说，河口叫 Saughedetegoue。一条河汇入另一条河的地方叫 saüktaüoui。（参见威利斯）

Tomhegan，支流（在穆斯黑德）。"轻便斧，temahigan。"雷尔。

Nicketow，"Nicketaoutegué, 或 Niketoutegoue, rivière qui fourche。"雷尔。

（2）选自威廉·威利斯《论阿布纳基人的语言》，《缅因历史论集》第四卷

Abalajako-megus（卡塔丁山附近的河）。

Aitteon（一个湖和一个酋长的名字）。

Apmogenegamook（一个湖的名字）。

Allagash（一个树皮营地）。一个叫索克贝辛的佩诺布斯科特人告诉他："印第安人给湖取这个名字是因为他们在那里留了一个打猎营地。"

Bamonewengamock，阿勒加什河头，克罗斯湖。（索克贝辛）

Chesuncook，大湖。（索克贝辛）

Caucongamock（一个湖）。

Ebeeme，上面长有李子的山。（索克贝辛）

Ktaadn。索克贝辛将它读成 Ka-tah-din，并说它的意思是"大山或大东西"。

Kenduskeag（有鳗鱼的地方）。

Kineo（燧石），边界处的山等。

Metawamkeag，河底光滑缓和多碎石的河。（索克贝辛）

Metanawcook。

Millinocket，湖面有许多岛的湖。（索克贝辛）

Matakeunk（河）。

Molunkus（河）。

Nicketow, Neccotoh，两河交汇的地方（"佩诺布什科特河的分岔处"）。

Negas（肯杜斯基格河上的印第安人村子）。

Orignal（蒙特雷索给穆斯黑德湖取的名字）。

Ponguongamook，阿勒加什，在那里被杀的一个莫霍克印第安人的名字。（索克贝辛）

Penobscot, Penobskeag，法语 Pentagoet 等。

Pougohwaken（赫伦湖）。

Pemadumcook（湖）。

Passadumkeag，在瀑布上游水汇入河的地方。（威廉森）

Ripogenus（河）。

Sunkhaze（河），死水。

Souneunk。

Seboomook，索克贝辛说这个词的意思是"驼鹿头的形状，并用它来作这个湖的名字"等，霍华德的说法则不同。

Seboois，小溪、小河。（索克贝辛）

Sebec（河）。

Sebago（大水域）。

Telos（湖）。

Telasinis（湖）。

Umbagog（湖），对折起来；名字取自它的形状。（索克贝辛）

Umbazookskus（湖）。

Wassatiquoik，一条山溪。（索克贝辛）

新罕布什尔曼切斯特的 C.E. 波特法官在 1855 年 11 月补充说：

"Chesuncook，这个词是由 Chesunk 或 Schunk（一种鹅）及 Auke（一个地方）构成，意思是'有鹅的地方'。Chesunk 或 Schunk，是野鹅飞翔时发出的声音。"

Ktaadn，这个词无疑是 Kees（高）和 Auke（一个地方）两词的变形。

Penobscot，Penapse（石头、岩地）和 Auke（一个地方）。

Suncook，有鹅的地方，Schunk-auke。

这位法官说 schoot 的意思是"奔流"，由此演化出 schoodic 和 auke（水奔流的地方），schoon 也表示同样的意思；马布尔黑德人和其他人从印第安语中派生出 scoon 和 scoot 两个词，由此合并出 schooner（纵帆船、大篷车）；参考邱特先生。